루쉰

문학선

루쉰 문학선

루쉰 지음
루쉰전집번역위원회 옮김

xbooks

목차

엮은이의 말

|

루쉰선집을 펴내며

마오쩌둥^{毛澤東}은 1940년 1월에 발표한 「신민주주의론」에서 루쉰을 "중국문화운동의 주장^{主將}으로서 위대한 문학가이자 사상가, 혁명가"라고 평가하면서 '루쉰의 방향이 곧 중화민족 신문화의 방향'이라고 밝힌 적이 있다. 그러나 1957년 상하이에 잠시 들른 마오쩌둥은 누군가에게 "루쉰이 지금 살아 있다면 어떻게 되었을까요?"라는 질문을 받자, "내 생각에는 감옥에 갇혀 글을 쓰고 있거나, 아니면 상황이 어떻게 돌아가는지 알고서 아무 소리 않고 가만히 있을 것 같소" 하고 대답했다고 한다.

한때는 '공자가 봉건 구사회의 성인이라면, 루쉰은 신중국의 성인이다'라고 치켜세웠던 마오쩌둥이 시대를 달리하여 사뭇 다른 평가를 내린 까닭은 무엇일까? 아마도 절대 권력자가 된 마오쩌둥이 모든 권력에 끈질기게 저항하는 루쉰 글쓰기의 본질을 꿰뚫고 있어서일 것이다. 루쉰은 중국사회에 뿌리 깊게 잔존해있던 봉건적 관념과 이에 기생했던 절대권력에 저항하여 시대와의 불화를 스스로 선택하고 이에 맞서 끈질기게 싸웠다. 인간의 자유와 해방을 억압하는 모든 것과 전면적으로 맞서 싸우는 것, 바로 이 지점이 우리가 20세기를 넘어 지금 여기에 루쉰을 다시 소환하는 이유이다.

루쉰은 '사람 세우기立人'로부터 출발하여 '국민성 개조'를 자신의 역사적 소명으로 인식하였다. 그는 자신의 사상이 너무 어둡고 스스로도 옳은지 그른지 확신이 없기에 자신의 사상을 남에게 전염시키는 것을 원치 않는다고 말하면서도, 그럼에도 불구하고 이 역사적 소명을 위해 싸움을 멈추지 않겠노라 다짐한다. 이러한 점에서 루쉰의 글쓰기는 사회현실의 문제에서 비켜서지 않는 성찰적 몸부림이자, 적들이 쳐놓은 겹겹의 그물망을 돌파하는 무기이다. 그런데 루쉰 스스로 밝히고 있듯이, 그의 글은 단문을 선호하고 반어적인 표현을 즐겨 사용하는지라 의미는 간결할지라도 주의를 기울여 읽지 않으면 쉽게 다가오지 않을 때도 있다. 이로 인해 그의 글은 때로 오독과 오해를 불러일으키기도 한다. 루쉰의 글을 꼼꼼히 읽어야 할 이유가 바로 여기에 있다.

루쉰의 작품은 당시의 사회상과 인물상들을 그대로 재현하여 리얼한 세계를 펼쳐 보여 준다. 그의 작품 세계에서는 과거와 현재, 시골과 도시, 희망과 절망 등의 대립물 사이의 인력과 척력이 긴장을 이루고 있다. 이를 두고 어떤 평자는 루쉰의 작품에 두 개의 세계, 두 개의 중심, 혹은 평행선과 같은 원심력과 구심력이 작동하고 있다고 논하기도 하고, 그 속에 담긴 사라지지 않을 것 같은 절망과 희미하게 발견되는 희망의 몸짓을 읽기도 했다. 루쉰 산문시는 도저히 동거할 수 없는 두 개의 중심을 한 몸에 갖고 있는, 모순적 존재로서의 작가 루쉰의 절절한 자기 성찰과 해부의 세계이다. 그것은 가장 절망적이었던 시기에 어떻게든 생존하며, 중도에 포기하지 않고, 한걸음이라도 앞으로 나아가려고 했던 루쉰의 생존 고투이기도 하다.

하지만 문학작품만 읽어서는 루쉰을 절반만 이해하는 것이다. 내용과 수량에 있어 루쉰 글의 압도적인 세계는 잡문雜文이라 할 수 있다. 그의 잡문은 구태의연하고 위선적인 지식인들과 정객들의 낙후성, 그리고 낡은 중국사회에 대한 날카로운 풍자와 비판의 글들이다. 우리말로는 정치시평時評에 가까운 이 글들을 루쉰은 스스로 '이것저것 잡스러운 느낌의 글들雜感文'이라고 낮춰 불렀다. 그러나 그의 잡문은 단순한 언어를 넘어 가시밭을 헤쳐나간 인간 루쉰의 육체 그 자체이자 눈물겨운 해학과 통쾌한 야유이기도 하다. 그렇기에 루쉰 잡문은 하나의 새로운 문학 장르이기 이전에 루쉰을 루쉰다움으로 완성시킨 세계라고 할 수 있다.

루쉰전집번역위원회에서는 루쉰작품에 입문하는 독자들을 위해 최대한 간략한 선집을 내기로 하였다. 루쉰의 글 가운데에서 장르와 시기, 저술 배경을 고려하면서 가능한 한 루쉰의 삶과 사상, 문학을 이해하는 데에 꼭 필요하다고 여겨지는 글들을 뽑아 엮었다. 이 글들을 여러 번 저작하면서 음미하노라면 어둠과 절망에 반항했던 루쉰의 참모습을 만날 수 있을 것이다. 이 선집이 루쉰을 폭넓게 알고자 하는 독자 여러분에게 유용한 길라잡이가 되기를 바란다. 이 선집의 출판을 위해 수고를 아끼지 않은 엑스북스의 편집부 여러분께 감사드린다.

2018년 9월
루쉰전집번역위원회

일러두기

1 이 책은 『루쉰전집』(그린비출판사, 전20권)에 수록되어 있는 루쉰의 소설과 산문 중에서 가려뽑은 것입니다.

2 외국의 인명이나 지명, 작품명은 〈국립국어원〉에서 펴낸 '외래어 표기법'에 근거해 표기했습니다. 단, 중국의 인명은 신해혁명(1911년) 때 생존 여부를 기준으로 현대인과 과거인으로 구분하여 현대인은 중국어음으로, 과거인은 한자음으로 표기했으며, 중국의 지명은 구분을 두지 않고 중국어음으로 표기하는 것을 원칙으로 했습니다.

鲁迅

데화선

광인일기

모씨^{某氏} 형제, 지금 그 이름은 은닉^{隱匿}커니와, 둘 다 옛날 내 중
학 시절의 양우^{良友}다. 격절^{隔絶}한 지 몇 해, 소식이 점점 감감해
졌다. 일전에 우연히 개중 하나가 큰 병이 났단 소문을 듣고, 귀
향 참에 길을 둘러 방문한즉, 근근이 하나를 만났더니, 병자는
그 아우라 하더라. 일부러 원행^{遠行}해 주어 고마우이. 헌데 어쩐
다, 이미 쾌차해 모^某 지방의 후보^{候補}로 부임하였으니. 그러곤
대소^{大笑}하더니 일기 두 권을 내보이며 이르기를, 당시 병상을
알 수 있을 걸세. 친구에게 드리는 건 무방할 테지. 가지고 돌아
와 열람해 본즉, 증세가 대개 '피해망상증'의 일종임을 알겠더
라. 언사가 자못 착잡한 데다 순차^{順次}도 없고, 또 황당한 언설
이 번다했다. 일월^{日月}을 적진 않았으되, 먹 색깔과 글자체가 불
일^{不一}한 것이, 일시^{一時}의 서물^{書物}이 아님을 알겠더라. 간혹 제법
맥락을 구비한 데가 있어, 여기 한 편 문장으로 절록^{節錄}하여, 의

가醫家의 연구물로 제공코자 한다. 일기 속 오자는 한 자도 바꾸지 않았다. 오직 인명만은 여항閭巷에 묻혀 사는 사람들이니 별 무상관이나, 그래도 다 바꿨다. 서명書名은 당자當者 본인이 쾌차한 후 제題한 것인바, 고치지 않았다.

7년 4월 2일 지識

1.

오늘밤, 달빛이 참 좋다.

내가 달을 못 본 지도 벌써 30여 년, 오늘 보니 정신이 번쩍 든다. 그러고 보니 지난 30여 년이 온통 미몽 속을 헤매었던 게다. 허나 모름지기 조심하지 않으면 안 되는 법. 그게 아니라면 저 자오趙씨네 개가 어째서 날 노리고 있단 말인가?

겁을 낼 만도 한 게지.

2.

오늘은 전혀 달빛이 없다. 불길한 조짐이다. 아침에 조심스레 집을 나서는데 자오구이趙貴 영감 눈빛이 수상하다. 나를 겁내는 것인지 나를 해코지 하려는 것인지. 게다가 예닐곱 명이 머리를 맞댄 채 나에 대해 쑥덕거리고 있다. 내게 들킬까 겁을 내면서 말이다. 길거리 놈들 모두가 그랬다. 그중 제일 험상궂은 놈이 입을 헤벌린 채 나를 향해 히죽거린다. 머리끝에서 발꿈치까지 소름이 쫙 돋는다. 놈들이 벌써 채비를 다 갖춘 게야.

그러나 나는 꿋꿋이 가던 길을 갔다. 저만치 앞에서 꼬마 녀석들도 날 두고 쑥덕대고 있다. 눈빛도 자오구이 영감을 쏙 뺐고 얼굴빛도 죄다 푸르죽죽하다. 나랑 무슨 원수를 졌기에 저 놈들까지 저 모양일까. 견딜 수 없어 버럭 소리를 질렀다. "뭐라 말을 해봐!" 녀석들은 줄행랑을 치고 말았다.

생각을 해본다. 내가 자오구이 영감과 무슨 원수를 진 것일까? 길거리 사람들과는 또 무슨 원수를 진 거지? 이십 년 전 구주古久 선생의 낡아빠진 출납 장부를 짓밟아 그 양반 기분을 잡치게 한 일밖에 없는데. 자오구이 영감이 그를 알진 못하지만 분명 풍문을 듣고 분개하고 있는 게다. 길 가는 사람들을 꼬드겨 나를 철천지원수로 몰려는 게다. 그런데 꼬마들은? 그즈음엔 아직 태어나지도 않았는데, 어째서 오늘 요상한 눈깔을 부라리고 있었던 게지? 나를 겁내는 듯 날 해치려는 듯 말이다. 이건 정말 무섭다. 납득도 안 될뿐더러 가슴 아픈 일이다.

그래, 알겠다. 놈들 에미 애비가 일러준 게야!

3.

밤엔 좀체 잠을 이룰 수가 없다. 만사는 모름지기 따져 봐야 아는 법.

놈들 중엔 지현知縣에게 차꼬질을 당한 놈도 있고, 신사紳士에게 귀싸대기를 맞은 놈도 있고, 아전한테 마누라를 뺏긴 놈도 있고, 애비 에미가 빚쟁이 독촉에 목숨을 끊은 놈도 있다. 그때 놈들의 안색도 어제처럼 그리 무섭지도 않았고 그리 사납지도 않았다.

제일 수상쩍은 건 어제 길에서 만난 여편네다. 제 자식을 후리치며 입으론 "웬수야! 이 물어뜯어도 시원찮을 놈아!"라고 하면서 눈은 날 주시하고 있었다. 나는 기겁해서 어쩔 줄을 몰랐다. 그러자 저 시퍼런 얼굴에 승냥이 이빨을 한 작자들이 일시에 요란한 웃음을 터트렸다. 천라오우陳老五가 헐레벌떡 달려와 우격다짐으로 날 집으로 끌고 갔기에 망정이지.

끌려오는 나를 보고도 집안 사람들 모두가 모른 체했다. 그들 눈빛도 다른 놈들과 매양 일반이다. 서실書室로 들어서자 이내 밖으로 자물쇠가 걸린다. 완연히 닭장을 채우는 꼴이다. 이 일이 내막을 더 캘 수 없게 만들었다.

며칠 전 늑대촌의 소작인이 흉작을 하소연하러 와서 우리 형한테 한다는 말이, 그 마을의 어느 흉악한 자가 사람들에게 맞아 죽었는데 몇 사람이 그의 심장과 간을 파내 기름에 튀겨 먹었다는 거였다. 담이 커진다고 말이다. 내가 한마디 거들자 소작인과 형이 약속이나 한 듯 나를 힐끗거렸다. 오늘에야 알았다. 이들 눈초리가 바깥의 저 작자들과 영락없이 한통속임을.

생각하니 머리끝에서 발꿈치까지 소름이 쫙 돋는다.

저들이 사람을 먹는다면, 나라고 못 잡아먹을라고.

거 봐. "물어뜯겠"다는 여편네의 말이나 시퍼런 얼굴에 승냥이 이빨을 한 자들의 웃음이나 엊그제 소작인의 말은 암호인 게 분명하다. 내가 알아내고 말았다. 저들의 말이 온통 독이고 저들의 웃음이 온통 칼임을 말이다. 이빨은 또 어떻구. 온통 희번들하니 늘어선 게 영락없이 사람을 잡아먹는 도구인 것이다.

스스로 비추어 생각해 봐도 내가 악인은 아닌데, 구古씨네 장부를 짓밟고 나서부턴 딱히 그리 말하기도 어렵게 되었다. 저들에게 무슨 꿍꿍이가 있는 것 같은데, 나로선 도무지 가늠할 수가 없다. 하물며 저놈들은 수틀리면 무턱대고 상대를 악인이라 하지 않는가. 형이 내게 문장 작법을 가르칠 때였나. 아무리 훌륭한 자라도 내가 그에 대해 몇 마디 트집을 잡으면 형은 동그라미 몇 개를 쳐 주었다. 반대로 형편없는 자를 몇 마디 싸고 돌면 "기상천외한 발상에 군계일학의 재주로다"라고 했다. 그러니 대체 저들의 꿍꿍이속을 어찌 짐작이나 할 수 있겠나. 하물며 잡아먹겠다고 벼르고 있는 판에.

만사는 모름지기 따져 봐야 아는 법. 예로부터 사람을 다반사로 먹어 왔다는 건 나도 익히 알고 있다. 그러나 그리 확실치는 않다. 나는 역사책을 뒤져 꼼꼼히 살펴보았다. 이 역사책에는 연대도 없고, 페이지마다 '인의'니 '도덕'이니 하는 글자들이 비뚤비뚤 적혀 있었다. 어차피 잠을 자긴 글렀던 터라 한밤중까지 요리조리 뜯어보았다. 그러자 글자들 틈새로 웬 글자들이 드러났다. 책에 빼곡히 적혀 있는 두 글자는 '식인'이 아닌가!

　책에는 이런 글자가 널려 있고 소작인 입엔 이런 말들이 발려 있는데, 하나같이 수상한 눈깔을 부라리며 실실 나를 주시하고 있었던 것이다.

　나도 사람이니, 저들은 나를 잡아먹으려 하는구나!

4.

아침엔 잠시 좌정했다. 천라오우가 밥상을 들였다. 채소 한 접시에 찐 생선 한 접시. 허옇고 딱딱한 눈깔에 입을 헤벌리고 있는 것이 영판 사람을 먹고 싶어 하는 저 작자들 꼬락서니다. 젓가락을 몇 번 갖다 대 봤지만 미끄덩거리는 것이 생선인지 사람인지 영, 뱃속 것들을 토해 내고 말았다.

　"라오우, 형한테 말씀드려. 하도 갑갑해서 정원이나 좀 걷고 싶다고 말이야." 그는 아무 대답도 없이 가 버리더니 조금 뒤 와서 문을 따 주었다.

　나는 미동도 않고 저들이 날 어떻게 처치할지를 요량해 보았다. 널널하니 그냥 내버려 두진 않으리라. 아니나 다를까! 형이 늙은이 하나를 안내하며 천천히 걸어왔다. 흉흉한 눈초리를 한 자였다. 그는 내가 볼까 겁이 나는지 머리를 땅으로 처박으면서 안경테 너머로 슬쩍슬쩍 나를 살폈다. 형이 말했다. "오늘 기분이 좋아 보이는구나." 내가 말했다. "네." 형이 말했다. "오늘 허[何] 선생께 네 진찰을 좀 해주십사 청을 드렸다." 내가 말했다. "그러시죠 뭐!" 이 늙은이가 망나니라는 걸 내 어찌 모르겠는가! 맥을 짚는다는 핑계로 살집과 뼈대의 근수를 헤아리려는 게 틀림없다. 그 공로로 한 점을 배당받아 처먹겠지. 그래도 무섭지 않다. 나는 사람을 먹진 않지만 담은 저들보다 더 크다. 두 주먹을 불쑥 내밀고는 놈이 어떤 수작을 부리는지 지켜보았다. 늙은이는 앉아서 눈을 감고는 한참을 어루만지더니 한동안 멍하니 있었다. 그러곤 이내 예의 그 귀신 눈깔을 뜨더니 이러는 거였다. "잡생각은 금물이오. 차분히 며칠을 요양하면 좋아질 거외다."

잡생각 말고 차분히 요양하라고! 요양을 해서 살이 오르면 물론 그만큼 더 먹을 순 있겠지. 근데 나한텐 무슨 이득이 있지? 어떻게 "좋아진"다는 거야? 저 일당들, 사람을 먹고 싶어 하면서도 어물쩍 감출 방법만 강구할 뿐 선뜻 손을 쓰지 못하는 꼴이라니, 정말 가관이구만. 참을 수가 없어 크게 웃고 났더니 기분이 매우 상쾌해졌다. 나는 안다. 이 웃음 속에 담긴 용기와 정의를. 늙은이와 형은 아연실색했다. 내 용기와 정의에 압도당한 것이다.

그런데 내게 용기와 정의가 있으니 놈들은 나를 더 먹고 싶어 안달이다. 이 용기와 정의의 덕을 조금이라도 보려는 것이다. 문을 나선 늙은이는 몇 걸음을 떼더니 나직한 목소리로 형에게 말했다. "서둘러 드십시다!" 형은 고개를 끄덕였다. 아니,

당신마저! 이 대발견은 의외인 것 같지만 이 역시 짐작했던 바다. 패거리를 모아 나를 먹으려는 자가 다름 아닌 내 형이라니!

사람을 먹는 자가 내 형일 줄이야!

내가 사람을 먹는 사람의 동생일 줄이야!

나 자신이 먹힌다 해도 여전히 사람을 먹는 자의 동생일 줄이야!

5.

요 며칠은 한 걸음 물러나서 생각해 보았다. 가령 저 늙은이가 망나니가 아니라 진짜 의원이라 해도 역시 사람을 먹는 자다. 저들의 원조스승 이시진時珍이 쓴 '본초本草 머시기'인가 하는 책에 사람 고기는 삶아 먹을 수 있다고 멀쩡히 쓰여 있지 않은가. 그러고도 저자가 자기는 사람을 먹지 않노라 말할 수 있단 말인가?

우리 형에 대해서도 절대 억울한 누명을 씌우는 게 아니다. 나한테 글을 가르칠 때 자기 입으로 '자식을 바꾸어 먹을' 수 있다고 말한 적이 있다. 또 한번은 무슨 얘기를 하다가 악당 하나가 입에 올랐는데, 그때 형은 죽일 놈, '살은 먹고 가죽은 깔고 자야' 할 놈이구만, 이라 했다. 당시 어렸던 나는 한동안 심장이 콩콩거렸다. 엊그제 늑대촌 소작인이 와서 심장과 간을 먹었다는 얘기를 할 때도 덤덤하니 연신 고개를 끄덕이지 않았던가.

이것만 봐도 성정이 예전처럼 잔인하다는 걸 알 수 있다. 기왕 '자식을 바꾸어 먹을' 수 있다면 뭐든 바꿔 먹을 수 있고 누구든 먹을 수 있는 거다. 예전엔 그냥 형의 설교를 듣기만 할 뿐 어물 쩡 주워 넘겼는데, 이제야 알았다. 그때 온 입술이 사람 기름으로 번들거렸을 뿐 아니라 온 마음이 사람 먹을 생각으로 그득했다는 것을.

6.

칠흑이다. 낮인지 밤인지. 자오씨네 개가 또 짖어대기 시작한다. 사자 같은 음흉, 토끼의 겁약, 여우의 교활….

7.

저들의 수법을 알았다. 제 손으로 해치우는 건 내키지도 않을 뿐더러 그럴 배포도 없다. 저주가 두려운 거다. 그리하여 저들 모두가 연락을 넣어 사방에 그물을 쳐 놓고 나를 사지로 몰고 있는 거다. 며칠 전 거리서 만난 남녀의 모양새나 엊그저께 형의 작태를 보면 십중팔구 틀림이 없다. 가장 좋기로는 허리띠를 풀어 대들보에 걸고 스스로 목을 죄도록 만드는 것이다. 그러면 살인의 죄명을 쓰지 않고도 소원을 성취하니 그 환호작약하는 소리가 천지를 진동하겠지. 그렇지 않고 경기와 우울증으로 죽는다 해도 얼마간 수척하긴 하겠지만 이 정도라면야 하고 고개를 끄덕일 테지.

네놈들은 그저 죽은 고기밖에 먹을 줄 모르지! 무슨 책에서 본 기억이 나는데, '하이에나'라는 짐승이 있다고 했다. 눈초리와 모양새는 볼썽사나운 것이 늘상 죽은 고기만 먹고 거대한 뼈다귀도 아작아작 씹어서 뱃속으로 삼켜 버린단다. 생각만 해도 오싹하다. '하이에나'는 늑대의 친척이고 늑대는 개와 동족이다. 엊그제 자오씨네 개가 날 힐끔거린 걸 보면 그놈도 공모하기로 벌써 입을 맞춘 모양이다. 늙은이는 눈을 땅에 깔고 있었지만 어찌 날 속일 수 있으리.

제일 불쌍한 건 우리 형이다. 그 역시 사람인데 어찌 두려워하지 않는단 말인가? 그것도 모자라 작당을 해서 나를 잡아먹으려 한단 말인가? 하도 인이 박혀 나쁘다는 걸 모르는 것일까? 아니면 양심이 다쳐 뻔히 알면서도 부러 범하는 것일까?

사람을 먹는 사람을 저주함에 있어 먼저 형에서 시작하리라. 사람을 먹는 사람을 만류하는 일도 먼저 형부터 착수하리라.

8.

사실 이 정도 이치는 이제쯤이면 놈들도 알아차릴 법하건만….

갑자기 웬 자가 왔다. 나이는 기껏해야 스물 안팎에 생긴 건 분명치가 않다. 만면에 웃음을 띤 채 나한테 고개를 까딱이는

데 웃음도 진짜 웃음 같진 않다. 내가 물었다. "사람을 먹는 게 옳은 일인가?" 그는 여전히 웃으며 말했다. "흉년도 아닌데 사람을 먹을 리가요." 나는 대번에 알아차렸다. 이놈도 한패로 사람 먹기를 즐기는구나. 그리하여 용기백배하여 끈질기게 추궁했다.

"옳냐고?"

"그런 걸 뭣하러 물으십니까? 원 참… 농담을 다 하시고. … 오늘 날씨 참말로 좋구만."

날씨 좋지. 달빛도 밝고 말야. 그러나 물어봐야겠어.

"옳은 거냐구?"

그는 그렇다고 하진 않았다. 말끝을 흐렸다.

"그렇다고 할 수는…."

"옳지 않다고? 근데 저놈들은 어째서 끝끝내 먹으려 하지?!"

"그럴 리가요…."

"그런 일이 없다고? 늑대촌에선 지금 먹고 있어. 책에도 적혀 있다니까, 시뻘건 피를 뚝뚝거리면서!"

일순 그의 안색이 싹 바뀌었다. 무쇠처럼 시퍼런 얼굴이었다. 그러고는 눈을 부라리며 말했다. "있을 수도 있겠죠 뭐. 예전부터 그래 왔으니까…."

"예전부터 그래 왔다면 옳은 거야?"

"댁이랑 그런 이치를 들먹거리긴 싫소이다. 아무튼 댁은 입 닥치쇼. 입만 벙긋하면 헛소리를 해대니, 나 원!"

벌떡 일어나 눈을 뜨니 그자는 보이지가 않았다. 전신이 땀범벅이다. 저놈 나이는 형보다 한참 어린데, 그런데도 역시 한패인 것이다. 이건 분명 제 에미 애비가 가르쳐 준 게다. 어쩌면 제 자식에게 가르쳐 줬는지도 모른다. 그랬으니 꼬맹이들조차 으르렁대며 나를 쳐다보는 게지.

9.

사람을 먹고 싶은데도 잡아먹힐 것이 무서워 하나같이 의심에 찬 눈초리로 서로의 낯짝을 훔쳐보는 형국이라니….

이런 심보를 지우고 마음 놓고 일을 하고 길을 걷고 밥을 먹고 잠을 잘 수 있다면 얼마나 편안할까. 그저 문지방 하나, 고비 하나만 넘으면 되는데. 그러나 저들은 부모, 형제, 부부, 친구, 사제, 원수, 생면부지의 사람들까지 한패가 되어 서로 격려하고 서로 견제하면서 죽어도 이 한 걸음을 내딛으려 하질 않으니.

10.

쾌청한 아침, 형을 찾아갔다. 그는 사랑채 문 밖에 서서 하늘을 보고 있었다. 나는 등 뒤로 걸어가 문을 가로막고는 유난히 차분하고 유례없이 살갑게 말을 걸었다. "형님, 드릴 말씀이 있습니다."

"그래, 말해 보렴." 그는 얼른 얼굴을 돌리며 고개를 끄떡였다.

"몇 마디 되지도 않는데, 입이 떨어지지가 않네요. 형님, 그 옛날 야만인들은 제법 사람을 잡아먹었겠죠. 그 뒤 성정이 달라져, 어떤 자는 사람 먹는 걸 거부하며 그저 착해지려 애썼습니다. 그러다 보니 사람이 되었고, 멀쩡한 사람이 되었습니다. 반면에 어떤 자는 여전히 사람을 먹었습니다. 벌레처럼 말입니다. 어떤 이는 물고기가 되고 새가 되고 원숭이가 되었다가 이내 사람이 되었습니다. 그런데 어떤 이는 착해지려는 마음이 없어 지금도 여전히 버러지입니다. 사람을 먹는 이 사람은 사람을 먹지 않는 사람에 비해 얼마나 부끄러울까요? 아마 벌레가 원숭이를 보고 부끄러워하는 것과는 비교도 안 될 겁니다.

역아易牙가 제 자식을 삶아 걸주桀紂에게 바친 일은 줄곧 옛일이기만 했습니다.[1] 그런데 누가 알았겠습니까? 반고盤古가 천지를 개벽한 이래 줄곧 잡아먹다가 역아의 자식까지 이르렀고, 역아의 자식부터 줄곧 잡아먹다가 서석림徐錫林까지 이르렀고, 서석림부터 줄곧 잡아먹다가 늑대촌서 붙들린 자까지 이르게 될 줄 말입니다.[2] 작년 성 안에서 죄인을 참살했을 때, 폐병쟁이들이 찐빵으로 그 피를 찍어 핥아 먹었습니다.

저들이 날 잡아먹으려 하고 있습니다. 형님 혼자로선 어찌해 볼 도리가 없겠지요. 그렇다고 해서 하필 패거리에 낄 건 또 뭡니까. 사람을 먹는 놈들이 무슨 일인들 못하겠습니까. 저들은 나를 잡아먹을 수도 있고, 형님을 잡아먹을 수도 있고, 심지어 패거리끼리 서로 잡아먹을 수도 있습니다. 그런데 한 걸음 방향을 틀기만 해도, 즉각 고치기만 해도, 모두 태평해질 수 있습니다. 예부터 그래 왔다고는 하지만, 우리 오늘이라도 그냥 단번에 착해질 수 있습니다. 안 된다고 말씀하세요! 형님, 형님은 그러실 수 있어요. 그저께 소작인이 소작료 인하를 요구했을 때도 안 된다고 하셨잖아요."

처음에 냉소를 띠고만 있던 그는 이내 눈초리가 흉측해지기 시작하더니 저들 속내를 들추자 온 얼굴이 시퍼렇게 변했다. 대문 밖에 서 있던 일당들——그 자오구이 영감과 그의 개도 그 속에 있었다——이 두리번거리며 밀치고 들어왔다. 어떤 놈은 생김새를 알아볼 수 없었다. 흡사 헝겊으로 가린 듯했다. 어떤 놈은 여전히 시퍼런 얼굴에 승냥이 이빨을 한 채 입을 앙다물고 씨익 웃고 있었다. 나는 똑똑히 안다. 저들이 한패이고 죄다 사람을 먹는 놈들이란 걸. 그러나 놈들의 속사정이 한결같지 않다는 것도 안다. 예로부터 그래 왔으니 응당 먹어야 된다는 부류가 있는가 하면, 먹어선 안 된다는 건 알지만 여전히 먹으려 하고 그러면서도 남의 눈에 띌까 겁이 나고 그래서 내 말에 길길이 날뛰지만 입을 앙다문 채 냉소를 흘리기만 하는 부류도 있는 것이다.

이때 형도 흉악한 면상을 드러내더니 고함을 질렀다.

"모두 나가! 미친놈이 무슨 구경거리라고!"

이때 나는 놈들 수작의 교묘한 구석을 또 하나 알게 되었다. 놈들은 마음을 고쳐먹기는커녕 일찌감치 배치를 다 해둔 거다. 미친놈이라는 명목을 내게 덮어씌울 준비를 말이다. 이리하면 머잖아 잡아먹는다 해도 무사태평할 뿐 아니라 혹 사정을 감안해 줄 사람이 있을지도 모르니까. 소작인이 말한 모두가 먹었다는 그 악한의 경우가 딱 이 방법인 것이다. 놈들의 상투적인 수법이었구나!

천라오우도 씩씩거리며 걸어 들어왔다. 그런들 어찌 내 입을 틀어막을 수 있으리. 나는 저 일당들에게 기어코 말을 해주어야 했다.

"너흰 고칠 수 있어. 진심으로 고쳐먹으라구! 앞으로 사람을 먹는 자는 용납치도 않을 뿐 아니라 세상에서 살 수 없다는 걸 알아야 해.

당신들이 고치지 않는다면 당신들도 전부 먹히고 말 거야. 설사 애새끼를 줄줄이 낳는다 해도 참된 인간에게 멸절되고 말 거야. 사냥꾼이 늑대 씨를 말리듯이 말야! 벌레처럼 말이야!"

일당은 모두 천라오우에게 쫓겨나고 말았다. 형도 어디론가 가 버렸다. 천라오우는 나를 달래 방으로 데리고 갔다. 방 안은 온통 암흑천지다. 들보와 서까래가 머리 위에서 덜덜 떨고 있다. 한참을 덜덜거리다가 큼지막해지더니 내 몸을 덮친다.

천근만근의 무게, 꼼짝을 할 수가 없다. 나를 죽이려는 것이다. 나는 안다. 그 무게가 거짓이라는 걸. 몸부림쳐 나오니 온통 땀범벅이다. 그러나 기어코 말하고야 말리라.

"당신들 즉각 고쳐야 해, 진심으로 고쳐먹으라구! 이걸 알아야 돼. 앞으로 사람을 먹는 자는 용납치도 않을 뿐 아니라…."

11.

해도 뜨지 않고 문도 열리지 않는다. 매일 두 끼 밥.

젓가락을 집으니 형이 생각난다. 누이동생이 죽은 것도 전부 그 탓이었구나. 그때 누이동생은 겨우 다섯 살이었다. 그 예쁘고 가련한 모습이 눈에 선하다. 어머니는 끝없이 울었다. 그런데 형은 어머니를 울지 못하게 했다. 자기가 먹었으니 울면 적잖이 마음이 무거웠으리라. 아직도 마음이 무거울 수 있다면….

누이동생은 형에게 먹혔다. 어머니는 알고 계셨을까. 알 수 없다.

어머니도 알고 계셨을 게다. 그렇지만 울면서도 아무 말씀이 없으셨다. 당연한 일로 여겼으리라. 내가 네댓 살 때였나. 대청 앞에 앉아 바람을 쐬고 있는데 형이 이런 말을 했던 것 같다. 부모가 병이 나면 자식된 자는 모름지기 한 점 살을 베어 삶아 드시게 해야 훌륭한 사람이라고. 어머니도 안 된다고 하진 않았다. 한 점을 먹을 수 있다면 물론 통째로도 먹을 수 있다. 그런데 그날의 울음은 지금 생각해도 가슴 아프다. 참으로 이상한 일이 아닌가!

12.

아무 생각을 할 수가 없다.

　사천 년간 내내 사람을 먹어 온 곳. 오늘에서야 알았다. 나도 그 속에서 몇 년을 뒤섞여 살았다는 걸. 공교롭게도 형이 집안 일을 관장할 때 누이동생이 죽었다. 저자가 음식에 섞어 몰래 우리에게 먹이지 않았노라 장담할 순 없다.

　나도 모르는 사이 누이동생의 살점 몇 점을 먹지 않았노라 장담할 수 없는 것이다. 이젠 내 차례인데….

　사천 년간 사람을 먹은 이력을 가진 나, 처음엔 몰랐지만 이 젠 알겠다. 제대로 된 인간을 만나기 어려움을!

13.

사람을 먹어 본 적 없는 아이가 혹 아직도 있을까?

　아이를 구해야 할 텐데….

1918년 4월

쿵이지(孔乙己)

루전^{魯鎭}의 주점 구조는 여느 고장과는 딴판이었다. 기역자 모양의 선술 탁자가 거리로 나 있고, 술탁 안엔 언제든지 술을 데울 수 있도록 더운 물이 준비되어 있었다. 정오나 해질 무렵 일을 마친 막벌이꾼들은 너나 할 것 없이 동전 네 푼에 술 한 사발을 사서——이는 이십여 년 전 일로 지금은 사발당 열 푼씩은 줘야 될 것이다——술탁 바깥쪽에 기대어 선 채 따끈한 술을 들이켜며 긴 숨을 돌리곤 했다. 한 푼 더 쓴다 하면 소금물에 데친 죽순이나 회향두^{茴香豆} 한 접시를 안주로 삼을 수 있었다. 열 몇 푼을 내면 고기요리를 맛볼 수야 있겠지만, 여기 고객들 다수는 몽당옷의 날품팔이들이라 그런 호사와는 인연이 없었다. 장삼을 걸친 축이나 되어야 건너편 내실로 거들먹거리며 들어가 술타령에 요리타령을 하며 느긋하니 마실 수나 있었던 것이다.

열두 살 때부터 나는 마을 어귀 셴헝^{咸亨}주점에서 사환 노릇을 했다. 주인양반 하는 말이, 꼬락서니가 맹한 것이 장삼 입은 단골들 시중은 어림없겠으니 바깥에서 잔일이나 도우라는 거였다. 바깥의 몽당옷 단골들은 말상대는 수월했지만 이러니저러니 막무가내로 들러붙는 찰거머리들도 적지 않았다. 술독에서 제대로 황주黃酒를 퍼내는지 직접 봐야겠다고 뻗대는 건 기본이었다. 술 주전자 바닥에 물은 없는지 살피는 것도 모자라 술 데우는 물에 주전자 넣는 것까지를 제 눈으로 보고 나서야 마음을 놓곤 했던 것이다. 이처럼 삼엄한 감시하에서 술에 물을 타기란 여간 힘든 일이 아니었다. 그렇게 며칠이 지나자 주인은 내가 이 일을 할 만한 깜냥이 못된다고 또 타박이었다. 다행히 소개한 사람과의 두터운 친분 탓에 쫓겨나진 않았지만, 허구한 날 술이나 데우는 무료한 직무를 도맡게 된 건 어쩔 수 없는 일이었다.

이때부터 나는 온종일 선술 탁자 안에 서서 내 소임에 충실했다. 별다른 실수는 없었지만 지루함과 나른함은 어찌할 수가 없었다. 주인양반은 으르렁대지 단골들도 인정머리라곤 없지 애당초 생기와는 무관한 생활이었다. 다만 쿵이지가 행차를 해야 몇 번 웃음살이나 펼 수 있었다. 그래서 지금도 기억하고 있는 것이다.

쿵이지는 선술 손님 가운데 유일하게 장삼을 입은 자였다. 훤칠한 키에 희묽은 얼굴 주름 사이론 상처자국이 끊이질 않았고 희끗한 수염을 덥수룩하니 달고 있었다. 걸친 것이 장삼이라곤 하나, 땟국에 절고 너덜거리는 것이 십 년 정도는 빨지도 꿰매지도 않은 듯싶었다. 말끝마다 '이로다, 하느니'를 달고 다니는 통에 듣는 이로 하여금 긴가민가 고개를 갸우뚱거리게 만들기가 일쑤였다. 그의 성이 쿵孔이었는지라 사람들은 습자교 본상의 '상다런쿵이지'上大人孔乙己라는 알쏭달쏭한 구절을 따서 그에게 쿵이지孔乙己란 별명을 붙여 주었던 것이다. 쿵이지가 가게에 나타나면 모든 술손님들은 그를 놀려 댔다. 누군가가 "쿵이지, 얼굴에 흉터가 하나 더 늘었구만!" 하면 그는 아무런 대꾸도 않고 술탁 안쪽으로 "두 사발 데워 줘. 회향두 한 접시하고" 하면서 아홉 푼을 늘어놓았다. 그들은 또 일부러 큰소리를 질러 댔다. "자네 또 남의 물건을 훔친 게로구만!" 그러면 쿵이지는 눈을 부릅뜨고 되받았다. "그댄 어이하여 이토록 터무니없이 청백淸白을 훼오毁汚려는고…?" "청백은 무슨 개뿔. 그저께 자네가 허何씨댁 책을 훔치다가 거꾸로 매달려 매타작 당하는 걸 이 두 눈으로 똑똑히 봤는데 그래." 쿵이지는 금방 얼굴이 시뻘겋게 달아오르더니 이마에 퍼런 힘줄을 죽죽거리며 항변했다. "책 훔치는 일은 도둑질이라 할 수 없나니… 책을 훔친다는 건!… 독서인의 업業인저, 어찌 절도라 할 수 있으리?" 그러고는 연이어 "군자란 본디 궁핍하다"느니 무슨 '이리오' 따위의 알아먹지 못할 말들로 모두의 웃음을 자아냈다. 그러면 가게 안팎으로 상큼하고 발랄한 공기가 가득 차는 것이었다.

사람들이 뒷전에서 하는 말에 의하면 쿵이지도 원래는 글깨나 읽었다는 거였다. 그런데 끝내 과거에 붙지 못해 생계를 꾸릴 수 없게 되었고, 그리하여 나날이 궁핍해져 밥을 빌어먹는 지경이 되고 말았다는 거였다. 다행히 글씨를 잘 썼던지라 남들에게 책을 베껴 주며 입에 풀칠을 할 수는 있었다. 그러나 애석하게도 그에겐 못된 버릇이 있었으니, 술망태에 게으름뱅이라는 게 그것이었다. 일을 시키면 며칠을 진득하니 앉아 있지 못하고 사람과 책, 종이, 붓, 벼루까지 한꺼번에 종적이 묘연해지는 것이었다. 이러기를 몇 차례, 이윽고 그에게 책을 필사해 달라고 청하는 사람도 없게 되었다. 대책이 없던 쿵이지는 하는 수 없이 이따금 남의 물건에 손을 대기에 이르렀다. 그런데 우리 가게에서는 다른 이들보다 품행이 훨씬 반듯해서 외상을 한 번도 미룬 적이 없었다. 간혹 돈이 없으면 잠시 칠판에 달아 두긴 했지만 한 달도 안 돼서 깔끔히 갚고는 칠판에 쿵이지란 이름을 슥슥 지워 버리는 거였다.

반 사발 넘게 술을 들이켜자 시뻘겋게 올랐던 쿵이지의 얼굴색이 점점 본래 모양대로 돌아왔다. 그러면 옆에 있던 사람이 또 치근댔다. "쿵이지, 자네 정말 글을 아나?" 그러면 쿵이지는 그들을 빤히 쳐다보며 입을 벙긋하는 것조차 부질없다는 기색을 내비쳤다. 그들의 집적거림은 계속된다. "그럼 어째서 반쪽짜리 수재秀才[3]도 따내지 못한 거지?" 이 한마디에 쿵이지는 금세 풀이 죽어 안절부절 어쩔 줄을 모르면서 잿빛 얼굴로 뭐라 중얼거렸다. 그러나 이번엔 온통 '이로다, 하느니' 따위여서 뭔

소린지 알아들을 수가 없다. 이때쯤 모두들 웃음을 터트린다. 가게 안팎에는 상큼하고 발랄한 공기가 가득 찬다.

그럴 때 나도 덩달아 웃음이 터졌다. 주인양반은 이를 나무라진 않았다. 그러긴커녕 매번 그가 발 벗고 나서 쿵이지를 집적거리며 사람들을 웃겼던 것이다. 쿵이지는 저들과는 말이 안 통한다고 치부하고 아이들에게만 말을 걸었다. 한번은 나한테 물었다. "글공부를 했느냐?" 내가 대충 고개를 까딱거렸더니 이러는 거였다. "글을 읽었단 말이지… 널 시험을 좀 해보마. 회향두의 회茴자는 어떻게 쓰는 것이냐?" 거지나 다름없는 주제에 날 시험하겠다고? 이리 생각한 나는 고개를 팩 돌리며 상대도 하지 않았다. 쿵이지는 한참을 기다리더니 간곡한 어조로 이렇게 말했다. "못 쓰겠나 보지?… 내가 가르쳐 주마. 익혀 두거라! 이런 글자는 익혀 둬야 한다. 앞으로 주인이 되면 장부 정리 때 필요할 터이니." 속으로 나는 이렇게 생각했다. 내가 주인급이 되려면 아직 까마득하네요. 게다가 우리 주인양반은 회향두는 장부에 적지도 않걸랑요. 우습기도 하고 성가시기도 해서 건성으로 대답을 건넸다. "누가 아저씨더러 가르쳐 달래요? 초두艸 밑에 돌아올 회回잖아요?" 쿵이지는 신바람이 나서 길다란 손톱 두 개로 탁자를 또각거리며 고개를 끄떡이는 것이었다. "옳거니, 옳거니!… 회자에는 네 가지 서법이 있느니라. 알고는 있느냐?" 나는 이러다간 더 성가시겠다 싶어 입을 삐죽하고는 저만치 내빼 버렸다. 손톱에 막 술을 적셔 탁자에 글씨를 쓰려던 쿵이지는 내 이런 무관심에 다시 긴 한숨을 내쉬며 애석하다는 표정을 역력히 드러냈다.

어떤 때는 이웃의 꼬마들이 웃음소리를 듣고 부리나케 달려와 쿵이지 주변을 에워싸는 것이었다. 그는 그들에게 회향두 하나씩을 나눠 주었다. 꼬마들은 콩을 먹고 나서도 접시를 빤히 쳐다보는 것이 도무지 흩어질 태세가 아니었다. 그러면 쿵이지는 허둥지둥 다섯 손가락으로 접시를 덮고 허리로 감싸며 말했다. "이제 없어, 얼마 남지 않았단 말야." 그러고는 몸을 펴고 다시 콩을 살펴본 뒤 고개를 젓는 것이었다. "이젠 없어, 이젠 없다니까! 많은가? 많지 않도다." 그러면 꼬마들은 낄낄대며 흩어지는 것이었다.

쿵이지는 이처럼 사람들을 쾌활하게 만들었다. 그러나 그가 없어도 사람들은 이렇게 지냈다.

어느 날인가, 아마 추석 이삼 일 전이었으리라. 느긋이 장부를 정리하던 주인은 칠판을 떼어 내리며 대뜸 이런 말을 했다. "쿵이지가 오랫동안 안 왔구만. 외상값이 열아홉 푼이나 남았으니 말이야." 그러고 보니 아닌 게 아니라 한동안 그를 보지 못했다. 술을 들고 있던 누군가가 대거리를 했다. "어찌 오겠나?… 다리가 부러졌으니." 주인이 받았다. "잉?" "개 버릇 남 줄라고. 또 도둑질이니. 이번엔 제 간에 정신이 어찌 된 모양이야. 딩ᵀ 거인擧人댁 물건을 훔치러 갔으니 말야. 그 댁 물건이라니, 어디 가당키나 한 말인가?" "그래서 어찌 되었는데?" "어찌 되었냐구? 자백서를 쓰게 한 뒤 타작을 한 거지. 오밤중까지 몽둥이질을 하고는 그것도 모자라 다리를 분질러 버린 거야." "그래서?" "그래서 다리를 분질렀다니까." "부러진 뒤 어찌 되었는데?" "어찌 되었을까? … 뉜들 알겠나? 죽었겠지 뭐." 주인도 더이상 추궁하기가 무엇한지 하던 장부 정리를 느긋이 계속했다.

추석이 지나자 가을바람이 하루가 달리 차가워지는 것이 초겨울이 코앞인 듯했다. 나는 온종일 불을 끄고 살면서도 솜옷을 껴입지 않으면 안 되었다. 어느 날 오후 손님도 없고 해서 지그시 눈을 감고 앉아 있던 중이었다. 별안간 어떤 목소리가 들려왔다. "한 사발 데워 다오." 매우 나직했지만 귀에 익은 목소리였다. 눈을 떠 보았지만 사람 그림자도 보이지 않았다. 일어서서 밖을 둘러보니 쿵이지가 선술 탁자 밑에서 문지방을 마주하고 앉아 있는 거였다. 얼굴은 시커먼 데다 수척해진 것이 도저히 사람의 몰골이라 하기 어려웠다. 너덜거리는 겹옷을 입고 책상다리를 한 채 바닥에 거적을 깔고 새끼줄로 그걸 어깨에 둘러메고 있었다. 나를 보고는 거듭 재촉했다. "한 사발 데워 다오." 주인양반도 고개를 내밀더니 힐끗 말을 던졌다. "쿵이지인가? 자네 아직 외상이 열아홉 푼이나 남았어!" 쿵이지는 시르죽은 얼굴로 위를 쳐다보며 말했다. "그건… 다음에 갚겠네. 오늘은 현금일세. 좋은 술로 주게." 주인은 여느 때처럼 웃으며 말을 건넸다. "쿵이지, 자네 또 물건을 훔쳤지?" 하지만 이번엔 변명은커녕 일침을 놓을 뿐이었다. "실없는 소리 마!" "실없다니?

훔치지 않았다면 어째서 다리가 사단이 난 거냔 말이야?" 쿵이지는 나지막이 말했다. "넘어져 부러진 거야. 넘어졌지, 넘어졌다고…." 그의 눈빛은 마치 더 이상 묻지 말아 달라고 애걸하는 듯했다. 벌써 몇몇이 모여들어 주인과 히히덕거리고 있었다. 나는 술을 데워 받쳐 들고 나가 문지방 위에 놓았다. 그는 다 해진 주머니에서 동전 네 푼을 더듬어 내 손에 놓는 것이었다. 그의 손은 흙투성이였다. 그 손으로 걸어왔을 터였다. 금세 술을 비운 그는 다시 앉더니 그 손으로 주변의 지껄임과 비웃음 속을 천천히 걸어갔다.

그 뒤로 또 오랫동안 쿵이지를 보지 못했다. 연말이 되자 주인은 칠판을 떼 내리며 말했다. "쿵이지는 아직도 외상이 열아홉 푼 남았구만!" 그다음 해 단옷날이 되어서도 또 그랬다. "쿵이지는 아직도 외상이 열아홉 푼 남았구만!" 그러나 올 추석엔 아무 말도 하지 않았다. 다시 연말이 왔어도 그는 보이지 않았다.

지금까지도 나는 그를 보지 못했다. 아마 죽었으리라.

1919년 3월

약

1.

어느 가을날, 달은 졌으나 해가 뜨지 않아 검푸른 하늘만 덩그런 새벽녘이었다. 야행 동물들 외에 모든 것이 잠들어 있었다. 화라오솬^{華老栓}은 벌떡 일어나 성냥을 그어 기름때 찌든 등잔에 불을 붙였다. 차관^{茶館} 두 칸 방에 파리한 빛이 차올랐다.

"샤오솬^{小栓} 아부지, 지금 가실라요?" 늙은 여인의 목소리였다. 안쪽 골방에선 한바탕 쿨럭임이 일었다.

"응." 라오솬은 단추를 채우며 손을 내밀었다. "이리 줘."

화씨네 큰댁은 베개 밑을 한참 더듬거리더니 은전 한 꾸러미를 꺼내 라오솬에게 건넸다. 라오솬은 떨리는 손으로 주머니에 넣고 두어 번 지긋하니 겉을 눌러 보았다. 그러고는 초롱에 불을 붙인 뒤 등잔불을 끄고 골방으로 걸어갔다. 골방에선 그르렁 쌕쌕거리는 소리가 한창이었다. 이어서 한바탕 기침이 터져 나왔다. 기침이 가라앉자 라오촨은 목소리를 낮추며 말했다. "샤오촨…일어나지 마라.…가게 말이냐? 네 엄마가 볼 거다."

아무런 대답이 없자 라오촨은 편히 잠들었으려니 하며 문을 나섰다. 칠흑의 거리는 텅 비어 있었다. 분간이 가는 거라고는 한 줄기 희붐한 길뿐이었다. 초롱이 종종걸음치는 두 다리를 비췄다. 몇 번 개를 마주치긴 했지만 한 놈도 짖지 않았다. 거리는 집안보다 훨씬 추웠지만 라오촨은 오히려 상쾌했다. 어느 날 갑자기 소년이 되어 생명을 부여하는 신통한 재능을 얻기라도 한 것처럼 내딛는 발길이 유난히 사뿐하고 성큼했다. 게다가 길도 갈수록 흰해졌고 하늘도 갈수록 환해졌다.

걸음에 몰두하던 라오촨이 홀연 흠칫했다. 저 멀리 丁자형 삼거리가 선연히 가로놓여 있는 것이었다. 몇 보 뒷걸음질친 그는 문이 잠긴 점포 처마 밑에 숨어들어 문에 기대섰다. 얼마나 지났을까, 몸에서 한기가 일었다.

"흥, 영감탱이."

"좋기도 하겠수…."

라오촨은 또 한 번 흠칫했다. 눈을 크게 뜨고 보니 몇 사람이 자기 앞을 지나간 것이었다. 그중 하나가 고개를 돌려 그를 보았다. 모습이 분명치는 않지만 오래 배를 주린 짐승이 먹이를 발견하고 낚아채려는 듯 광채가 번뜩였다. 초롱은 꺼진 지가 이미 오래였다. 주머니를 눌러 보니 딱딱한 것이 그대로였다. 고개를 들어 양쪽을 둘러보니 기괴한 분위기의 군상들이

삼삼오오 짝을 이룬 채 귀신처럼 배회하고 있었다. 다시 눈여겨보니 달리 괴상한 구석은 보이지 않았다.

얼마 뒤 병사 몇이 저쪽에서 걸어오는 것이 보였다. 군복 앞뒤에 찍힌 희고 큰 동그라미가 멀리서도 알아볼 수 있었다. 앞을 지날 땐 제복의 검붉은 테두리까지 알아볼 정도였다. 후다닥 한바탕 발걸음 소리가 진동하더니 순식간에 사람들이 몰려들었다. 삼삼오오 배회하던 그자들도 홀연 한 무더기가 되어 물결처럼 나아가더니 丁자 삼거리에 이르러 돌연 멈추어 서서 반원형으로 무언가를 에워싸는 것이었다.

라오솬도 그쪽을 쳐다보았지만 보이는 거라곤 군상들의 등짝뿐이었다. 하나같이 목을 쭉 뻗고 있는 것이 마치 수많은 오리들이 보이지 않는 손에 목을 붙들려 대롱거리는 형국이었다. 잠시 정적이 이어졌다. 무슨 소리가 나는 듯하더니 또다시 술렁이기 시작했다. 덜커덕 하는 소리에 모두가 뒤로 물러섰다. 라오솬이 서 있는 곳까지 밀려나는 바람에 하마터면 쓰러질 뻔했다.

"어이! 돈 주고 물건 가져가슈!" 시커먼 덩치가 라오솬 앞에 섰다. 그의 눈빛이 두 자루 칼처럼 라오솬을 동강 냈다. 큼지막한 손이 그 앞에 펴졌다. 다른 한 손은 시뻘건 찐빵 하나를 집고 있었다. 거기선 아직도 시뻘건 것이 뚝뚝 떨어지고 있었다.

황급히 주머니를 더듬거려 떨리는 손으로 은전을 건네긴 했지만, 도저히 그 물건을 받을 엄두가 나질 않았다. 초조해진 그

자가 소리를 질렀다. "뭐가 무서워? 안 받을 거야!" 라오촨은 여전히 머뭇거리고 있었다. 그러자 시커먼 덩치는 초롱을 낚아채고는 등피^{燈皮}를 북 찢어 내더니 찐빵을 싸서 라오촨에게 들이밀었다. 한 줌 은전을 낚아챈 그는 몸을 돌려 사라지면서 궁시렁댔다. "늙어 빠진 게…"

"그걸로 누구 병을 고친대여?" 누군가가 묻는 듯했지만 대꾸도 하지 않았다. 그의 정신은 온통 이 꾸러미에 팔려 있었다. 십대 독자 핏덩이를 안고 있어 다른 일은 관심 밖이라는 듯. 그는 지금 꾸러미 속의 새 생명을 집안에 이식시켜 풍성한 행복을 수확하려는 참이다. 태양이 떴다. 그의 앞으로 대로가 열리더니 그의 집까지 이어졌다. 뒤편 丁자 삼거리 낡은 현판의 '古×亭口'라는 바랜 금박 글자 위에도 햇살이 비쳤다.

2.

집에 도착하니 가게는 이미 말끔히 정리되어 있었다. 줄줄이 늘어선 다탁^{茶卓}에선 번쩍번쩍 빛이 났다. 손님은 아직이었다. 샤오촨이 안쪽 탁자에 앉아 밥을 먹고 있었다. 굵은 땀방울이 이마에서 연신 떨어졌고 등에 착 달라붙은 저고리 위로 솟은 어깨뼈가 '八'자를 만들어 내고 있었다. 이 모습에 라오촨의 미간이 찡그러졌다. 아궁이에서 뛰쳐나온 그의 아내는 눈을 둥그렇게 뜬 채 입술을 떨고 있었다.

"구했어요?"

"구했어."

둘은 아궁이 쪽으로 들어가 한참 뭔가를 쑥덕거렸다. 조금 뒤 밖으로 나간 화씨댁이 큼직한 연잎 하나를 가져와 탁자 위에 펼쳤다. 라오솬은 등피를 펼쳐 연잎으로 그것을 다시 쌌다. 샤오솬도 밥을 다 먹은 상태였다. 그녀는 황급히 타일렀다.

"샤오솬, 그냥 앉아 있거라. 이리 오면 안 돼."

그녀가 아궁이 불씨를 살리자 라오솬은 아궁이 속으로 초록빛 뭉치와 희끗불긋 너덜거리는 초롱을 함께 쑤셔 넣었다. 일순 검붉은 화염이 한바탕 일더니 온 가게에 야릇한 냄새가 퍼졌다.

"냄새 한번 좋고! 뭘 그리 자시나?" 곱사등이 우5 도령이었다. 허구한 날 차관에서 죽치며 시간을 때우는 자였다. 제일 먼저 출근해서 제일 늦게 자리를 뜨는 일이 그의 몫이었다. 길 쪽 구석 탁자에 어기적거리고 앉으며 그가 물었지만 아무도 대꾸를 하지 않았다. "쌀죽을 쑤나?" 여전히 반응이 없었다. 라오솬이 총총걸음으로 나와 그에게 차를 따랐다.

"샤오솬, 들어오거라!" 화씨댁이 샤오솬을 안쪽 방으로 불러들였다. 가운데 걸상이 놓여 있었고 샤오솬이 거기 앉았다. 그녀는 시커멓고 둥근 것을 접시에 받쳐 들고는 설피시 입을 열었다.

"먹거라. 병이 나을 게다."

샤오솬은 시커먼 것을 집어 들고 한참을 쳐다보았다. 자기 목숨을 들고 있기라도 한 듯 기이한 느낌이 일었다. 조심스레 가르자 바삭거리는 껍질 속에서 한 줄기 하얀 김이 훅 솟았다. 김이 사라지고 보니 찐빵 두 쪽이었다. 얼마 뒤 남김없이 뱃속으로 들어갔지만 무슨 맛인지 전혀 생각이 나질 않았다. 한쪽엔 그의 아버지가 서 있었고 다른 한쪽엔 그의 어머니가 서 있었다. 둘의 눈초리는 그의 몸 안에 무언가를 들이부었다가 다시 그걸 끄집어낼 태세였다. 이내 심장이 요동쳤다. 그는 가슴을 억누르고 또 한바탕 기침을 뱉어 냈다.

"눈 좀 붙이거라. 그럼 좋아질 거다."

샤오솬은 어머니가 시키는 대로 쿨럭이며 잠이 들었다. 기침이 잦아들기를 기다렸다가 그녀는 누덕누덕 기운 이불을 살포시 덮어 주었다.

3.

가게는 손님으로 가득했다. 라오솬도 바빴다. 큼직한 구리 주전자를 들고 연신 손님들에게 차를 따르고 있었다. 두 눈 언저리에 검은 테가 선연히 드리워 있었다.

"라오솬, 어디 불편한가? 병이라도 났나?" 수염이 희끗한 자가 말을 걸었다.

"아닙니다요."

"아니라고? 어쩐지 싱글거리는 게 아픈 거 같지는⋯." 흰 수염이 이내 자기 말을 되삼켰다.

"이 양반이 웬만히 바빠야지. 아들놈이라도⋯." 곱사등이 도령의 말이 채 끝나기도 전에 돌연 험상궂은 사내 하나가 성큼 들어섰다. 검은색 무명 장삼을 걸치고 단추도 풀어헤친 채 검은색 널따란 허리띠를 아무렇게나 허리춤에 두르고 있었다. 문을 들어서자마자 라오솬에게 소리를 질렀다.

"먹였어? 좋아졌나? 라오솬, 자넨 정말 운이 좋았어! 내가 귀띔이라도 안 해줬어 봐⋯."

라오솬은 한 손으로 찻주전자를 들고 다른 한 손은 다소곳이 내린 채 싱글거리며 그의 말을 듣고 있었다. 가게에 있던 손님들도 다소곳이 그의 말을 경청하고 있었다. 화씨댁도 검은 테가 드리운 눈으로 싱글거렸다. 찻잔과 찻잎을 꺼내와 감람橄欖 하나를 곁들이자 라오솬이 물을 따랐다.

"이건 틀림없어! 여느 것하곤 다르다니까. 생각해 보라구. 따끈할 때 가져왔겠다, 또 따끈할 때 먹였겠다." 험상궂은 사내는 연신 소리를 질러댔다.

"그렇고말고요. 캉康 아저씨가 아니었다면 어찌 이런⋯." 화씨댁도 연신 주억거리며 감사를 표했다.

"틀림없어, 틀림없는 거라니까! 따끈할 때 먹었으니 말이야. 사람 피 먹인 찐빵은 폐병엔 직방이라니까!"

화씨댁은 '폐병'이라는 말에 다소 기분이 언짢은 듯 안색을 구겨지만 이내 웃음으로 얼버무리고는 자리를 떴다. 캉 아저씨란 자는 눈치도 없이 아직도 목성을 높이고 있었다. 샤오솬이 쿨럭이는 소리가 그 소리에 섞여 들었다.

"알고 보니 이 집 아들 샤오솬이 그런 행운을 잡았구만. 암 물론이지, 낫다마다. 어쩐지 온종일 라오솬 얼굴이 피었다 했더니." 흰 수염은 추임새를 넣으면서 사내 앞으로 다가가 목소리를 깔았다. "캉 형, 어제 사단 난 범인이 샤^夏씨 집안 아들놈이라던데, 몇째 집 아들이야? 대체 뭔 일이 있었던 거야?"

"누구겠어? 샤씨 집안 넷째 집 놈이지. 고 맹랑한 놈 말야!"

사내는 모두가 귀를 세우고 있는 걸 보고 한층 신이 났다. 그리하여 뒤룩거리는 낯살을 팽팽히 조이며 언성을 한층 더 돋우었다. "그놈이야 살기 싫다니 뒈지면 그만이지. 근데 난 뭐야, 이번에 국물 한 방울도 못 먹었으니 말야. 하다못해 벗겨 낸 그놈 옷까지 토끼눈깔 간수 아이^{阿義}가 몽땅 가져가 버렸다니까. 땡잡은 건 우리 솬 영감이지. 그다음은 샤씨 집안 셋째 놈이고. 새하얀 은전 스물닷 냥을 상으로 받아 꿀꺽 삼켰으니 말이야."

샤오솬이 느릿느릿 골방에서 나왔다. 두 손으로 가슴을 누르며 연신 기침을 해댔다. 그러고는 아궁이로 가서 식은 밥 한 그릇을 수북이 담아 더운 물을 붓더니 우걱거리며 먹기 시작했다. 화씨네 큰댁이 뒷발치에서 조용히 물었다. "샤오솬, 좀 어떠냐? 아직도 배만 고픈 거야?…"

"틀림없어, 틀림없는 거라니까!" 사내는 샤오솬을 힐끗 쳐다

보고는 다시 고개를 돌려 계속 지껄여 댔다. 샤씨 집안 셋째 놈 말이지, 정말 영리해. 만약 그놈이 먼저 고발을 안 했어 봐. 그럼 일족이 멸문을 당했을걸. 지금은 어떠냐고? 은전을 쥐었잖아! 그 젊은 놈도 정말이지 독종이두만! 감옥에서도 간수들에게 들 고일어나라고 충동질을 했다니 말야."

"하아, 그놈 그거 말종이네." 뒷줄에 앉아 있던 스무 남짓한 총각이 씩씩거렸다.

"알고들이나 있으셔. 토끼눈깔 아이가 내막을 조사하러 갔 더니, 그놈이 도리어 수작을 부리더라는 거야. 그놈이 글쎄 이 대청大淸제국 천하가 우리 모두 거라 했다는 거야. 생각해 보게. 이게 어디 사람이 할 소리냐고. 토끼눈깔도 그놈 집에 늙은 어 미밖에 없다는 건 알고 있었지만 그렇게 찢어지게 가난할 줄 은 생각도 못 했다는 거야. 쥐어짜도 기름 한 방울이 안 나오니 울화가 나서 뱃가죽이 터질 지경이었거든. 그런데 놈이 호랑 이 머리를 긁어 놓은 게지. 그냥 귀싸대기 두 대를 앵겨 버린 거 야!"

"토끼눈깔 성님 주먹, 그거 말도 못하게 센데, 두 대면 작살이 났겠구만." 구석에 있던 곱사등이가 돌연 신바람을 냈다.

"그런데 그 개뼉다귀가 맞아도 겁을 먹긴커녕 글쎄 이랬다 는 거야. 불쌍타 불쌍한지고."

흰 수염이 끼어들었다.

"그런 놈을 때린 게 뭐가 불쌍하다는 거야?"

사내는 같잖다는 표정으로 냉소를 흘렸다.

"자넨 내 말귀를 못 알아듣나 본데, 그놈 표정이 도리어 토끼눈깔을 불쌍히 여기는 투였다니까!"

듣고 있던 사람들 눈초리가 별안간 희뭉둑해지더니 이야기도 뚝 끊기고 말았다. 샤오촨은 벌써 밥을 다 먹은 상태였다. 전신에 땀이 줄줄 했고 머리엔 김이 모락모락 피어나고 있었다.

"토끼눈깔이 불쌍타고? 미쳤지. 정말 돌아 버렸구만." 흰 수염이 큰 깨달음을 얻은 듯 떠벌렸다.

"그래, 미친 거야." 스무 남짓한 총각도 대오각성의 일갈을 내질렀다.

가게 손님들은 다시 활기를 띠며 담소를 나누기 시작했다. 샤오촨의 절망적인 기침소리도 시끌벅적함에 뒤섞였다. 사내가 앞으로 다가와 그의 어깨를 두드렸다.

"틀림없는 거야! 샤오촨, 그리 기침을 하면 못쓴다. 틀림없이 낫느니라!"

"돌아 버렸어." 곱사등이가 고개를 끄덕이며 주절거렸다.

4.

서문 밖 성벽에 잇닿아 있는 땅은 본시 관아 소유지였다. 가운데 굽이진 오솔길은 지름길을 꿈꾸는 자들의 신발 밑창이 만들어 낸 것이지만 자연스레 경계선이 되었다. 길 왼편엔 사형

수나 옥살이로 죽은 자들이 묻혀 있고, 오른쪽은 빈민들의 공동묘지였다. 양쪽 모두에 층층겹겹 들어선 무덤은 흡사 부잣집 회갑 잔칫상에 얹힌 찐빵을 방불케 했다.

이 해 청명절은 추위가 유난했다. 버드나무는 겨우 쌀 반 톨 정도의 새싹을 토해 냈을 뿐이었다. 동이 튼 지 얼마 되지도 않았건만, 화씨댁은 오른편 새로 입힌 봉분 앞에 앉아 접시 넷에 밥 한 그릇을 늘어놓고 한바탕 곡을 끝낸 뒤였다. 지전紙錢을 태우고 멍하니 땅바닥에 퍼질러 있는 것이 마치 무언가를 기다리는 듯했다. 하지만 그 자신도 무얼 기다리는지 알 수 없었다. 미풍이 불어와 그의 짧은 머리칼을 흩날렸다. 분명 작년보다 백발이 훨씬 늘어나 있었다.

오솔길로 또 한 여인이 오고 있었다. 반백의 머리에 남루한 옷을 걸친 여인이었다. 붉은 옻칠이 다 벗겨진 둥근 광주리 밖으로 한 꾸러미 지전을 늘어뜨린 채 힘겨운 발걸음을 터벅터벅 옮기고 있었다. 문득 여인은 저쪽에서 화씨댁이 자기를 쳐다보고 있는 걸 보고 걸음을 멈칫거렸다. 핏기 없는 얼굴엔 난처한 기색이 역력했다. 그러나 결국 할 수 없다는 듯 왼편 어느 무덤으로 걸어가 광주리를 내려놓았다.

그 무덤과 샤오촨의 무덤은 일자로 늘어서 있었다. 그 가운데로 오솔길 하나가 가로놓여 있을 뿐이었다. 화씨댁은 여인이 접시 넷에 밥 한 그릇을 늘어놓고 한바탕 통곡을 한 뒤 지전을 사르는 걸 보면서 속으로 생각했다. '저 무덤 안에도 아들이 누위 있구나.' 그런데 늙은 여인이 주변을 빙 둘러보더니 별안간 수족을 떨면서 비틀비틀 몇 걸음을 물러서는 것이 아닌가. 휘둥그런 눈은 이미 넋이 나가 있었다.

이 모습을 본 화씨댁은 너무 상심해서 그녀가 미쳐 버린 줄 알았다. 보다 못해 일어나 오솔길을 건너가 나직이 말을 걸었다. "이봐요, 아주머니, 상심하지 마세요. 우리 갑시다. 돌아가는 게 좋겠어요."

여인은 고개를 끄떡였지만 휘둥그런 눈은 여전히 허공을 향해 있었다. 그러고는 나지막한 목소리로 더듬거리는 거였다. "저기, 저기 좀 봐요. 저게 뭐죠?"

화씨댁의 눈이 그녀의 손가락 끝을 좇아 바로 앞 무덤에 이르렀다. 풀뿌리조차 자리를 잡지 못해 누런 흙이 듬성거리는 것이 보기가 사나울 정도였다. 다시 위쪽을 살피던 그녀는 화들짝 기겁을 했다. 붉고 흰 꽃들이 묏등 꼭대기를 에워싸고 있는 게 아닌가. 분명히 그랬다.

둘 다 노안이 온 지 몇 해가 되었지만 그 꽃을 분간 못 할 정도는 아니었다. 많진 않았지만 둥그런 원을 그리고 있었고 썩 생기가 있진 않았지만 그래도 가지런했다. 화씨댁은 얼른 자기 아들 무덤과 다른 무덤들을 둘러보았다. 거기엔 추위를 무서워 않는 작은 꽃들만 드문드문 창백히 피어 있을 뿐이었다. 불현듯 결핍과 공허가 몰려왔지만 뿌리를 캐고 싶지는 않았다. 늙은 여인은 다시 몇 걸음을 다가가 찬찬히 둘러보면서 중얼거렸다. "뿌리가 없네. 절로 핀 것 같진 않은데. 이런 곳에 누가 왔을 꼬? 아이들이 놀러 오진 않을 테고. 일가친척이 발을 끊은 지는 오랜데. 대체 어찌된 일일꼬?" 한참 동안 생각에 잠기던 여인은 울컥 눈물을 쏟으며 부르짖었다.

"위瑜야, 놈들이 너에게 누명을 씌웠으니 분하고 원통해서 잊질 못하는 거지. 그래서 오늘 영험을 부려 에미한테 알리려는 거지?" 사방을 둘러보았지만 까마귀 한 마리가 잎이 다 떨어진 벌거숭이 나무에 서 있을 뿐이었다. 여인의 말이 이어졌다. "알았다. 위야. 널 죽인 놈들이 불쌍한 게구나. 머잖아 천벌을 받고야 말 게다. 하늘이 다 알고말고. 그러니 이제 눈을 감으면 돼. 네가 정말 여기 있어서 에미 말을 알아들었다면 저 까마귀를 네 무덤 위로 날아오게 해서 에미한테 보여 주렴."

산들거리던 바람이 멎은 지는 이미 오래였다. 마른 풀들이 꼿꼿이 서 있는 것이 마치 철사 같았다. 한 줄기 떨림이 공기 속에서 가늘어지다 마침내 사라졌다. 주위는 온통 죽음 같은 정적이었다. 두 사람은 마른 풀숲에 서서 까마귀를 올려다보았다. 까마귀도 쭉 뻗은 가지 사이로 고개를 움츠리며 무쇠처럼 서 있었다.

얼마나 시간이 흘렀을까. 무덤을 찾는 사람들이 점점 늘어났다. 노인과 아이 몇이 묏등 사이로 나타났다 사라졌다.

화씨댁은 왠지 모르게 묵직한 짐을 내려 버린 것 같았다. 자리를 뜨려는 듯 다시 말을 건넸다.

"우리 돌아가는 게 좋겠어요."

늙은 여인은 한숨을 내쉬고는 맥이 다 풀린 듯 주섬주섬 음식을 챙기기 시작했다. 일순 망설임이 일었다. 마침내 여인은 혼잣말로 중얼거리면서 천천히 발걸음을 옮겼다. "대체 어찌된 일일꼬?…"

이삼십 보나 걸음을 떼었을까. 홀연 등 뒤로 "까악——" 하는 소리가 공기를 갈랐다. 두 사람은 흠칫 고개를 돌렸다. 아까 그 까마귀가 두 날개를 펴고 몸을 웅크리더니 화살처럼 먼 하늘을 향해 솟구쳐 날아가는 것이었다.

1919년 4월

야단법석(風波)

강에 잇닿은 마당으로 태양이 누린빛을 거둬들이고 있었다. 마당 언저리 강에 드리운 오구목烏相木 잎들이 이제야 생기를 되찾았고 그 아래 몇 마리 모기가 앵앵대며 춤을 추고 있었다. 강으로 난 굴뚝에선 밥 짓는 연기가 가늘어졌고 여인과 아이들은 앞마당에 물을 뿌리며 탁자며 걸상을 내놓고 있었다. 저녁밥 때가 된 것이다.

노인과 사내들은 나지막한 걸상에 앉아 큼직한 파초 부채를 부치며 한담을 나누고 있었다. 꼬마들은 뛰어다니거나 오구목 아래 쪼그리고 앉아 공기놀이를 하고 있었다. 여인들은 김이 모락거리는 나물 반찬과 노란 쌀밥을 날랐다. 혹여 문인들이 배를 띄우고 술놀이라도 벌이고 있었다면, 어떤 문호의 시흥詩興이 크게 일어 이렇게 읊을지도 모를 일이었다. "근심도 없고 걱정도 없나니, 진실로 이것이 전원의 즐거움이로다!"

그런데 문호의 노래엔 사실과 다른 점이 몇 가지 있었다. 구근(九斤) 할매의 말을 듣지 못했으니 말이다. 할매는 찢어진 파초 부채로 걸상다리를 두드리며 길길이 역성을 부리고 있던 중이 었다.

"나는 일흔아홉을 살았어. 살 만큼 살았다구. 이렇게 집안 망하는 꼴은 보고 싶지 않아. 차라리 죽는 게 낫지. 금방 밥때가 돼 가는데 볶은 콩이나 처먹고 있으니, 먹어서 집안을 거덜 낼셈이야!"

증손녀 육근(六斤)이 한 줌 콩을 쥐고 맞은편에서 달려오다가 기미를 알아채고 곧장 강 쪽으로 내뺐다. 그러더니 오구목 뒤에 숨어 주먹만 한 댕기머리를 삐죽 내밀고는 소리를 질렀다.

"저 할망구는 뒈지지도 않아!"

구근 할매는 나이답지 않게 아직 귀가 심하게 먹지는 않았다. 그런데도 아이의 말을 듣지 못했는지 여전히 혼자서 주절대고 있었다. "정말이지, 대가 갈수록 시원찮아진다니까!"

이 마을 관습은 좀 유별난 데가 있었다. 대개 여자가 아이를 낳으면 저울로 무게를 달아 근수를 이름으로 삼았다. 구근 할매는 쉰 살 생일잔치를 하고부터 점점 투덜이로 변해 갔다. 젊었을 땐 날씨가 지금같이 덥지 않았다느니, 콩도 지금같이 딱딱하지 않았다느니, 아무튼 요즘 세상이 틀려먹었다는 말을 입에 달고 다녔다. 게다가 육근이 증조부에 비해 세 근이나 모자라고 제 애비 칠근과 비교해도 한 근이 덜 나가니 이거야말로 확실한 증거라는 거였다. 그리하여 소리에 다시 힘이 실렸다. "정말이지, 대가 갈수록 시원찮아진다니까!"

며느리 칠근댁이 밥 광주리를 받쳐 들고 오다가 대뜸 광주리를 탁자에 내동댕이치더니 발끈하는 것이었다. "노친네 또 시작이네. 육근이 태어날 때 여섯 근 닷 냥 아니었어요? 우리 집 저울이 또 사제라 무게가 잘 안 나가는 십팔 냥 저울이잖아요. 십육 냥짜리 저울을 썼더라면 우리 육근인 일곱 근도 더 나갔을 거예요. 증조부나 조부도 아홉 근이나 여덟 근을 꽉 채웠는지 어땠는지 잘 모르잖아요. 저울이 십사 냥짜리인지도 모르고…."

"정말이지, 대가 갈수록 시원찮아진다니까!"

대답을 머뭇거리던 칠근댁은 이때 칠근이 골목 어귀를 돌아 나오는 것을 보고는 그쪽을 향해 악다구니를 썼다. "야, 이 웬수야, 뭔 짓을 하다 이제사 돌아오는 겨. 어디 가서 뒈졌나 했지! 밥상 차려 놓고 기다리는 사람 안중에도 없지!"

칠근은 농촌에 붙박여 살고 있었지만 이름을 날려 보려는 야심이 일찍부터 있었다. 조부로부터 그에 이르기까지 삼대를 호미자루 한 번 잡아본 일이 없었다. 그 역시 뱃사공 일을 하며 매일 아침 대처로 나갔다가 해질녘 다시 루전魯鎭으로 돌아오는 것이 일상이었다. 그런 탓에 그는 세상 돌아가는 소식에 아주 밝았다. 가령 어디서 천둥신 뇌공雷公이 지네 요정을 동강 내고 말았다느니, 어느 곳에선 처녀가 야차夜叉를 낳았다느니 하는 따위였다. 촌사람들 속에서 그가 이미 유명인사가 된 건 확실했다. 그래도 여름날엔 저녁 등불 없이 밥을 먹는 농가의 관습이 엄연한 상황에서 귀가 시간이 지체되면 욕을 먹는 건 어쩔 수가 없었다.

칠근은 상아 부리에 백동 대통의 여섯 자 가웃 반죽斑竹 담뱃대를 쥐고 고개를 떨군 채 느기적거리고 오더니 걸상에 주저앉았다. 육근도 이때를 놓칠세라 그 옆에 달라붙어 아버지를 불렀다. 칠근은 대답이 없었다.

"대가 갈수록 시원찮아진다니까!" 구근 할매가 주절거렸다.

칠근이 천천히 고개를 들고 한숨을 쉬며 입을 열었다. "황제가 보위에 올랐어."

칠근댁은 일순 멍하다가 홀연 큰 깨달음을 얻은 듯 거들고 나섰다. "거 잘됐네. 대사면大赦免의 황은皇恩을 입지 않겠어?"

칠근은 또 한 번 숨을 내쉬었다. "난 변발이 없잖아."

"황제가 변발을 요구해?"

"황제는 변발을 요구해."

"그걸 어떻게 알아?" 칠근댁은 조급해져 그를 다그쳤다.

"셴헝威亨주점에서 다들 그러던걸."

칠근댁은 일순 뭔가 심상치가 않다는 느낌이 들었다. 셴헝주점은 믿을 만한 소식통이었던 것이다. 눈알을 굴려 칠근의 까까머리를 힐끗거리던 그녀는 부아가 치밀어 올랐다. 그가 한심하기도 하고 밉기도 하고 원망스럽기도 했다. 갑자기 절망감이

밀려왔다. 밥 한 그릇을 가득 담아 칠근 앞에 들이밀며 날카롭게 쏘아붙였다. "어서 밥이나 드셔! 울상을 짓는다고 변발이 자라기나 해?"

태양이 최후의 빛을 거두어들이자 수면엔 어느새 서늘한 기운이 되돌아왔다. 마당에선 그릇 소리 젓가락 소리만 달그닥거렸고 사람들 등줄기로 다시 땀방울이 송글거렸다. 밥 세 사발을 다 비운 칠근댁이 무심히 고개를 들었다. 순간 갑자기 명치 끝이 쿵쾅쿵쾅 요동을 치기 시작했다. 오구목 잎새 사이로 작달막하고 뚱뚱한 자오치趙七 영감이 외나무다리를 건너오고 있었던 것이다. 그것도 짙푸른 옥양목 장삼을 입은 채 말이다.

자오치 영감은 인근 마을 마오위안茂源주점의 주인으로, 사방 삼십 리 내에서 유일한 명사이자 학자였다. 그래서인지 어딘지 모르게 나리마님 같은 퀘퀘한 냄새가 났다. 그는 김성탄金聖歎 평점評點의 『삼국지』를 십여 권 소장하고 있어서 허구한 날 앉아 그걸 한 글자 한 글자 읽곤 했던 것이다. 그는 오호장군五虎將軍의 이름을 알 뿐 아니라 심지어 황충黃忠의 자字가 한승漢升이고 마초馬超의 자가 맹기孟起라는 것도 알고 있었다. 혁명이 일어난 뒤 그는 마치 도사처럼 변발을 머리 꼭대기에 둘둘 말고 다녔다. 늘 탄식하며 가로되 만약 조자룡趙子龍이 살아 있다면 천하가 이 지경으로 어지러워지진 않았으리라는 거였다. 눈이 밝은 칠근댁은 오늘 자오치 영감의 머리가 도사 모양이 아니라 앞머리를 반들반들하게 깎아 올리고 뒤로 새까만 변발을 늘어뜨리고 있다는 것을 한눈에 알아보았다. 이건 분명 황제가 보위에 올랐다는 것이고 게다가 반드시 변발이 있어야 한다는 것이었다. 뿐만 아니라 칠근이 분명 심각한 위험에 빠져 있다는 징표이기도 했다. 그도 그럴 것이 자오치 영감은 옥양목 장삼을 어지간해서는 입지 않기 때문이다. 최근 삼 년 동안 딱 두 번 입었을 뿐이다. 한 번은 그와 실랑이를 벌인 곰보 아쓰^{阿四}가 병이 났을 때였고, 또 한 번은 그의 주점을 박살낸 루^魯 영감이 죽었을 때였다. 이번이 세번째로, 이건 분명 그에겐 경사요 그의 원수에겐 재앙임에 틀림없었다.

칠근댁은 이 년 전 칠근이 술에 취해 그를 "쌍놈"이라 욕한 것이 떠올랐다. 그래서 순간 칠근에게 위험이 닥쳤다는 걸 직감하고는 가슴이 쿵쾅거리기 시작했던 것이다.

영감이 걸어오자 밥 먹던 사람들이 모두 일어나 젓가락으로 자기 밥그릇을 가리키며 말했다. "어르신, 저희랑 진지 좀 드시죠!" 그도 연신 고개를 끄떡이며 "어여들 드시게" 하며 칠근네 식탁으로 곧장 걸어갔다. 칠근네 식구들이 서둘러 인사를 하자 그도 엷은 웃음을 띠며 "어여들 들어" 하면서 밥과 반찬을 찬찬히 훑었다.

"나물 냄새가 구수하구먼…, 소문은 들었겠지?" 그는 칠근 뒤에 서서 맞은편의 칠근댁에게 말을 건넸다.

"황제께서 보위에 오르셨다고요." 칠근이 끼어들었다.

칠근댁은 자오치 영감의 얼굴을 보고 한껏 웃음을 섞으며 말했다. "황제마마께서 보위에 오르셨으니 언제쯤 대사면의 황은을 입게 될라나요?"

"대사면의 황은이라…? 당장이야 아니라도 언젠간 대사면이 있겠지." 그러더니 갑자기 목소리에 서슬이 돋기 시작했다. "헌데 자네 서방 변발은? 변발이 어디로 갔냐고? 이건 심각한 문제야. 자네들도 알잖은가. 장발적 그 난리 때 머리털을 남기자니 머리통이 달아나지, 그렇다고 머리통을 남기자니 또 머리털이 달아나지….

칠근네 부부는 책이라고는 가까이 가 본 적이 없어 이런 문자놀이의 오묘함을 이해할 턱이 없었다. 하지만 학식 있는 자오치 영감이 이런 말을 하는 것으로 보아 사태가 돌이킬 수 없는 지경에 이르렀다는 것은 직감했다. 그리하여 사형선고라도 받은 것처럼 귀가 웅웅거리며 한 마디 대꾸도 할 수 없었다.

"대가 갈수록 시원찮아져…" 투덜대고 있던 구근 할매가 이 기회를 틈타 영감에게 말을 붙였다. "요즘 장발적은 사람들 변발이나 잘라서 중도 아니고 도사도 아닌 꼴로 만들어 놓는 게 고작이여. 왕년의 장발적이 어디 이랬수? 나는 일흔아홉을 살았으니 살 만큼 살았어. 왕년의 장발적은 어쨌냐 하면 새빨간 비단 한 필로 칭칭 머리를 싸매고 아래로 늘어뜨려 발뒤꿈치까지 닿았지. 임금 마마는 누런 비단을 늘어뜨렸어, 누런 비단 말이여. 새빨간 비단에 누런 비단이… 난 살 만큼 살았어. 일흔아홉이면."

칠근댁은 몸을 일으키며 중얼댔다. "이 일을 어떡하면 좋다 냐? 늙으나 어리나 다 저 양반만 기대고 사는데…."

영감은 고개를 내저었다. "방법이 없어. 변발이 없으면 어떤 벌을 받아야 하는지 책에 조목조목 쓰여 있으니 말이야. 권속 이 어찌 되건 그런 건 상관없네."

책에 적혀 있단 말에 칠근댁은 완전히 절망했다. 혼자 날뛴 들 방법이 없었다. 갑자기 또 칠근이 원망스러워졌다. "이 원수 야. 싸다 싸! 모반이 일어났을 때 내가 그리 일렀잖아. 뱃일도 하지 말고 대처에 나가지 말라고. 그런데도 죽자 사자 기어 나 가더니 기어이 변발을 잘리고 말았잖아. 예전엔 윤기 찰랑거 리는 까만 변발이 그리 좋두만, 지금 그 꼴이 뭐야. 중도 아니고 도사도 아닌 것이. 이 인간이야 자업자득이라 치고 우릴 끌고 들어가 또 어쩌겠다고? 이 원수 같은 인간아…."

자오치 영감이 마실을 나온 걸 보고 마을 사람들은 부랴부랴 칠근네 식탁으로 몰려들었다. 칠근은 제 딴엔 나름 유명인사라 여기던 차였는데 여편네한테 그것도 사람들 앞에서 모욕을 당 했으니 체면이 영 말이 아니었다. 어쩔 수 없다는 듯 고개를 치 켜들고 천천히 입을 열었다.

"지금 와서 멋대로 지껄이는데 그땐 당신도…."

"이 원수 같은 화상이…."

구경꾼 중 팔일ㅅ 댁은 심성이 착한 사람이었다. 두 살 난 유복자를 안고 칠근댁 옆에서 이 난리를 구경하던 그녀가 보다 못해 사태를 진정시키고 나섰다. "칠근댁, 그만해. 사람이 신이 아닌 이상 어느 누가 앞일을 알 수 있나? 자네도 그때 말했잖아. 변발이 없어도 전혀 이상하지 않다고. 게다가 관아 나으리도 아직 별 말씀이 없는데…."

말이 끝나기도 전에 칠근댁의 귓불이 새빨개졌다. 대뜸 들고 있던 젓가락으로 팔일댁 코를 찔러 대며 역성을 부렸다. "아니, 무슨 말을 그렇게 해! 팔일댁, 나같이 멀쩡한 사람이 어찌 그렇게 터무니없는 소리를 해? 그때 나는 꼬박 사흘을 울고불고 난리를 쳤다구. 모두들 봤잖아. 육근이 이년도 꺼이꺼이 난리였고…." 육근은 수북이 담은 밥을 냉큼 비우고 빈 사발을 내밀며 더 달라던 참이었다. 칠근댁은 홧김에 젓가락으로 육근의 댕기 머리 한복판을 쿡 찌르며 소리를 질렀다. "누가 거기더러 나서라 그랬어! 서방질이나 일삼는 과부 주제에!"

쨍그렁 하는 소리가 나면서 육근이 들고 있던 밥사발이 땅에 떨어졌다. 공교롭게도 벽돌 모서리에 부딪히는 바람에 산산조각이 나고 말았다. 칠근은 벌떡 일어나 깨진 그릇을 주워 맞추어 보더니 버럭 소리를 질렀다. "망할 년!" 그러고는 철썩 하는 소리와 함께 육근이 나가떨어졌다. 구근 할매는 나동그라져 울고 있는 육근의 손을 당겨 일으켰다. 그러고는 "대가 갈수록 시원찮아져"를 연발하며 어디론가 데리고 가 버렸다.

팔일댁도 열이 뻗쳐 맞받아쳤다. "칠근댁, 그쪽이 지금 '무턱

대고 사람을 때려잡네'….”

　자오치 영감은 처음엔 실실대며 구경만 하고 있었다. 그런데 팔일댁의 “관아 나으리도 별 말씀이 없었다”는 발언 이후 슬그머니 화가 났다. 식탁머리 난장판에서 발을 빼고 있던 그가 팔일댁의 말에 토를 달고 나선 것이다. “'무턱대고 사람을 때려잡네'라니, 그걸 말이라고 하는 게야? 대군이 곧 들이닥칠 거야. 자네 잘 알아 둬. 이번에 보위에 오르시는 분은 장張 장군이란 분인데,[4] 이분은 연燕나라 사람 장익덕張翼德의 후손이셔. 그분의 장팔사모丈八蛇矛 위용을 만 명의 장정인들 당해 낼라고, 그러니 뉘라서 그분을 막아 낼 수 있으리.” 그는 두 주먹을 불끈 쥐고 장팔사모를 잡은 듯 시늉을 하며 팔일댁 쪽으로 성큼 몇 걸음을 다가갔다. “자네가 그분을 막아 낼 건가!”

　팔일댁은 화가 나서 아이를 안은 채 몸을 떨고 있던 참이었다. 그런데 자오치 영감이 눈을 부라리고 땀을 뻘뻘 흘리며 자기를 겨누고 달려드는 걸 보고 기겁을 해 달아나 버렸다. 자오치 영감도 뒤를 쫓았다. 사람들은 팔일댁이 일을 키웠다고 나무라면서 길을 틔워 주었다. 변발을 잘랐다가 다시 기르기 시작한 몇몇은 그가 볼세라 사람들 뒤로 얼른 몸을 숨겼다. 자오치 영감도 자세히 살필 여력은 없는 듯 무리를 뚫고 지나가다가 오구목 뒤편으로 돌아들며 소리쳤다. “자네가 그분을 막아 낼 거야!” 그러고는 외나무다리를 건너 유유히 사라져 버렸다.

　마을 사람들은 멍하니 서서 속으로 이런저런 가늠을 하느라 여념이 없었다. 그런들 자기가 장익덕을 당해 낼 순 없다는 건 분명했고, 따라서 칠근이 목숨을 부지할 길이 없다는 것도 확실했다. 기왕 칠근이 천자의 법도를 범했다면, 지금껏 대처 소식이랍시고 긴 담뱃대를 물고 거드름을 피워 댄 것도 돼먹지 못한 짓이라는 생각이 들었다. 그리하여 칠근의 범법 행위에 대해 적잖이 통쾌하단 생각이 들기도 했다. 뭔가 의논을 해봐야 할 것 같았지만 그렇다고 딱히 논의할 만한 게 있을 것 같지도 않았다. 한바탕 앵앵거림이 일더니 모기들이 벌거벗은 윗통들의 숲을 뚫고 오구목 아래에 진을 쳤다. 사람들도 하나 둘 흩어져 문을 걸고 잠이 들었다. 칠근댁도 투덜거리면서 그릇과 탁자, 걸상을 챙겨 집으로 들어가 문을 걸고 잠이 들었다.

칠근은 깨진 종지를 들고 집으로 돌아와 문지방에 걸터앉아 담배를 피웠다. 하지만 너무 걱정이 돼서 빠는 것도 잊었다. 담뱃대 백동 대통 속의 불꽃이 점점 사그라졌다. 사태가 몹시 위급한 것 같아 무슨 방도를 강구하고 계획을 세우고 싶었지만 너무 막연해서 도무지 종잡을 수가 없었다. "변발은? 변발은 어디로 갔냐고? 장팔사모 말이야. 대가 갈수록 시원찮아져 간다니까! 황제께서 보위에 오르셨어. 깨진 사발은 대처에 나가 때우면 되겠지만. 누가 그분을 당해 낼 건가? 책에 조목조목 적혀 있다니까. 망할 년!…"

이튿날 아침 칠근은 여느 때처럼 배를 저어 대처로 나갔다가

해질녘 루전으로 돌아왔다. 그리고 여섯 자가 넘는 반죽 담뱃대와 사발 하나를 들고 마을로 돌아갔다. 저녁 자리에서 그는 구근에게 성에 가서 그릇을 때워 왔다는 것, 산산조각이 나서 구리 못 열여섯 개가 들었다는 것, 구리 못 하나당 서 푼 해서 도합 마흔여덟 푼이 들었다는 것 등을 주절주절 늘어놓았다.

구근 할매는 언짢아하며 역성을 부렸다. "대가 갈수록 시원찮아져. 난 살 만큼 살았다구. 못 하나에 서 푼이라니. 예전엔 못이 어디 이랬남? 예전 못은 말이여… 난 일흔아홉까지 살았다구…."

그 이후 늘 그래 왔던 대로 칠근은 매일 대처를 드나들었다. 하지만 집안 공기는 어딘가 모르게 어두웠고 마을 사람들도 대체로 그를 기피하면서 더 이상 대처 소식을 귀동냥하러 오지 않았다. 칠근댁도 뚱한 목소리로 항시 입에 "웬수"를 달고 다녔다.

열흘 남짓 지난 어느 날, 칠근이 대처에 나갔다 돌아오니 아내가 신이 난 목소리로 물었다. "대처에서 무슨 소릴 못 들었수?"

"아무 소리도 못 들었는데."

"황제가 보위에 올랐대?"

"아무 말도 없던데."

"셴헝주점에서도 무슨 소리들을 안 하고?"

"없었는데."

"내 생각엔 황제가 분명 보위에 오르지 못한 것 같아. 오늘 자오치 영감 가게를 지나는데 영감이 또 앉아서 책을 읽고 있더라구. 변발도 둘둘 말아 올리고. 장삼도 안 입었어."

"……"

"보위에 안 오른 거겠지?"

"안 오른 거 같애."

지금 칠근은 칠근댁과 마을 사람들에게 상당한 존경과 대우를 받는 몸이 되었다. 여름이 되자 그들은 여전히 앞마당에서 밥을 먹었다. 모두들 얼굴을 마주치면 환한 얼굴로 인사를 건넨다. 여든을 넘어선 구근 할매는 여전히 불평을 늘어놓았고 기력도 짱짱했다. 육근의 댕기머리도 벌써 커다란 변발로 변해 있었다. 최근 발을 싸맨 그 아이는 집안일을 도울 만은 했는지 열여섯 개 구리 못으로 땜질한 주발을 들고 뒤뚱거리며 마당을 오가고 있었다.

1920년 10월

고향

혹한을 무릅쓰고 고향을 간다. 이천 리 떨어진, 이십여 년이나 떠나 있던 고향 말이다.

한겨울이었다. 고향이 가까워질수록 날씨는 음산하고 찬바람이 윙윙 배 안을 파고들었다. 덮개 사이로 밖을 내다보니 누릿한 하늘 아래 스산하고 황량한 마을들이 띄엄띄엄 생기 없이 늘어서 있었다. 가슴에 울컥 슬픔이 치밀어 올랐다.

아! 이게 내가 이십여 년 동안 한시도 잊지 못하던 고향이란 말인가?

내 기억 속의 고향은 이렇지 않았다. 그건 훨씬 더 근사했다. 그러나 기억 속의 그 아름다움을 떠올려 멋진 대목을 말하려 하면 영상도 사라지고 언어도 사라져 버린다. 마치 그런 것이라는 듯. 그래서 나 스스로 이렇게 해명하는 것이다. 고향도 본시 그렇다. 진보가 없다 한들 슬픔을 느낄 이유는 없다. 그저 내

심정의 변화일 뿐이니까. 게다가 이번 귀향에 설렘 같은 게 있지도 않았으니까.

이번 귀향은 이별을 위한 것이었다. 오랫동안 우리 일가가 살던 집은 이미 남에게 넘기기로 얘기가 된 상태였다. 양도 기한은 금년 말까지였다. 그래서 정월 초하루 전에 정든 옛집과 이별하고 정든 고향을 떠나 내가 밥벌이를 하고 있는 이역으로 이사를 가야만 했다.

이튿날 아침 나는 우리 집 대문 앞에 당도했다. 기와 위 바람에 떨고 있는 말라 비튼 풀들은 집 주인이 바뀌어야 하는 까닭을 말해 주고 있었다. 같이 살던 친척들은 이미 이사를 해버린 듯 집안은 적막했다. 내가 살던 칸에 이르자 어머니가 벌써 마중을 나와 계셨다. 뒤따라 여덟 살 난 조카 훙얼宏兒도 날듯이 뛰어나왔다.

어머닌 반색을 하셨다. 그래도 처량한 기색은 감추고 계셨다. 나를 앉아 쉬도록 하고 차를 내왔지만 이사에 대해선 입을 열지 않았다. 나와 첫 상면인 훙얼은 건너편에 멀찍이 서서 나를 바라보기만 했다.

하지만 우리는 끝내 이사 일을 입에 올렸다. 나는 저쪽 집을 벌써 세내놨고 또 가구도 몇 개 사 놨다는 것, 이 밖엔 집안에 있는 가구들을 모조리 팔아 충당하면 된다는 것 등등을 이야기했다. 어머니도 좋다고 하셨다. 그러고는 짐짝 정리도 대충 끝났다는 것, 운반이 불편한 가구도 절반은 처분했지만 아직 돈을 받지 못했다는 것 등등을 말씀하셨다.

"하루 이틀 쉬다가 친척 어른들 한번 찾아뵙고 떠나도록 하자."

"그러지요."

"그리고 룬투閏土 말인데, 우리 집에 올 때마다 네 소식을 묻더구나. 한번 만났으면 하더라. 네가 도착하는 날을 대충 일러주었으니 아마 곧 올 게다."

이때 신비로운 그림 한 폭이 머리를 스쳐 갔다. 검푸른 하늘에 노란 보름달이 걸려 있고, 그 아래 바닷가 백사장엔 새파란 수박밭이 끝없이 펼쳐져 있었다. 그 사이로 열한두 살이나 되어 보이는 한 소년이 목에 은 목걸이를 한 채 차猹[5]라는 놈을 향해 힘껏 작살을 던지고 있었다. 놈은 잽싸게 방향을 틀더니 외려 그의 가랑이 사이로 쏙 빠져 줄행랑을 치고 마는 것이었다.

이 소년이 바로 룬투다. 내가 그를 알게 된 것은 열 살 안팎무렵으로 지금으로부터 삼십 년 전 일이다. 그땐 아버지도 살아 계셨고 집안 형편도 괜찮았으니, 말하자면 나는 어엿한 도련님이었다. 그 해는 우리 집에서 큰 제사를 지낼 차례였다. 이 제사는 삼십 몇 년 만에 한 번 돌아오는 것으로 그만큼 정중히 치러야 했다. 정월에 조상 영정을 모시는 일엔 제물도 많았고 제기도 신경을 써야 했다. 참례자가 많으니 제기도 도둑맞지 않도록 잘 지켜야 했다. 우리 집엔 망월忙月이 한 사람뿐이었다 (우리 고장에선 고용인을 셋으로 나눈다. 일 년 내내 한 집에 붙박이로 고용된 자를 장년長年이라 하고, 일정 기한 누군가에게 고용된 자를 단공短工이라 한다. 자기 농사를 지으면서 정월이나 명절, 그리고 세금을 거둬들일 때 어느 집에 고용된 자를 망월忙月이라 불렀다). 어찌나 바빴던지 그는 자기 아들 룬투더러 제기를 관리하도록 하겠노라 아버지에게 말했다.

아버지는 그리하라 하셨다. 나도 신이 났다. 일찍이 룬투라는 이름을 들은 바가 있었기 때문이다. 게다가 그가 나와 또래라는 것, 윤달閏月에 태어나 오행五行 가운데 토土가 빠져 있다 해서 그의 아버지가 룬투閏土라 이름을 지었다는 것도 알고 있었다. 그는 덫을 놓아 새를 잡는 데 명수였다.

그리하여 나는 매일같이 섣달이 오기만을 손꼽아 기다렸다. 섣달이 되면 룬투도 올 것이었다. 가까스로 다가온 연말의 어느 날, 어머니는 룬투가 왔다고 일러 주셨다. 나는 그를 보러 한달음에 뛰어나갔다. 그는 마침 부엌에 있었다. 자줏빛 둥근 얼굴에 자그만 털모자를 쓰고 목에는 반들반들한 은 목걸이를 하고 있었다. 그건 그의 아버지가 걸어 준 사랑의 징표였다. 아들이 죽을까 봐 부처님 앞에서 소원을 빌고 걸어 준 목걸이였다. 그는 사람 앞에서 부끄럼을 많이 탔지만 내게만은 그렇지 않았다. 아무도 없을 때 내게 말을 걸어 와서 우린 반나절도 안 돼 친숙해졌다.

그때 우리가 무슨 얘기를 나눴는지는 모르겠지만, 도회지에 가서 생전 못 본 것들을 무수히 보았노라고 신이 나서 재잘거리던 모습만은 기억이 난다.

이튿날 나는 그에게 새를 잡아 달라고 졸랐다. 그랬더니 이러는 거였다. "그건 곤란해. 큰 눈이 내려야 되거든. 모래밭에 눈이 내리면 그걸 쓸어내서 조그만 공터를 만들어. 그러고는 작은 막대로 큰 광주리를 받치고 나락을 거기에 뿌려 둔단 말이야. 그럼 새가 그걸 보고 와서 쪼아 먹거든. 그때 멀찍이서 막대에 매단 줄을 톡 잡아당기기만 하면 끝나는 거야. 광주리 속엔 별별 새들이 다 있어. 참새, 뿔새, 산비둘기, 파랑새…."

그리하여 나는 눈이 내리기를 고대했다.

룬투는 또 이런 말을 했다.

"지금은 너무 추워 그렇지만 여름이 되면 우리 집에 놀러 와. 낮엔 바닷가에 조개를 잡으러 가거든. 빨간 거, 파란 거, 귀신 쫓기 조개, 관음보살 손바닥 등등 없는 게 없어. 밤이면 우리 아빠랑 수박 지키러 가는데 너도 가자."

"도둑을 지킨다고?"

"아니. 지나가다 목이 말라 하나쯤 따 먹는 건 우리 동네에선 훔치는 걸로 치지도 않아. 지켜야 할 건 두더지나 고슴도치, 차狛 같은 놈들이야. 달빛이 내려쬐는 밤에 말야, 어디 한번 들어 봐, 사각사각 소리가 날 거야. 그건 차라는 놈이 수박을 갉아먹는 소리야. 그러면 네가 말야, 작살을 들고 살금살금 다가가…."

그때 나는 이 차라는 놈이 어떤 짐승인지 알지 못했지

만──지금도 그렇지만──생김새가 개 같고 아주 사나운 놈일 거라 생각하고 있었다.

"그놈이 물진 않어?"

"작살이 있잖아! 다가가서 차를 보면 그냥 찌르는 거야. 근데 아주 영리한 놈이라 오히려 너 쪽으로 달려들며 가랑이 사이로 내뺄 거야. 털이 기름처럼 미끄덩거리는데…."

그때까지 나는 세상에 신기한 일이 그렇게 많을 줄 몰랐다. 바닷가에 오색찬란한 조개는 웬 말이며 수박에 이토록 위험한 내력은 또 웬 말이란 말인가. 그때까지 나는 과일가게에서 파는 수박밖에 몰랐으니 말이다.

"우리 동네 모래밭엔 말야, 밀물 때가 되면 날치 떼가 펄떡거리는데 장관이야. 청개구리처럼 두 발이 달렸는데…."

아아! 룬투의 가슴속엔 신기한 일들이 무궁무진하구나. 하나같이 내 친구들이 모르는 것뿐이니. 그들은 아무것도 모른다. 룬투가 바닷가에 서 있을 때 나처럼 그저 마당 안 네 모서리 하늘만 쳐다보고 있었던 것이다.

애석하게도 정월이 지나 룬투는 집으로 돌아가야 했다. 나는 마음이 달아 엉엉 울었다. 그도 부엌에 숨어 울며 가지 않겠노라 뻗댔다. 하지만 끝내 그 아버지한테 끌려가고 말았다. 그 뒤 그는 자기 아버지 편에 조개껍질 한 꾸러미와 예쁜 깃털 몇 개를 보내 주었다. 나도 한두 번 뭔가를 보냈지만, 이후 다시 그를 만나지 못했다.

어머니가 그를 거론하는 순간 어릴 적 기억이 번개처럼 번쩍이며 되살아나 내 아름다운 고향을 본 것만 같았다. 나는 대답했다.

"거 참 잘 됐네요! 그는… 어찌 지내는지?…"

"그 아이 말이냐?… 그 아이도 형편이 여의치 않더라…." 어머닌 말씀을 하면서 창밖을 바라보았다. "저 치들 또 왔네. 가구를 사겠다면서 손에 잡히는 대로 가져가니 원. 가서 좀 봐야겠다."

어머니는 일어서더니 나갔다. 문밖엔 여자들 목소리가 났다. 나는 홍얼을 가까이 오라고 해서 이런저런 얘기를 나누었다. 글은 쓸 줄 아는지, 바깥세상에 나가 보고 싶진 않은지.

"우리 기차 타고 가요?"

"그래. 기차 타고 간단다."

"배는요?"

"먼저 배를 타고…."

"하이고! 이렇게 변했네! 수염도 이리 자랐고!" 돌연 날카로운 괴성이 귀를 때렸다.

깜짝 놀라 얼른 고개를 들어 보니 광대뼈가 불거지고 입술이 얇은 쉰 안팎의 여자가 앞에 서 있었다. 두 손을 골반에 걸치고 치마도 안 입은 채 두 다리를 벌리고 있는 모습이 마치 가냘픈 다리를 가진 콤파스 같았다.

나는 경악했다.

"모르겠수? 내가 안아 주기도 했는데!"

나는 더욱 경악했다. 다행히 어머니가 들어와 끼어들었으니 망정이지.

"오랫동안 외지에 나가 있어 까맣게 잊어버렸을 거야. 너도 기억나지?" 그러면서 나를 향해 말씀을 이었다. "우리 집 건너 사는 양楊씨네 둘째댁 아주머니 아니냐. … 두부 가게 하던."

오라. 생각이 났다. 그러고 보니 분명 어릴 적 우리 집 건너 두부 가게엔 하루 종일 양씨네 둘째댁이란 사람이 앉아 있었고 사람들은 그녀를 "두부 서시"라 불렀다. 하지만 분도 발랐고 광대뼈도 이렇게 튀어나오지 않았고 입술도 이렇게 얇지 않았다. 게다가 종일 앉아 있었으니 이런 콤파스 같은 자세를 보았을 리 없었다. 그 무렵 사람들 말로는 그녀 때문에 두부 가게가 성황이라 했다. 하지만 나이가 어렸던 터라 나는 그런 말엔 추호의 감화도 입지 않았다. 그래서 까맣게 잊고 있었던 것이다. 그러나 콤파스는 꽤나 불만인 모양이었다. 경멸의 기색을 드러내는 것이 마치 나팔륜[나폴레옹]을 모르는 불란서인이나 와싱톤을 모르는 미국인을 조소하는 듯했다.

"기억이 안 난단 말이지? 그거 참말로 귀인은 눈이 높다더만…."

"그럴 리가요. … 저는…." 나는 어찌할 바를 몰라 일어서며 말했다.

"그럼 내 자네한테 말하지. 쉰迅이, 자넨 부자가 됐고, 또 옮기기에도 육중할 테고. 이런 허접한 가구를 무엇에나 쓰겠나. 그러니 나한테 주게. 우리 같은 가난뱅이야 쓸모가 있으니까."

"제가 부자라뇨. 이걸 팔아야 그 돈으로…."

"아니, 이 사람이 도대[6]가 되고도 부자가 아니라는 게야? 자네 지금 첩을 셋이나 거느리고 출타할 땐 팔인교를 타면서도 부자가 아니라고? 에이, 내 눈은 못 속이지."

말대꾸를 해봐야 소용이 없겠다 싶어 입을 닫은 채 묵묵히 서 있었다.

"아이구야, 참말로 돈 있는 사람들이 더 무서워. 있을수록 지갑 끈을 더 죈다더니…." 콤파스는 홱 몸을 돌려 궁시렁대며 밖으로 나갔다. 그러면서 어머니 장갑을 바지춤에 슬쩍 찌르는 거였다.

그 뒤로도 인근의 일가친척들이 날 보러 왔다. 나는 그들을 응대하면서 틈틈이 짐을 꾸렸다. 그렇게 사나흘이 지났다.

어느 추운 날 오후, 나는 점심을 먹고 나서 앉아 차를 마시던 중이었다. 밖에 누군가 들어오는 인기척이 나서 고개를 돌려 뒤돌아보았다. 순간 나도 모르게 놀라 얼떨결에 몸을 일으켰다.

룬투였다. 첫눈에 룬투임을 알아봤지만 내 기억 속의 룬투는 아니었다. 키는 배나 자랐고 예전의 자줏빛 둥근 얼굴도 이젠 누른 잿빛으로 변해 있었다. 게다가 주름이 제법 깊었다. 눈도 자기 아버지처럼 가장자리가 온통 벌겋게 부어 있었다. 나는 안다. 바닷가에서 농사를 짓는 자는 온종일 불어오는 갯바람 때문에 대개 이런 경우가 많다는 것을. 머리에는 너덜한 털모자를 쓰고 몸엔 얇은 솜옷을 한 벌만 걸친 채 잔뜩 움츠리고 있었다. 손엔 종이꾸러미와 긴 담뱃대를 들고 있었다. 그 손도 내 기억 속의 발그스레하고 토실토실 살이 오른 손이 아니었다. 거칠고 울퉁불퉁한 데다 갈라진 것이 마치 소나무 껍질 같았다.

나는 몹시 흥분되었지만 무슨 말을 해야 할지 몰라 그저 얼버무렸다.

"어! 룬투, … 왔어?…"

이어서 수많은 말들이 염주처럼 줄줄이 솟구쳐 나왔다. 뿔새, 날치, 조개, 차… 하지만 무엇에 제지당한 듯 머릿속을 맴돌기만 할 뿐 입 밖으로 나오지 않았다.

그는 멈춰 섰다. 반가움과 쓸쓸함이 배어 나왔다. 입술을 움찔거렸지만 소리로 맺히지는 못했다. 마침내 그의 태도가 깍듯해지기 시작하더니 어조가 분명해지는 것이었다.

"나으리!…"

오싹 소름이 돋는 듯했다. 우리 사이엔 이미 슬픈 장벽이 두텁게 가로놓여 있었다. 나도 아무 말을 할 수 없었다.

그는 고개를 돌리며 말했다. "수이성本生! 나으리께 절을 올리거라." 그러고는 등 뒤에 숨어 있던 아이를 끌어냈다. 이 아이야말로 이십 년 전 룬투였다. 누렇게 뜨고 약간 마르다는 것과 목에 은 목걸이가 없다는 걸 제외하면 그랬다. "제 다섯째 놈입니다. 세상 구경을 한 적이 없어 이리 부끄럼을 타니…"

어머니와 홍얼이 이층에서 내려왔다. 목소리를 들은 모양이었다.

"노마님, 서신은 진즉 받았습니다. 저는 정말이지 얼마나 기뻤는지, 나으리께서 돌아오신다는 걸 알고요…" 룬투가 말했다.

"아니. 자네 말투가 어째서 이런가. 예전엔 형 동생 하지 않았어? 그냥 옛날대로 쉰아 그리 하게." 어머니는 기분이 들떠 말했다.

"아닙니다요, 노마님도 참 별 말씀을… 그런 법도가 어디 있다고요. 그땐 아이라 철이 없어서…" 룬투는 말을 하면서 수이성에게 예를 갖추라고 채근했지만 아이는 부끄러워하며 제 아버지 등 뒤에 달라붙어 있는 것이었다.

"애가 수이성이라고? 다섯째? 모두가 낯선 얼굴이니 수줍어하는 것도 당연하지. 홍얼, 데리고 가서 좀 놀아 주거라."

이 말에 홍얼이 손짓을 하자 수이성은 홀가분한 걸음이 되어 그를 따라나서는 것이었다. 어머니가 룬투에게 앉기를 권하자 그는 잠시 머뭇거리다가 겨우 앉았다. 긴 담뱃대를 탁자 옆에 세워 두고 종이꾸러미를 내밀며 말했다.

"겨울철이라 변변한 게 없습니다. 콩인데 저희 집에서 말린 걸 조금 가져왔습니다. 나으리께…"

나는 이것저것 그의 형편을 물었다. 그는 고개를 저을 뿐이었다.

"말이 아닙니다. 여섯째 놈이 거드는데도 입에 풀칠하기가… 어수선하기도 하고… 어딜 가나 돈을 뜯기니, 법이 있기나 한 겐지… 농사도 엉망이고요. 심어서 팔아 봤자 몇 번 세금 내고 나면 본전도 못 건지고. 그렇다고 안 팔자니 썩을 뿐이고…."

그는 잘래잘래 고개를 저을 뿐이었다. 얼굴에 숱한 주름이 새겨 있었지만 꿈쩍도 않는 것이 마치 석상 같았다. 시난고난한 삶을 형용할 길이 없다는 듯 잠시 침묵을 지키더니 담뱃대를 들고 묵묵히 담배를 피웠다.

어머니 말에 의하면 집안일이 바빠 내일 돌아가야 한다고 했다. 게다가 아직 점심도 못 먹어서 직접 부엌에 가서 밥을 볶아 먹으라 했다는 거였다.

그가 나가자 어머니와 나는 그의 형편에 한숨을 지었다. 애들은 줄줄이 흉년과 기근에 가혹한 세금까지, 또 군인, 비적, 관리, 향신(鄕紳)이 쥐어짜서 그를 장승으로 만들어 버렸으니. 어머니는 내게 굳이 가져가지 않아도 될 물건은 그더러 직접 골라 가져가게 하자고 했다.

오후에 그는 집기 몇 개를 골랐다. 긴 탁자 둘, 의자 넷, 향로와 촛대 한 벌, 저울 하나. 그는 또 집에 있는 재를 전부 달라고 했다(우리 고장선 밥 지을 때 짚을 때는데, 그 재는 모래땅의 거름이 된다). 우리가 떠날 때 배로 날라 가겠다는 거였다.

밤에도 우리는 이런저런 얘기를 나누었다. 하나같이 중요하지 않은 것들이었다. 다음 날 아침 그는 수이성을 데리고 돌아갔다.

또 아흐레가 지나 우리가 떠날 날이 되었다. 룬투는 아침 일찍부터 걸음을 했다. 수이성은 같이 오지 않고 대신 다섯 살 난 딸을 데리고 와 배를 지키게 했다. 하루 종일 정신없이 바빴던 터라 더 이상 이야기를 나눌 틈이 없었다. 손님도 적지 않았다. 전송하러 온 사람, 물건 가지러 온 사람, 전송도 할 겸 물건도 가져갈 겸 해서 온 사람 등 가지각색이었다. 저녁 무렵 우리가 배에 오를 때에는 고택의 크고 작은 물건들이 빗질을 한 듯 싹 비워졌다.

우리가 탄 배가 앞으로 나아갔다. 황혼 속 양 기슭의 산들이 짙은 눈썹처럼 단장을 한 채 하나둘 고물 쪽으로 뒷걸음질쳤다.

홍얼은 나와 함께 창에 기대 어슴푸레한 바깥 풍경을 바라보다가 불쑥 물음을 던졌다.

"큰아버지! 우리 언제나 돌아올까요?"

"돌아오다니? 넌 어째서 가지도 않았는데 미리 돌아올 생각부터 하니?"

"그게 아니라, 수이성이 자기 집으로 놀러 오라고 해서…." 그는 크고 새까만 눈을 말똥거리며 우두커니 생각에 잠겼다.

나와 어머니도 다소 멍해졌다. 그리하여 다시 룬투 이야기로 화제가 돌아갔다. 어머니 말에 의하면, 그 두부집 서시는 짐을 꾸리기 시작한 그날부터 매일 걸음을 했는데, 그저께는 잿더미 속에서 주발과 접시를 열 몇 개나 파냈다는 거였다. 이런저런 이야기 끝에 룬투가 묻어 두었고 재를 나를 때 같이 가져가려 던 것으로 단정을 내렸다는 거였다. 양씨댁은 이 발견을 자기 공으로 돌리면서 구기살狗氣殺(이는 우리 고장에서 닭을 칠 때 쓰는 도구다. 목판 위에 우리를 치고 거기에 모이를 놓아둔다. 그러면 닭은 목을 길게 뻗어 쪼아 먹을 수 있지만 개는 그럴 수가 없어 멀뚱히 보면 서 애만 태우게 된다)을 슬쩍하고는 내뺐다는 거였다. 전족을 한 발로 어찌 저리도 잘 달릴까 싶을 정도였다는 거였다.

옛 집은 점차 멀어져 갔다. 고향산천도 점점 멀어져 갔다. 하 지만 나는 일말의 미련도 느껴지지 않았다. 사방에 보이지 않 는 담장이 쳐 있고 나 혼자 거기 남겨진 듯한 느낌이 들어 울적 했다. 수박밭 꼬마 영웅의 영상은 더없이 또렷했건만 이젠 홀 연 희미해져 버렸다. 그것이 나를 슬프게 한다.

어머니와 홍얼은 잠이 들었다.

나는 드러누워 배 밑창의 철썩이는 물소리를 들으며 내가 내 길을 가고 있음을 알았다. 생각해 보니 나는 룬투와 이 지경으 로 멀어졌지만 우리 후배들은 여전히 한 기분으로 살고 있었 다. 홍얼은 지금 수이성을 못 잊어 하지 않은가? 바라기는, 저들 이 더 이상 나처럼 되지 말기를, 또 모두에게 틈이 생기지 않기 를…그렇다고 또 저들이 의기투합한답시고 나처럼 고통에 뒤

척이며 살아가진 말기를, 또 룬투처럼 고통에 시달리며 살아가
진 말기를, 또 다른 이들처럼 고통에 내맡기며 살아가진 말기
를. 저들은 새로운 삶을 가져야 한다. 우리가 일찍이 경험하지
못한 삶을.

희망이라는 것에 생각이 미치자 덜컥 겁이 나기 시작했다.
룬투가 향로와 촛대를 갖겠다고 했을 때 나는 속으로 비웃었
다. 아직도 우상을 숭배하며 언제까지 연연해할 거냐고. 지금
내가 말하는 희망이라는 것도 나 자신이 만들어 낸 우상이 아
닐까? 그의 소망은 비근한 것이고 내 소망은 아득한 것일 뿐.

몽롱한 가운데 바닷가 푸른 모래밭이 펼쳐져 있고 그 위 검
푸른 하늘엔 노란 보름달이 걸려 있었다. 생각해 보니 희망이
란 본시 있다고도 없다고도 할 수 없는 거였다. 이는 마치 땅 위
의 길과 같은 것이다. 본시 땅 위엔 길이 없다. 다니는 사람이
많다 보면 거기가 곧 길이 되는 것이다.

1921년 1월

아Q정전

제1장 서序

아Q에게 정전正傳을 써 주어야겠다고 한 지가 벌써 몇 해 전이다. 그런데 막상 쓰려고 하면 또 머뭇거리게 되는 것이었다. 이로 볼 때 내가 '후세에 말을 전할' 만한 위인이 못 됨을 알 수 있다. 그도 그럴 것이 예로부터 불후不朽의 문장만이 불후의 인물을 전할 수 있다고 했으니 말이다. 그리하여 사람은 문장으로 전해지고 문장은 사람으로 전해지는데, 그렇다면 대체 누가 누구에 의해 전해지는 것인지 점점 모호하게 된다. 마침내 아Q를 전해야겠다는 데 생각이 이르고 보니 생각 속에 귀신이 자리하고 있는 듯했다.

어쨌거나 속후速朽의 문장 한 편을 쓰기로 작정하고 붓을 들고 보니 여러 가지 난관에 봉착하게 되었다. 첫째는 글의 제목이었다. 공자는 "이름이 바르지 못하면 말이 순통치 못하다"名

不正則言不順고 했다. 이는 응당 주의를 기해야 할 문제다. 전傳에도 별별 전들이 다 있다. 열전列傳, 자전自傳, 내전內傳, 외전外傳, 별전別傳, 가전家傳, 소전小傳 등등등, 그런데 애석하게도 어느 하나 딱 들어맞지가 않았다. '열전'은 어떨까? 이 글은 허다한 위인들과 함께 '정사'正史 속에 배치될 수 없다. 그럼 '자전'은 어떨까? 내가 아Q가 아니니 이것도 안 된다. '외전'이라 하면 '내전'은 어디에 있는가? 설령 '내전'이라 해도 아Q는 결코 신선이 아닌 것이다. '별전'은? 그러자면 먼저 '본전'이 있어야 하는데 아직 대총통이 국사관國史館에 아Q의 '본전'을 세우라는 유시가 없다. 영국의 정사에 『박도별전』博徒別傳이 없음에도 문호 디킨스가 『박도별전』[7]이란 책을 쓴 적이 있다고 하지만, 이는 문호니까 가능한 일이지 나 같은 사람에겐 어림도 없다. 그다음은 '가전'인데, 내가 아Q와 일가인지 아닌지 알 수가 없거니와 그의 자손들에게 부탁받은 적도 없다. 혹시 '소전'이라 해도 아Q에게 별달리 '대전'이 있는 것도 아니다. 요컨대 이 글은 아무래도 '본전'이 되겠으나, 내 글이라는 것에 대해 생각해 보자면 문체가 비천하여 '콩국 행상꾼'들이나 쓰는 말이라 감히 참칭을 할수가 없다. 이에 삼교구류三敎九流 축에도 못 끼는 소설류의 이른바 "한담은 접고 정전으로 돌아가서"라는 상투적인 구절에서 '정전'正傳이란 두 글자를 취하여 제목으로 삼는 바이다. 옛사람이 편찬한 『서법정전』書法正傳의 '정전'과 혼동될 우려가 없지 않으나 거기까지 마음을 쓸 겨를은 없다.

둘째, 으레 그렇듯 전기의 첫머리에는 대개 "아무개, 자字는 무엇에 어디 사람이다"라 해야겠지만, 나는 아Q의 성이 무엇인지도 모른다. 한번은 그의 성이 자오趙인 것도 같았으나 다음 날 모호해지고 말았다. 자오 나리의 아들이 수재 시험에 급제했을 때였다. 징 소리와 함께 그 소식이 마을에 알려졌을 때, 마침 황주 두어 잔을 걸친 아Q는 뛸듯이 기뻐하며 그 자신에게도 영광이라고 했다. 왜냐하면 원래 그는 자오 나리와 일가이며, 항렬을 꼼꼼히 따져 보면 수재보다 삼 대나 위라는 것이었다. 그때 근방에 있던 몇 사람들도 적잖이 존경의 염이 생겨났다. 그런데 다음 날 지역 치안을 담당하던 지보地保가 아Q를 불러 자오 나리 집으로 데리고 갔다. 나리는 아Q를 보자마자 얼굴에 핏대를 세우며 고래고래 소리를 질렀다.

"아Q, 이 우라질 놈! 네놈이 나랑 일가라고?"

아Q는 입을 열지 않았다.

자오 나리는 더욱 화가 치밀어 몇 발짝을 쫓아 나서며 말했다. "감히 터무니없는 소릴 지껄이다니! 내가 어떻게 네놈 같은 일가가 있단 말이야? 네놈 성이 자오씨야?"

아Q는 입을 꾹 닫고 뒷걸음질쳤다. 그런데 자오 나리가 달려들어 그의 따귀를 한 대 올려붙였다.

"네놈이 어찌 자오씨야? 네놈이 뉘 앞에서 자오씨를 갖다 붙여!"

아Q는 자오씨가 맞다고 항변을 하지 않았다. 그저 왼손으로

볼을 문지르며 지보와 함께 물러났을 뿐이다. 밖으로 나와서는
또 지보에게 한바탕 닦아세움을 당한 뒤 사죄조로 술값 이백
푼을 그에게 바쳤다. 이 사실을 안 사람들은 하나같이 아Q가
황당한 말을 하고 다녀 스스로 매를 번 거라고 했다. 성이 자오
씨인 것 같지도 않고, 진짜로 자오씨라 하더라도 자오 나리가
여기에 있는 한 그런 헛소리를 지껄여선 안 된다는 거였다. 그
뒤부터 아무도 그의 성을 들먹이는 사람이 없었다. 그래서 나
도 아Q의 성이 무엇인지 알지를 못하는 것이다.

　셋째, 아Q의 이름을 어떻게 쓰는지 나도 모른다. 그가 살아
있을 때엔 모두가 그를 아Quei라 불렀지만, 죽은 뒤론 더 이
상 아Quei를 입에 올리는 사람이 없었다. 그러니 어찌 '죽백竹
帛에 적어 역사에 남기는' 일이 있을 수 있겠는가. 만약 '죽백에
적었다'고 한다면 이 글이 첫번째가 될 터이므로 제일 먼저 이
난관에 부딪히게 될 것이다. 예전에 나는 아Quei가 아구이阿桂
인지 아구이阿貴인지에 대해 곰곰이 생각해 본 적이 있다. 만약
사람들이 그를 월정月亭이란 호를 부르거나 8월에 생일잔치를
한 적이 있다면 그는 분명 아구이阿桂일 것이다. 그러나 그는 호
가 없고──어쩌면 있는데 아는 사람이 없는 것인지도 모르겠
다──생일날 초청장을 보내온 적도 없다. 그래서 그를 아구이
阿桂라 쓰는 건 독단이다. 또 만약 그에게 아푸阿富라는 이름의 형
이나 아우가 있다면 그는 분명 아구이阿貴일 것이다. 그러나 그
는 혈혈단신이므로 아구이阿貴로 쓸 근거가 없다. 그 밖에 Quei

로 발음되는 어려운 글자로는 더욱이 들어맞지 않는다. 예전에 나는 자오 나리의 아들인 수재 선생에게 물어본 적이 있지만 놀랍게도 그리 박학한 분도 별 수가 없었다. 그의 결론에 의하면 천두슈陳獨秀가 『신청년』을 발간하고 서양 문자를 제창한 탓에 국혼이 쇠망하여 고증할 길이 없게 되었다는 거였다. 나의 최후 수단은 고향 친구에게 부탁하여 아Quei의 범죄 조서를 살펴보도록 하는 것이었다. 8개월이 지난 뒤 겨우 답신이 왔는데, 조서에는 아Quei 비슷한 발음은 아예 없다는 것이었다. 실제 없는지 아니면 살펴보지 않았는지 모르겠지만 더 이상 별다른 방도가 없었다. 혹시 주음자모注音字母가 아직 통용되지 않았을 수도 있을 터, 그러니 할 수 없이 '서양 문자'를 빌려 영국식 표기법으로 아Quei라 쓰고 간략히 아Q라 부를 수밖에. 『신청년』을 맹종하는 것 같아 나 자신도 좀 뭣하지만, 수재 선생도 알지 못하는 걸 난들 무슨 수가 있겠는가.

넷째, 아Q의 본관本貫이다. 만약 그의 성이 자오씨라면 자기 가계를 명망가와 연결시키고 싶어 하는 요즘의 세태에 따라 『군명백가성』郡名百家姓의 주석에 비추어 "농서천수隴西天水 사람이다"라고 해야 할 것이다. 하지만 애석하게도 그 성이 그리 믿을 만한 것이 못 되는지라, 따라서 본관도 속단키가 어려웠다. 그는 웨이좡에 오래 살긴 했지만 항시 별처別處에서 기거했으므로 웨이좡 사람이라 말할 수도 없다. 그러니 "웨이좡 사람이다"라고 한다 해도 역시 역사적 법칙에 어긋나는 것이 된다.

그나마 스스로 위안이 되는 것은 '아'阿 자 하나만은 확실하다는 점이다. 이것만은 절대로 갖다 붙이거나 빌려 온 것이 아니니 그 어떤 대가 앞에서도 떳떳할 수 있다. 그 밖의 점들은 천학비재한 나로선 규명해 볼 도리가 없다. 그저 '역사벽과 고증벽'에 물든 후스즈胡適之 선생의 제자들이 장래 수많은 단서들을 찾아내 주기를 바랄 수밖에. 물론 나의 이「아Q정전」은 그때쯤이면 이미 소멸해 버리고 말았겠지만 말이다.

이로써 서문을 대신한다.

제2장 승리의 기록

아Q는 이름과 본관이 분명치 않을 뿐 아니라 이전의 '행장'行狀조차 분명치 않다. 웨이좡 사람들에게 아Q는 일을 부리거나 놀려 먹는 대상이었을 뿐 지금껏 그의 '행장' 따위엔 마음을 두지 않았다. 그리고 아Q 자신도 그런 말을 내비치지 않았다. 유독 말다툼을 할 땐 간혹 눈을 부라리며 으름장을 놓곤 했다.

"우리도 한때는 … 너보다 훨씬 더 대단했어! 네깟 게 뭐라고!"

아Q는 집이 없어 웨이좡의 마을 사당에서 살았다. 일정한 직업도 없어 날품을 팔며 생활을 했다. 보리를 베라면 보리를 베고, 방아를 찧으라 하면 방아를 찧고, 배를 저어라 하면 배를 저었다. 일이 길어지면 주인집에서 임시로 묵을 때도 있었지만,

일이 끝나면 이내 돌아갔다. 그래서 사람들은 일손이 달릴 때에는 아Q를 생각했지만, 그건 일을 시키기 위해 그런 것이지 '행장' 때문에 그런 건 아니었다. 일단 한가해지면 아Q라는 존재조차 까맣게 잊어버렸으니 '행장'은 더더욱 말할 나위가 없었다. 딱 한 번 어느 노인이 "아Q는 정말 일꾼이야!"라고 칭찬을 한 적이 있었다. 이때 아Q는 웃통을 벗은 채 깡마른 몰골로 멋쩍은 듯 노인 앞에 서 있었다. 다른 사람들은 이 말이 진심인지 조롱인지 아리송해하고 있는데, 아Q는 기분이 날아가고 있었다.

아Q는 자존심이 강했다. 웨이좡 사람 누구도 그의 눈에 차는 자가 없었다. 심지어 두 명의 '문동'文童조차 시시하게 여길 정도였다. 무릇 문동이란 장차 수재가 될 재목이었다. 자오 나리와 첸錢 나리가 주민들로부터 크게 존경을 받는 이유도 부자라는 것 외에 문동의 아버지라는 점 때문이었다. 그런데도 유독 아Q만은 각별히 존중을 표할 마음이 없었다. '내 아들은 더 대단했을걸!' 그는 이렇게 생각하고 있었다. 게다가 몇 번 대처를 들락거린 일은 그의 자부심을 한층 강화시켜 주었다. 하지만 그는 대처 사람들까지 경멸하고 있었다. 가령 길이 석 자, 두께 세 치 판자로 만든 걸상을 웨이좡에선 '창덩'長凳이라 부르는데 그도 '창덩'이라 불렀다. 그런데 이걸 대처 사람들은 '탸오덩'條凳이라 불렀다. 그 생각에 이는 틀린 것이며 가소로운 일이었다. 생선튀김을 할 때 웨이좡에선 길이 반 치 정도의 파를 얹는데 대처에선 잘게 썬 파를 얹었다. 그 생각엔 이것도 돼먹지 못한 것이며 가소로운 일이었다. 하지만 웨이쫭 것들이야말로 세상을 모르는 가소로운 촌놈들로 대처의 생선튀김은 구경조차 못 했다는 거였다.

아Q는 '한때는 대단했고' 견식도 높았으며 게다가 '진정한 일꾼'이니 제대로라면 거의 '완벽한 인간'이 되어야 했다. 안타깝게도 그에겐 약간의 체질상의 결함이 있었다. 제일 큰 근심거리는 머리 군데군데 언제 생겼는지도 모르는 부스럼 자국이었다. 이 역시 그의 신체의 일부이긴 하나, 아Q의 생각엔, 자랑할 만한 것은 못 되었다. '부스럼'이란 말뿐 아니라 '부스' 비슷한 발음조차 꺼려하고 있었으니 말이다. 그 뒤론 그것이 점점 확대되어 '훤하다'도 꺼려했고 '밝다'도 꺼려했다. 마침내 '등불'이나 '촛불'까지 금기시하게 되었다. 이 금기를 범하는 자가 있으면 고의든 아니든 부스럼 자국까지 새빨개질 정도로 화를 내는 것이었다. 상대를 어림잡아 보아서 어눌한 자 같으면 욕을 퍼부어 주었고 약골 같아 보이면 두들겨 패주었다. 하지만 당하는 쪽은 늘 아Q였다. 그리하여 대개 노려보는 쪽으로 점차 전략을 바꾸기에 이르렀다.

그런데 누가 알았으랴, 아Q가 노려보기주의^{主義}를 채택한 이후 웨이쫭 건달들이 더욱 그를 놀려 댈 줄을.

그를 보기만 하면 짐짓 놀라는 체하며 이렇게 너스레를 떠는 것이었다.

"어이쿠, 훤하시구먼."

그러면 아Q는 으레 화를 내며 노려보는 것이었다.

"그러고 보니 보안등이 여기 있었네그려!" 그들은 전혀 두려워하지 않았다.

아Q는 하는 수 없이 복수의 언어를 찾지 않으면 안 되었다.

"네깟 놈이야…." 이때 그는 마치 자기 머리에 있는 것이 고상하고 영광스런 부스럼 자국이지 평범한 부스럼 자국은 아니라는 식이었다. 그런데 앞서 말한 바와 같이 아Q는 높은 견식의 소유자였으므로 그것이 '금기'에 저촉된다는 걸 모를 리가 없었다. 그리하여 이내 입을 다물어 버렸다.

건달은 이에 그치지 않고 더 짓궂게 굴었다. 끝내 주먹다짐이 오가기에 이르렀다. 형식적으로 보면 아Q는 패배했다. 놈이 아Q의 누런 변발을 휘어잡고 너덧 번 벽에다 머리를 쾅쾅 찧고 나서 만족스러운 듯 의기양양하게 가 버렸으니 말이다. 아Q는 잠시 서서 생각했다. '아들놈한테 얻어맞은 걸로 치지 뭐. 요즘 세상은 돼먹지가 않았어….' 그러고는 그도 흡족해하며 승리의 발걸음을 옮겼다.

아Q는 속에 있는 생각을 매번 뒤에 가서 내뱉었다. 그래서 아Q를 놀려 대는 자들 거의 전부가 그에게 일종의 정신승리법이 있다는 것을 알게 되었다. 그 뒤 그의 누런 변발을 낚아챌 때는 아예 이렇게 못 박아 두는 것이었다.

"아Q, 이건 자식이 애비를 때리는 게 아니라 사람이 짐승을 때리는 거야. 네 입으로 말해 봐! 사람이 짐승을 때리는 거라고!"

아Q는 양손으로 변발 밑둥을 틀어쥐고는 머리를 뒤틀며 말했다.

"너는 버러지를 때리는 거야, 그럼 됐지? 나는 버러지야. 이래도 안 놔?"

버러지라고 해도 건달은 놓아주는 법이 없었다. 늘 그래 왔던 대로 가까운 데 아무 데다 대고 몇 번 머리를 쾅쾅 찧고 나서야 만족하여 의기양양하게 가 버리는 거였다. 이번에야말로 아Q도 꼼짝 못하겠지 하면서 말이다. 하지만 십 초도 안 되어 아Q도 흡족해하며 승리의 발걸음을 옮기는 것이었다. 그는 자기야말로 자기를 경멸할 수 있는 제일인자라고 생각하고 있었다. '자기 경멸'이란 말을 제외하면 남는 건 '제일인자'였다. '장원급제'한 자도 '제일인자'가 아닌가? "네깟 놈이 뭐라고!?"

아Q는 갖가지 묘수로 원수들을 물리친 뒤 유쾌한 마음으로 술집으로 달려가 몇 잔 술을 들이켰다. 그러고는 또 한바탕 놀림에 한바탕 입씨름을 벌이다가 다시 의기양양해져 유쾌한 발걸음으로 사당에 돌아와 벌렁 자빠져 곯아떨어졌다. 혹여 돈이라도 생기면 노름판으로 달려갔다. 아Q는 땀을 뻘뻘 흘리며, 땅바닥에 종종거리고 있는 무리 가운데로 끼어들었다. 목소리로 따지면 그가 제일 높았다.

"청룡에 사백!"

"자아~ 엽~니다요." 패잡이가 야바위 잔 뚜껑을 열면서 땀에 젖은 얼굴로 읊어 댔다. "천문^{天門}이로세~. 각^{角}은 텄고요~! 인^{人}과 천당^{穿堂}은 아무도 안 걸었고요~! 아Q 돈은 내가 먹어부렸어~!"

"천당에 백, 아냐, 백오십!"

아Q의 동전은 노랫가락에 실려 다른 이의 땀에 절은 허리춤으로 흘러 들어갔다. 마침내 뒷전으로 밀려나 남들 패에 마음을 조이며 막판까지 자리를 지켰다. 그러고는 연연해하며 사당으로 돌아갔던 것이다. 그리고 또 다음 날은 시뻘건 눈으로 일을 나가는 것이었다.

'인간만사 새옹지마'라 했던가. 불행히도 아Q는 한 판 대박을 터뜨리고도 도리어 낭패를 보고 말았다.

그날은 웨이쫭 마을 제삿날 밤이었다. 이날 밤은 관례대로 무대가 설치되었고 그 주변으로 늘 그랬듯 여기저기서 도박판이 벌어졌다. 굿판의 징소리 북소리도 아Q의 귀엔 십리 밖 일이었다. 그의 귀엔 오직 패잡이의 가락소리밖에 들리지 않았다. 그는 따고 또 땄다. 동전이 은전이 되고 작은 은전은 큰 은전이 되어 수북이 더미를 이루었다. 그는 신바람이 났다.

"천문에 두 냥!"

누가 누구와 무슨 일로 싸움을 벌였는지 모르겠지만 욕지거리에 주먹이 오가는 소리, 후다닥 하는 소리가 뒤섞이며 일대 혼란이 벌어졌다. 그가 간신히 기어 일어났을 때는 노름판도 보이지 않았고 사람들도 보이지 않았다. 몸 몇 군데가 쑤셨다. 아무래도 주먹질과 발길질 세례를 당한 듯했다. 몇 사람이 고개를 갸웃거리며 그를 쳐다보았다. 그는 넋 나간 듯 사당으로 돌아왔다. 은화 무더기는 온데간데없이 사라졌다. 노름꾼들 대부분은 이 마을 사람들이 아니었다. 그러니 어딜 가서 그걸 찾는단 말인가?

은전 무더기가 번쩍거렸는데! 모두 자기 거였는데, 하나도 보이지가 않다니! 아들놈이 가져간 셈 치지 뭐 해보아도 여전히 마음이 개운치 않았다. 스스로 버려지라 말해 보아도 역시 마음이 개운치 않았다. 이번만은 그도 얼마간 실패의 고통을 맛보았다.

그래도 그는 이내 패배를 승리로 전환시켰다. 그는 오른손을 들어 두세 번 자기 뺨을 힘껏 때렸다. 제법 얼얼하니 통증이 왔다. 그러고 나니 마음이 평안해지기 시작했다. 마치 자기가 때리고 다른 자기가 맞은 듯했다. 이윽고 자기가 남을 때린 것처럼——아직 얼얼했지만——흡족해져 의기양양한 기분으로 드러누웠다.

이내 잠이 들고 말았다.

제3장 승리의 기록(속편)

아Q가 항상 승리를 구가하긴 했지만, 그가 유명해진 건 자오 나리에게 따귀를 얻어맞고 난 뒤의 일이었다.

마을 지보에게 이백 푼 술값을 치르고 나서 홧김에 드러누운 뒤 이런 생각을 했던 것이다. '요즘 세상은 개판이야. 자식놈이 애비를 때리질 않나….' 그리하여 홀연 자오 나리의 위풍당당한 모습을 떠올린 것이다. 이제 자오 나리가 그의 자식이 된 것이다. 그러자 점점 의기양양해져 「청상과부 성묘 가네」라는 노래를 흥얼거리며 술집으로 갔다. 그때 그는 자오 나리가 남보다 훨씬 더 고상한 사람으로 느껴졌던 것이다.

신기하게도 이 일이 있고 난 뒤 모두가 각별히 그를 존경하는 것 같았다. 아Q로서는 자기가 자오 나리의 부친이기 때문이라고 생각했는지는 모르겠지만 실은 그렇지가 않았다. 웨이좡에선 칠성이가 용팔이를 쥐어박았다거나 삼돌이가 삼식이를 주워 팬 정도는 무슨 일 축에도 끼지 못했다. 자오 나리 같은 유명인사가 연관되어야 비로소 사람들 입에 오르내리는 것이었다. 일단 입에 오르내리면 때린 자가 유명인사여서 맞은 자도 덩달아 유명해졌다. 잘못이 아Q에게 있었다는 건 말할 필요가 없었다. 왜냐? 자오 나리에게 잘못이 있을 리 만무하기 때문이다. 그렇다면 잘못이 있는데도 왜 사람들은 그를 각별히 존경할까? 이는 그야말로 난해한 문제였다. 곰곰이 생각해 보면 이런 것이었는지도 모른다. 아Q가 자오 나리와 일가라고 한 걸 보면, 비록 얻어맞긴 했지만 어쩌면 정말일지도 모른다. 그러니 존경해 두는 것이 더 나을 거야. 그게 아니라면 이런 이

치일 것이다. 공자 사당에 제물로 바친 소는 돼지나 염소 같은 축생에 지나지 않지만 성인이 젓가락질을 한 것이니 유자儒者들도 감히 함부로 건드릴 수가 없지.

그 뒤 여러 해 동안 아Q의 어깨엔 잔뜩 힘이 들어가 있었다.

어느 해 봄 그가 얼큰히 취해 길을 걷고 있는데, 양지 바른 담 밑에서 왕王 털보가 웃통을 벗고 이를 잡고 있는 모습이 눈에 들어왔다. 그는 갑자기 몸이 가려웠다. 왕 털보는 부스럼 자국에다 수염이 많아 왕 부스럼털보라 불렸는데 아Q는 거기서 부스럼을 떼어내어 버렸다. 하지만 몹시 경멸하고 있었다. 아Q의 생각에 부스럼 자국은 이상하달 것도 없지만 그 덥수룩한 수염은 아주 꼴불견이라는 거였다. 그는 나란히 앉았다. 다른 건달이었다면 감히 엄두도 못 낼 일이었다. 왕 털보 정도야 뭐가 무서웠으리. 솔직히 말하자면, 그가 앉아 준 것만으로도 그를 띄워 준 격이었다.

아Q도 누더기가 된 저고리를 벗어 까뒤집었다. 빨래를 한 지가 얼마 안 되어 그런지 아니면 찬찬히 살피지 못한 탓인지 오랜 시간을 들였건만 겨우 서너 마리밖에 잡지 못했다. 왕 털보를 보니, 한 마리, 또 한 마리, 두 마리, 세 마리 연신 입에 넣고 툭툭 깨물고 있었다.

처음엔 무척 실망스러웠지만 점점 약이 올랐다. 허접한 왕 털보가 저리 많은데 자기는 몇 마리밖에 되지 않으니 이 어찌 체통을 잃는 일이 아니겠는가! 한두 마리라도 큰 놈을 찾아내려 했지만 끝내 보이지 않았다. 가까스로 중치 한 마리를 잡아 두툼한 입술에 집어넣고는 있는 힘을 다해 깨물자 퍽 하고 소리가 났다. 그래도 왕 털보 것만은 못했다.

이때 그의 부스럼 자국이 벌겋게 달아올랐다. 옷을 땅바닥에 패대기치더니 침을 튀기며 소리를 질렀다.

"이 털복숭이야!"

"이 부스럼쟁이 개자식이 누굴 욕하고 자빠졌어?" 왕 털보는 경멸하듯 눈을 치켜뜨며 말했다.

이 무렵 아Q는 존경을 받는 몸인지라 한층 거드름을 피워 댔지만 싸움질에 익숙한 건달을 만나면 겁이 났다. 그런데 어쩐지 이번만은 용기가 솟구쳤다. 이 따위 털복숭이가 멋대로 지껄이게 놔둘 수는 없지 않은가?

"누군 누구야? 네놈이지." 그는 일어서서 양손을 허리춤에 괴고 말했다.

"너 뼈다귀가 근질거리지?" 왕 털보도 일어서서 옷을 걸치며 말했다.

아Q는 그가 내빼려는 줄 알고 달려들어 주먹을 한 방 날렸다. 주먹은 왕 털보의 몸에 닿기도 전에 어느새 그의 손아귀 속에 있었다. 휙 하니 그가 잡아채자 아Q는 비틀거렸다. 그러고는 이내 왕 털보에게 변발을 낚여 늘 그래 온 대로 벽에 머리를 찧기고 말았다.

"'군자는 말로 하지 손을 쓰지 않느니라'!" 아Q는 고개를 비틀며 말했다.

왕 털보는 군자는 아니었다. 전혀 아랑곳 않고 연거푸 다섯 번을 찧었다. 그러고 나서 힘껏 밀치는 바람에 아Q는 여섯 자나 나가떨어졌다. 그제서야 왕 털보는 만족해하며 가 버리는 거였다.

아Q의 기억으로는 이 일이 일생의 첫번째 굴욕이었다. 왜냐하면 왕 털보는 털복숭이라는 결점 때문에 지금껏 자기에게 놀림을 받았으면 받았지 자기를 놀리지는 못하였던 것이다. 더욱이 손찌검이라니 말도 안 되는 소리였다. 그런데 지금 그런 놈한테 손찌검을 당한 것이다. 실로 뜻밖의 일이었다. 세상의 풍문처럼 황제께서 과거를 폐지하자 수재와 거인擧人이 없어져 버렸고 그 탓으로 자오 가의 위신도 땅에 떨어지고 말았으니, 그래서 설마 놈이 자기를 깔보았단 말인가?

아Q는 어쩔 줄을 모른 채 우두커니 서 있었다.

저만치서 누군가가 오고 있었다. 그의 적이 또 나타난 것이다. 아Q가 제일 밥맛이라 여기던 첸 나리의 큰아들이었다. 전에 그는 대처에 있는 서양 학교에 들어가더니 무슨 까닭인지 다시 동양의 섬나라로 달음박질해 갔다. 반년 뒤 집으로 왔을 때는 다리도 쭉 뻗고 변발도 보이지 않았다. 그의 어머니는 열댓 번이나 대성통곡을 했고 그의 아내도 세 번씩이나 우물에 뛰어들었다. 그 뒤 그의 어머니는 가는 데마다 이런 말을 퍼뜨리고 다녔다. "그 변발은 술 취한 상태에서 나쁜 놈에게 잘리고 말았대요. 번듯한 관리가 될 법도 했건만, 이젠 머리가 자랄 때까지 기다릴 수밖에." 하지만 아Q는 믿으려 들지 않았다. 악착같이 그를 '가짜 양놈'이라 불렀고 또 '양코배기 앞잡이'라 불렀다. 그를 보기만 하면 뱃속에서 한바탕 욕지거리가 이는 것이었다.

특히나 아Q가 '깊이 증오하고 통절해 마지않는' 것은 그의 가짜 변발이었다. 변발이 가짜라면 사람 자격이 없는 거나 마찬가지였다. 그의 마누라가 네번째로 우물에 뛰어들지 않는 것도 제대로 된 여자는 아니었던 것이다.

그런 '가짜 양놈'이 다가왔다.

"까까머리. 당나귀…." 평소 아Q는 뱃속으로만 욕을 할 뿐 입 밖으로 뱉는 법이 없었다. 그런데 이번만큼은 울화가 치밀고 앙갚음을 하고 싶었던 터라 자기도 모르게 욕이 새나오고 말았다.

뜻밖에 이 까까머리가 니스 칠을 한 지팡이 ——아Q는 이걸 상주막대^{哭喪棒}라 불렀다——를 들고 성큼성큼 다가오는 것이었다. 그 순간 아Q는 한 대 벌었구나 하면서 몸을 움츠리고 어깨를 세운 채 기다리고 있었다. 과연 딱 하는 소리와 함께 머리에 뭔가가 부딪힌 것 같았다.

"저놈한테 한 소리라니까요!" 아Q는 근방에 있던 아이를 가리키며 오리발을 내밀었다.

딱! 딱딱!

아Q의 기억으론 이것이 그 평생 두번째 굴욕이었다. 다행히 딱딱거리는 소리가 난 뒤 사건이 일단락된 듯해서 오히려 한결 마음이 후련한 느낌이었다. 게다가 조상 대대로 전해오는 '망각'이라는 보물이 효력을 발생하기 시작했다. 어기적거리며 술집 어귀에 이르렀을 땐 상당히 기분이 좋아져 있었다.

그런데 맞은편에서 정수암靜修庵의 젊은 비구니가 걸어오고 있는 것이었다. 평소 아Q는 그녀만 보면 침을 뱉으며 욕을 퍼부어 주고 싶었다. 하물며 굴욕을 당한 뒤가 아닌가? 갑자기 그 기억이 되살아나면서 적개심이 불타올랐다.

'오늘 왜 이리 재수가 없나 했더니 네 년을 만나려고 그랬나 봐!'

속으로 그는 이렇게 생각했다.

"캬! 퉤!"

비구니는 거들떠보지도 않고 고개를 숙인 채 걸음질만 하고 있었다. 그의 곁에 다가선 아Q는 갑자기 손을 뻗어 파르스름한 머리통을 쓰다듬으며 헤헤거리는 것이었다.

"까까머리! 얼른 돌아가, 중놈이 널 기다리고 있어…."

"왜 나한테 집적거리는 거야?" 비구니는 얼굴이 새빨개진 얼굴로 항변을 하고는 다시 잰걸음을 재촉했다.

술집에 있던 사람들이 배를 잡았다. 아Q는 자기의 공훈이 인정되는 걸 보고 한층 더 신바람이 났다.

"중놈은 껄떡거려도 되고 나는 안 된단 말이야?" 그녀의 볼을 꼬집으며 그가 말했다.

술집에 있던 사람들이 배를 잡았다. 아Q는 더욱더 의기양양
해졌다. 구경꾼들에게 만족을 주기 위해 다시 힘껏 꼬집고 나
서 풀어 주었다.

이 일전으로 왕 털보에게 당한 일도 잊고 가짜 양놈에게 당
한 일도 말끔히 잊어버렸다. 오늘의 모든 '불운'을 앙갚음한 것
같았다. 게다가 신기하게도 딱딱 얻어맞았을 때보다 한결 몸이
가벼워져 훨훨 날아갈 것만 같았다.

"대代나 끊겨라, 이 아Q놈아!" 멀리서 비구니의 울음 섞인 목
소리가 들려왔다.

"하하하!" 아Q는 득의에 가득 찬 웃음을 터뜨렸다.

"허허허!" 술집에 있던 사람들도 적잖이 득의에 찬 웃음을
터뜨렸다.

제4장 연애의 비극

이런 말이 있다. 어떤 유類의 승리자는 적이 범 같고 매 같기를
원하며 그래야만 승리의 환희를 만끽할 수 있다고. 가령 양이
나 병아리 같으면 승리의 무료함만 느낄 뿐이라는 것이다. 또
어떤 유의 승리자는 모든 걸 정복한 뒤 죽을 자는 죽고 항복할
자는 항복하여 "신은 황공하고도 황공하옵게도 죽을 죄를 지었
나이다"의 지경에 이르게 되면, 그에겐 이미 적도 없고 맞수도

없고 벗도 없이 홀로 고독하고 쓸쓸하고 적막하게 남게 되어 도리어 승리의 비애를 느낀다는 것이다. 하지만 우리의 아Q는 그런 약골이 아니었다. 그는 영원히 의기양양했다. 어쩌면 이역시 중국의 정신문명이 전 지구상에서 가장 우수하다는 증거 중 하나인지도 모른다.

보라, 훨훨 날아갈 것만 같지 않은가!

하지만 이번 승리는 아무래도 좀 이상했다. 그는 한참을 훨훨 날아다니다가 훌쩍 사당으로 돌아왔다. 여느 때 같으면 자빠지자마자 코를 골았을 터였다. 그런데 누가 알았으랴. 이 밤, 좀처럼 눈이 감기지 않을 줄을. 엄지와 검지가 평소와 달리 이상하게 매끈거렸으니 말이다. 젊은 비구니 얼굴의 매끈거리는 뭔가가 그의 손가락에 눌어붙은 것일까? 아니면 손가락이 매끈거리도록 비구니의 얼굴을 쓰다듬었던 것일까?…

"대나 끊겨라, 이 아Q놈아!" 아Q의 귀에 이 말이 다시 울렸다. 그는 생각했다. 맞아, 여자가 있긴 있어야 해. 자손이 끊기면 누가 제삿밥 한 그릇이라도 차려 주겠어… 여자가 있어야 해. 무릇 '불효엔 세 가지가 있나니 후사 없음이 으뜸'이거늘, '약오若敖의 혼백이 굶어 죽는'다면 이는 인생의 크나큰 비애가 아닌가. 이런 생각은 성현의 말씀에도 여러모로 들어맞는 것이었다. 다만 애석한 건 뒤에 가서 '그 뒤숭숭함을 수습키가 어렵다'는 점뿐이었다.

'여자, 여자!…' 그는 생각했다.

'… 중놈도 껄떡거리는데 … 여자, 여자! … 여자!' 그는 또 생각했다.

그날 밤 몇 시나 되어서야 아Q가 코를 골기 시작했는지 우리는 알 수가 없다. 하지만 이때부터 손가락 끝이 매끈거렸고 그리하여 이때부터 하늘거림이 있게 된 것만은 분명하다.

'여자…' 그는 생각했다.

이 일단만을 봐도 우리는 여자가 사람을 해치는 존재임을 알 수 있다.

본래 중국의 남자 대부분은 성현이 될 수 있었지만, 애석하게도 죄다 여자 때문에 망가지고 말았다. 상商나라는 달기妲己 때문에 망했고, 주周나라는 포사褒姒 때문에 허물어졌다. 진秦나라는 … 역사에 기록은 없지만 여자 때문이라 가정해도 그리 틀린 말은 아니다. 그리고 동탁董卓은 분명 초선貂蟬에게 죽임을 당했다.

아Q는 원래 바른 사람이었다. 어떤 훌륭한 스승의 가르침을 받았는지 모르겠지만, '남녀유별'에 관해서는 지금껏 매우 엄격했고 이단——이를테면 비구니나 가짜 양놈 따위——을 배척하는 기개도 있었다. 그의 학설은 이런 것이었다. 모든 비구니는 반드시 중놈과 사통하게 되어 있고, 여자가 바깥나들이를 하는 것은 반드시 남자를 유혹하려는 수작이며, 남자와 여자가 이야기를 나누면 반드시 무슨 꿍꿍이가 있다. 그래서 이들을 응징하기 위해 때론 노려보기도 하고 때론 큰소리로 '질타'하기도 하고 때론 뒤에서 돌팔매질을 하기도 했던 것이다.

그런 그가 '이립'而立의 나이를 앞두고 비구니로 인해 마음이 하늘거리게 될 줄 누가 알았으랴. 예교禮敎상 이 하늘거림은 아니 될 말이었다. 그래서 여자란 참으로 가증스러운 존재인 것이다. 비구니의 얼굴이 매끈거리지만 않았더라면 아Q가 넋을 빼앗길 일이 없었을 터이고, 또 비구니의 얼굴에 천이 한 장 덮여만 있었더라도 아Q가 넋을 빼앗길 일이 없었을 터였다. 오륙 년 전 연극을 구경하던 무리 속에서 그가 어떤 여자의 허벅지를 꼬집은 적이 있었는데, 그때는 바지가 한 층을 가려 주어 마음이 하늘거리는 일 같은 건 없었다. 그런데 비구니는 그렇지 않았다. 이 역시 이단의 가증스러움을 증명하기에 충분한 것이었다.

'여자…' 아Q는 생각했다.

그는 '분명 사내를 홀릴' 게 뻔한 여자에 대해선 늘 유심히 지켜보았다. 하지만 그녀가 그에게 꼬리를 치는 일은 없었다. 함께 이야기하는 여자에 대해서도 늘 유심히 귀 기울였다. 하지만 그녀 역시 무슨 추파를 던지지는 않았다. 아아, 이 역시 여자의 가증스런 일면이로다. 하나같이 '정경부인을 가장'하고 있다니.

그날 아Q는 하루 종일 자오 나리 댁에서 쌀을 찧었다. 저녁을 먹고 난 뒤 그는 부엌에 앉아 담배를 피우고 있었다. 다른 집 같으면 저녁을 먹고 나면 돌아가도 되겠지만 자오씨댁에선 저녁이 일렀다. 보통 땐 등을 못 켜게 해서 밥을 먹자마자 잠자리에 들지만, 어쩌다가 약간의 예외도 있었다. 그 하나는 아들이 수재 시험에 합격할 때까지 등불을 켜고 글을 읽게 한 것이고, 다른 하나는 아Q가 날품 일을 할 때 등불을 켜고 쌀을 찧도록 했던 것이다. 이런 예외로 인해 아Q는 쌀을 찧기 전에 부엌에 앉아 담배를 피우고 있었던 것이다.

자오 나리 댁의 유일한 하녀인 우^吳 어멈이 설거지를 끝내고 걸상에 앉아 아Q에게 이야기를 걸어 왔다. "마나님이 이틀이나 진지를 안 드셨어. 나리께서 젊은 것을 사선…"

'여자… 우 어멈… 이 청상과부…' 아Q는 생각했다.

"젊은 마님은 8월에 아기를 낳으신대…"

'여자…' 아Q는 생각했다.

아Q는 담뱃대를 놓고 일어섰다.

"젊은 마님은…" 우 어멈의 말이 계속 이어졌다.

"너 나랑 자자. 나랑 자자구!" 아Q는 갑자기 달려들어 그녀 앞에 무릎을 꿇었다.

일순 정적이 흘렀다.

"으악!" 숨을 죽이고 있던 우 어멈이 갑자기 벌벌 떨면서 밖으로 뛰쳐나갔다. 나중엔 울먹임이 묻어 있는 듯했다.

아Q도 멍하니 벽을 향해 무릎을 꿇은 채 앉아 있었다. 이내 두 손을 빈 걸상에 짚고 천천히 일어섰다. 틀렸구나. 그는 황급히 담뱃대를 허리춤에 찌르고 일을 시작하려 했다. 팅 하는 소리와 함께 머리 위로 뭔가 둔탁한 것이 떨어졌다. 급히 뒤돌아보았더니 수재가 굵은 대나무 몽둥이를 들고 자기 앞에 서 있었다.

"간뎅이가 부어가지고… 네 이놈…."

대나무 몽둥이가 다시 머리 위로 떨어졌다. 그는 두 손으로 머리를 감쌌다. 탁 하는 소리와 함께 손가락을 강타했다. 이건 정말 아팠다. 부엌문을 뛰쳐나오고 말았지만, 등짝에 또 한 대가 떨어진 것 같았다.

"육시랄 놈!" 수재는 등 위에서 표준어로 욕을 퍼부었다.

아Q는 방앗간으로 뛰어 들어가 우두커니 섰다. 손가락은 아직도 얼얼했고 "육시랄 놈!"이란 말이 아직도 귀를 쟁쟁거렸다. 이 말은 웨이좡 촌놈들은 쓰지 않고 오로지 관청의 높은 분들이나 쓰는 것이었으므로 유달리 겁이 났고 유달리 인상도 깊었다. 그런데 이때 그의 '여자…' 하는 생각도 없어지고 말았다. 게다가 푸닥거리를 당하고 난 뒤엔 이미 사건이 종결된 것 같아 도리어 개운함마저 들었다. 그래서 일을 시작할 수가 있었다. 한참 방아를 찧다가 땀이 찬 손을 멈추고 웃통을 벗었다.

윗도리를 벗고 있는데 밖에서 왁자지껄한 소리가 들려왔다. 천성적으로 구경을 좋아하는 아Q는 소리 나는 쪽으로 나가 보았다. 소리를 따라가다 보니 어느새 자오 나리의 안마당에 이르게 되었다. 어둑했지만 그래도 사람들 윤곽은 분간할 만했다. 자오가의 식구들, 이틀이나 굶은 마나님도 거기 있었고, 이웃의 쩌우^鄒씨댁 일곱째 며느리도 있었고, 진짜 일가인 자오바이옌^趙^{白眼}과 자오쓰천^{趙司晨}도 있었다.

마침 젊은 마님이 우 어멈의 손을 끌고 뭐라 말을 건네며 방에서 나오던 중이었다.

"밖으로 나오게… 내 방에 숨어 있지 말고….'

"자네 행실이 방정하단 걸 누가 모르겠나…. 속 좁은 짓일랑 제발 하지 말게." 쩌우씨댁 며느리도 옆에서 거들었다.

우 어멈은 그저 울기만 했다. 더러 말을 섞긴 했지만 분명히 들리진 않았다.

아Q는 생각했다. '흥, 재밌는데, 저 과부가 무슨 짓을 저지른 거지?' 그는 그게 알고 싶어 자오쓰천 옆으로 다가갔다. 이때 자오 나리가 그를 향해 달려오는 것이 순간적으로 눈에 들어왔다. 게다가 그의 손엔 굵직한 대나무 몽둥이가 들려 있었다. 그는 몽둥이를 보자 조금 전 자기가 얻어맞은 일이 이 소란과 연관이 있다는 것을 퍼뜩 알아차렸다. 그는 몸을 돌려 방앗간으로 달아나려 했지만 대나무 몽둥이가 그의 길을 가로막을 줄이야. 그래서 할 수 없이 다시 몸을 돌려 뒷문으로 내빼고 말았다. 얼마 뒤 그는 사당 안에 와 있었다.

가만히 앉아 있자니 소름이 돋고 한기가 일었다. 봄이라고는 하지만 밤엔 제법 한기가 남아 있어 웃통을 벗고 있을 수는 없었다. 윗도리를 자오씨 집에 두고 왔다는 걸 그도 알고 있었지만 가지러 가자니 수재의 몽둥이가 무서웠다. 그러고 있는데 지보가 들이닥쳤다.

"아Q, 이 개자식! 자오씨댁 하녀까지 집적거리다니, 이건 역모야. 덕분에 나까지 잠을 못 자게 됐잖아. 이 개자식아!…"

이러쿵저러쿵 그는 한바탕 설교를 퍼부었다. 아Q는 물론 할 말이 없었다. 마침내 심야라 하여 그에게 벌금을 배로 얹어 사백 푼을 지불해야 했다. 딱히 현금이 없었으므로 털모자를 잡히고 다섯 개 조항의 서약서까지 썼다.

1. 내일 홍촉─무게 한 근짜리─한 쌍에 향 한 봉지를 들고 자오씨댁에 가서 사죄할 것.
2. 자오씨댁에서 도사를 불러 목맨 귀신을 쫓는 굿을 하는데, 그 비용은 아Q가 부담할 것.
3. 금후 아Q는 자오씨댁 문턱을 넘지 말 것.
4. 우 어멈에게 이후 또다시 일이 생기면 모두 아Q의 책임으로 함.
5. 아Q는 품삯과 윗도리를 달라는 요구를 하지 말 것.

아Q는 모두 승낙했지만 유감스럽게도 돈이 없었다. 다행히 때는 봄이어서 솜이불이 없어도 되는지라 그걸로 이천 푼을 잡히고 서약을 이행했다. 벌거벗은 몸으로 머리를 조아리고 사죄한 뒤에도 아직 몇 푼이 남았지만, 그걸로 잡힌 모자를 찾지 않고 몽땅 술을 마셔 버렸다. 그런데 자오씨댁에선 향과 홍촉을 피우지 않았다. 큰 마님이 불공드릴 때 쓰려고 남겨 두었기 때문이다. 누더기 윗도리는 대부분 젊은 마님이 8월에 낳게 될 아기의 기저귀가 되었다. 나머지 조각은 우 어멈의 헝겊신 깔창으로 쓰였다.

제5장 생계문제

사죄식이 끝난 뒤 아Q는 여느 때처럼 사당으로 돌아갔다. 해가 지자 점차 세상이 야릇하게 되어 가는 느낌이 들었다. 곰곰이 생각해 보니 원인은 웃통을 벗고 있는 데 있었다. 문득 누더기 여벌이 있다는 생각이 났다. 그래서 그걸 입고 벌렁 드러누웠다. 다시 눈을 떴을 때는 태양이 이미 서쪽 담장 위를 비추고 있었다. 몸을 일으키면서 그는 뇌까렸다. "씨팔…."

　일어난 뒤 그는 평소처럼 거리를 쏘다녔다. 알몸일 때처럼 살을 에는 추위는 없었지만, 점차 세상이 야릇하게 변해 간다는 것을 또다시 느꼈다. 이날부터 웨이좡 여인들이 갑자기 수줍음을 타는지 그가 오는 걸 보기만 하면 하나같이 대문 안으로 쏙 들어가 버리는 거였다. 심지어 오십이 가까운 쩌우씨댁 일곱째 며느리마저 남들마냥 호들갑을 떨어 대는 것이었다. 게다가 열한 살 먹은 딸을 불러들이기까지 했다. 아Q는 이상하단 생각이 들었다. 게다가 이런 생각이 들기까지 했다. '이것들이 갑자기 아씨 흉내를 내고 지랄이야. 이 화냥년들이….'

그런데 세상이 더욱 야릇해져 간다는 걸 느낀 건 제법 여러 날이 지난 뒤의 일이었다. 그 하나는 술집에서 외상을 주질 않는다는 것, 둘째는 사당을 관리하는 영감탱이가 나가 달라는 듯 쓸데없는 잔소리를 늘어놓는다는 것, 셋째는 며칠째 되는지 기억이 분명친 않지만 꽤 여러 날 동안 날품 일을 부탁하러 오는 집이 없다는 것이었다. 술집에서 외상을 안 준다면야 참으면 그만이었다. 영감탱이가 옥박지른다 해도 그래 짖으라 하고 내버려 두면 될 일이었다. 하지만 아무도 그에게 일을 시키지 않는 건 좀 심각했다. 이건 그의 배를 곯게 만드는 일이었다. 이것만은 정말 "씨팔" 할 일이었다.

아Q는 도저히 견딜 수가 없어 옛 단골들을 찾아다니며 물어보는 수밖에 없었다. 그래도 자오씨댁 문턱만은 넘을 수가 없었다. 하지만 상황이 일변해 있었다. 하나같이 사내가 나와 귀찮다는 얼굴로 거지를 내쫓듯 손사래를 치는 거였다.

"없어, 없어! 꺼져!"

아Q는 더욱 이상하다는 생각이 들었다. 이들 집에 지금껏 날품 일이 없었던 적은 없었다. 이제 와서 갑자기 일이 없어질 리가 없다. 여기엔 반드시 뭔가 곡절이 있는 게 틀림없다. 이리저리 수소문을 해본 결과 그 내막을 알게 되었다. 일감이 있으면 애송이 Don에게 시킨다는 걸 알게 되었다. 이 애송이D는 빼빼 말라빠진 게 아Q의 눈엔 왕 털보보다 한 수 아래였다. 그런데 이 애송이가 그의 밥줄을 낚아챌 줄 누가 알았으랴. 따라서 아Q의 분노는 평상시와는 사뭇 달랐다. 너무 열을 받아 길을 가면서 돌연 손을 뒤흔들며 소리를 뽑아 낼 정도였다.

"쇠 채찍을 움켜쥐고 네놈을 후려치리라!…"

며칠 뒤 그는 첸씨댁 담벼락 앞에서 애송이D와 맞닥뜨렸다. "원수는 외나무다리에서 만나는 법." 아Q가 다가서자 애송이D도 멈춰 섰다.

"짐승 같은 놈!" 아Q는 눈을 부릅뜨며 말했다. 입가에서 침이 튀었다.

"나는 버러지야, 됐어?…" 애송이D가 말했다.

이 겸손이 도리어 아Q의 분노를 부채질했다. 하지만 그의 손엔 쇠 채찍이 없었으니 달려들어 변발을 낚아채는 수밖에 없었다. 애송이D는 한손으로 변발 밑둥을 꽉 움켜쥐면서 다른 한 손으론 아Q의 변발을 낚아챘다. 아Q도 놀고 있는 한 손으로 자기 변발 밑둥을 움켜쥐었다. 왕년의 아Q라면 애송이D쯤은 식은 죽 먹기였다. 하지만 요즘 배를 곯아 애송이D 못지않게 말라서 어금지금 백중세가 되고 말았다. 네 개의 손이 두 개의 머리를 움켜쥐고는 허리를 구부리며 첸씨댁 담벼락에 푸른 무지개를 만들어 냈다. 그런 모양새가 반 시간이나 이어졌다.

"됐다, 됐어!" 구경꾼들이 끼어들었다. 말릴 셈이었으리라.

"잘한다, 잘해!" 구경꾼들이 끼어들었다. 그런데 이건 말리려는 건지 칭찬을 하는 건지 부채질을 하는 건지 종잡기가 어려웠다.

그러나 둘 다 소심쟁이었다. 아Q가 삼보 전진하면 애송이D 는 삼보 후퇴해서 버텨 섰다. 애송이D가 삼보 전진하면 아Q는 삼보 후퇴해서 또 버텨 섰다. 얼추 반 시간——웨이쫭엔 자명종 이 없어 딱히 얼마라고 말하긴 어렵다. 어쩌면 이십 분 정도였 을지도——이나 지났을까, 둘의 머리에서 김이 솟고 이마에선 땀이 쏟아졌다. 아Q의 손이 늦춰지자 그 순간 애송이D의 손도 늦춰졌다. 둘은 동시에 몸을 세우고는 동시에 떨어져 인파 속 을 헤집고 나갔다.

"두고 보자. 씨팔놈…." 아Q가 고개를 돌리며 말했다.

"씨팔놈, 두고 보자고…." 애송이D도 고개를 돌려 되받았다.

한바탕의 '용호상박'은 무승부처럼 보였다. 구경꾼들이 만족 했는지 어떤지는 알 수가 없다. 아무도 거기에 대해 토를 달지 않았으니 말이다. 그러나 아Q에게 날품 일을 시키려 드는 집 은 여전히 없었다.

어느 포근한 날이었다. 살랑대는 미풍이 제법 여름 기운을 느끼게 했지만 아Q는 추웠다. 그래도 이건 견딜 만했다. 제일 힘든 건 배고픔이었다. 이불과 털모자, 홑옷은 없어진 지 오래 였다. 그다음엔 솜옷도 팔아먹었다. 이제 바지밖에 남지 않았지 만 이것만은 절대 벗을 수가 없었다. 누더기 겹옷이 있긴 했지 만 누구에게 주어 신발 깔창이라도 하라고 하면 모를까 팔아서 돈이 될 주제는 아니었다. 길에서 돈이라도 주웠으면 했지만 지금껏 눈에 띈 적이 없다. 다 쓰러져 가는 자기 집 어딘가에 돈이 떨어져 있지나 않을까 얼른 둘러보기도 했지만 집 안은 아주 말끔했다. 그리하여 밖으로 나가 구걸을 하기로 마음을 먹었다.

길을 걸으며 '밥을 빌어먹'을 요량이었다. 낯익은 술집이 눈에 들어왔다. 낯익은 만터우^{饅頭} 집도 눈에 들어왔다. 하지만 모두 지나쳤다. 잠시 멈춰 서지도 않았을뿐더러 그럴 마음도 없었다. 그가 바라는 건 그런 것이 아니었다. 그럼 무엇이었을까. 그 자신도 알지 못했다.

웨이좡은 큰 마을이 아니어서 조금만 가도 마을 끝이었다. 마을을 벗어나면 대부분 논으로 온통 갓 파종한 모가 파릇파릇했다. 그 사이 점점이 둥그렇게 움직이고 있는 까만 점은 밭을 가는 농부들이었다. 아Q는 이런 전원생활의 즐거움을 감상할 여력도 없이 그저 걷기만 했다. 이것이 '밥을 빌어먹는' 길과 거리가 한참 멀다는 것을 직관으로 알고 있었다. 마침내 그는 정수암 담장 밖에 이르렀다.

암자 주변도 논이었다. 신록 가운데 흰 담장이 돌출되어 있었고 뒤편 나직한 토담 안쪽으로는 채마밭이었다. 아Q는 잠시 머뭇거렸다. 사방을 둘러보았지만 아무도 없었다. 그는 낮은 담장을 기어 올라가 하수오^{何首烏} 넝쿨을 부여잡았다. 담장의 진흙이 풀풀 떨어졌고 아Q의 다리도 덜덜 떨렸다. 마침내 뽕나무 가지를 타고 담장 안으로 뛰어내렸다. 안은 그야말로 푸르른 신록이었다. 그러나 황주나 만터우, 그 밖에 먹을 만한 건 아무것도 없는 듯했다. 서편 담을 따라 대숲이 있었고 그 아래 죽순이 우거져 있었지만 유감스럽게도 삶은 것이 아니었다. 유채도 있었지만 벌써 씨가 차 있었다. 갓은 이미 꽃이 피었고 봄배추에도 장다리가 돋아 있었다.

아Q는 마치 과거에 낙방한 문동처럼 억울한 생각이 들었다. 그는 밭으로 난 문으로 천천히 다가갔다. 갑자기 얼굴에서 빛이 났다. 분명 무밭이었다. 그는 쪼그리고 앉아 무를 뽑았다. 그때 문 안에서 동그란 머리통 하나가 쑥 나오더니 쏙 들어가 버렸다. 비구니임에 분명했다. 비구니 따윈 아Q의 눈엔 새발의 피였다. 허나 세상사란 '한 걸음 물러나 생각해' 보아야 했다. 그래서 급히 무 네 개를 뽑아 잎을 비틀어 낸 뒤 윗도리 속에 숨겼다. 그러나 늙은 비구니가 벌써 나와 있었다.

"나무아미타불, 아Q, 어째서 채마밭에 들어와 무를 훔치는고!… 아아, 죄악이로다, 아흐, 나무아미타불!…"

"내가 언제 당신네 밭에 들어와 무를 훔쳤어?" 아Q는 힐끔힐끔 달아나며 말했다.

"지금 … 그건 뭐야?" 늙은 비구니가 그의 품속을 가리켰다.

"이게 당신 거라고? 당신이 부르면 무가 대답이라도 한대? 당신…"

아Q는 말을 맺지도 못하고 줄행랑을 쳤다. 커다란 덩치의 검정개가 쫓아오고 있었기 때문이다. 본래 문 앞에 있던 놈인데 어째서 뒤뜰까지 왔단 말인가. 검둥이는 으르렁대며 쫓아와

아Q의 다리를 물어뜯을 태세였다. 다행히 품속에서 떨어진 무 하나가 그놈을 놀래켜 잠시 주춤하게 만들었다. 이 틈을 놓칠세라 아Q는 뽕나무를 타고 토담 위를 기어올라 무와 함께 담장 밖으로 굴러떨어졌다. 뽕나무를 향해 짖어 대는 소리와 염불 소리만이 낭랑했다.

아Q는 비구니가 다시 검둥이를 풀어놓지 않을까 두려워 무를 주워들고 뛰기 시작했다. 뛰면서 돌멩이 몇 개를 주워 챙겼지만 검둥이는 다시 나타나지 않았다. 그리하여 아Q는 돌멩이를 버리고 길을 걸으며 무를 먹기 시작했다. 그러면서 생각했다. '여기도 찾을 게 아무것도 없구나. 대처로 가는 게 더 낫겠어…'

무 세 개를 다 먹었을 때에는 이미 대처로 나갈 결심이 굳어 있었다.

제6장 성공에서 말로까지

웨이좡에 아Q가 다시 출현한 것은 추석이 막 지난 뒤였다. 그가 돌아왔다는 말에 사람들은 깜짝 놀랐다. 그러고는 그의 행적에 대해 새삼 수군대는 것이었다. 예전 아Q가 몇 번 대처 나들이를 할 때에는 대개 미리 신이 나서 허풍을 떨어 대곤 했다. 그런데 이번에는 그러질 않았다. 그래서 아무도 그에게 마음을 두지 않았던 것이다. 혹시 사당을 관리하는 영감에게 털어놓았을지도 모를 일이었다. 하지만 웨이좡의 관례대로라면 자오 나리, 첸 나리, 수재 도령 정도가 대처 나들이를 해야 화제가 되었다. 가짜 양놈도 그 축에 끼지 못했으니 하물며 아Q야 말해 무엇하겠는가. 그래서 영감도 떠벌리지 않았고, 그리하여 웨이좡 사회도 알 길이 없었던 것이다.

하지만 아Q의 이번 귀환은 예전과는 완전히 달랐다. 분명 놀랄 만한 가치가 있었던 것이다. 날이 이슥할 무렵 그는 게슴츠레한 눈으로 주점 문앞에 나타났다. 그는 술청으로 걸어가 허리춤에서 손을 빼내 은전과 동전 한 줌을 던지면서 이러는 거였다. "현금 박치기야. 술 가져와!" 걸치고 있는 옷도 새 옷이었으려니와 허리춤에 늘어뜨린 커다란 주머니 속의 무언가가 허리띠를 축 처지게 만들었다. 웨이좡의 관례는 이목을 끄는 사람을 만나면 그를 경멸하기보다는 존경했다. 상대가 아Q임은 분명했으나 누더기를 걸치고 있던 아Q와는 딴판이었고, 옛 사람 말에 "선비는 사흘만 떨어져 있어도 괄목상대한다"고 했으니 점원, 주인, 손님, 길 가던 사람 모두가 의심 어린 존경을 표했던 것이다. 주인장이 먼저 고개를 까딱이며 말을 걸었다.

"허허! 아Q, 자네 돌아왔구만!"

"돌아왔지."

"한밑천 잡았군, 잡았어. 자네⋯ 어디서⋯."

"대처 생활을 좀 했지!"

이 소문은 이튿날 웨이좡 전역에 쫙 퍼졌다. 사람들은 현찰과 번듯한 옷을 걸친 아Q가 어떻게 성공했는지를 알고 싶어했다. 그래서 주점에서, 차관에서, 사당 처마 밑에서 야금야금 그 정보를 탐문했다. 그 결과 아Q는 새로운 존경을 얻게 되었다.

아Q의 말에 의하면, 그는 거인 나리의 집에서 일을 거들었다는 거였다. 이 대목에서 모두 숙연해졌다. 이 나리는 성이 바이^白씨지만 대처를 통틀어 유일한 거인이었으므로 성을 붙일 필요도 없었다. 그냥 거인이라 하면 그를 지칭하는 것이었다. 웨이좡에서뿐 아니라 사방 백 리 내에서 모두 그랬다. 거의 대부분 사람들이 그의 성명을 거인 나리로 알고 있었다. 그런 사람 댁에서 일을 거들었다는 것이 존경받는 건 당연했다. 그런데 아Q의 또 다른 말에 의하면, 이제 두 번 다시 그놈의 집구석에 발걸음을 하지 않겠다는 거였다. 까닭인즉슨 이 거인이란 작자가 대단한 '씨팔놈'이기 때문이라 했다. 이 대목에서 모두 탄식을 하면서 통쾌해했다. 그도 그럴 것이 아Q는 거인 나리 댁에서 일을 거들 만한 위인이 못 되지만 일을 하러 가지 않는다는 건 애석한 일이었기 때문이다.

아Q의 말에 의하면, 그의 귀환은 대처 사람들에 대한 불만도 한몫을 한 것 같았다. 그건 다름 아닌 그들이 '창덩'을 '탸오덩'이라 부른다든가, 생선튀김에 잘게 썬 파를 곁들인다든가, 그 밖에 최근 관찰을 통해 발견한 결점으로 여자가 걸을 때에 엉덩이를 흔드는 것이 도대체 돼먹지가 않는다는 이유 때문이었다. 그러나 어쩌다가 크게 탄복할 만한 점도 없진 않았다. 이를 테면 웨이좡 사람들은 서른두 장짜리 죽패 놀이밖에 할 줄 모르고 '마장'麻醬8)을 할 줄 아는 것도 가짜 양놈밖에 없는데, 대처에선 열댓 살 조무래기들까지도 그 정돈 예사라는 거였다. 가짜 양놈 따위는 대처의 열댓 살 조무래기들 손에 놓아두면 '새끼 귀신이 염라대왕을 알현하는' 꼴이라는 거였다. 이 대목에서 모두 낯을 붉혔다.

"자네들 목 자르는 거 본 적 있어?" 아Q가 말했다. "햐, 굉장해. 혁명당원 목을 날리는 거야. 음, 정말 굉장해, 굉장하지…." 그는 고개를 저으며 바로 맞은편에 있는 자오쓰천의 얼굴에 침을 튀겼다. 이 대목에서 모두 섬뜩했다. 그런데 그가 사방을 둘러보더니 갑자기 오른손을 쳐들고는 목을 빼고 이야기에 빠져 있는 왕 털보 뒷덜미를 향해 곧장 내리쳤다.

"싹둑!"

왕 털보는 화들짝 놀라면서 전광석화처럼 목을 움츠렸다. 듣고 있던 사람 모두가 오싹하면서도 재미있어 했다. 이로부터 왕 털보는 몇날 며칠 동안 머리가 어질거렸다. 그리하여 더 이상 아Q 곁에 좀체 가려 하질 않았다. 다른 사람들도 마찬가지였다.

이때 웨이좡 사람들 눈에 비친 아Q의 지위는 자오 나리를 넘어선다고 할 수는 없었지만 거의 동렬이라 해도 과언이 아니었다.

얼마 되지 않아 아Q의 명성은 웨이좡의 규방 구석구석까지 퍼졌다. 웨이좡에서 대저택이라고 해야 자오 집안과 첸 집안뿐 나머지 십중팔구는 보잘것없는 집들이었지만, 어쨌거나 규방은 규방이었다. 그러니 이 역시 신기한 사건이라 할 만했던 것이다. 여인네들은 만나기만 하면 수군댔다. 쩌우씨댁 일곱째 며느리가 아Q한테서 쪽빛 치마를 샀대. 낡긴 낡았는데 단돈 구십 전이래. 또 자오바이옌의 모친 — 일설에는 자오쓰천의 모친이라고도 하는데 고증을 요함 — 도 아이에게 입힐 빨간 옥양목 홑옷을 샀대. 칠할 정도가 신품인데 삼백 푼도 안 된다는 거야. 그리하여 여인네들은 눈이 빠지게 아Q를 만나고 싶어 했다. 비단치마가 없는 자는 비단치마를, 옥양목 홑옷이 필요한 사람은 옥양목 홑옷을 사고 싶어 했다. 이제는 그를 만나도 도망치지 않았고 더러 지나가는 아Q를 쫓아가 불러 세운 뒤 이렇게 묻기까지 했다.

"아Q, 비단치마 아직도 있어? 없다고? 옥양목 홑옷도 필요한데 있겠지?"

이 소문은 마침내 저잣거리로부터 대저택에까지 전해졌다. 쩌우씨댁 며느리가 너무나 기쁜 나머지 자기가 산 비단치마를 자오 마님에게 보이러 갔고, 자오 마님은 그걸 또 자오 나리에게 이야기하며 대단한 거라고 찬사를 늘어놓았기 때문이었다. 이리하여 자오 나리는 저녁 밥상머리에서 수재 도령과 의논을 하기에 이르렀다. 아무래도 아Q란 놈이 좀 수상하다, 그러니 문

단속을 단단히 하는 게 좋겠다, 그래도 그의 물건 가운데 살 만한 게 있을지 모르겠다, 어쩌면 좋은 물건이 있을지도 모른다 등등이었다. 게다가 자오 마님이 마침 값싸고 질 좋은 모피저고리 하나를 마련하려던 참이었다. 이리하여 가족회의 결과에 따라 쩌우씨댁 며느리더러 즉각 아Q를 찾아 데려오도록 했다. 게다가 이를 위해 제3의 예외조항을 만들어 그날 밤만은 특별히 등불을 밝히기로 결정을 내렸던 것이다.

등불의 기름이 말라 가는데도 아Q는 아직 오지 않았다. 자오가의 식구들 모두가 초조해졌다. 하품을 하기도 하고 아Q가 너무 건방지다고 미워하기도 하고 쩌우씨댁 며느리가 느려 터졌다고 탓하기도 했다. 자오 마님은 봄날 밤 그 일을 걱정했고, 자오 나리는 걱정할 필요가 없다고 했다. '이 몸'이 그를 불렀기 때문이라 했다. 과연 자오 나리의 통찰은 대단했다. 마침내 아Q가 쩌우씨댁 며느리를 따라 들어왔던 것이다.

"그저 없다 없다고만 하네요. 직접 말씀드리라 해도 저리 뻗대기만 하니 원, 저는⋯." 쩌우씨댁 며느리는 숨을 헐떡이고 들어오면서 말했다.

"나리!" 아Q는 웃는 듯 마는 듯 한 표정을 지으며 한 마디를 뱉고는 처마 밑에 멈춰 섰다.

"아Q, 듣자 하니 외지에서 돈을 좀 모았다지." 자오 나리가 성큼 다가와 눈으로 몸을 훑으며 말했다. "잘됐군, 잘됐어. 그런데⋯듣자 하니 낡은 물건들이 있다던데⋯가져와서 좀 보여 주겠나…다른 게 아니고, 내가 좀 필요한 게 있어서….”

“쩌우댁에게 말했습지요. 다 팔렸습니다.”

“다 팔렸다고?” 자오 나리의 입에서 자기도 모르게 말이 나왔다. “그리 빨리 팔릴 리가?”

“친구 거였는데 원래 많지도 않은 데다 모두 사가지고들….”

“그래도 조금은 남아 있겠지.”

“지금은 문에 치는 발 하나만 남았습니다.”

“그럼 그거라도 가져와 보게.” 자오 마님이 급히 일렀다.

“그렇다면 내일 가져와도 되네.” 자오 나리는 열이 식어 있었다. “아Q, 앞으로 물건이 생기거든 우리한테 먼저 보여 주게….”

“값은 다른 집보다 섭섭지 않게 쳐줌세!” 수재가 말했다. 수재의 처는 아Q의 얼굴을 살폈다. 마음이 동하는지 어떤지를 보기 위해서였다.

“나는 모피저고리가 하나 필요하네.” 자오 마님이 말했다.

아Q는 그러겠노라 했지만 엉기적거리고 나가는 품새가 마음을 놓아도 좋을지 어떨지 종잡을 수 없었다. 이 일이 자오 나리를 실망케 했다. 분개하고 우려하느라 하품까지 멈출 정도였다. 수재도 아Q의 이런 태도가 마뜩지 않았다. 그래서 저 배은 망덕한 놈을 조심해야 한다, 지보에게 분부하여 저놈을 웨이좡에서 살지 못하게 해야 할지도 모른다는 말까지 했다. 자오 나리의 생각은 그렇지 않았다. 그리하면 원한을 사게 되고, 더구나 "매는 둥지 근방의 먹이는 먹지 않는다"고 했으니 이런 장 사치가 우리 마을을 어찌할 리가 없다, 그러니 각자 밤중에 문 단속만 잘하면 된다는 것이었다. 수재는 '가친의 유훈'을 듣고 는 과연 그렇겠다고 생각하여 아Q를 축출하자는 제의를 즉각 철회했다. 게다가 쩌우씨댁 며느리에게는 이 말이 새어 나가지 않도록 입단속을 하라고 신신당부를 했다.

그런데 이튿날 쩌우씨댁 며느리는 쪽빛 치마를 염색하러 나 갔다가 아Q가 의심스럽다는 말을 퍼뜨리고 다녔다. 그러나 수 재가 아Q를 축출하려 했다는 대목은 발설하지 않았다. 하지만 이것이 아Q에게는 이미 불리하게 작용하고 있었다. 첫째, 지보 가 찾아와 그의 문발을 가져가 버렸다. 자오 마님에게 보여 드 려야 된다고 했지만 지보는 돌려주기는커녕 다달이 효도비孝道 費를 내라고 윽박을 질렀다. 다음으로는 마을 사람들의 그에 대 한 존경의 태도가 싹 달라졌다는 것이다. 감히 멋대로 굴진 못 했지만 그를 멀리하려는 기색은 역력했다. 더구나 이런 기색에 는 예전 "싹둑" 하던 때와는 달리 어딘가 모르게 '경이원지'敬而 遠之하는 기미가 섞여 있었다.

다만 일부 한량패들만이 아직도 시시콜콜 내막을 따지려 들 었다. 아Q도 전혀 숨기지 않고 거드름을 피우며 자기의 경험 담을 들려주었다. 이로부터 그들은 다음과 같은 사실을 알게 되었다. 그는 졸개에 지나지 않는다는 것, 담을 넘지도 못하고 굴에 들어가지도 못했을 뿐 아니라 겨우 굴 밖에 서서 물건을 건네받는 역할만 했다는 것, 어느 날 밤 그가 꾸러미 하나를 건네받고 두목이 다시 들어가려는데 이내 안에서 큰 소란이 일어났다는 것, 그 길로 줄행랑을 쳐서 밤을 타고 대처를 빠져 나와 웨이좡으로 도망쳐 왔다는 것, 이로부터 다시는 그 일을 하고 싶지 않다는 것 말이다. 하지만 이 이야기는 아Q에게 더 불리하게 작용했다. 마을 사람들이 아Q를 '경이원지'한 것은 본시 원한을 살까 봐 두려워했던 것인데, 두 번 다시 도둑질을 안 하겠다는 좀도둑에 불과할 줄 누가 알았겠는가. 진실로 "이 또한 두려워할 것이 못 된다"가 되고 말았으니.

제7장 혁명

선통宣統 3년 9월 14일 ——즉, 아Q가 전대를 자오바이옌에게 팔아넘긴 날——한밤중에 시커먼 덮개를 씌운 큰 배 한 척이 자오 나리 저택이 있는 강기슭에 닿았다. 이 배가 어둠 속에서 다가왔을 무렵 마을 사람들은 깊이 잠들어 아무도 이를 알아채지 못했다. 그러나 배가 떠날 무렵엔 여명이 가까웠으므로 몇 사람이 그걸 목격했다. 이리저리 수소문해 본 결과에 의하면 그건 바로 거인 나리의 배였던 것이다.

　이 배는 크나큰 불안을 웨이좡에 싣고 왔다. 정오가 되기도 전에 온 마을의 인심이 술렁였다. 배의 임무에 관해서는 자오 씨댁에서 극비에 부치고 있었지만, 찻집이나 술청에서 떠도는 풍문에 의하면 혁명당이 대처로 진격해 와서 거인 나리가 우리 마을로 피난을 온 것이라 했다. 오직 쩌우씨댁 며느리만은 그리 여기지 않았다. 그건 거인 나리가 헌 옷장 몇 개를 맡아 달라고 부탁했는데 자오 나리에게 퇴짜를 맞았다는 거였다. 거인 나리와 자오 수재는 친분이라 할 만한 게 없었던 터라 '환란을 같이할' 정분이 있을 리 만무했다. 더구나 쩌우씨댁 며느리는 자오가와 이웃지간이라 보고 듣는 것이 사실에 가까울 터였으니, 아마 그녀의 말이 옳았을 것이다.

뜬소문은 더욱 무성했다. 내용인즉슨, 거인 나리가 친히 오진 않은 모양이지만 장문의 편지를 보내 자오씨댁과는 '먼 친척'이 된다고 늘어놓았다느니 자오 나리는 배알이 틀렸지만 자기로선 손해될 것이 없어서 옷장을 맡아 두었는데 지금은 마나님 침상 밑에 처박아 두었다느니 하는 것들이었다. 혁명당 쪽은 어떤가 하면, 일설에는 그날 밤 대처로 진격해 갔는데 저마다 흰 투구에 흰 옷을 입고 있었고, 그건 명나라 숭정崇正 황제를 기리기 위함이라느니 등등이었다.

아Q의 귀에도 혁명당이라는 말은 진작부터 들리고 있었다. 금년엔 또 혁명당의 목을 치는 장면을 직접 목격하기까지 했다. 그런데 어디서 비롯된 생각인지 몰라도 그에게 혁명당은 반란을 일삼는 무리들이며 반란이란 곧 고난이었다. 그래서 줄곧 이를 '통절히 증오하고' 있었던 것이다. 그런데 뜻밖에 이것이 백 리 사방 이름이 알려진 거인 나리까지 벌벌 떨게 만들었다니 그로선 '신명'이 나지 않을 수 없었다. 게다가 웨이좡의 무지렁이들이 허둥대는 꼴은 아Q의 기분을 한층 상쾌하게 만들었다.

'혁명이란 것도 괜찮네.' 아Q는 생각했다. '이런 씨팔 것들을 뒤집어 버리자. 좆 같은 것들! 가증스런 것들!… 나도 혁명당에 가입해야지!'

근자에 호주머니 사정이 좋지 않았던 아Q의 입장에선 다소 불만이 없지 않았으리라. 게다가 빈속에 낮술을 두어 잔 거나하게 걸친 터라 기분이 얼큰한 상태였다. 이런저런 생각을 하며 걷다 보니 다시 마음이 하늘하늘 들떴다. 어찌된 영문인지 홀연 혁명당이 바로 자신인 것 같았고, 웨이좡 사람들은 모두 자기의 포로인 것 같았다. 기분이 하늘을 찌른 나머지 자기도 모르게 고함을 질렀다.

"모반이다! 모반이다!"

웨이좡 사람들은 하나같이 두려운 눈빛으로 그를 바라보았다. 이 가련한 눈길은 지금껏 본 적이 없는 것이었다. 그걸 보고 나니 오뉴월에 얼음물을 들이켠 것처럼 속이 시원했다. 그는 한층 신이 나 걸으면서 고함을 질러 댔다.

"자, … 갖고 싶은 건 모두가 내 거라네, 맘에 드는 년은 모두 내 거라네.

두둥, 땅땅!

후회한들 무엇하리. 술김에 잘못 쳤네, 정鄭가네 아우를.

후회한들 무엇하리, 아아아….

두둥, 땅땅, 둥, 땅따당!

쇠 채찍을 움켜쥐고 네놈을 후려치리라…."

자오씨댁 두 사내와 두 명의 진짜 일가가 대문 앞에 서서 한창 혁명을 논하고 있는 중이었다. 아Q는 그것도 모르고 고개를 꼿꼿이 치켜든 채 추임새를 넣으며 그들을 지나치려 했다.

"두둥…."

"Q 선생." 자오 나리가 잔뜩 겁을 먹은 듯 낮은 소리로 불렀다.

"땅땅" 아Q는 자기 이름에 '선생'이란 말이 달리리라곤 생각도 못 했으므로 딴 나라 말이려니 하면서 뚱땅거리기만 했다. "둥, 땅, 땅따당, 땅!"

"Q 선생"

"후회한들 무엇하리…."

"아Q!" 수재가 할 수 없이 그의 이름을 그대로 불렀다.

그제서야 아Q는 멈춰 서서 고개를 비틀며 물었다.

"뭐요?"

"Q 선생… 요사이…" 자오 나리는 말문이 막혔다. "요사이… 사업은 어떠신가?"

"사업 말씀입니까? 물론입니다요. 갖고 싶은 건 모두가 내 거라네…."

"아…Q형, 우리 같은 가난뱅이 동무들이야 별일 없겠지…"

자오바이옌이 혁명당의 속셈을 떠보려는 듯 조심스레 말했다.

"가난뱅이 동무라고? 당신은 나보다 부자잖소." 이 말을 남기고 아Q는 떠나 버렸다.

모두가 망연자실하여 아무 말도 할 수가 없었다. 자오 나리 부자는 집으로 돌아가 등불을 켤 때까지 대책 마련에 골몰했다. 자오바이옌은 집으로 돌아가 허리에서 전대를 풀어 아내에게 건네며 고리짝 밑에 잘 간수해 두라고 당부했다.

아Q가 들뜬 마음으로 한 바퀴 날아다니다가 사당으로 돌아왔을 때는 술도 깨 있었다. 이 밤은 사당지기 영감도 유달리 친절하게 굴어 차를 권하기도 했다. 아Q는 그에게 떡 두 개를 달라고 해서 다 먹고 난 뒤 다시 넉 냥짜리 초 한 자루와 나무 촛대를 달라고 해 불을 켜고 자기 방에 누웠다. 뭐라 말할 수 없이 기분이 신선하고 상쾌했다. 촛불은 정월 대보름날 밤처럼 번쩍번쩍 춤을 추었고 덩달아 그의 공상도 나래를 펴기 시작했다.

모반이라? 침 재밌군…. 흰 투구와 흰 갑옷을 입은 한 무리의 혁명당이 들이닥친다. 하나같이 청룡도, 쇠 채찍, 폭탄, 철포, 삼지칼, 갈고리창을 들고 사당을 지나가며 자기를 부른다. '아Q! 함께 가세나!' 그리하여 함께 간다….

이때 웨이좡의 무지렁이들 그 꼴이 볼만하겠지. 무릎을 꿇고 '아Q, 목숨만은 살려 줘!' 하고 애원하겠지. 누가 들어주기나 한대! 제일 먼저 처치할 놈은 애송이D와 자오 나리지, 그다음은 수재, 그리고 또 가짜 양놈… 몇 놈이나 남겨 둘까? 왕 털보는 남겨 둬도 괜찮겠지. 아냐, 안 돼….

빼앗은 물건은… 곧바로 들이닥쳐 상자를 연다. 말굽모양 은자에 은화, 옥양목 홑옷… 수재 마누라의 닝보^{寧波}식 침대를 일단 사당으로 가져와야지. 여기에다 첸씨네 탁자와 의자를 가져다 놓고, 아냐, 자오씨네 걸 쓰는 게 나을지도 몰라. 이 몸이 직접 나서는 것보다는 애송이D를 시켜야지, 빨리 날라, 꾸물대면 귀싸대기를 날려 줄 테니….

자오쓰천의 누이동생은 너무 못생겼어. 쩌우씨댁 며느리의 딸은 아직 몇 년은 기다려야 하고. 가짜 양놈 마누라는 변발 없는 사내놈하고 잠을 잤으니, 흥, 좋은 물건은 못 돼! 수재 여편네는 눈두덩에 흉터가 있단 말야… 우 어멈은 오랫동안 못 보았군, 어디 갔나, 아냐, 아무래도 발이 너무 커.

한바탕 편력이 끝나지도 않았는데 아Q는 이미 코를 골고 있었다. 넉 냥짜리 양초는 아직 반쯤밖에 타지 않았고 낼름거리는 불꽃은 헤벌린 그의 입을 비추고 있었다.

"아악!" 갑자기 아Q가 큰소리를 질렀다. 고개를 들어 사방을 둘러보니 넉 냥짜리 초가 눈에 들어왔다. 그는 다시 쓰러져 잠이 들었다.

이튿날 그는 느지막이 일어났다. 거리에 나가 보아도 모든 게 예전 그대로였다. 여전히 배가 고팠다. 생각을 해보았지만 아무것도 생각나지 않았다. 그러다 갑자기 뭔가가 떠올랐다. 어슬렁어슬렁 걷다 보니 어느새 정수암 앞에 이르렀다.

암자는 봄날처럼 조용했다. 흰 벽에 검은 문이었다. 한참을 생각하다가 다가가 문을 두드렸다. 안에선 개가 짖어 댔다. 그는 얼른 벽돌조각을 주워 들고는 다시 한번 힘차게 문을 두드렸다. 검은 문에 무수한 흠집이 생겼을 때에야 누군가가 나오는 소리가 들렸다.

아Q는 벽돌조각을 바짝 움켜쥐고 다리를 버티며 검둥이와 일전을 벌일 태세를 갖추었다. 하지만 암자 문이 빼꼼히 열렸을 뿐 검둥이는 뛰쳐나오지 않았다. 들여다보니 늙은 비구니 혼자였다.

"또 웬일이야?" 그녀는 깜짝 놀라며 말했다.

"혁명이 났어… 알고 있어?…" 아Q가 어물거렸다.

"혁명, 혁명, 혁명은 벌써 지나갔어…. 너희가 우리를 어떻게 혁명하겠다는 거야?" 늙은 비구니는 두 눈에 핏대를 올리며 말했다.

"뭐라구?…" 아Q는 의아했다.

"너 몰라? 그놈들이 벌써 와서 혁명을 해버렸다니까!"

"누가?…" 아Q는 더욱 의아했다.

"그 수재하고 가짜 양놈!"

너무도 의외라 아Q는 어리둥절했다. 그의 기세가 꺾인 것을 보고 늙은 비구니는 잽싸게 문을 닫아 버렸다. 아Q가 다시 밀어 보았지만 꿈쩍도 하지 않았다. 다시 두드려 보았지만 아무런 대꾸도 없었다.

그 일은 오전 중에 일어났다. 자오 수재는 소식이 빨라 지난 밤 혁명당이 입성했다는 사실을 알았다. 그는 변발을 머리 꼭대기에 둘둘 감아올리고는 이제껏 사이가 좋지 않던 가짜 양놈을 찾아갔다. 때는 바야흐로 '함여유신咸與維新'의 시대였다. 그래서 이 기회를 틈타기로 입을 모으고 즉각 의기투합하며 혁명의 동지가 되자고 약조를 했던 것이다. 그들은 연구에 연구를 거듭한 결과 정수암에 '황제 만세 만만세'라는 용패龍牌가 있다는 걸 생각해 내고는 그것을 재빨리 없애 버리기로 했다. 그리하여 즉시 암자로 혁명을 하러 갔던 것이다. 늙은 비구니의 방해 때문에 실랑이를 벌이던 그들은 그를 만주정부의 일파로 규정하고 머리에 지팡이와 주먹세례를 퍼부었다. 두 사람이 돌아간 뒤 비구니가 정신을 차리고 보니 용패는 땅바닥에 산산조각이 났고 관음상 앞에 있던 선덕宣德 향로도 보이지 않았다.

이 사실을 아Q는 나중에야 알았다. 잠에 곯아떨어진 걸 몹시나 후회했지만 그들이 자기를 부르지 않은 처사만은 몹시도 괘씸했다. 그는 또 한 걸음 물러서 생각했다.

'설마 놈들이 내가 혁명당에 가입한 걸 아직도 모른단 말인가?'

제8장 혁명 불허

웨이좡의 인심은 날로 안정되어 갔다. 전해 오는 소식에 의하면, 혁명당이 입성하긴 했지만 달리 대이변은 없었다는 거였다.

지사知事 나리 역시 그대로 자리를 보전하고 있었고 뭐라고 이름만 바꾼 데에 불과했다. 게다가 거인 나리도 무어라 하는 관직——이 명칭은 웨이좡 사람들은 들어도 잘 모른다——에 취임했다. 군대의 책임자도 예전의 녹영군綠營軍 대장이 그대로 맡고 있었다. 다만 딱 한 가지 무서운 사건이 있었다. 성질이 고약한 혁명당 몇몇이 패악질을 부리고 다녔는데, 그다음 날부터 변발을 자르기 시작했던 것이다. 들리는 말로는 이웃마을 뱃사공 칠근七斤이 처음으로 걸려 차마 눈 뜨고 볼 수 없는 지경이 되고 말았다고 했다. 하지만 그건 대공포라고까지 할 수는 없었다. 그도 그럴 것이 웨이좡 사람들은 거의 대처로 나갈 일이 없었을뿐더러 갈 일이 있다 해도 즉각 계획을 변경하면 위험에 부닥칠 일이 없을 것이기 때문이었다. 아Q도 본래 옛 친구들을 만나러 대처로 갈 생각이었으나 이 소식을 듣고 하는 수 없이 그만두었다.

하지만 웨이좡에도 개혁이 전혀 없었다고 할 수는 없었다. 그 일이 있고 난 며칠 뒤 변발을 정수리에 둘둘 말아 올린 자들이 점차 늘어났다. 앞서 말한 대로 그 선봉이 수재 선생이었음은 물론이고 그다음은 자오쓰천과 자오바이옌, 그리고 그다음이 아Q였다. 여름 같았으면 변발을 정수리로 말아 올린다거나 묶는 일은 희한한 일이라고 할 수도 없었다. 하지만 지금은 가을의 끝자락이 아닌가. 그래서 '엄동설한에 삼베옷'을 걸치는 식의 차림은 당사자로서는 일대 결단이 아닐 수 없고, 웨이좡

마을의 입장에서도 개혁과 무관한 일이라 할 수는 없었다.

뒤통수가 휑한 자오쓰천이 걸어오는 걸 보고 사람들은 난리였다.

"허이구, 혁명당이 납시는구만!"

이 말을 듣고 아Q는 부러웠다. 수재가 변발을 말아 올렸다는 빅뉴스를 일찍이 듣고 있었지만 자기가 그럴 수 있을 거라고는 생각조차 하지 못했다. 그런데 지금 자오쓰천까지 그리한 걸 보고는 자기도 흉내를 내 볼 엄두가 생겼다. 그리하여 마침내 실행의 결단을 내린 것이다. 그는 대젓가락으로 변발을 머리 꼭대기로 틀어 올리고는 한참을 머뭇거렸다. 그런 뒤에야 비로소 당당히 거리로 나설 수가 있었다.

그는 거리를 걷고 있었다. 사람들은 그를 쳐다보았지만 아무 말도 하지 않았다. 처음엔 몹시 불쾌했으나 나중에 몹시 불만이었다. 요즘 그는 툭하면 성질을 부렸다. 사실 그의 생활은 모반 이전에 비하면 결코 나빠진 않았다. 남들도 그에게 공손했고 점포 주인도 현금을 내라고 하지 않았다. 그런데도 아Q는 자꾸 제 풀에 낙담한 느낌이 들곤 했다. 기왕 혁명을 한 이상 고작 이런 정도여선 곤란하다. 게다가 얼마 전 애송이D와의 만남이 그의 심보를 터뜨리고 말았다.

애송이D도 변발을 둘둘 말아 올리고 있었던 것이다. 게다가 그 역시 대젓가락으로 틀어 올린 것이었다. 그가 감히 이런 흉내를 내리라고 아Q가 어찌 상상이나 할 수 있었겠는가. 그가 이런 짓거리를 하도록 내버려 둘 수는 없는 노릇이었다. 애송이D란 놈은 도대체 어디서 굴러먹던 개빽다귀란 말인가? 당장이라도 애송이D를 거머잡고 대젓가락을 부러트려 그의 변발을 풀어 헤치고 싶은 마음이 간절했다. 여기에다 귀싸대기를 몇 대 갈기면서 분수도 모르고 혁명당이 되려 한 죄를 응징해 주고 싶었다. 하지만 끝내 한 번 봐주기로 했다. 그저 노려보며 침을 한 번 뱉을 뿐이었다. "캭! 퉤!"

요 며칠 사이 대처로 나간 것은 가짜 양놈 한 사람뿐이었다. 자오 수재도 본시 옷장을 맡아 준 일을 믿고 몸소 거인 나리를 예방할 생각이었지만 변발을 잘릴 위험으로 인해 중지하고 말았다. 그는 '지극히 정중한' 편지를 한 통 써서 가짜 양놈 편에 보내 자기가 자유당自由黨에 입당할 수 있도록 주선을 좀 해달라고 부탁을 했다. 가짜 양놈은 돌아와서 수재에게 은화 사 원을 청구했다. 이로부터 수재는 복숭아 모양의 은 배지를 저고리 옷깃에 달게 되었다. 웨이좡 사람들은 감복하여 그건 시유당柿油黨[9]의 휘장으로 그건 한림翰林에 해당하는 것이라고 수군댔다. 자오 나리의 거드름도 이로 인해 한층 더해졌는데, 그 정도가 아들이 처음 수재가 되었을 때를 한참 능가하는 것이었다. 그리하여 눈에 뵈는 것이 없었고 아Q쯤은 만난다 하더라도 거들떠보지도 않게 되었다.

아Q는 마음이 편치 않았다. 시시각각 자신이 영락하고 있다고 느끼고 있던 차에 이 은 복숭아 이야기를 들었다. 그는 즉각 자기가 영락하게 된 원인을 깨달았다. 혁명을 할라치면 입당만 으론 안 된다. 변발을 틀어 올리는 정도로도 안 된다. 무엇보다 먼저 혁명당과 안면을 트지 않으면 안 된다. 평생 그가 알고 있는 혁명당은 둘뿐이었다. 대처에 사는 한 사람은 이미 "싹둑" 죽고 말았다. 이제 남은 건 가짜 양놈뿐이었다. 그러니 그를 찾아가 의논을 하는 것 외에 더 이상 다른 방도가 없었다.

첸씨 저택의 대문이 열려 있어서 아Q는 조심조심 게걸음을 치며 들어갔다. 안에 이르자 그는 깜짝 놀랐다. 가짜 양놈이 마당 한가운데 서 있었던 것이다. 몸엔 새까만 양복이라는 걸 걸 치고 그 위엔 은 복숭아를 달고 손엔 아Q를 후려쳤던 지팡이 를 들고 서 있었다. 겨우 한 자 정도 자란 변발을 풀어 어깨 위에 늘어트리고 있는 모습이 흡사 그림 속의 유해선인劉海仙人을 방불케 했다. 그의 맞은편에선 자오바이옌과 세 명의 한량패들이 꼿꼿이 서서 한창 그의 연설을 경청하던 중이었다.

아Q는 슬그머니 다가가 자오바이옌의 등 뒤에 섰다. 말을 걸어 보고 싶었지만 어떻게 불러야 할지를 몰랐다. 가짜 양놈이라 부르는 건 물론 안 된다. 양코배기도 적당치 않고 그렇다고 혁명당도 아니다. 양 선생, 이건 어떨까?

양 선생은 그를 보지 못했다. 눈을 희번득거리며 연설에 열중하고 있었기 때문이다.

"나는 성질이 급해 우리가 만나면 늘 이런 말을 했어. 홍洪 형!¹⁰⁾ 우리 착수합시다! 그런데 그는 늘 이러는 거야. No! 이건 서양말이라 자네들은 모를 거야. 그렇지 않으면 이미 성공했을 걸. 하지만 이거야말로 그가 신중한 대목이야. 그는 거듭 나더러 후베이湖北로 가라고 했지만 나는 그러지 않겠노라 했어. 누가 그런 자그만 현성縣城에서 일하기를 원하겠나…."

"저어… 근데…" 아Q는 그의 말이 멈추기를 기다리다가 마침내 용기를 내어 입을 열었다. 그런데 무슨 까닭인지 양 선생이란 호칭은 나오질 않았다.

그의 일장연설을 듣고 있던 네 사람이 깜짝 놀라 뒤를 돌아보았다. 양 선생도 그제서야 그를 쳐다보았다.

"뭐야?"

"제가…"

"나가!"

"제가 가입을…"

"꺼지라니까!" 양 선생은 상주막대를 치켜들었다.

자오바이옌과 한량패들도 거들고 나섰다.

"선생님께서 꺼지라시잖아, 말귀를 못 알아들어?"

아Q는 손으로 머리를 싸매고는 허둥지둥 대문 밖으로 도망쳤다. 양 선생은 쫓아오진 않았다. 육십여 보나 내달려서야 걸음을 늦추었다. 슬픔이 치밀었다. 양 선생이 자기에게 혁명을 불허한다면 달리 방법은 없다. 흰 투구에 흰 갑옷을 입은 자들이 자기를 부르러 오리란 기대는 이제 할 수 없었다. 그가 품고 있던 포부며 지향이며 희망이며 앞길이 전부 날아가 버렸다.

한량패들이 소문을 퍼트려 애송이D나 왕 털보 같은 무리에게 비웃음을 당하는 일 따위는 부차적인 문제였다.

이런 무료함은 여태 경험해 본 적이 없었다. 말아 올린 변발조차도 무의미하고 모멸스럽게 느껴졌다. 분풀이로 확 늘어뜨려 볼까도 했지만 끝내 그러진 못했다. 밤이 될 때까지 쏘다니다 외상으로 술 두 사발을 들이켜자 점점 기분이 좋아졌다. 흰 투구와 흰 갑옷 파편들이 다시 머릿속을 떠다녔다.

어느 날 그는 여느 때처럼 밤중까지 쏘다니다가 술집 문을 닫을 무렵에야 사당으로 돌아왔다.

"쿵, 와장창~!"

갑자기 이상한 소리가 들려왔다. 폭죽소리는 아니었다. 본래 구경하기를 좋아하고 참견하기를 좋아하는 아Q가 이를 놓칠 리 없었다. 곧장 어둠 속에서 그 소리를 찾아 나섰다. 앞에서 사람 발자국 소리가 들리는 것 같았다. 한창 귀를 기울이고 있는데, 돌연 맞은편에서 한 사람이 도망쳐 오는 것이었다. 아Q는 그를 보자마자 얼른 몸을 돌려 덩달아 도망을 쳤다. 그가 모퉁이를 돌면 아Q도 돌았고, 그가 멈추어 서면 아Q도 멈추어 섰다. 뒤를 보았지만 아무것도 없었다. 그 사람을 보니 다름 아닌 애송이D였다.

"뭐야?" 아Q는 기분이 상하기 시작했다.

"자오… 자오씨댁이 털렸어!" 애송이D가 숨을 헐떡거리며 말했다.

아Q의 심장이 쿵쾅거렸다. 애송이D는 이 말을 하고는 뛰어가 버렸다. 아Q도 도망치다 멈추고 도망치다 멈추고 그러기를 두세 번 했다. 하지만 그는 '이 바닥 장사'를 해본 위인이라 의외로 배짱이 있었다. 그리하여 그는 길모퉁이를 기어 나와 귀를 기울였다. 왁자지껄한 소리가 들리는 것 같았다. 또 자세히 살펴보니 흰 투구와 흰 갑옷을 입은 사람들이 무수한 것 같았다. 연이어 옷장을 들어내고 가구를 들어내고 수재 마누라의 닝보식 침상도 들어내고 있는 것 같았다. 분명치가 않아서 앞으로 나아가 보고 싶었지만 두 발이 떨어지지 않았다.

달이 없었던 이 밤 웨이좡은 암흑 속에서 고요했다. 그 고요함은 마치 복희伏羲 시대처럼 태평했다. 선 채로 바라보고 있던 아Q의 마음엔 조바심이 일었다. 저쪽에선 아까처럼 왔다 갔다 하면서 무언가를 나르고 있는 듯했다. 옷장을 들어내고 가구를 들어내고 수재 마누라의 닝보식 침상을 들어내고··· 그 수량이 자기 눈을 믿기 어려울 정도였다. 하지만 더 이상 앞으로 나아가지 않으리라 결심하고는 그냥 사당으로 돌아오고 말았다.

사당 안은 더욱 칠흑이었다. 그는 대문을 닫고 자기 방을 더듬어 들어갔다. 드러누운 지 한참이 되어서야 정신이 들어 자기한테로 생각이 미쳤다. 흰 투구에 흰 갑옷의 사람들이 오긴 왔는데 자기를 부르러 오진 않았다. 무수한 물건들을 들어냈지만 거기에 자기 몫도 없었다. 이건 순전히 가짜 양놈이 가증스럽게도 자기가 모반하는 걸 불허했기 때문이다. 그렇지 않았더라면 어떻게 자기 몫이 없을 수 있단 말인가? 생각하면 할수록 부아가 치밀었다. 마침내 열불을 삭이지 못해 잔뜩 독이 오른 눈길로 고개를 끄덕였다. "나한텐 모반을 못 하게 하고 네놈한테만 하게 해? 이 씨팔 가짜 양놈아, 좋아, 모반을 할 테면 해봐! 역모는 모가지가 달아나. 내가 찔러 주지, 그래서 대처에 붙잡혀 들어가 네놈 모가지가 달아나는 걸 기어이 보고 말 거야. 멸문지화滅門之禍라니까. 싹둑! 싹둑!"

제9장 대단원

자오씨댁에 약탈이 있은 뒤 웨이좡 사람들은 고소하면서도 무서웠다. 아Q 역시 고소하면서 무서웠다. 그런데 나흘 뒤 아Q는 느닷없이 한밤중에 붙들려 현성으로 끌려갔다. 칠흑의 그 밤, 한 무리 군대와 한 무리의 자경단, 한 무리의 경찰과 다섯 명의 정탐꾼이 몰래 웨이좡에 들이닥쳤다. 그들은 어둠을 타고 사당을 포위한 뒤 바로 맞은편 문에 기관총을 설치했다. 하지만 아Q는 뛰쳐나오지 않았다. 오랜 시간이 지났건만 아무런 기척이 없었다. 초조해진 대장이 현상금 이십 냥을 걸자 그제서야 두 명의 자경단원이 위험을 무릅쓰고 담을 넘었다. 그리하여 안팎이 합세하여 일시에 밀고 들어가 아Q를 끌어냈다. 사당 밖 기관총 부근까지 끌려와서야 그는 정신이 들었다.

　현성에 도착했을 때는 이미 정오였다. 아Q는 자기가 낡은 관청 문을 지나 대여섯 번을 돌아 작은 방에 밀쳐지는 모습을 보았다. 그가 비틀거리는 순간 통나무로 짠 목책문이 그의 발 뒤꿈치를 따라오며 덜컥 잠겼다. 나머지 삼면은 모두 벽이었다. 자세히 보니 한 모퉁이에 두 사람이 있었다.

아Q는 불안하긴 했지만 불편하지는 않았다. 사당의 침실도 이 방보다 형편이 그리 낫진 않았기 때문이다. 그 둘도 시골뜨기인 듯 차츰 성가시게 굴기 시작했다. 하나는 거인 나리가 할아버지 대에 밀린 소작료 때문에 고발을 했다는 거였다. 다른 하나는 영문을 모르겠다는 투였다. 그들이 아Q에게 묻자 아Q는 서슴없이 대답했다.

"모반을 좀 했지."

오후에 그는 목책문 밖으로 끌려 나갔다. 대청으로 들어가자 위쪽에 까까머리 영감이 앉아 있었다. 중이려니 했는데 아래쪽에 사병들이 늘어서 있고 양쪽으로 십여 명 장삼을 입은 인물들이 서 있었다. 영감처럼 까까머리도 있었고 가짜 양놈처럼 머리를 등 뒤로 늘어트린 자도 있었는데 하나같이 사나운 얼굴로 그를 노려보고 있었다. 아Q는 필시 무슨 내력이 있다는 걸 눈치챘다. 순간 무릎 관절이 절로 떨리기 시작하더니 이내 무릎이 꿇리는 거였다.

"일어서! 꿇으면 안 돼!" 장삼을 입은 인물이 일제히 호통을 쳤다.

아Q는 그 말을 이해할 듯했지만 도저히 서 있을 수가 없어

몸이 절로 쪼그려졌다. 그 바람에 다시 무릎을 꿇고 말았다.

"노예근성…." 장삼을 입은 인물이 한심하다는 듯 말했지만 일어서라고도 하지 않았다.

"다 불어야 해. 호되게 당하지 않으려거든. 다 알고 있어. 불면 너를 풀어 줄 테니." 까까머리 영감이 아Q의 얼굴을 빤히 바라보며 차분하고도 분명한 어조로 말했다.

"불어!" 장삼을 입은 인물도 소리쳤다.

"저는 본시… 가입하려고…." 어리둥절하니 한바탕 생각해 보고 난 뒤, 아Q는 그제서야 떠듬떠듬 입을 열었다.

"그럼 왜 가입하지 않았지?" 영감이 부드럽게 물었다.

"가짜 양놈이 허락하지 않았습니다요."

"헛소리! 이젠 이미 늦었어. 네 패거리가 지금 어디 있어?"

"네?…"

"그날 밤 자오씨댁을 턴 일당 말이야."

"그들은 저를 부르러 오지 않았습니다. 자기네들끼리 가져가 버렸습니다요." 아Q는 여기에 생각이 미치자 분통이 터졌다.

"어디로 가져갔지? 말하면 풀어 줄 테다." 영감이 더욱 부드럽게 말했다.

"모릅니다요… 그들은 저를 부르러 오지 않았습니다요…."

노인이 눈짓을 했다. 아Q는 다시 목책문 속에 갇혔다. 그가 두번째로 목책문 밖으로 나온 것은 그다음 날 오전이었다.

대청은 예전 그대로였다. 윗자리엔 여전히 까까머리 영감이 앉아 있었고 아Q도 여전히 무릎을 꿇고 있었다.

영감이 부드럽게 물었다. "할 말은 없는가?"

아Q는 생각해 보았지만 할 말이 없었다. "없습니다요."

그리하여 장삼을 입은 인물 하나가 종이 한 장과 붓 한 자루를 아Q 앞에 내놓으며 붓을 그의 손에 들리는 것이었다. 아Q는 깜짝 놀라 거의 '혼비백산'의 지경이 되었다. 손에 붓을 잡아본 것이 처음이었던 것이다. 어떻게 잡아야 할지 몰라 난감해하고 있던 차에 그자가 한 군데를 가리키며 그더러 서명을 하라고 했다.

"저는… 저는… 까막눈입니다요." 그는 붓을 움켜쥐고 두렵고 부끄러워하면서 더듬거렸다.

"그러면 좋을 대로 해라, 동그라미를 그리든지!"

아Q는 동그라미를 그리려 했지만 붓을 든 손이 덜덜 떨릴 뿐이었다. 그러자 그자가 종이를 바닥에 펴 주었다. 아Q는 엎드려 혼신의 힘을 다해 동그라미를 그렸다. 웃음거리가 되지 않도록 둥그렇게 그리려고 했지만 얄미운 붓이 무거울뿐더러 좀처럼 말을 듣지 않았다. 떨리는 손으로 출발선에 거의 다다랐을 무렵 바깥으로 삐치는 바람에 호박씨 모양이 되고 말았다.

아Q가 제대로 그리지 못한 것을 부끄러워하고 있던 차에 그자는 아무 문제가 없다는 듯 이미 종이와 붓을 챙겨 가 버렸다. 일군의 사람들이 그를 또 한 차례 목책문 안으로 밀어 넣었다.

두번째로 목책문 안에 들어갔지만 그리 걱정이 되지 않았다. 인생살이 천지지간에 감옥을 들락거릴 일도 있을 것이고 종이에 동그라미를 그릴 일도 있을 것이었다. 오직 동그라미가 둥글지 못한 점만이 그의 '행장'에서 하나의 오점일 뿐이었다. 하지만 이내 그런 생각도 사그라졌다. 그는 생각했다. 손자 대가 되면 동그라미를 둥글디둥글게 잘 그릴 수 있을 텐데. 그는 잠이 들었다.

그런데 그날 밤, 거인 나리는 도리어 잠을 이룰 수가 없었다. 부대장에게 분통을 터트렸던 것이다. 거인 나리가 장물을 찾는 일이 급선무라고 주장한 데 반해 부대장은 죄인에게 본때를 보여 주는 것이 급선무라고 주장했다. 부대장은 요사이 거인 나리는 안중에 없었다. 책상을 두드리고 의자를 걷어차면서 강짜를 부릴 정도였으니 말이다. "일벌백계라고요. 보십쇼. 내가 혁명당이 된 지 이십 일도 안 됐는데 벌써 약탈이 십여 건, 그것도 전부 미궁에 빠졌으니 내 체면이 뭐가 되겠소? 기껏 또 해결해 놓으면 당신은 또 엄한 소리나 하고. 아니 되오. 이건 내 권한이오!" 거인 나리는 궁색해졌지만 주장을 굽히지 않았다. 장물 수사를 하지 않겠다면 즉시 민정 협조단 직책을 사임하겠노라 엄포를 놓았다. 그런데 부대장은 한 술 더 떴다. "마음대로 하시구려!" 그리하여 그날 밤 거인 나리가 한숨도 잠을 이루지 못했던 것이다. 그런데 다행히 다음 날도 사임하지 않았다.

아Q가 세번째로 목책문 밖으로 끌려나온 것은 거인 나리가 한 잠도 못 잔 다음 날 오전이었다. 그가 대청에 이르고 보니 윗자리엔 예의 그 까까머리 영감이 앉아 있었다. 아Q도 여느 때처럼 꿇어앉았다.

영감이 부드러운 목소리로 물었다. "무슨 할 말이 없는가?"

아Q는 생각해 보았지만 역시 할 말이 없었다. "없습니다요."

장삼과 짧은 옷을 입은 수많은 인물들이 갑자기 그에게 검은 글자가 쓰인 흰 조끼를 입혔다. 아Q는 기분이 몹시 상했다. 마치 상복을 입는 듯했고 상복을 입는다는 건 재수가 없는 일이었기 때문이다. 동시에 그의 양 손이 뒤로 묶였다. 그러고는 관청 밖으로 끌려 나왔다.

아Q는 포장 없는 수레에 떠밀려 올랐다. 짧은 옷 입은 몇이 그와 함께 앉았다. 수레는 즉시 움직이기 시작했다. 앞엔 총을 멘 병사들과 경비단원들이 있었고, 양쪽엔 입을 헤벌린 수많은 구경꾼들이 늘어서 있었다. 뒤쪽은 어떤가? 아Q는 쳐다보지 않았다. 돌연 어떤 깨달음이 왔다. 이거 목 자르는 거 아냐? 갑자기 두 눈이 캄캄해지고 귀가 멍멍해지고 정신이 아찔해지기 시작했다. 그러나 완전히 정신을 잃은 건 아니었다. 때로는 조급하기도 했지만, 때로는 도리어 태연했다. 그의 심중에선 인생살이 천지지간에 목이 날아가는 일도 없진 않으리라 생각하는 듯했다.

이런 와중에도 길은 알아볼 수 있었다. 아무래도 이상했다. 어째서 형장으로 가지 않는 거지? 이것이 조리돌림인 줄 그는 몰랐던 것이다. 설령 알았다 해도 마찬가지였을 것이다. 인생살이 천지지간에 조리돌림을 당하는 일도 없진 않으리라 생각했을 테니까.

그는 깨달았다. 이것이 멀리 돌아서 형장으로 가는 길임을. 이건 틀림없이 "싹둑" 머리를 잘리는 것이었다. 낙담하여 좌우를 보니 개미 떼 같은 군중이 따라오고 있었다. 뜻밖에 길가 군중 속에서 우 어멈을 발견했다. 아주 오랜만이었다. 대처에서 일을 하고 있었던 것이다. 아Q는 기개가 없어 노래 몇 가락도 뽑지 못하는 자신이 갑자기 부끄러워졌다. 생각이 소용돌이처럼 뇌리를 맴돌았다. 「청상과부 성묘 가네」는 당당하지가 못하고, 「용호상박」중의 "후회한들 무엇하리…"도 너무 따분했다. 역시 "쇠 채찍을 움켜쥐고 네놈을 후려치리라"가 제격이었다. 그리하여 그는 손을 치켜들려 했지만 그제서야 두 손이 결박되어 있다는 것을 깨달았다. 그리하여 "쇠 채찍을 움켜쥐고"도 부르지 못했다.

"이십 년이 지나 또 한 사람…." 화급한 와중에 여태 입에 담아 본 일이 없는 가락이 '스승 없이 통달한' 듯 튀어나왔다.

"잘한다!!!" 군중 속에서 이리의 단말마 울부짖음이 일었다.

수레는 멈추지 않고 앞으로 나아갔다. 아Q는 갈채소리 속에서 눈알을 돌려 우 어멈을 바라보았다. 그를 알아보지 못한 듯 그저 병사들이 메고 있는 총에 넋을 빼고 있었다.

그리하여 아Q는 갈채하는 무리로 시선을 되돌렸다.

이 찰나 또 다른 생각이 회오리처럼 뇌리에 소용돌이쳤다. 사 년 전 그는 산기슭에서 굶주린 늑대 한 마리와 부닥친 일이 있었다. 늑대는 다가오지도 떨어지지도 않은 채 영원히 그의 뒤를 따르며 그의 고기를 먹을 요량이었다. 그때 그는 무서워 거의 죽을 뻔했다. 다행히 손에 도끼 한 자루를 들고 있어서 그것에 의지해 배짱을 두둑이 하며 웨이좡에 다다를 수 있었다. 그러나 그때 늑대의 눈길은 영원히 기억에 남았다. 흉악하면서도 비겁에 찬, 번득이던 그 눈빛이 마치 도깨비불처럼 멀리서도 그의 살가죽을 꿰뚫을 것 같았다. 그런데 이번엔 여태 보지 못한 더 무서운 눈길을 보았다. 둔하면서도 예리한, 그의 말을 씹어 먹고도 또 육신 이외의 무언가를 씹어 먹으려는 듯 영원히 멀지도 가깝지도 않게 그를 따라오는 눈길들.

그 눈알들이 우루루 한데 뭉쳐졌나 싶더니 벌써 그의 영혼을 물어뜯고 있었다.

"사람 살려…."

하지만 아Q는 입을 열 수가 없었다. 벌써부터 눈이 캄캄해지고 귀가 윙윙거려 전신이 먼지처럼 흩어지는 느낌이 들었다.

당시의 영향으로 말하자면, 가장 큰 타격을 받는 쪽은 오히려 거인 나리였다. 끝내 장물을 찾지 못해 온 집안이 울고불고 난리였다. 그다음은 자오씨댁이었다. 수재가 도시로 고소를 하러 갔다가 악질 혁명당에게 걸려 변발을 잘렸을 뿐 아니라 스무 냥의 포상금을 뜯겨 역시 온 집안이 울고불고 난리였다. 이 날부터 그들은 퀘퀘한 나리마님遭老의 기미를 풍기기 시작했다.

여론으로 말하자면, 웨이좡에선 별다른 이견이 없었다. 모두들 아Q가 나빴다는 거였다. 총살을 당한 것이 그가 나쁜 증거라는 것이었다. 그가 나쁘지 않았다면 무엇 때문에 총살을 당했단 말인가? 그러나 도시의 여론은 그다지 좋지 못했다. 그들 대다수가 불만이었다. 총살은 싹둑 하는 것만큼 좋은 구경거리가 못 된다는 거였다. 게다가 그 웃기는 사형수라니, 그리 오래도록 끌려다녔건만 노래 한 구절 뽑지도 못하다니… 괜히 헛걸음질만 시켰다는 것이 그 요지였다.

1921년 12월

축복

음력 세모(歲暮)가 역시 가장 세모답다. 시골과 읍내 안은 말할 것
없고 하늘에도 새해의 기상(氣象)이 뚜렷하다. 회색빛의 무거운
저녁 구름 사이로 간간이 섬광이 비치고 이어서 둔중한 소리가
울리는데 그것은 조왕신을 보내는[11] 폭죽 소리다. 가까이서 터
뜨리면 더욱 강렬하여 귀청을 울리는 소리가 사라지기도 전에
공기 속에는 벌써 희미한 화약 냄새가 가득 퍼진다. 나는 바로
이날 밤 나의 고향 루전(魯鎭)으로 돌아왔다. 고향이라고 하지만
살던 집은 벌써 없어졌고 그래서 루쓰 나으리[12]의 집에서 며칠
간 묵기로 했다. 나의 일가이며 나보다 항렬이 하나 높아서 "넷
째 아저씨"라고 불러야 할 이 사람은 성리학을 가르치던 옛 국
자감생[13]이었다. 그는 약간 늙은 것 빼고는 이전과 크게 달라진
곳이 없었다. 하지만 여전히 수염은 기르지 않았고, 인사말을
나누고 난 뒤에 나보고 "살이 쪘네"라고 말하고 나서는 신당[14]

에 대해 욕을 퍼붓기 시작했다. 그러나 나는 이것이 나를 빗대어 놓고 욕하는 것이 아니라는 것을 안다. 그가 욕하는 것은 여전히 캉유웨이[15]이기 때문이다. 하지만 나누는 얘기도 통하지 않아서 오래지 않아 나는 서재에 혼자 남게 되었다.

이튿날 나는 아주 늦게 일어났다. 점심을 먹은 뒤 몇몇 친척과 친구들을 만나 보러 나갔다. 사흘째도 매한가지였다. 그들 역시 뭐 큰 변화는 없었고, 좀 늙었을 뿐이었다. 어느 집 할 것 없이 다 바쁘게 '축복'[16]을 준비하고 있었다. 이것은 섣달 그믐날 루전의 큰 행사로 정성을 다해 예를 올리고 복신福神을 맞이하여 다음 해 일 년의 행운을 기원하는 것이다. 닭을 잡고, 거위를 잡고, 돼지고기를 사고 정갈하게 씻는다. 이 때문에 아낙네들의 팔은 모두 찬물에 불어서 벌겋게 되었다. 은으로 만든 팔찌를 차고 있는 이도 있었다. 이 고기들을 푹 삶은 뒤 여기저기 젓가락을 꽂아 놓는데, 이것을 이름하여 '복례福禮'라고 한다. 새벽 네 시쯤 이것들을 상에 차려 놓은 다음 촛불과 향불을 피워 놓고 공손히 복신들을 모셔서 향용토록 한다. 절은 남자들만 하게 되어 있고 절이 끝나면 의례히 폭죽을 터뜨린다.

매년 어느 집에서나 이렇게 했다——복례와 폭죽 같은 것을 살 수만 있다면 올해도 물론 이렇게 할 것이다——. 하늘이 더욱 어두워지더니 오후에는 마침내 눈이 내리기 시작했다. 매화꽃만 한 큰 눈송이가 온 하늘에 춤추듯 날리고 거기에 뿌연 연기와 분주한 분위기까지 뒤섞이어 루전은 그야말로 북새통이었다. 내가 넷째 아저씨네 서재로 돌아왔을 때 지붕 위는 이미 눈으로 하얗게 덮였고, 그것이 방 안을 밝게 비추어 벽에 걸린 진단[17] 노인이 쓴 붉은색으로 탁본한 커다란 '수'壽 자가 선명하게 보였다. 대련의 한쪽은 떨어져 긴 탁자 위에 말린 채 놓여 있었고, 다른 한쪽은 아직 걸려 있었는데 "사리를 통달하면 마음이 편안하다"[18]라고 쓰여 있었다. 나는 또 무료하여 창 아래의 책상머리로 가서 그 위에 쌓아 놓은 책을 뒤적거려 보았다. 완본이 아닌 듯한 『강희자전』 더미와 『근사록집주』, 『사서친』[19]이었다. 아무튼 나는 내일 떠날 작정이었다.

더구나 어제 만난 샹린댁의 일을 생각하자 편안하게 있을 수가 없었다.

그것은 어제 오후의 일이었다. 마을 동쪽에 사는 친구를 만나고 돌아오는 길에 나는 강가에서 우연히 그녀를 만났다. 크게 부릅뜬 그녀의 눈을 보고서 나를 향해 온다는 것을 직감했다. 내가 이번에 루전에 와서 만난 사람 가운데 그녀만큼 크게 변한 사람은 없었다. 5년 전의 희끗희끗하던 머리카락은 이젠 완전히 하얘져서 마흔 살 전후의 사람으로 보이지 않았다. 야위고 누런 핏기 없는 얼굴은 이전에 보이던 비애의 표정조차 사라져 마치 나무토막 같았다. 간혹 도는 눈동자만이 그녀가 살아 있는 물체라는 것을 말해 주었다. 그녀는 한 손에 대바구니를 들고 있었는데, 안에는 깨진 빈 그릇이 있었다. 다른 한 손에는 자기 키보다 큰 대나무 막대를 쥐고 있었는데, 아래쪽은 쪼개져 있었다. 그녀는 완전히 거지였다.

나는 그녀가 와서 구걸할 걸로 알고 멈춰 섰다.

"돌아오셨어요?" 그녀가 먼저 이렇게 물었다.

"네."

"마침 잘됐어요. 당신은 글자를 알고 바깥세상도 본 사람이니 아는 것이 많겠지요. 한 가지 물어볼 것이 있어요.──" 생기 없던 그녀의 눈이 갑자기 빛났다.

그녀가 이런 말을 할 줄 생각도 못했던 나는 이상하여 서 있었다.

"그것은──" 그녀는 두어 걸음 다가와서는 비밀을 얘기하듯이 낮은 소리로 절절하게 물었다. "사람이 죽은 뒤에 영혼이 있나요, 없나요?"

나는 몸이 오싹해졌다. 그녀의 눈이 나를 주시하자 등을 가시에 찔린 듯했다. 학교에서 예고도 없이 시험을 치면서 선생님이 자기 바로 옆에 서 있을 때보다 더 당황스러웠다. 영혼의 유무에 대해서는 나 자신도 전혀 생각해 보지 않았다. 그렇지만 이때 그녀에게 어떻게 대답해야 좋을까? 나는 한순간 머뭇거리면서 생각을 해보았다. 이 마을 사람들은 으레 귀신을 믿는다, 그런데 그녀는 의심을 하고 있다.──아니 뭔가를 바라고 있는 것이 아닐까. 영혼이 있기를 바라든가, 아니면 없기를 바라든가…. 인생의 마지막 길에 들어선 사람에게 괴로움을 보탤 필요는 없겠지. 그녀를 위해서 차라리 있다고 말하는 편이 나을 것이다.

"아마도 있겠지요.──내 생각에는"이라고 나는 우물쭈물 대답했다.

"그렇다면, 지옥도 있습니까?"

"아! 지옥?" 깜짝 놀란 나는 어물어물 대답했다. "지옥은?──이치로 본다면 당연히 있어야지요.──허나 꼭 있을지는 모르겠어요,…아무도 그것을 본 적이 없으니….."

"그렇다면 죽은 집안사람을 만날 수 있을까요?"

"아아, 만날 수 있을지 없을지…?" 이때 나는 자신이 완전히 멍청한 사람이라는 것을 깨달았다. 어떤 망설임과 어떤 궁리도 이 세 가지 물음을 당해 낼 수 없었다. 나는 갑자기 겁이 나서 방금 했던 말을 뒤집어엎고 싶었다. "그건…사실 말이지 난 잘 모르겠어요…영혼이 있는지 없는지 나도 정확히 몰라요."

나는 그녀의 질문이 이어지지 않는 틈을 타 성큼성큼 그녀의 곁을 떠나 총총히 넷째 아저씨의 집으로 돌아왔는데, 마음이 너무 불안했다. 나는 나의 대답이 그녀에게 어떤 위험을 가져다주지 않을까 걱정이 되었다. 다른 사람들이 축복으로 분주한 탓에 그녀 스스로 적막을 느꼈기 때문이겠지, 그런데 뭔가 다른 생각이 있는 것은 아닐까?──혹시 어떤 예감이라도? 만약 다른 뜻이 있었다면, 그리고 그 때문에 무슨 일이 생긴다면 나의 대답은 정말로 일말의 책임을 져야 할 것이 아닌가…. 그러나 뒤이어 자신이 우스웠다. 우연한 일이며 본래 무슨 깊은 뜻은 없을 거라고 생각했다. 세세하게 되짚어 보는 것이 바로 교육가들이 말하는 신경병 증상이라고 해도 무리가 아니라고 여겨졌다. 하물며 "잘 모른다"고 분명하게 말해 내 대답을 부정했으니 무슨 일이 일어난다 한들 나와는 아무 상관없는 것이다.

"잘 모른다"는 한마디는 아주 유용한 말이다. 세상 경험이 적은 용감한 청년은 종종 사람들에게 과감히 의문을 해결해 주려고도 하고 아픈 사람에게 의사를 청해 주기도 하지만 만일 결과가 좋지 않으면 도리어 원망의 대상이 되기 쉽다. 하지만 잘 모른다는 한마디로 결론을 지으면 만사가 무탈하다. 나는 이때 이 말의 필요성을 느꼈다. 비록 상대가 걸식하는 여자라고 하더라도 절대로 생략해서는 안 될 일이었다.

그래도 나는 여전히 불안했다. 하룻밤이 지났는데도 무슨 불길한 예감이 드는 것처럼 수시로 생각이 났다. 눈 내리는 음산한 날에 무료한 서재에 틀어박혀 있자니 이 불안은 더욱 심해졌다. 차라리 떠나는 것이 나을 성싶었다. 내일 성城안으로 가자. 푸싱러우福興樓의 삶은 상어지느러미탕은 한 그릇에 1원으로 값도 싸고 맛도 좋았는데, 지금은 가격이 더 올랐을까? 전에 같이 놀던 친구들은 이미 뿔뿔이 흩어졌지만 상어지느러미만은 먹어 보지 않을 수 없다. 나 혼자서라도…. 아무튼 나는 내일 떠나기로 마음먹었다.

그렇게 되지 않기를 바라며 또 그렇게 되지 않겠지 하고 생각한 일이 매번 그렇게 되고 마는 것을 늘상 봐 온 나는 이번 일도 그렇게 되지 않을까 두려웠다. 과연 뜻밖의 일이 일어났다. 저녁때쯤 나는 사람들이 안방에 모여서 얘기하는 것을 들었는데, 뭔가 의논하는 듯했다. 그러나 얼마 뒤에 말소리가 그치더니 넷째 아저씨만 방에서 나오며 큰소리로 말했다.

"공교롭게 하필 이런 때에 ——거 정말 못된 종자야!"

나는 처음에 의아했다. 이어서 아주 불안해졌는데 이 말이 나와 관계가 있는 것 같았다. 문밖을 내다보았으나 아무도 없었다. 저녁 먹기 전 이 집의 날품팔이꾼이 차를 가지고 왔을 때, 겨우 소식을 물을 수 있었다.

"방금, 넷째 나으리는 누구 때문에 화가 났어요?" 나는 물었다.

"샹린댁 아닙니까?" 그 날품팔이꾼은 짧게 대답했다.

"샹린댁이? 어찌 되었는데요?" 나는 다급하게 물었다.

"죽었어요."

"죽었다구요?" 갑자기 심장이 쪼그라들더니 격하게 뛰는 듯했고 얼굴색도 변했다. 하지만 그 날품팔이꾼은 시종 고개를 들지 않아서 전혀 눈치채지 못했다. 나 역시 마음을 진정시키고 이어서 물었다.

"언제 죽었어요?"

"언제요? ——어젯밤 아니면 오늘 새벽일 겁니다.——나도 확실히는 모르겠어요."

"왜 죽었대요?"

"왜 죽었냐구요?——그야 굶어 죽지 않았겠어요?" 그는 무덤 덤하게 대답하더니 여전히 나를 쳐다보지도 않고 나가 버렸다.

하지만 내가 놀란 것은 잠시뿐이었다. 오고야 말 일이 왔다가 이내 사라져 버렸다는 생각이 들었다. 억지로 나의 "잘 모르겠다"라는 말과 날품팔이꾼의 "굶어 죽었다"는 말에 위로를 받을 필요도 없이 마음은 벌써 점점 가벼워졌다. 그러나 문득 마음이 무거워질 때도 없지는 않았다. 저녁상이 차려지고 넷째 아저씨와 엄숙하게 맞상을 했다. 나는 샹린댁 일을 묻고 싶었다. 하지만 그가 "귀신은 음양의 자연스런 변화의 산물이다"를 읽고 있으면서도 금기로 여기는 바가 너무 많은 데다가 축복이 가까워 오는 때는 절대로 죽음이니 질병이니 하는 말을 입에 올리지 않는다는 것을 알고 있었다. 부득이할 경우는 대신할 은어를 사용해야 하는데 애석하게도 나는 알지 못했다. 그래서 몇 차례 물어볼 생각도 했으나 끝내 그만두고 말았다. 나는 그의 엄숙한 얼굴에서 문득 내가 공교롭게도 바로 이때에 그를 귀찮게 하고 있으니 나쁜 종자라고 생각지 않을까 하는 의심이 들었다. 그래서 그를 안심시킬 요량으로 내일 루전을 떠나 성안으로 갈 거라고 알려 주었다. 그도 굳이 말리지 않았다. 이렇게 무거운 분위기 속에서 저녁식사를 마쳤다.

겨울 해가 짧은데 눈까지 내리다 보니 어둠은 어느새 온 마을을 뒤덮었다. 사람들은 모두 등불 아래서 바쁘게 일을 하고 있었지만 창밖은 조용하기만 했다. 두텁게 쌓인 눈 위에 떨어져 내리는 눈송이들이 귀를 기울이면 사락사락 소리를 낼 것 같아 사람의 마음을 더욱 쓸쓸하게 하였다. 나는 노란빛을 내는 기름등불 앞에 혼자 앉아서 의지할 데 없던 샹린댁을 생각하였다. 그녀는 사람들에게 쓰레기더미 속에 던져진 싫증 난 낡은 장난감과 같은 존재였다. 그래도 예전에는 몸뚱이를 쓰레기더미 속에서 드러내고 있었으니 재미있게 살아가는 사람들이 볼 때는 그녀가 어째서 아직도 살려고 하는지 이상하게 여겨졌을 것이다. 하지만 지금은 무상[20]에 의해 아주 깨끗이 쓸려 버렸다. 영혼의 유무에 대해서 나는 모른다. 그러나 현세에서 살아 봤자 별수 없는 자가 죽는다는 것은 보기 싫던 자가 보이지 않는 것만으로도 남을 위해서나 자신을 위해서나 모두 좋은 일이다. 나는 창밖에 사락사락 소리를 내면서 내리는 눈에 귀를 기울이며 이렇게 생각하니 오히려 마음이 한결 후련해졌다.

그리고 이전에 보고 들었던 그녀의 반평생 삶의 흔적이 지금 하나로 연결되는 것이었다.

그녀는 루전 사람이 아니었다. 어느 해 초겨울 넷째 아저씨네 집에서는 하녀를 바꾸려고 했는데 그때 중개꾼인 웨이衛 노파가 그녀를 데리고 왔다. 머리를 하얀 끈으로 묶고 검정 치마에 남색 겹저고리, 옅은 남색 조끼를 입고 있었는데, 나이는 대략 스물예닐곱쯤 되어 보였으며 얼굴색은 푸르죽죽했으나 양쪽 볼만은 붉었다. 웨이 노파는 그녀를 샹린댁이라고 불렀는데,

자기 친정집 이웃에 사는 여인으로 남편이 죽어서 일하러 나왔다고 했다. 넷째 아저씨는 미간을 찌푸렸다. 넷째 아주머니는 남편이 그녀가 과부라는 점을 마음에 들어 하지 않는다는 것을 알았다. 하지만 그녀의 모습이 아주 단정하고 손과 발도 크고 튼튼하며 또 순종하는 눈빛으로 한마디도 하지 않는 것이 분수를 알고 참을성이 있는 사람 같았다. 이에 넷째 아저씨의 찌푸린 미간에도 불구하고 그녀를 머물게 했다. 시험 삼아 일하는 것을 두고 보는 동안에도 그녀는 쉬는 것이 무료한 듯 하루 종일 일을 했다. 또 힘이 세어서 웬만한 남자 한 사람 몫의 일을 거뜬히 해냈다. 그래서 사흘째 되는 날 정식으로 일하는 것으로 하고 매달 500문☆의 급료를 주기로 했다.

모두들 그녀를 샹린댁이라고 불렀지만 아무도 그녀의 성이 무엇인지 물어보지 않았다. 그렇지만 소개한 사람이 웨이자산衛家山 사람이고 이웃이라고 했기 때문에 대체로 성이 웨이衛 씨일 거라고 생각했다. 그녀는 얘기하는 것을 그다지 좋아하지 않았다. 다른 사람들이 물어야 겨우 대답하는 정도였고 대답도 길지 않았다. 십여 일이 지난 뒤에야 비로소 그녀의 이력을 차츰 알 수 있게 되었다. 그녀의 집에 사나운 시어머니가 있고, 또 땔나무나 할 수 있는, 여남은 살 먹은 어린 시동생이 하나 있으며, 그녀의 남편은 올봄에 죽었고 원래는 남편도 나무꾼이었는데 그녀보다 나이가 열 살 적었다는 것이었다. 사람들이 아는 것은 이것뿐이었다.

세월은 빨리 흘러갔다. 하지만 그녀는 일을 조금도 게을리하지 않았고 먹는 것도 가리지 않았으며 무슨 일이든지 힘을 아끼지 않았다. 사람들은 모두 루鲁씨 넷째 나으리 집에서 고용한 하녀는 일 잘하는 남자보다 낫다고들 얘기했다. 세모가 되면 청소를 하고 마당을 쓸고 닭을 잡고 거위를 잡고 철야로 삶으며 밤새 복례 음식 장만을 혼자 도맡아 해서 날품팔이꾼을 고용할 필요가 없었다. 그런데도 그녀는 도리어 흐뭇해했고, 입가에는 차츰 미소가 번지고 얼굴도 하얗게 살이 올랐다.

설이 막 지난 뒤였다. 그녀가 강가에서 쌀을 씻고 돌아오더니 갑자기 얼굴색이 변하며 방금 강가 저쪽 건너편에서 한 남자가 서성거리고 있는데, 아무래도 시댁의 큰아버지 같다며 자기를 찾아온 것 같다고 말했다. 넷째 아주머니는 깜짝 놀라 자세하게 사연을 물어보았지만 그녀는 대답하지 않았다. 넷째 아저씨가 이 일을 알고는 얼굴을 찌푸리며 말하기를,

"이거 안 되겠어. 그 여자 도망쳐 온 모양이야."

그녀는 정말 도망쳐 왔던 것이다. 오래지 않아 이 추측은 사실로 드러났다.

십여 일이 지나서 모두들 지난 일을 잊어 갈 무렵, 웨이 노파가 불쑥 서른 여남은 돼 보이는 여인을 데리고 와서 샹린댁의 시어머니라고 했다. 그 여자는 시골티가 나긴 했지만 응대하는 폼이 침착하고 말도 제법 잘하는 편이었다. 인사를 나눈 뒤에 죄송하다는 말을 하고는 그녀의 며느리를 불러서 집으로 데리

고 돌아가겠다고 했다. 봄이 되어 일이 많은 데다 집안에는 늙은이와 어린 것뿐이어서 일손이 부족하다고 했다.

"시어머니가 며느리를 데리고 가겠다는데 무슨 할 말이 있겠어"라고 넷째 아저씨가 말했다.

그래서 품삯을 계산하니 모두 1,750문이었다. 샹린댁은 주인집에 전부 맡겨 두고 한 푼도 쓰지 않았다. 모두 그녀의 시어머니에게 내주었더니 그 여자는 옷까지 챙겨 가지고 고맙다는 인사를 하고는 가 버렸다. 그때가 벌써 정오였다.

"아니, 쌀은? 샹린댁이 쌀을 일러 가지 않았나…?" 한참 뒤에야 넷째 아주머니는 놀라며 소리쳤다. 아마 시장해서 점심 생각이 났던 것이다.

그래서 모두들 쌀 이는 조리를 찾기 시작했다. 넷째 아주머니는 먼저 부엌으로 가 보고 다음에는 안채로 가 보고 침실에도 가 보았으나 조리는 그림자도 보이지 않았다. 넷째 아저씨가 대문 밖으로 나가 보았으나 그래도 보이지 않자 강가에까지 가 보았다. 강가에 조리가 반듯하게 놓여 있었고, 옆에는 채소도 한 포기 있었다.

직접 본 사람들의 말에 의하면, 오전부터 강가에는 흰 뜸을 친 배 한 척이 떠 있었는데, 뜸으로 완전히 덮여 있어서 안에 어떤 사람이 있는지 알 수 없었고, 일이 일어나기 전에는 아무도 주의를 기울여서 보지 않았다는 것이다. 샹린댁이 쌀을 일러 나와 막 앉으려고 하자 그 배에서 갑자기 산골사람 같은 두 남자가 뛰쳐나와 한 사람은 그녀를 안고, 다른 한 사람은 거들어 배로 끌고 갔다고 했다. 샹린댁의 울부짖는 소리가 몇 번 들리더니 입을 틀어막았는지 더 이상 아무런 기척도 없었다는 것이다. 이어서 두 여인이 걸어왔는데 한 사람은 모르는 사람이었고, 다른 한 사람은 바로 웨이 노파였다고 했다. 배 안을 엿보았지만 잘 보이지 않았는데 아마 샹린댁은 몸이 묶인 채 바닥에 누워 있는 듯했다는 것이다.

"괘씸하군! 그러나…" 하고 넷째 아저씨가 말했다.

이날은 넷째 아주머니가 손수 점심밥을 지었고, 아들 아뉴阿牛는 불을 땠다.

점심을 먹고 나자 웨이 노파가 또 찾아왔다.

"괘씸하군!" 넷째 아저씨가 말했다.

"자네 무슨 생각이야? 무슨 낯으로 우리를 보러 왔나." 넷째 아주머니는 그릇을 씻다가 웨이 노파를 보자마자 화가 나서 말했다. "자네가 소개해 데리고 와서는 저쪽과 짜고서 빼돌리다니 남들 보기에 이 무슨 꼴인가, 자네 우리 집을 웃음거리로 만들 셈인가?"

"아이고, 그게 아니라, 저도 감쪽같이 속았어요. 그래서 이참에 분명하게 말씀드리러 왔습니다. 그녀가 저보고 일할 곳을 소개해 달라고 했을 때 전들 시어머니를 속이고 온 줄 생각이나 했겠습니까. 죄송하게 됐습니다. 나으리 그리고 마님. 제가 미련한 탓에 조심하지 않고 단골댁에 폐를 끼쳐 드렸습니다.

고맙게도 댁에서는 늘 넓은 도량으로 봐주시고 소인을 꾸짖지 않으셨지요. 이 다음에는 꼭 좋은 사람을 소개해서 용서를 구할까 합니다….”

“허나….” 넷째 아저씨가 말했다.

이렇게 해서 샹린댁 사건은 일단락이 되었고 오래지 않아 잊혔다.

그러나 넷째 아주머니만은 뒤에 고용한 하녀들이 대체로 게으르지 않으면 게걸스럽고, 혹은 게걸스러운 데다가 게으르기까지 하니 도무지 마음에 들지 않아서 샹린댁이 또 생각났다. 이럴 때마다 그녀는 종종 혼잣말로 “샹린댁은 지금 어떻게 지내고 있을까?” 했다. 그녀가 다시 와 주었으면 하는 말이었다. 그러나 두번째 설에는 그녀도 단념하고 말았다.

음력설이 거의 지나갈 무렵 웨이 노파가 새해인사를 하러 왔는데, 이미 술에 얼큰하게 취해 있었다. 웨이자산의 친정에 가서 며칠 있다 보니 늦게 찾아뵈었다고 했다. 두 사람이 대화를 하는 사이에 자연스레 샹린댁 얘기를 하게 되었다.

“그 여자 말이죠?” 웨이 노파가 신이 나서 말하기를 “지금은 운이 트였어요. 시어머니가 그녀를 끌고 갔을 때 이미 허씨 마을의 허라오류^{賀老六}에게 주기로 약속이 되어 있었대요. 그래서 집에 돌아간 뒤 며칠 안 돼 꽃가마에 태워졌지요.”

“아니, 그런 시에미가 다 있어…!” 넷째 아주머니는 놀라며 말했다.

"아이구, 우리 마님! 참말로 대갓집 마나님다운 말씀입니다. 우리 같은 산골 가난뱅이들이야 그런 일이 뭐 대수겠어요? 그녀에겐 어린 시동생이 있는데 장가를 보내야 했지요. 그녀가 시집가지 않으면 어디서 목돈을 마련해 결혼을 시키겠어요? 그녀의 시어머니는 여간내기가 아니어서 계산을 해보고는 그녀를 두메산골로 시집보냈어요. 만일 한마을 사람에게 보내면 예단을 많이 받지 못해요. 두메산골로 시집가려는 여자가 적다 보니 그 시어머니는 팔십 천문[21]을 받았대요. 이번에 둘째 며느리를 맞아들이는데 예단비로 오십을 썼고, 또 잔치 비용을 제하더라도 십여 천문은 남았을 거예요. 그러니 얼마나 계산을 잘합니까…?"

"그래, 샹린댁은 결국 하자는 대로 했어…?"

"따르고 안 따르고가 어디 있습니까.──누구라도 한바탕 소란은 피우는 법이지요. 밧줄로 묶어 꽃가마에 태워 남자의 집으로 메고 가서 화관을 씌우고 서로 맞절시킨 다음 신방에 넣고 방문을 닫아 버리면 끝이지요. 하지만 샹린댁은 보통이 아니던 모양이에요. 얼마나 소동을 피웠는지 모두들 유식한 집안에서 일을 했기 때문에 다르긴 다르다고 말했어요. 마님, 우리들은 많이 보았지요. 개가를 하면서 울부짖는 여자도 있었고, 죽느니 사느니 하면서 소란을 피우는 이도 있었으며, 남자집에 가서도 천지신명에게 예를 못 올리는 여자도 있고, 화촉까지 때려 부수는 여자도 있었습니다. 하지만 샹린댁은 여느 여자들과는 달랐어요. 그들 말에 의하면, 그녀가 오는 도중에 줄곧 소리치고 욕을 해서 허씨 마을에 도착했을 때는 목이 다 쉬었다고 하더군요. 가마에서 끌어내려 두 장정과 시동생이 힘껏 그녀를 붙잡고 절을 시키려 했지만 끝내 하지 못했답니다. 그들이 방심하여 손을 풀었더니, 아이구 이를 어째, 글쎄 그녀가 예식상 모서리에 머리를 들이받고 머리가 터져 선혈이 낭자했대요. 터진 곳에 두 묶음이나 되는 향 재를 붓고 붉은 천으로 두 겹이나 쌌지만 피가 멈추지 않더래요. 여러 사람이 달라붙어 그녀를 남자와 신방에 처넣고 문을 잠갔는데도 여전히 욕을 하고, 아이구 나 참…." 웨이 노파는 머리를 절레절레 흔들며 눈을 내리깔고는 입을 다물었다.

"그 뒤로 어떻게 되었어?" 넷째 아주머니가 물었다.

"그다음 날도 일어나지 않았대요." 그녀는 눈을 뜨며 말했다.

"그다음에는?"

"다음에는요?——일어났지요. 연말에는 사내아이도 낳았어요. 새해가 되었으니 이젠 두 살이네요. 제가 친정에 며칠 머물면서 허씨 마을에 갔다 온 사람 얘기를 들으니 애기엄마도 몸이 불고 애도 포동포동하더래요. 시어머니도 없지 남편은 가진 것은 힘뿐이라 일도 잘하지 집도 자기 집이지.——아, 그녀는 정말 운이 트였어요."

그후로 넷째 아주머니도 다시는 샹린댁 이야기를 꺼내지 않왔다.

그런데 어느 해 가을, 샹린댁이 운이 트였다는 소식을 들은 뒤 두 번의 설을 쇤 때였다. 그녀가 다시 넷째 아저씨의 집 안채에 서 있었다. 둥근 광주리가 탁자 위에 놓여 있고, 처마 밑에는 작은 이불보따리가 놓여 있었다. 그녀는 여전히 흰 끈으로 머리를 묶고 검정 치마에 남색 겹저고리, 옅은 남색의 조끼를 입었다. 얼굴은 검푸르고 누르스름한 빛이 감돌고 두 볼에는 이미 혈색이 사라지고 없었다. 내리감은 눈가에는 눈물자국이 보였으며 눈빛도 예전과 같이 그렇게 활기차지 않았다. 이번에도 웨이 노파가 그녀를 데리고 와서는 아주 딱하다는 표정을 지으며 장황하게 넷째 아주머니에게 말했다.

"…이거야말로 정말 '세상일은 한 치 앞도 모른다'는 격이지요. 이 사람 서방은 견실한 사람으로 젊고 팔팔했는데 장티푸스에 걸려 죽을 줄 누가 알았겠어요? 원래는 다 나았었다는데 찬밥을 먹고는 다시 재발했다지 뭐예요. 아들이 있는 것이 다행이었지요. 이 사람도 땔나무를 하고 찻잎을 따고 양잠도 하고 무슨 일이든 할 수 있어 원래 그 애를 키울 수 있었는데, 그만 그 아이가 이리에게 물려 갈 줄 누가 알았겠어요? 봄철도 다 지났는데 마을에 이리가 나타날 줄 누가 짐작했겠어요? 지금 이 사람은 외톨이가 되었어요. 게다가 시아주버니가 와서 집을 빼앗고 이 사람을 내쫓았어요. 정말 갈 곳이 없어서 어쩔 수 없

이 옛 주인을 찾아왔지요. 다행히 이 사람은 더 이상 걸리는 것
도 없고, 마님댁에서도 마침 사람을 바꾸려고 한다고 해서 제
가 데리고 왔습니다.——제 생각에 잘 아는 집이라 풋내기보다
사실 더 낫지 않을까 해서….."

　"저는 정말 바보였어요, 정말." 샹린댁은 멍한 눈을 들고 이
어서 말했다. "저는 눈 내릴 때는 산속에 먹을 것이 없어 야수가
마을에 내려올 수 있다는 것은 알았지만, 봄에도 그럴 줄은 몰
랐어요. 저는 아침 일찍 일어나 대문을 열고 작은 바구니에 콩
을 가득 담아서 우리 아마오阿毛에게 문지방에 앉아서 그걸 까
라고 했어요. 말을 잘 듣는 아이여서 내가 시키자 들고 나갔어
요. 나는 집 뒤에서 장작을 패고 쌀을 일어 솥에 안친 다음, 콩
을 찌려고 아마오를 불렀는데 대답이 없었어요. 그래서 나가
보니 콩이 땅바닥에 흩어져 있을 뿐 우리 아마오는 보이지 않
았어요. 우리 애는 다른 집에 가서 잘 놀지도 않았지만, 그래도
혹시나 해서 이집 저집 다니며 찾아보았으나 결국 아무 데도
없었어요. 저는 마음이 초조해져서 사람들에게 찾아봐 달라고
부탁했어요. 반나절 내내 찾아다니다가 산속에서 가시덤불 위
에 걸린 우리 애의 신발 한 짝을 발견했어요. 모두들 그걸 보고
틀렸다, 이리가 물어 간 거라고 말했어요. 그래 좀더 들어가 봤
더니 그 애는 과연 풀숲에 누워 있었는데, 뱃속의 오장은 이미
다 파먹혀서 비어 있었고, 손에는 그 작은 바구니를 꼭 쥐고 있
었어요…." 샹린댁은 계속해서 흐느껴 울기만 할 뿐 제대로 말

을 잇지 못했다.

넷째 아주머니는 처음에는 좀 망설였으나 그녀의 말을 듣고 나자 눈주위가 점점 붉어졌다. 생각을 좀 해보고는 둥근 광주리와 이불보따리를 들고 아랫방에 두라고 했다. 웨이 노파는 무거운 짐을 내려놓은 듯 길게 숨을 내쉬었다. 샹린댁은 처음 왔을 때에 비해 기분이 좀 나아져서 가르치지 않아도 스스로 익숙하게 이불짐을 갖다 놓았다. 그녀는 이때부터 다시 루전에서 식모살이를 하게 되었다.

사람들은 여전히 그녀를 샹린댁이라고 불렀다.

그런데 이번에는 그녀의 처지가 크게 달라졌다. 일을 시작한 지 사나흘이 되어서 주인들은 그녀의 손발이 이전처럼 민첩하지 않고, 기억력도 많이 나빠졌음을 눈치챘다. 죽은 사람 같은 얼굴에는 하루종일 웃음기 하나 없었다. 넷째 아주머니의 말투에서 벌써 불만이 터져 나왔다. 그녀가 왔을 때 넷째 아저씨는 이전과 똑같이 미간을 찌푸렸지만 여태까지 하녀를 고용하는 데 애를 먹었던지라 크게 반대하지 않았다. 다만 넷째 아주머니에게 몰래 주의를 주며 말하기를, 이런 사람은 불쌍하기는 하지만 풍속을 해치는 이들이니 거들게 하는 것은 좋으나 제사 때는 일에 그녀가 손을 대게 해서는 안 되며 음식은 손수 만들어야지, 그렇지 않으면 불결해서 조상이 먹지 않을 것이라고 했다.

넷째 아저씨의 집안에서 가장 큰 일은 제사이고, 샹린댁이 예전에 가장 바빴던 때도 제사를 지낼 때였으나 이번에는 한가하였다. 제상을 대청 한가운데에 놓고 상보를 펴 놓고 나니, 그녀는 전에 하던 대로 술잔과 젓가락을 놓으려고 했다.

"샹린댁, 그만둬. 내가 놓을 테니."

넷째 아주머니가 황급히 말했다.

샹린댁은 어색한 듯 손을 거두고 또 촛대를 가지러 갔다.

"샹린댁, 그만둬. 내가 가져오지."

넷째 아주머니는 또 황망히 말했다.

그녀는 몇 바퀴 빙빙 돌기만 하다가 끝내 아무 할 일이 없어서 하는 수 없이 영문을 모른 채 물러났다. 그녀가 이날 할 수 있었던 일은 부엌에서 불을 때는 것뿐이었다.

루전 사람들도 여전히 그녀를 샹린댁이라고 불렀지만, 말투는 예전과 아주 달랐다. 또 그녀와 얘기는 하지만 웃는 모습은 차가웠다. 그녀는 그런 걸 전혀 깨닫지 못했다. 단지 눈을 똑바로 뜨고 자나 깨나 잊을 수 없는 자신의 얘기를 사람들에게 들려주었다.

"나는 정말 바보였어요, 정말로." 그녀는 말했다. "전 그저 눈 내릴 때라야 산속에 먹을 것이 없으니 야수가 마을에 내려올 수 있다는 것은 알았지만, 봄에도 그럴 줄 몰랐어요. 저는 아침 일찍 일어나 대문을 열고 작은 바구니에 콩을 가득 담아 우리 아마오를 불러 문지방에 앉아서 그것을 까라고 했어요. 말 잘 듣는 우리 애는 내가 뭐라고 하자 들고 나갔어요. 나는 집 뒤에서 장작을 패고 쌀을 일어 솥에 안친 다음, 콩을 찌려고 아마오를 불렀는데 대답이 없었어요. 나가 보니 콩이 땅바닥에 흩어져 있을 뿐 우리 아마오는 보이지 않았어요. 여기저기 찾아보았으나 아무 데도 없었어요. 저는 마음이 조급해져서 사람들에게 찾아봐 달라고 부탁했어요. 반나절 동안 몇 사람이 산골짜기를 찾아다녔는데 가시덤불 위에 우리 애의 신발 한 짝이 걸려 있는 것을 발견했어요. 사람들은 모두 틀렸다, 이리를 만난 거라고 말했어요. 다시 가 보자 그 애는 과연 풀숲에 누워 있었는데, 뱃속의 오장은 이미 먹혀서 비어 있었고, 가엾게도 손에는 그 작은 바구니를 꼭 쥐고 있었어요…." 그녀는 눈물을 흘리면서 흐느끼는 것이었다.

이 이야기는 효과가 있었는지 남자들은 여기까지 듣다가 웃음을 거두고 무표정하게 가 버렸다. 여인들은 그녀의 처지를 동정할 뿐만 아니라 얼굴에서 바로 무시하던 표정을 바꾸고 함께 따라 울기까지 했다. 거리에서 그녀의 이야기를 듣지 못한 몇몇 나이 많은 여자들은 일부러 찾아가서 그녀의 이 비참한 얘기를 들으려고 했다. 그녀가 흐느끼는 대목까지 이야기를 듣고 나서는 그들도 눈가에 맺혀 있던 눈물을 흘리고 탄식을 하며 이런저런 의견들을 내놓으면서 흡족해하며 돌아갔다.

그녀는 이렇게 되풀이해서 사람들에게 자신의 비참한 얘기를 들려주었고, 그럴 때마다 늘 네댓 사람이 모여들어 그녀의 얘기를 들었다. 하지만 오래지 않아 모든 사람들이 귀에 못이 박히도록 들어 버려서 자비심이 많고 늘 염불을 외는 노부인들에게서도 더는 눈물자국을 볼 수 없게 되었다. 뒤에는 온 마을 사람들이 그녀의 말을 외울 수 있을 정도가 되어 그 얘기만 들어도 머리가 아플 지경이었다.

"나는 정말 바보였어요, 정말로"라고 그녀가 말을 꺼내면 사람들은 바로, "그래, 자네는 눈 내릴 때라야 산속에 먹을 것이 없어 야수가 마을에 내려올 수 있는 줄만 알았지"라며 그녀의 말을 잘라 버리고 가 버렸다.

그러면 그녀는 입을 헤벌리고 서서 눈을 멍하니 뜬 채 그들을 바라보다가 자신도 재미가 없다고 느낀 것인지 발길을 옮겼다. 하지만 그녀는 또 다른 일에서, 이를테면 작은 바구니나 콩이나 남의 아이들로부터 자기 아마오의 얘기를 끄집어내려고 애를 썼다. 두세 살 난 아이들을 보기만 하면 이렇게 말했다.

"아아, 우리 아마오가 살아 있다면 이만큼 컸을 텐데…."

아이들이 그녀의 눈을 보고 놀라며 엄마의 옷자락을 끌어당기며 가자고 졸랐다. 그렇게 되면 다시 그녀는 혼자 남게 되고 결국 재미가 없는지 돌아갔다. 나중에는 모두들 그녀의 버릇을 알게 되어 아이가 보이기만 하면 그 아이를 가리키며 웃는 듯 마는 듯한 표정을 짓고 선수를 치며 그녀에게 묻는 것이었다.

"샹린댁, 아마오가 지금 살아 있다면 이만큼 컸지 않았을까?"

그녀는 아직도 자신의 슬픈 이야기가 여러 날 많은 사람들의 입에 오르내리며 저작詛嚼이 되어 이미 찌꺼기로 변해서 싫증나고 타기할 만한 것에 지나지 않게 되었음을 잘 모르고 있었다. 하지만 사람들의 웃는 모습에서 어딘가 차갑고 또 날카로운 느낌을 받았고 자신도 더 이상 얘기할 필요가 없음을 깨달았다. 그래서 그녀는 그들을 힐끗 쳐다볼 뿐 한마디도 대꾸하지 않았다.

루전은 언제나 설을 지내기 위해 섣달 스무날부터 바빠진다. 넷째 아저씨의 집에서는 이번에 임시로 남자 일꾼을 고용했으나 여전히 일손이 모자라 또 류柳씨 어멈을 불러서 일손을 돕게 했다. 닭을 잡고 거위를 삶아야 하는데, 류씨 어멈은 불교 신자로서 채식을 하고 살생을 하지 않는 사람이라 그릇만 닦으려고 했다. 샹린댁은 불을 지피는 것 외에 할 일이 없어서 한가롭게 앉아 류씨 어멈이 그릇 씻는 것을 보고만 있었다. 가는 눈이 내리고 있었다.

"아아, 나는 정말 바보였어." 샹린댁은 하늘을 보고 탄식을 하며 혼잣말을 하였다.

"샹린댁, 너 또 시작이니?" 류씨 어멈이 지겹다는 듯이 그녀의 얼굴을 바라보며 말했다. "내 하나 물어보자, 너 이마의 흉터는 그때 부딪혀서 생긴 거지?"

"글쎄요." 그녀는 모호하게 대답했다.

"그럼 묻겠는데, 너는 그때 어떡하다 뒤에 허락을 했어?"

"내가요…?"

"그래 너 말이야. 결국 너 자신이 원했으니까 그랬겠지. 그렇지 않으면…."

"아이구, 그건 그 사람 힘이 얼마나 센지 몰라서 하는 소리예요."

"그건 못 믿어. 너도 그렇게 힘이 센데 그를 못 이긴다고. 틀림없이 결국에 제가 좋아서 허락해 놓고는 그가 힘이 세다고 변명하는 거지."

"아이고 참, 당신도… 자기도 한번 그런 일을 당해 봐…" 하며 그녀는 웃었다.

류씨 어멈의 주름진 얼굴도 웃는 바람에 호두처럼 쭈글쭈글 오그라들었다. 메마른 작은 눈으로 샹린댁의 이마를 한번 보고 다시 그녀의 눈을 빤히 쳐다보았다. 샹린댁은 쭈뼛쭈뼛하며 웃음을 거두고 눈길을 돌려 눈송이를 바라보았다.

"샹린댁, 너는 정말 수지가 맞지 않았어." 류씨 어멈이 무슨 비밀을 얘기하듯이 말했다. "좀더 끝까지 버티든가 아니면 아예 어디 부딪혀 죽든가 하는 게 나았어. 지금 보면 너는 두번째 남자와 2년도 채 못 살고서 큰 죄명만 뒤집어썼어. 생각해 봐, 네가 훗날 죽어서 저승에 가면 그 죽은 두 남자 귀신이 임자를 두고 서로 다툴 텐데 너는 누구에게 가겠나? 염라대왕도 어쩔 수 없이 너를 찢어 두 귀신에게 나누어 주겠지. 내 생각에 그건 참…."

이렇게 말하자 그녀의 얼굴에 두려운 기색이 역력했다. 그것은 산골 마을에서는 들어 보지 못했던 말이었다.

"나는 자네가 일찌감치 액땜을 하는 것이 낫다고 봐. 토지묘에 가서 문지방 하나를 기증하여 그걸 자네 몸 대신 천 명의 사람들이 밟게 하고, 만 명의 사람이 타고 넘도록 해 이 세상에서 지은 죄를 씻으면 죽은 뒤에도 고통을 면할 수 있을 거야."

샹린댁은 그 자리에서는 아무런 대답을 하지 않았으나 이 문제를 두고 한참 고민한 모양이었다. 다음 날 아침 일어났을 때 두 눈 가장자리가 거무죽죽했다. 아침을 먹은 뒤 그녀는 마을 서쪽에 있는 토지묘에 가서 문지방을 하나 시주하겠다고 했다. 묘지기는 처음에는 승낙하지 않았으나, 그녀가 다급해하며 눈물을 흘리며 사정하자 마지못해 허락해 주었다. 가격은 대전[22] 12천문이었다.

샹린댁은 이미 오래전부터 사람들과 얘기를 하지 않았는데, 사람들이 아마오의 얘기에 싫증을 느꼈기 때문이었다. 하지만 류씨 어멈과 잡담을 한 것이 퍼져 나가서 많은 사람들이 다시 새로운 흥미를 느끼고 또 그녀에게 얘기해 달라고 조르기도 했다. 제목도 물론 새로운 형태로 바뀌었는데, 주로 그녀의 이마에 난 흉터에 관한 것이었다.

"샹린댁, 물어보자, 자네는 그때 어떻게 따르게 되었어?" 한 사람이 이렇게 물었다.

"아, 애석하게도 머리를 헛부딪혔네그려." 다른 사람이 그녀의 흉터를 보고 맞장구를 치며 말했다.

그들의 웃음과 말소리에서 또 자신을 비웃고 있다는 것을 알아차린 샹린댁은 눈을 부릅뜨고 그들을 바라볼 뿐 한마디도 대꾸하지 않았으며 나중에는 돌아보지도 않았다. 그녀는 하루 종일 입을 꽉 다물고 사람들이 치욕의 기호라고 생각하는 그 흉터를 그대로 드러내 놓고 묵묵히 거리를 뛰어다니고, 땅바닥을 쓸고, 채소도 씻고, 쌀도 일었다. 어느덧 1년이 지났고 그녀는 넷째 아주머니에게서 그동안 일해서 모은 급료를 타서 그것을 멕시코 은화[23] 12원으로 바꾸고는 휴가를 얻어 마을의 서쪽으로 갔다. 그러나 한나절도 안 되어서 돌아왔는데, 기분도 좋아지고 눈빛도 의외로 빛났다. 넷째 아주머니에게 토지묘에 가서 문지방을 시주하고 왔다고 신이 나서 말했다.

동지 제사 때가 되자 그녀는 더욱 열심히 일했다. 넷째 아주머니가 제수용품을 갖추고 아뉴와 함께 제상을 대청 가운데로 옮기는 것을 보고 그녀는 아무 생각 없이 술잔과 나무젓가락을 가지러 갔다.

"가만 둬, 샹린댁!" 넷째 아주머니는 황급히 소리쳤다.

그녀는 포락[24]의 형을 받은 것처럼 손을 움츠리고 얼굴색도 금세 잿빛으로 변하더니 더 이상 촛대를 가져가지도 않고 정신이 나간 듯이 서있었다. 향을 피울 때가 되어 넷째 아저씨가 나가라고 해서야 그녀는 밖으로 나갔다. 이번에는 그녀의 신상에 아주 커다란 변화가 일어났다. 이튿날 그녀는 눈이 움푹 들어갔을 뿐만 아니라, 정신도 온전하지 않았다. 게다가 겁이 아주 많아져서 캄캄한 밤과 검은 그림자를 무서워했을 뿐만 아니라 사람을 보아도 무서워했다. 심지어 자신의 주인을 보아도 두려워 벌벌 떠는 것이 마치 대낮에 굴에서 나와 돌아다니는 쥐새끼 같았다. 그렇지 않으면 나무로 만든 허수아비처럼 멍하니 앉아 있었다. 반년이 안 되어 머리카락도 희끗희끗해졌고, 기억력은 더욱 나빠져 늘 쌀을 일러 가는 것도 잊어버렸다.

"샹린댁, 어쩌다 이렇게 되었어? 그때 차라리 집안에 들이지 말걸." 넷째 아주머니는 때때로 경고하듯이 맞대 놓고 이렇게 말하기까지 했다.

그렇지만 그녀는 종래 이런 상태였고 영리해질 가망은 전혀 없어 보였다. 그래서 그들은 그녀를 웨이 노파에게 돌려보낼 생각을 했다. 그러나 내가 루전에 머물고 있을 때는 그저 이런 얘기를 하고 있을 뿐이었는데, 지금에 와서 보니 그후 그 말대로 한 모양이었다. 하지만 그녀가 넷째 아저씨 집에서 나간 뒤 거지가 되었는지 아니면 웨이 노파 집에 먼저 갔다가 거지가 되었는지는 나로서는 알 수 없다.

근처에서 요란하게 터지는 폭죽소리에 놀라 깬 나는 콩알만 한 노란 등불을 바라보았다. 이어서 톡톡탁탁 하는 폭죽소리가 들려왔다. 그것은 넷째 아저씨집에서 '축복' 제사를 지내고 있기 때문이었다. 벌써 새벽 네 시가 가까웠다는 것을 알았다. 나는 몽롱한 가운데 멀리서 끊이지 않고 터지는 폭죽소리를 어렴풋이 든다. 온 하늘에 가득찬 음향이 짙은 구름과 합쳐져 무리 지어 흩날리는 눈송이와 함께 온 마을을 감싸 안은 듯하다. 이 번잡한 소리에 안긴 나는 나른하고 또 편안해진다. 대낮부터 초저녁까지 품고 있던 의혹과 근심은 이 축복의 공기에 씻겨 사라졌다. 오직 천지간의 신들이 바친 제물과 술과 향불 연기에 거나하게 취해 하늘을 비틀비틀 거닐면서 루전의 사람들에게 무한한 행복을 약속해 주는 것만 같았다.

1924년 2월 7일

술집에서

나는 북쪽에서 동남쪽으로 여행을 하던 도중에 길을 돌아 고
향을 방문하고 S시에 다다랐다. 이 시는 나의 고향에서 30리밖
에 떨어지지 않았다. 작은 배를 타면 반나절도 채 안 되어 도달
하는데, 나는 전에 이곳의 학교에서 1년간 선생 노릇을 했었다.
한겨울 눈이 내린 뒤 풍경은 쓸쓸하기만 한데 나른하기도 하
고 또 회고의 심사가 뒤섞여 잠시 S시의 뤄스洛思 여관에 머물기
로 했다. 이 여관은 예전에는 없던 것이다. 원래 크지 않은 시내
인지라 만날 수 있으리라 생각한 몇 명의 옛 동료들을 찾아 나
섰으나 다들 어디로 흩어져 갔는지 한 사람도 만날 수 없었다.
학교 문 앞을 지나는데 이름도 바뀌고 모습도 달라져서 내게는
좀 낯설었다. 두 시간도 되지 않아 나의 흥취는 이미 사라졌고
괜한 일을 했다고 몹시 후회하였다.

　내가 머물던 여관은 방만 세를 놓고 밥은 팔지 않았다. 그래

서 식사는 꼭 다른 곳에서 시켜 주었는데 맛이 얼마나 없는지 입에 넣으니 흙을 씹는 것 같았다. 창밖을 내다보니 땟자국으로 얼룩덜룩한 담장이 있고 그 위에 말라죽은 이끼가 붙어 있었다. 그 위로 생기 없는 잿빛 하늘에서는 눈발이 흩날리고 있었다. 점심을 배불리 먹지 못한 데다 또 딱히 할 일도 없어서 자연스럽게 예전에 자주 다니던 이스쥐一石居라는 이름의 작은 술집이 생각났다. 여관에서도 멀지 않은 것 같아 곧 방문을 걸어 잠그고 거리를 나서 그 술집을 향해 갔다. 사실은 잠시 객의 무료함을 달랠 생각이었지 술을 사 마시려고 한 것은 아니었다. 이스쥐는 그대로 있었고, 좁고 우중충한 모습과 너덜너덜한 간판 모두 변함이 없었다. 하지만 주인부터 종업원에 이르기까지 낯익은 사람은 하나도 없었다. 나는 이 이스쥐에서 완전히 낯선 손님이 되어 버렸다. 그래도 나는 전에 늘 오르내리던 구석 계단으로 해서 곧장 2층으로 올라갔다. 그곳에는 예나 다름없이 다섯 개의 작은 탁자가 놓여 있었고, 바뀐 것이라고는 원래 나무창살이던 뒤쪽 창문에 유리가 끼워져 있다는 것뿐이었다.

"사오싱주 한 근.——안주는? 기름에 튀긴 두부 열 개 하고 고추장 듬뿍 내오게!"

따라 올라온 종업원에게 이렇게 이르고는 뒤쪽 창문 쪽으로 가서 창가에 붙어 있는 탁자 옆에 앉았다. 2층은 '텅텅 비어 있었고' 그래서 나는 마음대로 아래의 황폐해진 정원을 바라볼 수 있는 가장 좋은 자리를 골라 앉을 수 있었다. 이 정원은 술집

것은 아닌 듯했다. 나는 예전에도 여러 번 내려다본 적이 있었는데, 어떤 때는 눈이 내리는 날도 있었다. 그러나 북방 생활에 익숙한 나의 눈에는 지금 이 정원이 아주 경이로웠다. 몇 그루의 늙은 매화나무가 눈과 싸우며 나무 가득 꽃을 피우는 것이 엄동설한을 개의치 않는 듯했다. 무너진 정자 옆에 서 있는 한 그루 동백나무는 짙은 녹색의 무성한 잎에서 십여 개의 붉은 꽃을 드러내고 있었다. 눈 속에서 불꽃처럼 밝게 빛나는 꽃송이들은 분노하는 듯 오만한 듯 멀리 떠돌아다니는 여행자의 마음을 비웃는 것 같았다. 나는 이때 촉촉하여 무엇에 들러붙으면 잘 떨어지지 않고 투명하게 반짝이는 이 고장의 눈은 바람만 불면 흩날리어 안개처럼 온 하늘을 뒤덮는 북방의 마른 눈과는 전혀 다르다는 것을 문득 깨달았다···.

"손님, 술이요···."

종업원은 무뚝뚝하게 말하면서 잔과 젓가락, 술병과 그릇 등을 놓고 갔다. 술이 온 것이다. 나는 탁자 쪽으로 돌아앉아 잔과 그릇 등을 바로 놓은 다음 술을 따랐다. 북방은 원래 나의 고향이 아니지만 남쪽으로 와도 나그네일 수밖에 없으니, 북쪽의 마른 눈이 어떻게 흩날리든 이곳의 부드러운 눈이 어떻게 마음을 끌든 간에 모두 나와는 아무런 상관도 없었다. 나는 애수에 잠기기는 했으나 기분좋게 술 한 잔을 마셨다. 술은 향기로웠고, 두부도 잘 튀겨졌다. 고추장이 너무 싱거운 것이 좀 아쉽다. 본래 S시 사람들은 매운 것을 먹을 줄 몰랐다.

오후라서 그런지 이곳이 술집이라고 하지만 술집 분위기는 조금도 나지 않았다. 나는 벌써 술 세 잔을 마셨지만 아직도 탁자 네 개는 텅 비어 있었다. 나는 황폐해진 정원을 보면서 점차 고독감을 느끼기 시작했다. 하지만 다른 술손님들이 올라오는 것을 원하지도 않았다. 우연히 계단에서 발걸음 소리가 들리면 까닭 없이 약간 언짢아지고, 종업원임을 알고 나면 다시 안심이 되었다. 이렇게 또 술 두 잔을 마셨다.

　나는 이번에는 분명 술손님이라고 생각했다. 그 걸음걸이가 종업원에 비해 훨씬 느리게 들렸기 때문이었다. 그 사람이 계단을 거의 다 올라왔다고 짐작했을 때 나는 불안한 듯이 머리를 들고 나오는 무관한 사람을 쳐다보았고 동시에 깜짝 놀라며 일어섰다. 나는 여기서 뜻밖에도 친구를 만나리라고 전혀 생각지 못했다.──만약 그가 지금 내가 그를 친구라고 부르는 것을 허락한다면 말이다. 올라온 사람은 분명 나의 옛 동창이며 또 교사 노릇을 할 때 옛 동료이기도 했다. 모습은 꽤 바뀌었지만 첫눈에 알아볼 수 있었다. 그런데 행동은 유달리 느려진 것이 옛날의 날쌔고 용맹한 뤼웨이푸^{呂緯甫}는 아니었다.

　"아──웨이푸, 자넨가? 여기서 자넬 만날 줄은 꿈에도 생각 못 했네."

　"아, 자네구먼? 나도 정말 뜻밖일세….."

　내가 그에게 동석하자고 하자 그는 약간 주저한 뒤에야 자리에 앉았다. 나는 처음에는 이상하다고 생각했으나 곧이어 약간

서글퍼졌고 또 불쾌했다. 그의 모습을 자세히 살펴보니 덥수룩하게 기른 머리와 수염은 전과 다름이 없었으나 창백한 장방형의 얼굴은 수척해 보였다. 차분해 보였으나 의기소침한 것 같기도 했고, 짙고 검은 눈썹 아래의 눈도 정기를 잃은 듯했다. 천천히 사방을 둘러보다가 황폐해진 정원을 내다볼 때 그의 눈에서는 갑자기 옛날 학창 시절에 남을 쏘아보던 때의 그런 빛이 번득였다.

"우리가," 나는 반갑게 그러나 꽤 어색하게 말했다. "우리가 헤어진 지 아마 10년은 되었을 거야. 난 자네가 지난濟南에 있다는 말을 듣고서도 게으른 탓에 끝내 편지 한 통 보내지 못했네…."

"피차일반 아닌가. 지금은 타이위안太原에 살고 있네. 이미 2년이 넘었어. 어머니와 함께 있다네. 어머니를 모시러 왔을 때는 자넨 벌써 이사한 뒤였네. 어떤 흔적도 남기지 않고."

"자네는 타이위안에서 뭘 하나?" 하고 내가 물었다.

"학생들을 가르쳐. 한 고향사람 집에서."

"그전에는?"

"그전에 말인가?"

그는 주머니에서 담배 한 가치를 꺼내어 불을 붙여 물고는 입에서 뿜어져 나오는 연기를 바라보며 생각에 잠긴 듯이 말했다.

"뭐, 변변찮은 일을 했지, 아무 일도 안 한 거나 매한가지야."

그도 나에게 헤어진 뒤의 상황에 대해 물었다. 나는 그에게 대강 얘기해 주면서 종업원을 불러 먼저 술잔과 젓가락을 가져오라고 일렀다. 그에게 술을 한 잔 권하고 나서 술 두 근을 더시켰다. 그 사이에 또 요리를 주문했다. 우리는 전에는 조금도 체면 같은 것을 차리지 않았는데, 지금은 서로 사양을 하느라 무엇을 주문해야 할지 정하기 어려웠다. 그래서 나중에는 종업원이 불러주는 것 가운데 회향두, 얼린 고기^{凍肉}, 기름에 튀긴 두부와 말린 생선 네 가지를 주문했다.

"여기 돌아와 보니 자신이 우습다는 생각이 들어." 그는 한 손에는 담배를 들고 다른 손에는 술잔을 들고 웃는 듯 마는 듯한 표정으로 내게 말했다. "나는 어렸을 때 벌이나 파리가 한곳에 정지해 있다가 무언가에 놀라자 바로 날아가더니 작은 원을 한 바퀴 그리고는 다시 돌아와 같은 곳에 앉는 것을 보고 사실 아주 우습다고 또 가련하다고 생각했었지. 그런데 의외로 지금 나 자신도 날아 되돌아왔어. 작은 원을 그리고 말이야. 그리고 뜻밖에도 자네 역시 되돌아왔네그려. 자넨 좀더 멀리 날아갈 수 없었나?"

"말하기 곤란하지만, 아무튼 작은 원을 좀 돈 것은 틀림없네." 나도 웃는 듯 마는 듯한 표정을 짓고 말했다. "그런데 자네는 왜 되돌아온 거야?"

"하찮은 일 때문이지." 그는 단숨에 술 한 잔을 다 털어 넣고 담배를 몇 모금 빨더니 눈을 더 크게 떴다. "하찮은 일이지만──이야기해 보도록 함세."

종업원이 새로 주문한 술과 안주를 가져와 탁자 위에 가득 차려 놓았다. 2층에는 담배연기와 튀김두부의 뜨거운 김이 서려 활기가 생겼고, 바깥에는 눈이 더 세차게 내리고 있었다.

"자네도 아마 알고 있을 거야" 하고 그는 말을 이었다.

"내겐 어린 동생이 하나 있었는데, 세 살 때 죽어서 이곳에 묻었네. 난 그 애의 모습조차 잘 기억나지 않는데, 어머니는 무척 귀여운 아이고 나와도 사이가 좋았다고 하시면서 지금도 그 애 말만 나오면 울려고 하시네. 올봄에 사촌형님이 편지를 보냈는데 그 애 무덤 주위에 물이 스며들어 얼마 안 있어 강물에 잠길지도 모르니 빨리 조치를 취하라는 내용이었어. 어머니는 듣자마자 초조해하시면서 며칠을 잠도 잘 주무시지 못했어──어머니도 편지를 읽으실 줄 알거든. 그러나 내가 무슨 방법이 있어야지? 돈도 없고 시간도 없고, 당시는 아무런 방법이 없었네."

"지금까지 미루다가 연말 휴가를 이용해 무덤을 이장해 주려고 이곳 남쪽으로 돌아오게 된 거야." 그는 또 술 한 잔을 쭉 마시고 나서 창밖을 내다보면서 말했다. "과연 남쪽이야. 저쪽에서야 어디 이와 같을 수 있나? 눈 속에서도 꽃이 피고 눈 속의 땅도 얼지 않으니. 그저께 나는 성안에 가서 작은 관을 하나 샀네.──땅속에 묻힌 것은 벌써 썩었을 거라고 생각했기 때문에 말이지──솜과 이불을 들고 인부 네 명을 데리고 고향으로 이장을 하러 갔어. 나는 그때 왠지 기분이 들떠 있었어. 나와 아주 의가 좋았던 어린 동생의 뼈를 보고 싶었네. 나는 아직 이런 일을 경험하지 못했거든. 무덤에 가 보니 과연 강물이 밀어닥쳐 무덤에서 두 자 거리까지 차 있더군. 가엾은 무덤은 2년 동안 흙을 북돋워 주지 않아 평평하게 되어 있었네. 나는 눈 속에서서 무덤을 가리키며 일꾼들에게 '파시오!'라고 결연하게 말했네. 나는 평범한 사람이야. 그때 난 내 목소리가 좀 이상하다고 느꼈네. 이 명령이야말로 내 일생에서 가장 위대한 명령이라는 생각이 들더군. 하지만 일꾼들은 조금도 이상하다고 여기지 않고 파기 시작했어. 묘혈까지 파내려 갔을 때 다가가 들여다보니 과연 관의 나무는 이미 썩어서 나무부스러기와 나무조각이 한 무더기 남아 있었어. 나는 떨리는 마음으로 그것을 조심스럽게 파헤치며 어린 동생을 보려고 했네. 하지만 의외였어! 이불도 옷도 뼈도 그 어떤 것도 없었네. 이런 것은 모두 사라졌겠지만, 머리카락은 잘 썩지 않는다는 말을 들어서 그것만은 남아 있을 거라고 생각했지. 그래서 곧 엎드려 베개가 놓여 있던 자리로 짐작되는 곳의 흙을 자세히 들여다보았으나 없었어. 흔적조차도 없었네!"

나는 문득 그의 눈 주위가 약간 붉어진 것을 보았다. 그러나 그것은 취기가 올라서 그런 것이었다. 그는 안주를 거의 먹지 않고 술만 자꾸 마셨는데, 벌써 한 근 이상을 마셨다. 안색과 거동이 활발해지면서 점차 예전에 보았던 뤼웨이푸의 모습에 가까워졌다. 나는 종업원을 불러 다시 술 두 근을 더 시킨 뒤 몸을 돌려 술잔을 들고 마주보면서 묵묵히 그의 얘기를 들었다.

"사실, 일이 이렇게 되었으니 다시 이장할 필요는 없었지. 흙을 다시 메우고 관을 팔아 버리기만 하면 끝날 일이었어. 관을 판다는 것이 좀 괴상하지만, 값만 싸게 해주면 본래 판 집에서 도로 사려고 할 것이니 적어도 술값 몇 푼은 건질 수 있어. 하지만 나는 그렇게 하지 않았네. 시체가 놓였던 자리의 흙을 솜에 싸서 그것을 이불로 감싼 뒤 새 관에 넣어 가지고 우리 아버지 무덤 옆에 가져와서 묻었네. 어제는 관 주위를 벽돌로 둘러쌓는 일을 감독하느라고 반나절을 바쁘게 보냈어. 아무튼 이렇게 해서 일을 마무리짓고 어머니께 잘 말씀드리면 마음을 놓으실 수 있을 거라고 생각했어.——아아, 자네는 내가 어째서 예전과 아주 달라졌는지 이상해서 그런 눈으로 나를 보는 거지? 그래, 나도 우리들이 함께 성황당에 가서 신상神像의 수염을 뽑았던 일과 연일 중국 개혁의 방법에 대해 논의하다가 그 때문에 서로 싸우기도 했던 일들을 아직도 기억하고 있네. 하지만 지금 나는 이 모양으로 어물어물 두루뭉술하게 살아가고 있네. 나도 때론 옛 친구들이 나를 본다면 내가 친구였다는 사실을 인정하지 않을 거라고 생각하네.——아무튼 지금 내 꼴은 이렇다네."

그는 또 담배 한 가치를 꺼내어 입에 물고 불을 붙였다.

"자네 안색을 보니 아직도 나에게 어떤 기대를 하고 있는 것 같은데,——나는 지금 많이 둔감해졌지만, 그 정도는 알아챌 수 있어. 이것이 나를 감격케 해. 하지만 또 나를 아주 불안하게 하기도 하네. 나에 대해 호의를 갖고 있는 옛 친구들의 기대를 저버리지는 않을까 하고…" 그는 갑자기 말을 멈추더니 담배를 몇 모금 빨고는 다시 느릿느릿하게 말했다. "바로 오늘, 이 이스쥐에 오기 직전에 또 한 가지 쓸데없는 짓을 했네. 하지만 내 자신이 원한 일이야. 전에 우리가 살던 집 동쪽에 장푸長富라는 뱃사공이 살고 있었는데, 그에게는 아순阿順이라는 딸이 있었네. 자네도 그때 우리집에 왔으니 아마도 본 적이 있을 거야. 그러나 그때 그녀가 너무 어렸으니 눈여겨보지는 않았겠지. 뒤에 커서도 그다지 예쁘지는 않았네. 수수하게 생긴 갸름한 얼굴에 누런 피부색이었지. 두 눈만은 유별나게 크고 속눈썹도 아주 길었네. 또 눈의 흰자위도 맑은 밤하늘처럼 푸르렀네. 북방의 바람 없는 맑은 하늘과 같이 말일세. 이곳에서야 그렇게 맑은 하늘을 볼 수 없지. 그 애는 얼마나 야무진지 열 몇 살에 어머니를 잃은 뒤 어린 두 남동생과 여동생을 보살피고 또 아버지 시중도 들었어. 게다가 하는 일 모두 빈틈이 없었고 또 살림도 잘해서 집안이 점차 안정을 찾았어. 이웃들도 칭찬하지 않는 이가 없었고, 장푸도 늘 자랑하고는 했지. 이번에 내가 여기로 간다고 했을 때 어머니는 또 이 애 얘기를 하시더군. 노인네가 기억력이 너무 좋아. 어머니는 아순이 어떤 사람의 머리에 붉은 벨벳 꽃이 꽂혀 있는 것을 보고 자기도 하나 있었으면 했지만 그렇게 되지 않자 울어 버렸는데 한밤중까지 울다가 아버지한테 한 대 얻어맞고는 뒤에 눈언저리가 이삼 일 동안 빨갛게 부었던 일이 있었다고 하시더군. 이런 벨벳 꽃은 다른 지방에서 만든 것이어서 S시에서는 살 수 없는 거였다네. 그러니 그녀가 어디서 그걸 구할 수 있었겠는가? 이번에 남쪽으로 가는 길에 나보고 두 개를 사서 그녀에게 주고 오라고 하셨어.

"이 심부름을 나는 귀찮다고 여기지 않았고, 오히려 아주 즐거웠어. 아순을 위해 나는 사실 뭔가 해주고 싶었거든. 재작년 어머니를 모시러 왔을 때의 일이네. 어느 날 장푸가 집에 있었고, 어떡하다 나는 그와 한담을 하게 되었어. 그는 나보고 메밀범벅을 먹으라고 권했고 또 안에 들은 것이 설탕이라고 알려주었어. 자네, 생각해 보게, 집안에 설탕이 있는 뱃사공이라면 살림이 그렇게 가난한 것은 아니지 않겠나. 그러니 먹는 것도 괜찮을 수밖에 없지. 그가 하도 권하는 바람에 하는 수 없이 먹겠다고 했어. 단 작은 그릇에 달라고 했지. 장푸도 세상 물정을 잘 아는지라 아순에게 '선비들은 많이 먹지를 않으니까 작은 그릇에 담고 설탕을 많이 넣어 드려라!' 하고 이르더군. 그런데 차려 온 걸 보고 깜짝 놀랐네. 큰 그릇에 가득 담아 왔는데 내가 하루는 족히 먹을 수 있는 양이었어. 하지만 장푸가 먹는 그릇에 비하면 내 것은 분명 작은 그릇이었지. 나는 그때 난생처음 메밀범벅을 맛보았는데 사실 입에 맞지는 않고 너무 달았어. 나는 두어 숟가락 떠먹고는 그만 먹을 생각이었으나 무의식중에 문득 아순이 멀리 저쪽 구석에 서 있는 것이 보였어. 그 바람에 젓가락을 내려놓을 용기가 사라졌지 뭐야. 그녀의 표정에는 자기가 잘 만들지 못한 게 아닌가 하는 걱정과 우리들이 맛있게 먹어 주었으면 하는 기대가 나타나 있었어. 내가 반 이상 남긴다면 아순은 분명 실망하고 또 미안해할 것 같았지. 그래서 난 결심을 했네. 목구멍을 쫙 벌리고 부어 넣기로 말이야. 거의 장푸와 비슷한 속도로 빨리 먹었어. 나는 그때 비로소 음식을 억지로 먹는 것이 얼마나 고통스러운지 알았네. 어려서 회충약 가루에 설탕을 넣어 한 종지 가득 먹은 적이 있었는데 그와 비슷한 괴로움이었어. 그러나 나는 조금도 원망스럽지 않았네. 왜냐하면 빈 그릇을 치우려고 왔을 때 자랑스러움을 감추지 못하는 아순의 웃는 얼굴이 벌써 나의 고통을 보상하고도 남았기 때문이었어. 그날 밤 너무 배가 불러서 잠을 잘 수가 없었고 또 악몽을 꾸었지만 그녀의 일생이 행복하도록 빌었고 그녀를 위해 세상이 좋아지기를 빌었네. 하지만 이런 생각도 지난날 꾸었던 꿈의 흔적에 지나지 않아서 이내 자신을 비웃고 얼마 안 가서 금세 잊어버렸지.

"난 예전에 아순이 벨벳 꽃 때문에 얻어맞은 적이 있다는 것을 전혀 몰랐어. 어머니 얘기를 듣고 갑자기 메밀범벅을 먹던 일이 생각났고 뜻밖에 바빠졌다네. 나는 우선 타이위안시에서 두루 찾아다녔으나 살 수가 없었어. 그러다 지난에 가서…."

창밖에서 후두둑 소리가 나며 동백나무 가지가 휘도록 쌓여 있던 눈이 굴러 떨어졌다. 그러자 나뭇가지는 다시 곧게 뻗어서 검은 빛이 도는 윤기 있는 잎과 핏빛처럼 붉은 꽃이 유난히 선명하게 드러났다. 잿빛 하늘은 더욱 짙어졌고, 새들이 짹짹 울어 대는 걸 보니 황혼이 가까워지는 모양이었다. 모든 게 눈으로 뒤덮여 땅에서 먹을 것을 찾을 수 없으니 서둘러 둥지로 돌아가 쉬려는 것이겠지.

"지난에 가서야 말이지." 그는 창밖을 한 번 보고 몸을 돌려 술 한 잔을 비우고 담배를 몇 모금 빨더니 이어서 말했다. "나는 간신히 벨벳 꽃을 샀네. 아순이 두들겨 맞아 가면서도 갖고 싶어 했던 것이 이것인지 확실하진 않지만 아무튼 벨벳으로 만든 것이었다네. 그녀가 짙은 색을 좋아할지 아니면 연한 색을 좋아할지 그것도 알 수 없어서, 짙은 붉은색으로 하나, 분홍색으로 하나를 사서 이곳으로 왔네."

"바로 오늘 오후, 나는 밥을 먹고 나서 곧장 장푸를 만나러 갔지. 난 이 일 때문에 하루를 지체했네. 그의 집은 그대로 있었으나 왠지 음산한 느낌이 들었네. 물론 이것은 나 혼자만의 느낌일 수도 있네. 그의 아들과 둘째 딸——아자오阿昭가 문앞에 서 있었는데 많이 컸더군. 아자오는 언니와는 전혀 딴판이었는데 정말 귀신 같았어. 내가 자기 집을 향해 오는 것을 보고는 재빨리 집 안으로 뛰어들어 갔어. 그 사내아이에게 물어서야 장푸가 집에 없다는 것을 알았네. '너네 큰누나는?' 하고 물었더니 그 녀석은 눈을 부라리며 무슨 일로 찾는지 연신 묻질 않겠나. 당장 달려들어 잡아먹을 듯이 표독한 눈빛을 해가지고 말이야. 그래서 난 우물쭈물하며 물러나왔네. 지금 난 이처럼 어물어물 살아가고 있어….”

“자넨 모를 거야, 내가 예전보다 더 사람들 찾아다니길 두려워한다는 사실을 말일세. 나는 이미 자신에 대한 혐오를 잘 알고 있다네. 그래 자기 자신조차도 싫어하면서 굳이 남을 암암리에 불쾌하게 해서야 되겠나? 그래도 이번 심부름만은 하지 않을 수 없었어. 그래서 생각 끝에 그 집 맞은편에 있는 장작 파는 가게를 찾아갔네. 그 가게 주인의 어머니는 나이 많은 할머니인데 아직 살아 있었고, 게다가 나를 알아보고는 가게 안으로 들어오라고 하더군. 우리들이 몇 마디 인사를 나눈 뒤에 내가 S시에 돌아와 장푸를 찾는 연유를 설명했더니, 뜻밖에도 그 할머니는 탄식하며 이렇게 말했네.

‘애석하게도 아순은 이 벨벳 꽃을 달아 볼 복이 없구나.’”

“그러고 나서 그 할머니는 상세하게 나에게 알려 주었네. ‘아마도 지난해 봄부터였을 거야. 그 애 얼굴이 노래지고 여위기 시작하더니 나중엔 늘 눈물을 흘리길래 그 까닭을 물었더니 대답을 하지 않았다오. 어떤 때는 밤새도록 우는 거야. 울어서 장푸가 성질을 참지 못하고 그 다 큰 애에게 미치기라도 했냐고 욕을 해댔지. 그런데 가을철에 접어들자 처음에는 가벼운 감기인 것 같더니 끝내는 드러누웠지 않았겠나. 그 뒤로 일어나지 못했어. 죽기 며칠 전에야 자기 엄마처럼 늘 피를 토하고 식은 땀을 흘린다고 아버지한테 실토를 했다오. 그러나 아버지가 알면 걱정할까 봐 숨겼다는 거지. 어느 날 밤에는 그 애의 큰아버지인 장경長庚이 또 돈을 빌리러 왔다오.──이런 일이야 늘상 있는 일이지만──그 애가 돈을 주지 않으니까 장경은 차갑게 웃으면서 너무 깔보지 마라, 네 사내는 나보다 더 못할 테니! 하며 욕을 퍼붓고 갔다오. 그 애는 이때부터 수심에 잠겼지. 또 부끄러워 물어볼 수도 없으니까 그저 울기만 했다오. 장푸가 당황하여 네 신랑감은 아주 착한 사람이라고 타일렀지만 때는 이미 늦었어. 그 애는 그 말을 믿지도 않고, 기왕 몸이 이렇게 되었으니 아무래도 좋다고 그랬다는군.'"

"그 할머니는 계속해서 말했어. '그 애의 신랑감이 정말로 장경보다 못하다면 그것은 정말 두려운 일이 아니겠어? 닭을 훔치는 좀도둑보다 못하면 그게 도대체 뭐란 말이오? 하지만 그 사내가 장례식에 왔을 때, 내 두 눈으로 보았는데 옷차림도 단정하거니와 사람이 의젓하더라구. 또 눈물을 글썽거리면서 자기가 반평생 배를 몰면서 고생고생하며 모은 돈으로 겨우 색시 맞을 준비를 했는데 갑자기 죽어 버렸다고 하잖겠소. 그가 정말 좋은 사람이며 장경의 말이 새빨간 거짓말이라는 것을 알겠더군. 그런데 아순은 그런 도둑놈의 미친 말을 믿고서 헛되이 목숨을 버렸으니 너무 안타까워.──허나 누구를 탓하겠소. 그저 아순이 복이 없다고 할 도리밖에.'"

"그건 그렇고, 아무튼 내 일은 끝났네. 그런데 갖고 있는 두 벨벳 꽃은 어떻게 했겠나? 그래, 그 할머니께 부탁하여 아자오에게 보냈네. 이 아자오는 나를 보자마자 도망을 쳤는데 아마도 나를 한 마리 이리 따위로 생각했겠지. 나는 사실 그녀에게 주고 싶지는 않았어.──하지만 나는 그녀에게 줘 버렸어. 어머니께는 아순이 보고 너무 좋아하더라고 말하기만 하면 되는 거지. 이런 하찮은 일이 뭐라고! 적당히 얼버무리면 되는 거야. 그저 어물어물 설을 쇠고, '공자 가라사대 시(詩)에 이르기를' 따위나 가르치러 가면 되는 걸세."

"자네가 가르치는 것이 '공자 가라사대 시에 이르기를' 이런 건가?" 나는 기이하게 생각되어 이렇게 물었다.

"물론이지. 자네는 내가 가르치는 것이 ABCD인 줄 알았나? 내게는 두 명의 학생이 있는데, 하나는 『시경』을 읽고, 다른 하나는 『맹자』를 읽지. 최근에는 한 명이 늘었는데 여자애라 『여아경』[25]을 읽고 있어. 산수 같은 것은 가르치지 않아. 내가 가르치지 않는 것이 아니라, 그 애들이 배울 필요가 없다는 거야."

"자네가 그런 책을 가르치고 있을 줄은 생각도 못했네…."

"그 애들 아버지가 그들에게 이런 것을 읽히고 싶어 하는데 제삼자인 내가 안 한다고 할 수 있나. 이런 하찮은 일이 뭐 그리 대단한 거라고. 그저 하라는 대로 하면 그만인 걸…."

그는 이미 얼굴이 새빨개졌다. 많이 취한 듯했으나 눈빛만은 점점 소침해졌다. 나는 가볍게 한숨을 쉬었다. 한순간 어떤 말도 할 수 없었다. 계단에서 한바탕 떠들썩한 소리가 나더니 손님 몇몇이 올라왔다. 맨 앞 사람은 키가 작고 둥글둥글한 얼굴이며, 두번째 사람은 키가 크고 얼굴에 붉은 코가 도드라졌다. 그 뒤에도 사람들이 연이어 올라오는 바람에 작은 2층이 흔들릴 정도였다. 나는 눈을 돌려 뤼웨이푸를 보았다. 그 역시 눈을 돌려 나를 보았다. 나는 종업원을 불러 술값을 계산했다.

"자네는 그걸로 생활을 할 수 있나?"

나는 갈 준비를 하면서 물었다.

"그래,──난 매달 20원을 받아, 그럭저럭 살 만은 하네."

"그럼, 자네는 앞으로 어떻게 할 셈인가?"

"앞으로 말인가?──그건 나도 몰라. 그때 우리가 예상했던 일이 하나라도 된 것이 있었나? 난 지금 아무것도 모르겠어. 내 일이 어떻게 될지 아니 당장 1분 뒤의 일도 어떻게 될지 모르고 있네…."

종업원이 계산서를 가져와서 나에게 내밀었다. 뤼웨이푸는 처음 들어섰을 때의 겸손은 사라졌고, 단지 나를 한번 흘끗 보더니 담배만 피울 뿐 내가 술값을 내도록 내버려 두었다.

우리는 같이 술집을 나섰다. 그가 묵고 있는 여관은 나와는 방향이 반대여서 술집 앞에서 헤어졌다. 나는 혼자 내 여관을 향해 걸어갔다. 차가운 바람과 눈이 얼굴을 때렸는데, 오히려 아주 상쾌하게 느껴졌다. 날은 벌써 저물었고, 집과 거리는 온통 펑펑 쏟아지는 흰 눈그물 속에 짜여지고 있었다.

1924년 2월 16일

고독자

1.

내가 웨이롄수魏連殳를 알게 된 것을 생각해 보면 정말 특이했다. 그것은 장례식에서 시작하여 장례식으로 끝났던 것이다.

당시 나는 S시에 살고 있었는데, 사람들이 자주 그의 이름을 거론하는 것을 들었다. 모두 그가 아주 괴상하다는 것이었다. 동물학을 전공했지만 중학교에서 역사를 가르쳤고, 사람들에게 언제나 냉담하면서도 남의 일에 참견하기를 좋아했다. 또 가정은 파괴되어야 한다고 늘 말하면서도 월급을 타면 어김없이 그의 할머니에게 부쳐 주는데 하루도 늦은 적이 없었다. 이밖에도 사소한 얘깃거리는 많다. 아무튼 S시에서는 화젯거리가되는 사람 중 하나였다. 어느 해 가을 나는 한스산寒石山의 한 친척집에서 한가하게 지낸 적이 있었다. 그 집은 성이 웨이씨로 롄수와는 한집안이었다. 하지만 그들은 그를 잘 알지 못했으며,

"우리들과 다르다"고 말하며 그를 마치 외국 사람으로 보는 듯했다.

이것도 그리 이상할 것이 없었다. 중국에 새로운 교육운동이 일어난 지 벌써 20년이 흘렀건만 한스산은 초등학교조차 없었다. 산골마을 전체에서 외지로 나가 유학을 한 사람은 롄수 한 사람뿐이었다. 그래서 마을 사람들이 볼 때 그는 분명 이상한 부류였다. 그러면서도 시기하고 부러워하며 그가 돈을 많이 벌었다고 얘기하곤 했다.

늦가을이 되자 이 산골마을에 이질이 유행했다. 나도 불안해 성안으로 돌아갈 작정이었다. 그때 롄수의 할머니가 병을 얻었는데, 나이가 많아 아주 위중하다는 얘기를 들었다. 두메산골이라 의사도 없었다. 그의 가족으로는 사실 이 할머니밖에 없었다. 할머니는 하녀를 고용하여 단출하게 살고 있었다. 그는 어릴 적에 부모를 여의고 이 할머니의 보살핌으로 자랐다. 할머니는 예전에 고생을 무진장 했는데 지금은 편안하다고 했다. 그러나 롄수에게 처자식이 없다 보니 집안은 아주 쓸쓸하기만 했다. 이런 것도 소위 사람들이 다르다고 말한 이유의 하나가 될 것이다.

한스산은 성에서 육로로는 약 백 리, 수로로는 칠십 리나 떨어져 있어서 사람을 시켜 롄수를 불러오려면 적어도 왕복 나흘이 걸렸다. 산골 벽지에서는 이러한 일도 사람들 모두 알고 싶어 하는 큰 뉴스였다. 이튿날 할머니의 병세가 위중하여 소식을 전할 사람이 출발했다는 소문이 온 마을에 퍼졌다. 그러나 할머니는 새벽 2시쯤 끝내 숨을 거두었다. 임종을 앞두고 "왜 나에게 렌수를 만나게 해주지 않는 거야…?"라는 말을 남겼다고 한다.

문중의 어른과 가까운 친척들 그리고 할머니의 친정 식구들과 한가한 사람들이 한 방에 모여 렌수가 언제쯤 도착할지 얘기를 하고 있었는데 대체로 입관을 시작할 무렵이나 되어야 할 거라는 의견들이었다. 관과 수의는 이미 갖추어져 있어서 새로 장만할 필요가 없었다. 그들에게 제일 큰 문제는 어떻게 이 '맏손자'를 대할 것인가 하는 거였다. 그가 모든 장례 의식을 새로운 격식으로 바꾸려고 할 거라 생각했기 때문이었다. 그들은 의논 끝에 세 가지 조건을 상정하고 그에게 실행을 요구하기로 했다. 첫째, 흰 상복을 입는다. 둘째, 무릎을 꿇고 절을 한다. 셋째, 스님이나 도사를 불러서 법사[26]를 행한다는 것이었다. 결국은 전부 옛 전통에 따른다는 것이었다.

그들은 상의가 이루어지자 렌수가 도착하는 날 모두 대청 앞에 모여 대열을 이루고 서로 호응하며 힘을 합쳐 극히 엄중한 담판을 벌이기로 약속하였다. 마을 사람들은 죄다 침을 삼키며 신기한 듯 새로운 소식을 기다렸다. 그들은 렌수가 "서양식 교육을 받은" '신당'新黨으로 줄곧 어떤 도리 따위는 안중에 없는 위인인지라, 쌍방의 충돌은 불가피할 것이며 어쩌면 의외의 진기한 일이 발생할지도 모른다고 생각했다.

렌수가 집에 도착한 것은 오후였는데 문에 들어서자 할머니의 영전에 허리를 구부렸을 뿐이라고 한다. 문중의 어른들은 계획에 따라 즉시 행동에 옮겼다. 그를 대청으로 불러들인 다음 먼저 일장 연설을 늘어놓고는 본론에 들어갔다. 모두들 이에 맞장구치며 제각기 떠들어 대어 그에게 반박할 기회를 주지 않았다. 마침내 할 말을 다 해버려서 더 이상 할 말이 없게 되자 대청 안에는 침묵이 흘렀다. 모두들 조심조심 그의 입을 쳐다보았다. 렌수는 안색도 변하지 않고 짤막히 대답할 뿐이었다.

"다 좋습니다."

이것은 그들에게는 너무나 뜻밖의 대답이었다. 모두들 마음의 무거운 짐을 내려놓기는 했으나 도리어 더 무거워지는 것 같기도 했다. 너무도 '이상해서' 몹시 우려되기도 했다. 이 소식을 들은 마을 사람들도 몹시 실망하여 서로 떠들기를 "이상한데! 그가 '모두 괜찮다'고 하다니! 우리도 어디 가 보세" 하였다. 다 괜찮다는 것은 옛 관례대로 한다는 것이니 굳이 가 볼 필요도 없었지만, 그래도 그들은 보고 싶어 해가 저물자 들뜬 마음으로 대청 앞에 가득 모여들었다.

나도 구경하러 갔던 사람 중 하나였다. 나는 미리 향과 양초한 갑을 보내 두었다. 그의 집에 도착했을 때에는 렌수가 죽은이에게 수의를 입히고 있었다. 그는 몸집이 작고 여윈 사람이었다. 덥수룩한 머리와 짙은 눈썹과 검은 수염이 길쭉한 얼굴의 절반을 덮고 있었고, 두 눈만이 검은 얼굴에서 빛을 발하고 있었다. 수의를 입히는 솜씨가 대단한 것이 마치 장례 전문가 같아서 옆에서 구경하던 사람들이 탄복했다. 한스산의 풍속에 의하면 이런 때에는 외갓집 친척들이 트집을 잡기 마련이었다. 그래도 그는 그저 묵묵히 누가 뭐라고 해도 얼굴색 하나 변하지 않고 그대로 따랐다. 내 앞에 서 있던 백발의 할머니는 부러워하며 탄성을 질렀다.

다음에는 절을 하고 그다음에는 곡을 하였는데 여자들은 모두 경문經文을 외었다. 그다음에는 입관이었다. 그다음에 절을 하고 또 곡을 하는데 곡은 관 뚜껑에 못을 박을 때까지 계속되었다. 일순 조용해지더니 별안간 사람들이 술렁거리면서 놀라움과 불만스러운 기색이 드러났다. 나도 퍼뜩 롄수가 시종 눈물 한 방울 흘리지 않고 거적자리에 앉아서 두 눈만 어두운 얼굴에서 반짝이고 있는 것을 발견하였다.

이처럼 놀라움과 불만스러운 분위기 속에서 입관이 끝났다. 사람들은 모두 못마땅하여 돌아갈 눈치들이었지만 롄수는 거적자리에 앉아서 생각에 잠겨 있었다. 그런데 갑자기 그가 눈물을 흘리기 시작하더니 이어서 소리를 지르며 대성통곡을 하였다. 마치 상처 입은 이리가 깊은 밤 광야에서 울부짖는 것 같았고, 그 슬픔 속에는 분노와 비애가 뒤섞여 있는 듯했다. 이런 일은 전례가 없는 일이어서 미리 예방할 수 없었던지라 모두들 어찌해야 좋을지 몰라 한동안 망설이고 있는데 몇 사람이 나서서 그를 말리게 되자 사람들이 점점 더 많이 모여들어 그를 빙

둘러쌌다. 그러나 그는 철탑과 같이 끄떡도 하지 않고 앉아서 통곡만 하였다.

사람들은 흥취가 사라져 흩어질 수밖에 없었다. 그는 울고 또 울었다. 대략 반 시간쯤 울더니 갑자기 울음을 딱 그치고는 문상객들에게 인사도 하지 않고 집 안으로 들어가 버렸다. 그의 뒤를 따라서 살펴보러 갔던 사람의 말에 의하면 그는 자기 할머니의 방으로 들어가 침대에 쓰러지더니 급기야 깊이 잠들어 버렸다고 했다.

이틀 뒤, 그러니까 내가 성으로 돌아가기로 한 그 전날, 마을 사람들이 귀신이라도 만난 것처럼 떠들고 있는 것을 들었다. 롄수가 일체의 가재도구를 불살라 할머니 영전에 바치고, 나머지는 할머니가 살아 계실 때 받들어 모시고 죽을 때 임종까지 지켜 준 하녀에게 나누어 주고, 또 그녀에게 집도 무기한으로 빌려 주려고 한다는 것이었다. 그래서 일가친척들은 입에 침이 마르도록 말렸지만 끝내 그의 뜻을 꺾을 수 없었다고 한다.

아마도 호기심 때문이었겠지만, 돌아가는 길에 나는 그의 집 앞을 지나다가 들러서 조문을 하였다. 흰 상복을 입고 나타난 그의 표정은 전과 다름없이 냉랭했다. 정중히 위로의 말을 전했지만 그는 그저 고개만 끄덕이는 것 외에 이렇게 한마디 말로 대답했을 뿐이었다.

"호의에 대단히 감사드립니다."

2.

우리가 세번째로 만난 것은 그 해 초겨울 S시의 어느 책방에서였다. 우리는 동시에 머리를 끄덕이며 아는 체를 했다. 그러나 우리를 가깝게 한 것은 그 해 연말에 내가 실직을 한 뒤였다. 그 때부터 나는 늘 롄수를 찾아갔다. 그것은 첫째로는 당연히 따분했기 때문이었고, 둘째로는 그의 천성이 쌀쌀하기는 하지만 실의한 사람을 친근히 대해 준다는 얘기를 들었기 때문이었다. 그러나 세상사는 변화무쌍한 것, 실의한 사람도 언제까지나 실의에 젖어 있으라는 법은 없는 것, 그러다 보니 그에게는 오랫동안 사귄 친구가 극히 적었다. 이 소문은 과연 거짓이 아니어서 내가 명함을 건네자 그는 곧 만나 주었다. 두 칸이 서로 통하게 되어 있는 거실에는 별다른 장식도 없었고 책상과 의자 외에는 책장이 몇 개 있을 뿐이었다. 사람들은 모두 그를 무서운 '신당'이라고 했지만 책꽂이에는 새로운 책이 그다지 많지 않았다. 그는 이미 내가 실직한 사실을 알고 있었다. 상투적인 인사말을 나눈 뒤 별로 할 말이 없어 주인과 손님이 덤덤히 마주 앉아 있다 보니 분위기는 점점 침울해졌다. 나는 그가 급하게 담배 한 대를 피우고는 꽁초에 손가락을 델 정도가 되자 땅바닥에 던져 버리는 것을 묵묵히 쳐다보았다.

"담배 태우시죠." 그는 손을 내밀어 또 담배를 집으며 문득 이렇게 말했다.

그래서 나도 한 대를 집어 피우며 교사 생활 이야기며 책에 대한 얘기를 했지만 분위기는 여전히 침울하기만 했다. 내가 자리를 뜨려고 하는데 문밖에서 떠드는 소리와 발자국 소리가 한바탕 나더니 사내애와 여자애 네 명이 뛰어 들어왔다. 큰애는 여덟이나 아홉 살쯤 되어 보이고, 작은 애는 네댓 살쯤 되어 보였는데, 손이며 얼굴이며 옷이 더러운 데다가 아주 밉살스러웠다. 그러나 롄수의 눈에는 곧 기쁜 빛이 드러났다. 그는 서둘러 일어나더니 거실 옆방으로 들어가면서 이렇게 말했다.

"다량大良, 얼량二良 모두 와 봐라! 너희들이 어제 사 달라던 하모니카를 사다 놨어."

아이들은 우르르 뒤쫓아가더니 이내 제각기 하모니카를 불면서 몰려나왔다. 그런데 거실을 나서자마자 무엇 때문인지 모르겠지만 갑자기 싸움이 일어나서 한 아이가 울음을 터트렸다.

"한 사람에 하나씩, 다 같은 거야. 싸우지 마라!" 그는 아이들의 뒤를 뒤따르면서 이렇게 타일렀다.

"뉘 집 아이들인데 이렇게 많아요?" 나는 물었다.

"주인집 애들이에요. 애들에겐 엄마가 없고 할머니뿐입니다."

"집주인은 혼자 삽니까?"

"네, 그의 부인은 삼사 년 전에 죽었어요. 재혼을 하지 않았구요──그렇지 않았다면 나 같은 독신남에게 방을 빌려 주지는 않았을 거예요." 그는 말하면서 차갑게 미소 지었다.

나는 그가 왜 지금껏 독신으로 사는지 물어보고 싶었지만,

친숙하지 않아서 끝내 입을 열지 못했다.

　사귀어 보니 롄수는 얘기를 곧잘 하는 사람이었다. 그는 토론하기를 아주 좋아했고 게다가 이따금 기발한 생각을 말하기도 했다. 그런데 참을 수 없었던 것은 그를 찾아오는 어떤 손님들이었다. 그들은 아마도 『침륜』[27]을 읽었는지 늘 자신을 "불행한 청년"이라거나 "쓸모없는 인간"이라고 하면서 게처럼 나태하고 또 오만하게 큰 의자를 틀고 앉아서는 한숨을 쉬기도 하고 이맛살을 찌푸리며 담배를 피우는 것이었다. 게다가 주인집 아이들이 툭하면 서로 다투고 그릇을 뒤집어엎으며 과자를 사달라고 졸라 대는 통에 머리가 어지러울 정도였다. 그러나 롄수는 아이들 얼굴만 보면 평소의 그런 차가운 태도는 보이지 않고 자신의 생명보다 더 소중하게 여겼다. 한번은 산량三良이 홍역을 앓는단 소리를 듣고 너무 당황하여 검은 얼굴이 더 검어졌었다고 한다. 그런데 생각했던 것보다 병은 심각하지 않아서 뒤에 아이들의 할머니에 의해 웃음거리로 전해지기도 했다.

　"뭐라고 하든 아이들이 좋아요. 그들은 모두 천진난만해…."
내가 좀 귀찮아한다는 것을 눈치챈 듯 그는 어느 날 기회를 봐서 그렇게 말하였다.

　"다 그런 것은 아니지요." 나는 아무렇게나 대답했다.

　"아니요, 어른들의 나쁜 성질이 아이들에게는 없어요. 후천적인 악은 당신이 평소에 공격하는 그런 악과 같이 환경이 그렇게 만든 것이죠. 원래는 결코 나쁘지 않고 천진난만했지요….

나는 중국에 희망이 있다면 그것은 바로 여기에 있다고 생각해요."

"아니요, 아이들에게 나쁜 씨앗이 없다면 어떻게 커서 나쁜 열매가 열리겠어요? 예를 들어 하나의 씨앗은 그 안에 본래 가지와 잎과 꽃과 열매가 될 싹을 갖고 있기 때문에 자랐을 때 이러한 것들이 나올 수 있는 거예요. 어찌 근거 없이⋯." 그 무렵 나는 하는 일 없이 한가한지라 훌륭한 사람들이 하야하면 채식을 하고 참선을 하는 것[28]처럼 불경을 읽고 있었다. 물론 불교의 교리를 터득하고 있었던 것은 아니어서 잘 읽어 보지도 않고 그저 입에서 나오는 대로 지껄였다.

그런데 렌수는 화난 얼굴로 나를 노려보더니 더 이상 아무 말도 하지 않았다. 나는 그가 할 말이 없어 그랬는지 아니면 반론할 가치가 없다고 여겨서 그랬는지 짐작할 수가 없었다. 다만 그가 오랫동안 나타내지 않던 냉랭한 태도를 드러내며 묵묵히 담배 두 대를 연거푸 피웠다. 그가 세 대째 담배를 집으려고 할 때 나는 더 앉아 있을 수가 없어 도망쳐 나오고 말았다.

이런 섭섭한 감정은 석 달이 지나서야 겨우 풀렸다. 그것은 아마 그때의 일을 잊어버렸거나 아니면 '천진한' 아이들에게 그 자신이 원수가 되었기 때문일 것이다. 그래서 아이들에 대해 모욕적인 언사를 던진 나의 심정을 헤아릴 수 있다고 생각한 모양이었다. 하지만 이것은 어디까지나 나의 추측에 불과하다. 그때는 그가 나의 집에 와서 술을 마실 때였다. 그는 서글픈 표정을 짓고는 반쯤 고개를 들고 말했다.

"생각해 보면 정말 기괴한 일입니다. 내가 여기 오다가 길에서 한 어린애를 만났는데 갈댓잎을 들고 나를 가리키며, 죽일 거야!라고 하질 않겠어요. 아직 걸음도 제대로 걷지 못하는 애가 말이에요…."

"그것은 환경이 나쁘게 가르친 것이지요."

나는 이내 이렇게 말한 것을 후회했다. 그러나 그는 별로 개의치 않고 술만 마시더니 그 사이에 줄곧 담배를 피워 댔다.

"깜빡 잊고 있었네, 물어보고 싶은 게 있었는데." 나는 다른 말로 얼버무렸다. "당신은 그다지 남의 집을 잘 방문하지 않는 편인데, 오늘은 어쩐 일로 여기까지 왔어요? 우리들이 서로 알고 지낸 지 일 년이 넘었는데, 당신이 나를 찾아온 것은 처음이지요."

"당신에게 알려 줄 것이 있어요. 당분간 우리 집에 찾아오지 마십시오. 우리집에는 아주 밉살스러운 어른 하나와 아이 하나가 와 있는데, 모두 사람 같지 않아요!"

"어른 하나와 아이 하나라니? 대체 그들이 누구예요?" 나는 좀 이상했다.

"내 사촌 형과 그 아들 녀석이지요. 허허, 아들도 아비와 똑같아."

"당신을 만나러 성안에 온 김에 놀다 가겠다는 심산인가요?"

"아니요, 나에게 의논할 일이 있어 왔다는데, 그 애를 나의 양자로 삼으라는 거예요."

"아니! 당신의 양자로?" 나는 놀라서 소리쳤다. "당신은 아직 결혼도 하지 않았잖소?"

"그들은 내가 결혼하지 않을 거라는 것을 알고 있어요. 하지만 그들에게 그것이 무슨 상관입니까. 그들은 사실 한스산에 있는 쓰러져 가는 내 집을 상속받으려는 것이에요. 내게는 그 집 외에는 아무것도 없습니다. 당신도 알다시피 수중에 돈이 들어오면 즉각 다 써 버려서 가진 거라고는 그 집 한 채뿐이오. 그래서 그들 부자의 일생 사업은 그 집을 빌려 살고 있는 하녀를 쫓아내는 것입니다."

그의 차갑고 쌀쌀한 말투에 나는 소름이 끼쳤다. 그렇지만 나는 그를 위로하며 말했다.

"당신 친척들이 설마 그렇게까지 하겠어요. 그들의 생각이 약간 고루할 뿐이지요. 할머니가 돌아가셨을 때 당신이 대성통곡을 하자 그들도 모두 당신을 에워싸고 열심히 위로해 주고…."

"내 아버지가 돌아가셨을 때도 똑같았어요. 내가 울고 있자 그들도 열심히 나를 에워싸고 위로해 주었지요. 내 집을 뺏으려면 증서에 내 도장을 받아야 했기 때문에…."

그의 두 눈은 위를 응시하는데 마치 공중에서 그 당시의 정경을 찾으려는 듯했다.

"결국 관건은 당신에게 자식이 없다는 겁니다. 당신은 왜 여태까지 결혼을 하지 않는 거요!" 나는 퍼뜩 화제를 바꿀 말을 찾아냈다. 그것은 오래전부터 물어보려고 생각해 왔던 것이었는데, 이때가 가장 좋은 기회라고 여겼다.

그는 의아한 듯이 나를 쳐다보았고, 얼마 뒤에 눈길을 자신의 무릎 위로 옮기더니 담배만 피울 뿐 대답이 없었다.

3.

하지만 그렇게 실의가 깊어지는 생활이었음에도 롄수를 평안히 살아가도록 하지 않았다. 점차 지방의 작은 신문에서 익명의 인사들이 그를 공격했고, 학계에서도 늘 그와 관련된 유언비어가 떠돌았다. 그러나 이것은 이전처럼 단순한 화젯거리가 아니라 대개는 그에게 불이익을 주는 것이었다. 이것이 그가 근래 즐겨 문장을 발표한 결과라는 것을 알고 있었던 나는 별로 개의치 않았다. S시 사람들은 거리낌없이 의견을 발표하는 사람을 가장 싫어해서 그런 사람이 있으면 반드시 암암리에 골려 주었다. 이런 일은 본래부터 그러했던 것으로 롄수 자신도 알고 있었다. 그런데 봄이 되자 그가 갑자기 교장에 의해 해직당했다는 소문이 들렸다. 이것은 약간 갑작스럽게 느껴졌다. 사실 이것 역시 예전부터 늘 있어 왔던 일이지만, 내가 알고 있는 사람이 이런 일을 당하지 않기를 바랐기 때문에 갑작스럽게 느껴졌던 것뿐이었다. S시 사람들이 이번만 특별히 나쁜 것은 결코 아니었다.

그때 나는 나 자신의 생계 때문에 바빴다. 더구나 그 해 가을에는 산양山陽에 가서 교편 잡는 일을 알아보고 있었기 때문에 그를 찾아가 볼 겨를이 없었다. 좀 여가가 생겼을 때는 그가 해직을 당한 지 약 석 달이 지난 뒤였다. 그러나 롄수를 찾아갈 마음이 생기지 않았다. 어느 날 큰길을 지나다가 우연히 헌책방 앞에서 걸음을 멈춘 나는 깜짝 놀랐다. 그곳에 진열된 급고각 초판본 『사기색은』[29]은 바로 롄수의 책이기 때문이었다. 그는 장서가는 아니지만 책을 좋아했고, 이 책은 귀중한 선본善本이어서 부득이한 일이 아니고서는 쉽사리 팔아 버릴 리가 없었다. 실직한 지 이삼 개월이 되어 빈궁함이 이 지경에 이른 것인가? 그는 돈이 생기면 그 자리에서 써 버리니까 무슨 저축 같은 것은 없었다고 하지만. 그래서 나는 롄수를 찾아가 보기로 결심하고 내처 길에서 술 한 병과 땅콩 두 봉지, 훈제 생선 두 마리를 샀다.

그의 방문은 닫혀 있었다. 두어 번 소리쳐 불렀지만 대답이 없었다. 나는 그가 자고 있지는 않나 해서 더 큰 소리로 부르며 손으로 방문을 두드렸다.

"나간 모양이오!" 다량의 할머니인 세모눈의 뚱뚱한 여인이 맞은편 창문으로 희끗희끗한 머리를 내밀며 귀찮다는 듯이 큰 소리로 말했다.

"어디 갔어요?" 나는 물었다.

"어디 갔냐구? 그걸 누가 알겠어요? —— 그 사람이 가긴 어딜 갔겠소. 좀 기다리면 이내 돌아올 거요."

나는 문을 열고 거실로 들어갔다. 정말 "하루 못 본 것이 삼 년이나 못 본 것 같다"고 했는데, 눈에 보이는 것은 모두 처량하고 쓸쓸해 보였다. 남은 가재도구도 몇 개 되지 않은 데다가 책도 S시에서는 누구도 사려는 사람이 없는 양장본 몇 권만 남아 있었다. 방 안의 둥근 탁자는 아직 그대로 있었다. 이전에는 우울하면서도 비분강개했던 청년들과 회재불우의 기사奇士들 그리고 더럽고 시끄러운 아이들이 항상 이 탁자 주위에 모여 있었는데, 지금은 정적만 남았고 옅은 먼지가 가득 쌓여 있을 뿐이었다. 나는 탁자 위에 술병과 종이 꾸러미를 놓고 그 옆에 의자를 끌고 와서 방문을 마주하고 앉았다.

분명 "좀 있으면"이란 말이 틀리지 않았다. 방문이 열리고 한 사람이 쓸쓸하게 그림자처럼 들어왔는데, 바로 렌수였다. 해질 무렵이어서 그런지 얼굴이 더 검어 보였으나 표정은 여전했다.

"어! 오셨소, 온 지 오래되었소?" 그는 반가운 모양이었다.

"아니 얼마 안 됐어요"라고 대답하고는 "어디에 갔었어요?"

"뭐 어디에 갔었던 것은 아니고 그냥 마음 내키는 대로 돌아다녔소."

그도 의자를 탁자 옆에 끌고 와 앉았다. 우리들은 술을 마시기 시작했고, 그의 실직에 관해서 얘기를 나누었다. 그러나 그는 그런 이야기는 별로 하고 싶어 하지 않았다. 그는 예상했던 일이고 또 여러 번 당해 본 일이라 이상하지도 않고 얘기할 만한 것도 못 된다고 생각했다. 그는 예전처럼 술만 마시며 사회와 역사에 관한 자기 생각을 얘기했다. 웬일인지 나는 이때 텅 빈 책꽂이를 바라보다가 급고각 초판본 『사기색은』이 생각나서 불현듯 고독과 비애를 느꼈다.

"거실이 퍽 쓸쓸하군요…. 요즘에는 찾아오는 손님이 별로 없어요?"

"없어요. 그들은 내 심경이 편치 않으니 와도 재미없을 거라고 생각하지요. 심경이 좋지 않으면 사실 사람들을 불편하게 하거든. 겨울 공원에 가는 사람은 없잖소…." 그는 술 두 잔을 연이어 마시고 나서 묵묵히 생각하다가 갑자기 얼굴을 들어 나를 보더니 물었다. "당신이 찾고 있는 일자리도 아직 별 다른 소식이 없소…?"

나는 그가 벌써 약간의 취기가 있다는 것을 분명하게 알았지만 그 말에 기분이 언짢아져서 한마디 하려고 했다. 그런데 그가 이때 귀를 기울여 뭔가를 듣고는 곧 땅콩을 한 움큼 쥐고 나가 버리는 것이었다. 문밖에서 다량 등의 웃음소리가 들렸다.

하지만 그가 나가자 아이들의 웃음소리는 그쳤는데 모두 가 버린 것 같았다. 그는 쫓아가면서 몇 마디 했지만 아이들의 대답은 들리지 않았다. 그는 또다시 그림자처럼 풀죽은 모습으로 돌아와서 쥐고 갔던 땅콩을 종이 포장지에 내려놓았다.

"이젠 내가 주는 것은 먹으려고 하지 않아." 그는 나지막한 소리로 자조하듯이 말했다.

"롄수," 나는 비애를 느꼈지만 억지로 미소를 지으며 말했다. "너무 자신을 괴롭히는 것 같아요. 당신은 인간을 너무 나쁘게만 보는 것 같은데…."

그는 차갑게 웃었다.

"내 말 아직 끝나지 않았소. 당신은 우리들, 가끔 찾아오는 사람들이 아무 일 없이 한가하기 때문에 이곳에 와서 당신을 소일거리 대상으로 삼는다고 생각하시오?"

"그렇진 않소. 다만 때론 그렇게 생각할 때도 있소. 혹시 이야깃거리를 찾으러 오지는 않았나 하고 말이오."

"그것은 당신이 잘못 생각한 거요. 모두 결코 그렇지 않아요. 당신은 스스로 누에집[30]을 만들어 자신을 그 속에 가두어 놓고 있소. 세상을 좀 밝게 볼 필요가 있어요."

나는 한숨 지으며 말했다.

"그럴지도 모르지요. 하지만 그 누에집은 어디서 오는 겁니까? ──물론 세상에는 그런 사람들이 수두룩하죠. 예를 들어 내 할머니 같은 분이 바로 그랬소. 내 비록 할머니의 피를 이어받은 것은 아니지만 그 운명은 이어받았을지도 모르지요. 하지만 이것도 뭐 중요한 것은 아니오. 나는 그때 이미 다 울어 버렸으니까…."

나는 바로 그의 할머니 장례식 때의 장면이 생생하게 떠올랐다.

"난 당신이 그때 왜 그렇게 대성통곡했는지 이해할 수 없어요…." 나는 불쑥 이렇게 물었다.

"할머니를 입관할 때 말이오? 그래, 당신은 이해 못할 거요." 그는 등불을 켜면서 냉랭하게 말했다. "당신과 내가 교제하게 된 것도 그때의 울음 때문이었다고 생각하오. 당신은 모르겠지만, 그 할머니는 내 아버지의 계모였소. 아버지의 생모는 세 살 때 돌아가셨지." 그는 생각에 잠기며 묵묵히 술을 마시고 훈제한 생선을 먹었다.

"그런 옛일은 나도 처음에는 알지 못했소. 그저 어렸을 적부터 좀 이상하다고 생각했었지. 그때는 아버지가 살아 계셨고 집안 형편도 괜찮아서 정월에는 조상의 초상을 걸어 놓고 성대하게 제사를 지냈지요. 그 많은 성장^{盛裝}한 화상들을 구경하는 것은 그 당시 내게는 더없는 즐거움이었어요. 그런데 그때 나를 안고 있던 한 하녀가 초상화 한 폭을 가리키며 '이분이 도련님의 할머니예요. 절 하세요. 씩씩하게 빨리 자라게 해달라고 말이에요.' 그때 나는 할머니가 계신데 또 무슨 '진짜 할머니'가 있을 수 있는지 잘 깨닫지 못했소. 그렇지만 나는 그 '진짜 할머니'를 좋아했어요. 그 할머니는 집에 계시는 할머니처럼 늙지도 않았어요. 젊고 예뻤으며 금박무늬의 빨간 옷을 입고 구슬로 장식한 관을 쓰고 있었는데 그것은 내 어머니의 초상화와 거의 비슷했어요. 내가 할머니를 보면 그녀의 눈도 나를 바라보았고 입가에는 미소까지 짓고 있었지요. 그래서 나는 이 할머니가 나를 정말 사랑한다고 생각했어요.

"그렇지만 나는 집에서 종일 창밑에 앉아 천천히 바느질을 하는 할머니도 좋아했어요. 비록 내가 아주 기쁘게 그녀 앞에서 쾌활하게 떠들고 말을 걸고 해도 웃음 한 번 보이는 법 없이 언제나 차가운 느낌뿐이어서 아무래도 다른 할머니들과 좀 다르다는 생각을 했지만, 그래도 나는 여전히 그 할머니를 좋아했어요. 그 뒤로 점차 멀어지게 되었지만 그렇다고 내가 나이가 들면서 그분이 아버지의 생모가 아니라는 사실을 알게 되어서가 아니라, 하루도 빠짐없이 기계처럼 바느질만 하던 모습이 보기에 싫증 났기 때문이었어요. 그래도 할머니는 여전히 예나 다름없이 바느질을 하면서 나를 돌봐 주고 또 귀여워해 주셨지요. 할머니는 좀처럼 웃지 않았지만, 큰소리로 꾸짖지도 않았어요. 아버지가 돌아가실 때까지 줄곧 그랬어요. 그 뒤로 우리집 생계는 전적으로 할머니의 바느질에 의지할 수밖에 없게 되어서 할머니는 더욱더 그러했지요. 내가 학교에 들어갈 때까지…."

등불이 점점 어두워졌다. 기름이 다 된 모양이었다. 그는 일어나서 책꽂이 밑에서 작은 양철통을 꺼내어 기름을 부었다.

"이달에만 기름값이 두 번이나 올랐어…." 그는 등잔마개를 잘 돌려 놓고 천천히 말했다. "생활이 하루하루 어려워지고 있어요.──할머니는 그 뒤에도 여전했습니다. 내가 학교를 졸업하고 일자리를 얻어 형편이 다소 나아진 뒤에도, 아니 할머니가 병이 들어 도저히 견딜 수 없게 되어 자리에 눕게 되기까지 그러했다고 하는 편이 맞을 거예요…."

"내 생각에 할머니는 말년에 그렇게 고생한 편은 아니었소. 또 사실 만큼 사셨으니 내가 눈물을 흘릴 것까지는 없었지요. 더구나 우는 사람도 많지 않았어요? 이전에 할머니를 몹시 괄시하던 사람까지도 울었으니 말입니다. 적어도 얼굴만은 매우 슬퍼보였소. 하하!… 그런데 나는 그때 어찌 된 일인지 그녀의 일생이 눈앞에 떠올랐소. 스스로 고독을 만들어서 그것을 씹어 삼켜 온 사람의 일생이 말이오. 게다가 이런 사람은 세상에 아주 많다는 생각이 들었어요. 이런 사람들을 생각하니 자연 슬퍼지면서 눈물이 나질 않겠소. 그보다도 내가 그때 너무 감상적이었던 게 큰 이유였던 것 같지만…."

"지금 나에 대한 당신의 비판은 바로 이전의 할머니에 대한 나의 생각과 같소. 하지만 당시 내 생각은 사실 옳지 않았어요. 나 자신이 세상일을 좀 알기 시작하면서 확실히 할머니와 점점 멀어져 갔으니까."

그는 침묵했다. 손가락 사이에 담배를 끼운 채 머리를 숙이고 생각에 잠겼다. 등불이 가늘게 떨렸다.

"아, 사람이 죽은 뒤에 한 사람도 그를 위해 울어 주는 이가 없도록 하는 일은 쉬운 일이 아니야."

그는 혼잣말처럼 중얼거리고는 잠시 후에 얼굴을 들어 나를 보며 말했다. "당신도 별 수가 없는 모양이지요. 나도 빨리 일자리를 찾아야 할 텐데…."

"그래 부탁해 볼 만한 친구는 더 없소?" 나는 이때 자신의 일조차도 어떻게 해볼 도리가 없었다.

"몇 사람 있기는 하지만 그들의 처지도 나와 별반 차이가 없소…."

내가 렌수와 작별하고 문을 나서자 둥근 달이 이미 중천에 떠 있었다. 아주 고요한 밤이었다.

4.

산양의 교육사업 상황은 말이 아니었다. 학교에 부임한 지 두 달이 지났는데도 월급 한 푼 받지 못해 담배도 아껴 피워야 할 판이었다. 하지만 학교 직원들은 월급이 한 달에 십오륙 원인 말단 직원에 이르기까지 자기 운명에 만족하고 본분을 지키지 않는 이가 없었다. 게다가 그들은 고생 속에서 단련된 무쇠 같은 육체에 의지하여 몹시 수척해져 얼굴이 누렇게 뜨면서도 아침 일찍부터 저녁 늦게까지 일을 하였다. 그러다가도 지위와 명예가 높은 사람이 들어오면 공손히 일어나서 인사를 하였다. 실로 "의식이 풍족해야 예절을 안다"[31]는 말이 필요 없는 백성들이었다. 이런 상황을 지켜볼 때마다 왜 그런지 렌수와 헤어질 때 그가 나에게 부탁한 말이 생각났다. 당시 그의 살림 형편은 말이 아니었다. 때때로 궁색한 모습이 드러나서 예전의 침착함은 찾아볼 수 없었다. 내가 떠난다는 것을 알고는 한밤중에 찾아와서 한참을 머뭇거리더니 더듬거리며 이렇게 말했다.

"거기 가면 무슨 방법이 있지 않겠소? 베껴 쓰는 일이라도 좋으니 한 달에 이삼십 원이라도 괜찮은데, 나는…."

나는 깜짝 놀랐다. 그가 이렇게까지 타협적으로 나오리라고는 생각지 못했기 때문에 한동안 말이 나오지 않았다.

"나는…, 나는 아직 좀더 살아야 하니까…."

"거기 가 보고, 될 수 있는 대로 알아보리다."

이것이 내가 그날 그에게 책임지고 한 대답이었다. 이 말은 훗날 늘 내 귀에 들려왔다. 동시에 롄수의 모습도 눈앞에 떠올랐다. "나는 아직 좀더 살아야만 해"라고 더듬거리며 말하던 목소리까지 들리는 것이었다. 그동안 나는 여러 곳에 추천을 해보았다. 하지만 무슨 효과가 있었겠는가. 일은 적고 사람은 많으니 돌아오는 결과는 사람들이 나에게 몇 마디 미안하다는 말을 하는 것뿐이었다. 나는 나대로 그에게 몇 마디 송구하다는 편지를 보냈다. 한 학기가 끝나 갈 무렵 상황은 더 나빠졌다. 그 지역의 몇몇 신사紳士들이 발간하는 『학리주보學理週報』에서 나를 공격하기 시작했다. 물론 이름을 거론한 것은 아니지만, 말이 아주 교묘하여 사람들이 한번 보면 누구나 다 내가 학교에서 소동을 선동하고 있다[32]고 느끼도록 하였고 또 롄수를 추천한 일조차 자기 패를 끌어들여 작당 모의를 하려 한다고 생각하게 끔 했다.

나는 꼼짝도 할 수 없게 되었다. 그러다 보니 수업하는 것을 제외하고는 문을 닫아걸고 집 안에 숨어 있을 수밖에 없었다. 때때로 담배 연기가 창틈 사이로 새어 나가는 것까지 학교 내의 소동을 조장한다는 혐의를 받지 않을까 두려웠다. 그래서 렌수의 일은 입 밖에 낼 수도 없었다. 한겨울이 될 때까지 나는 이렇게 지냈다.

하루종일 눈이 내리더니 밤이 되어도 그치지 않았다. 바깥은 얼마나 조용한지 정적의 소리까지 들을 수 있을 정도였다. 작은 등잔불 아래서 눈을 감고 우두커니 앉아 있는 나의 눈에는 눈송이들이 펑펑 쏟아져 눈 덮인 허허벌판에 다시 눈이 쌓이는 모습이 보이는 것만 같았다. 지금쯤은 고향에서도 새해를 맞이할 준비로 다들 한창 바쁘겠지. 어느덧 나 자신이 어린아이가 되어 뒤뜰 평평한 곳에서 꼬마 친구들과 함께 눈사람을 만들고 있었다. 두 개의 자그마한 숯덩이를 눈사람의 눈에 끼워 넣었더니 눈이 아주 새까맣다. 그 눈이 갑자기 반짝하는가 싶더니 렌수의 눈으로 변하였다.

"나는 아직 좀더 살아야만 해!" 여전히 그 목소리였다.

"왜?" 나는 나도 모르게 이렇게 묻고는 곧 스스로도 우스워졌다.

이 우습다는 문제가 나를 일깨웠다. 나는 자세를 바로 하고 앉아 담배에 불을 붙였다. 창문을 열고 내다보니 눈은 더욱더 세차게 쏟아지고 있었다. 문 두드리는 소리가 나더니 이윽고 누가 들어왔는데, 그것은 귀에 익은 하숙집 심부름꾼의 발걸음 소리였다. 그는 나의 방문을 열더니 여섯 치 남짓한 봉투 하나를 건네주었다. 몹시 거친 필체였는데 얼핏 보니 '위함'魏緘이라는 두 글자가 있는 것으로 보아 롄수가 보낸 것임을 알았다.

이것은 내가 S시를 떠난 뒤 그가 내게 보낸 첫번째 편지였다. 나는 그가 게으른 사람이라는 것을 알고 있었기 때문에 그에게서 소식이 없다고 하여 이상하게 여긴 것은 아니지만, 가끔은 전혀 소식을 전하지 않는 그를 원망하기도 했다. 그런데 이 편지를 받고 보니 또 어쩐지 이상한 생각이 들어 얼른 겉봉을 뜯었다. 편지도 똑같이 거친 필체로 이렇게 쓰여 있었다.

선페이申飛 ….
내가 당신을 뭐라고 불러야 할지? 빈칸으로 남겨 두니 당신이 뭐라고 불리기를 원하는지 스스로 써넣기 바라오. 나는 아무래도 좋소.

헤어진 뒤로 모두 세 통의 편지를 받았지만 답신을 하지 않았소. 그 이유는 아주 간단하오. 난 우표 살 돈조차 없었기 때문이오.

당신이 내 소식을 알고 싶어 할 것 같아 간단히 알려 드리리다.

나는 실패했소. 예전에 나 스스로 실패자라고 생각했으나 지금에 와서 보니 결코 그렇지 않다는 것을 알았소. 지금이야말로 정말 실패자요. 전에는 내가 좀더 살아 주기를 바라는 사람도 있었소. 나 스스로도 좀더 살기를 바랐소. 하지만 살아갈 수가 없었소. 지금은 그럴 필요가 없게 되었으나 그래도 살아가려고 하오….

그래도 살아가려 하겠다고?

내가 좀더 살기를 바라던 그 사람 자신이 더 살지 못하고 이미 적에게 속아 살해당하고 말았소. 누가 죽였느냐고? 아무도 모르오.

인생의 변화는 너무도 빠르오! 지난 반년 동안 난 거의 거지나 다름없었소. 아니, 실제로 이미 구걸을 하고 있었다고 할 수 있소. 그러나 나는 아직 해야 할 일이 있소. 나는 그것을 위해 구걸을 하고, 그것을 위해 추위에 떨고 굶주렸으며, 그것을 위해 고독하게 살았고, 그것을 위해 고통을 받았소. 하지만 멸망만은 원하지 않소. 보시오, 내가 좀더 살기를 원하는 한 사람의 힘은 이렇게 컸소. 그런데 지금은 없소. 이 한 사람마저도 없어졌소. 동시에 나 자신도 살아갈 자격이 없다고 느꼈소. 다른 사람은? 역시 자격이 없소. 동시에 난 또 내가 살아가기를 바라지 않는 그런 사람들을 위해서라도 기어코 살아가야 하겠다고 생각하오. 다행히 내가 잘 살아가기를 바라던 사람은 이미 사라졌으니까 그 누구도 마음 아파하지는 않을 것이오. 나는 이런 사람들의 마음을 아프게 하고 싶지는 않소. 그런데 지금은 없소. 그 한 사람마저 없어졌소. 통쾌하고 후련하기 그지없소. 나는 벌써 이전에 나 자신이 증오했던 것, 반대했던 것들 모두를 몸소 실행해 봤소. 그리고 이전에 나 자신이 숭배하고 주장했던 모든 것을 거부했소. 나는 이제 완전히 실패했소.──하지만 난 승리한 것이오.

당신은 내가 미쳤다고 생각합니까? 내가 영웅이나 위인이라도 된 것으로 생각하시오? 아니, 그렇지 않소. 이 일은 아주 간단하오. 나는 요즘 두^杜 사단장의 고문이 되어 매달 80원의 월급을 받고 있소.

선페이…

당신이 나를 어떻게 생각할지 모르겠지만 그건 당신 좋을 대로 하시오. 난 아무래도 좋소.

당신은 아직도 나의 옛날 거실을 기억하고 있겠지요. 우리가 성안에서 처음 만났고 또 서로 헤어질 때의 그 거실 말이오. 나는 지금도 그 거실을 사용하고 있소. 그런데 여기에는 새로운 손님, 새로운 선물, 새로운 찬사, 새로운 아부, 새로운 절과 인사, 새로운 마작과 연회, 새로운 경멸과 혐오, 새로운 불면과 각혈이 있소….

당신은 지난번에 보낸 편지에서 교편 생활이 여의치 않다고 했소. 당신도 고문을 할 생각이 있소? 그럴 의사가 있다면 내가 주선해 줄 테니 나한데 알려주시오. 사실 문지기를 해도 무방하오. 새로운 손님과 새로운 선물, 새로운 찬사가 있기는 매한가지요….

여기는 큰 눈이 내렸는데 당신이 있는 곳은 어떻소? 지금은 한밤중, 두어 번 각혈을 하고 나니 정신이 맑아졌소. 당신이 가을부터 지금까지 편지를 세 통이나 보내 주었다는 것을 생각하니 놀랍기 그지없소. 그래서 당신에게 소식을 전하지 않으면 안 되겠다고 생각했소. 당신이 너무 어이없어 할지는 모르겠지만.

아마 앞으로 더 이상 편지를 쓸 것 같지 않소. 나의 이 습관은 당신도 이미 알고 있는 것이오. 언제 돌아오시오? 빨리 돌아온다면 서로 볼 수 있을 것이오.—하지만 나는 우리들이 결국 같은 길을 걷지는 않을 거라고 생각하오. 그렇다면 제발 나를 잊어 주기 바라오. 당신이 일전에 나의 생계를 걱정해 준 것에 대해 나는 진심으로 감사하고 있소. 그러나 이제 나의 일을 잊어 주시오. 나는 지금 이미 '좋아졌으니' 말이오.

12월 14일, 롄수

편지를 보고 나는 "어이없을" 정도는 아니었지만, 대충 훑어보고 다시 한번 자세히 읽어 보니 어쩐지 좀 불안해졌다. 그러나 이와 동시에 유쾌하기도 하고 기쁘기도 했다. 또 그의 생계가 더 이상 문제가 되지 않는 듯이 보여 나도 한시름 덜게 된 셈이었다. 비록 나로서는 아무런 도움도 되지 못했지만 말이다. 문득 그에게 답신을 보내야겠다는 생각을 했지만 별로 할 말이 없는 것 같아 그만두고 말았다.

분명히 나는 점차 그를 잊어 가고 있었다. 나의 기억 속에서 그의 모습도 별로 나타나지 않았다. 그런데 편지를 받은 지 열흘이 되지 않아 S시에 있는 학리칠일보사學理七日報社가 갑자기 그들의 『학리칠일보』를 우편으로 계속 부쳐 주었다. 나는 이런 것을 그다지 즐겨 보는 편은 아니었으나 부쳐 주었으니 손가는 대로 뒤적거려 보았다. 그런데 그 신문을 받아 보면서부터 또 렌수를 생각하게 되었다. 그 안에는 「눈 오는 밤 렌수 선생을 뵙고」雪夜謁連殳先生, 『렌수 고문의 고재아집』連殳顧問高齋雅集이니 하는 그와 관련된 시문이 실려 있었기 때문이었다. 한번은 '학리한담'學理閒譚란에 '일화'라는 제목을 달고 지난날 그가 남의 웃음거리가 되었던 이야기들이 흥미진진하게 서술되어 있었는데, 거기에는 "비범한 사람은 모름지기 비범한 일을 하게 된다"[33]는 뜻을 은연중에 풍기고 있었다.

이런 일로 그를 기억했지만, 어찌 된 일인지 그의 모습은 점점 희미해져 갔다. 그렇지만 날이 갈수록 나와 더 가까워지는 것 같기도 하였으며 때로는 나로서도 알 수 없는 불안과 아주 경미한 전율마저 느꼈다. 다행히 가을이 되자 『학리칠일보』는 오지 않았다. 그렇지만 산양 지방에서 발간하는 『학리주간』學理週刊에는 「유언은 바로 사실이다」流言卽事實論라는 장편의 논문이 실렸다. 그 안에는 모군들에 관한 유언은 이미 공정한 신사들 사이에서 널리 떠돌고 있다고 씌어 있었다. 이것은 특정한 몇 사람을 가리키고 있었는데 그 안에는 나도 포함되어 있었다. 나는 지극히 조심하는 수밖에 없었고, 이전처럼 담배연기가 문틈으로 새어 나가는 것까지도 조심하게 되었다. 조심한다는 것은 숨 가쁜 고통이었다. 이 때문에 만사를 제쳐 놓게 되었고 렌수를 생각할 겨를도 없었다. 요컨대 사실 나는 그를 이미 잊어

버렸던 것이다.

그러나 결국 나도 여름방학 때까지 견뎌 내지 못하고 5월 말에 산양을 떠났다.

5.

산양에서 리청歷城으로 다시 타이구太谷로 반년 남짓 돌아다녔으나 끝내 아무런 일자리도 얻지 못한 나는 다시 S시로 돌아가기로 결심했다. 돌아온 때는 이른 봄 어느 날 오후였다. 비가 내릴 듯한 날씨여서 모든 것이 잿빛 속에 잠겨 있었다. 이전에 살았던 하숙집에 빈 방이 있어서 다시 거기에 짐을 풀었다. 오는 길에 롄수 생각을 한 나는 도착한 뒤 저녁을 먹고 나서 그를 찾아가 보기로 마음먹었다. 나는 원시³⁴⁾ 지방의 명산품인 떡 두 봉지를 손에 들고 길 한가운데 드러누워 있는 개들을 피해 가면서 질척질척한 길을 한참 걸어 겨우 롄수의 집 앞에 도착했다. 집 안은 유난히 밝아 보였다. 고문이 되더니 집까지도 몹시 밝아졌구나 하고 생각하면서 자신도 모르게 어둠 속에서 웃었다. 그러나 얼굴을 들어 보니 대문 옆에 흰 종이³⁵⁾가 비스듬하게 붙어 있었다. 나는 다량의 할머니가 죽었구나 하고 생각하면서 대문 안으로 들어서서 곧장 안으로 걸어 들어갔다.

희미한 불빛이 비치고 있는 뜰 안에는 관이 놓여 있었다. 그 옆에는 군복을 입은 사병인지 마부인지 모를 사람이 웬 사람과 이야기를 주고받고 있었다. 그 사람은 바로 다량의 할머니였다. 그 밖에 짧은 옷을 입은 몇 명의 인부가 할 일 없이 서성거리고 있었다. 나는 갑자기 가슴이 두근거리기 시작했다. 그녀도 얼굴을 돌려 나를 가만히 바라보았다.

"아! 돌아오셨소? 며칠만 더 일찍 오시지…." 그녀는 갑자기 큰소리로 말했다.

"누가… 누가 죽었어요?" 나는 이미 짐작을 하고 있었지만 그래도 이렇게 물었다.

"웨이 대인魏大人이 그저께 돌아가셨다우."

나는 사방을 둘러보았다. 등잔불을 하나만 켜 놓아서 그런지 거실 안은 어두컴컴했다. 큰 방에는 하얀 장례용 휘장이 쳐져 있었고, 방 밖에는 몇 명의 아이들이 모여 있었는데 바로 다량과 얼량 등이었다.

"저쪽에 안치되어 있어요." 다량의 할머니가 다가와 가리키며 말했다. "웨이 대인이 출세한 뒤로 안방까지 빌려 주었지요. 지금 그는 저기에 누워 있어요."

휘장 위에는 아무것도 쓰여 있지 않았다. 앞에는 긴 상 하나와 네모 상이 하나 놓여 있었다. 네모 상 위에는 밥그릇과 찬그릇이 여러 개 놓여 있었다. 내가 방 안에 들어서자 갑자기 흰 상복을 입은 두 사나이가 앞을 가로막더니 죽은 생선 같은 눈을 치켜뜨고 의심스러운 눈초리로 나를 쏘아보았다. 나는 황망히 롄수와의 관계를 설명했고, 다량의 할머니도 옆에서 증명해 주었다. 그제서야 그들의 손과 눈에서 경계의 빛이 누그러졌고, 내가 가까이 다가가서 절하는 것을 허락했다.

나는 머리를 숙여 절을 하자 갑자기 어떤 사람이 땅바닥에서 엉엉 울기 시작했다. 마음을 진정시키고 보니 여남은 살 먹은 아이가 거적자리에 엎드려 있었다. 그 아이는 흰 상복을 입고 있었는데 빡빡 깎은 머리에는 한 묶음의 삼줄[36]이 감겨 있었다.

나는 그들과 인사를 마치고 나서야 그중 한 사람은 렌수의 사촌 형으로 가장 가까운 친척이고 다른 한 사람은 먼 조카뻘 되는 사람임을 알게 되었다. 나는 고인을 한번 보고 싶다고 했더니 "죄송합니다"라고 하면서 한사코 말렸다. 그러나 마침내 내게 설복을 당해 휘장을 걷었다.

나는 이번에 죽은 렌수와 만나게 되었다. 하지만 기이했다! 그는 구겨진 짧은 셔츠와 바지를 입고 있었고 가슴께에 아직 핏자국이 있었으며 얼굴은 몰라보게 수척해 있었으나 그의 모습은 예전과 다르지 않았다. 편안히 입을 다물고 눈을 감은 모습은 마치 잠들어 있는 듯했다. 하마터면 코끝에 손을 대어 아직 숨을 쉬고 있는 것은 아닌지 확인해 보고 싶을 정도였다.

죽은 이든 산 사람이든 모든 것이 죽은 듯이 조용했다. 내가 물러 나오자 그의 사촌 형이 다가와서 '제 동생'은 젊고 역량도 있어 앞길이 구만 리 같은데 갑자기 '작고'를 하고 말았습니다, 이것은 '우리 집안'의 불행일 뿐만 아니라 친구들을 대단히 상심케 하는 일이라며 인사를 했다. 이 말은 렌수를 대신하여 사과를 드린다는 뜻이 담겨 있었는데, 이렇게 말 잘하는 사람은 산골에서는 드물었다. 그러나 이후로는 또 침묵이 흘렀다. 죽은 이든 산 사람이든 모든 것이 죽은 듯이 조용했다.

나는 아주 무료함을 느꼈고 아무런 비애의 감정도 없었다. 그래서 마당에 나가 다량의 할머니와 한담을 나누기 시작했다. 입관 때가 다 되어서 수의가 오기를 기다린다는 것과 관에 못을 박을 때는 '자오묘유'子午卯酉 네 가지 해에 출생한 사람은 반드시 그 자리를 피해야 한다는 것을 알았다. 할머니는 신이 나서 얘기하는데 말하는 것이 청산유수 같았다. 롄수의 병세와 살아 있을 때의 일들을 얘기했는데, 그 가운데에는 그에 대한 비평도 담겨 있었다.

"아시겠지만 웨이 대인이 운이 트이고 나서부터 사람이 예전과 달라졌어요. 얼굴도 높이 쳐들고 의기양양했지요. 사람들에게도 더 이상 예전처럼 어수룩하지 않았어요. 당신도 그가 이전에는 벙어리처럼 날 보고 노부인이라고 불렀던 거 알지요? 그런데 나중에는 '늙은 할멈'이라고 불렀어요. 허허, 정말 재미있었어요. 사람들이 그에게 약초를 보냈지만, 그는 먹지 않고 마당에 내던져 버리고는——바로 여기에——'늙은 할멈, 당신이나 드슈'라고 소리쳤어요. 그가 운이 트이자 드나드는 사람들이 많아져서 안방을 내드리고 난 옆방으로 옮겼지요. 진짜로 출세한 뒤에는 보통사람들과는 다르다고 우리는 늘 말했지요. 당신이 한 달만 빨리 왔더라면 여기의 떠들썩함을 볼 수 있었을 텐데, 사흘이 멀다 하고 연회를 벌였지요. 모두들 떠들고 웃고 노래 부르고 시도 짓고 마작도 하고…."

"이전에 그는 아이들이 제 아버지를 무서워하는 것보다 더 아이들을 무서워했어요. 그래서 언제나 목소리를 낮춰 부드럽게 말하곤 했지요. 근자에는 완전히 달라졌답니다. 아이들과 말도 잘하고 떠들기도 잘했지요. 그래서 우리 애들도 그와 노는 것을 아주 좋아해서 시간만 나면 그의 집에 가곤 했지요. 그도 여러 가지 방법으로 아이들을 놀렸지요. 아이들이 뭘 사 달라고 하면 개 짖는 소리를 내라든가 머리가 땅에 닿도록 절을 하라든가 하면서, 하하, 참 요란했지요. 두어 달 전에 얼량이 신을 사 달라고 졸랐을 때에는 세 번이나 머리가 땅바닥에 닿도록 절을 시켰어요. 참 그 신발은 지금도 신고 다니는데 아직 멀쩡해요."

흰 상복을 입은 사람이 한 명 나오자 할머니는 입을 다물었다. 내가 롄수의 병에 대해 물었는데 그녀는 잘 알지 못했다. 단지 오래전부터 몸이 마르기 시작했지만 그가 늘 기분 좋게 지냈기 때문에 아무도 눈치채지 못했다는 것이었다. 한 달쯤 전에야 비로소 그가 몇 차례 피를 토했다는 말을 들었지만 의사에게 보이지 않은 것 같다고 했다. 그러다가 쓰러졌으며 죽기 사흘 전에 목이 막히어 한마디 말도 못했다는 것이었다. 저 멀리 한스산에서 찾아왔다는 십삼^{十三} 대인은 그에게 저금한 돈이 있냐고 물었지만, 그는 대답도 하지 못했다는 것이다. 십삼 대인은 그가 일부러 벙어리 흉내를 낸다고 의심했다지만, 폐병으로 죽은 사람들 중에는 말을 못 하는 사람도 있다는데 그걸 누가 알겠는가….

"하지만 웨이 대인은 성격이 아주 괴상했어요." 할머니는 갑자기 낮은 목소리로 말했다. "그는 저축할 생각은 안 하고 돈을 물처럼 썼어요. 십삼 대인은 우리들이 무슨 이익을 본 것이 아닌가 의심하고 있는데, 무슨 얼어 죽을 이익이에요? 그는 정말 흥청망청 써 버렸어요. 물건을 사더라도 오늘 산 것을 내일 죄다 팔아 버리거나 부숴 버리니 정말 무슨 영문인지 알 수가 없었어요. 죽고 나니까 아무것도 없지 뭐예요, 글쎄. 모두 못 쓰게 되었어요. 그렇지 않았다면 오늘도 이처럼 쓸쓸하지는 않았을 텐데…."

"그는 터무니없는 일만 하면서 실속 있는 일이라곤 조금도 하려고 하지 않았어요. 나는 느낀 바가 있어 찾아가 그에게 권하기도 했어요. 나이가 나이니만큼 어서 결혼을 해야 한다고 말입니다. 지금과 같은 형편이면 결혼이야 별 문제가 되지 않는다고 그랬지요. 어울리는 집안이 없으면 먼저 첩이라도 몇 두어도 괜찮다고 했지요. 사람은 아무튼 세상 격식에 맞게 살아야 한다고 말했더니 그는 껄껄 웃으면서 '할멈, 할멈은 늘 남을 대신해 이렇게 걱정해 주는 것이 좋소?' 이러지 않겠어요. 그는 근자에 들떠서 남의 좋은 말을 들으려고 하지 않았어요. 일찍 내 말만 들었더라도 이렇게 혼자서 쓸쓸히 황천길을 가지 않아도 됐을 텐데. 하다못해 친척 몇 사람의 울음소리라도 들을 수 있지 않았겠어요…."

가게의 점원이 옷을 메고 왔다. 친척 셋이 속옷을 꺼내어 휘장 뒤로 갔다. 얼마 안 있어 휘장이 걷혔는데 속옷은 이미 갈아입혔고 이어서 겉옷을 입히고 있었다. 이것은 내게 아주 낯선 모습이었다. 빨간 줄이 굵게 쳐진 황토색의 군복 바지를 입었고, 그다음에는 금빛이 번쩍이는 견장이 붙은 군복 상의를 입었다. 무슨 계급인지, 어디서 받은 것인지는 알 수 없었다. 입관한 다음에 보니 롄수는 아주 부자연스럽게 누워 있었다. 발치에는 한 켤레의 황색 가죽 구두가 놓여 있고, 허리 옆에는 종이로 만든 지휘도가 놓였으며 장작개비같이 바짝 마른 거무죽죽한 얼굴 옆에는 금테를 두른 군모가 놓여 있었다.

친척 셋이 관을 붙들고 한바탕 곡을 한 다음 울음을 그치고 눈물을 닦았다. 머리 위에 삼줄을 동인 아이가 물러가고 산량도 달아났는데, 아마도 '자오묘유'의 하나에 해당하는 모양이었다.

인부가 관 뚜껑을 둘러메고 왔으므로 나는 다가가서 영원히 이별하는 롄수를 마지막으로 보았다.

그는 어색한 의관에 둘러싸인 채로 눈을 감고 입은 꼭 다물고 편안히 누워 있었다. 입가에는 차가운 미소를 머금고, 이 우스꽝스러운 시체를 냉소하고 있는 듯했다.

관 뚜껑에 못을 치는 소리가 들리자 동시에 곡소리가 울렸다. 이 곡소리를 끝까지 다 들을 수가 없어서 난 마당으로 나왔다. 발길이 가는 대로 걷다 보니 어느새 대문 밖으로 나왔다. 질척질척한 길이 또렷이 비쳤다. 고개를 들어 하늘을 올려다보니 짙은 구름은 이미 흩어지고 둥근 달이 차가운 빛을 던지며 걸려 있었다.

나는 무거운 물건 속에서 뚫고 나오려는 것처럼 걸음을 재촉했다. 그러나 잘 되지가 않았다. 귓속에서 무언가 발버둥치는 것이 있었다. 아주 오랫동안 발버둥치던 것이 마침내 밖으로 뛰쳐나왔다. 그것은 길게 울부짖는 소리 같았다. 마치 상처 입은 이리가 깊은 밤중에 광야에서 울부짖는 것처럼 그 고통 속에는 분노와 비애가 뒤섞여 있었다.

내 마음은 가벼워졌다. 나는 차분한 마음으로 달빛을 받으며 축축이 젖은 돌길을 걸어갔다.

1925년 10월 17일 완결▮

죽음을 슬퍼하며(傷逝)

── 쥐안성(涓生)의 수기

나는 할 수만 있다면 나의 회한과 비애를 쯔쥔[子君]을 위해서, 나 자신을 위해서 쓰려고 한다.

회관[37] 안 한쪽 구석에 있어 잊혀진 이 낡은 방은 적막하고 공허하기 그지없다. 세월은 정말 빠르게 흘러 내가 쯔쥔을 사랑하고 그녀에 의지해 이 적막과 공허에서 도망쳐 나온 지도 벌써 만 1년이 되었다. 그리고 또 무슨 일인지 내가 되돌아왔을 때 비어 있는 곳 또한 공교롭게도 이 방뿐이었다. 부서진 창문, 창밖의 반쯤 말라죽은 홰나무와 늙은 자등[紫藤]나무, 창가의 네모 탁자, 허물어져 가는 벽, 벽에 기대어 있는 나무 침대 이 모든 것이 예전 그대로였다. 한밤중에 홀로 침상에 누워 있으니 쯔쥔과 동거하기 이전과 똑같아서 과거 1년간의 시간은 하나도 남김없이 사라져 그런 것은 존재하지도 않은 것 같은 느낌이 들었다. 이 낡은 방을 떠나 지자오후통[吉兆胡同]에 희망에 가득 찬 작은 가정을 꾸리고 살던 일이 거짓말 같았다.

그뿐만이 아니다. 1년 전의 적막과 공허는 결코 이렇지 않았다. 늘 기대를 품고 있었다. 쯔쥔이 올 것이라는 그런 기대를 말이다. 오랜 기다림의 초조함 속에서 벽돌길에 닿는 하이힐의 맑은 소리가 들리면 나는 얼마나 생기가 돌았던가! 이윽고 나의 눈앞에는 보조개 핀 창백한 둥근 얼굴, 희고 가녀린 팔, 무늬가 새겨진 무명 블라우스와 검정 치마가 나타났다. 그녀는 창밖의 반쯤 시든 홰나무의 새로 난 잎을 따 가지고 와서 보여 줄때도 있었고, 또 쇠처럼 늙은 줄기에 송이송이 피어난 엷은 보랏빛 등나무꽃을 따서 내게 보여 줄 때도 있었다.

그러나 지금은, 정적과 공허만이 여전할 뿐 쯔쥔은 결코 다시 오지 않는다. 게다가 영원히, 영원히!…

쯔쥔이 나의 이 낡은 방에 없을 때 나는 아무것도 눈에 들어오지 않았다. 너무 무료한 나머지 과학책이든 문학책이든 손에 잡히는 대로 집어 들었다. 읽어 가다가 퍼뜩 정신이 들어 보면 벌써 십여 페이지나 뒤적거렸건만 책 속의 내용은 전혀 기억나지 않았다. 그런데 귀는 유달리 밝아서 대문 밖 길 가는 사람들의 신발 소리를 모두 알아들을 수 있을 것 같았다. 그 속에 쯔쥔의 구두 소리도 점점 가까이 다가오는 듯했다.──그러나 그 소리는 다시 점차 멀어져서 마침내 여러 사람들의 어지러운 발자국 소리에 사라지고 만다. 나는 쯔쥔의 구두 소리와 전혀 다른 베신을 신은 소사小使의 아들을 싫어했다. 그리고 쯔쥔의 구두 소리와 흡사한 소리를 내며 언제나 새 구두를 신고 크림을 바르고 다니는 옆집의 애송이가 미웠다!

쯔쥔이 타고 오던 차가 뒤집힌 게 아닐까? 아니면 전차에 치인 것은 아닐까? 나는 모자를 쓰고 그녀를 만나러 가려다가 그녀의 작은아버지한테 욕먹던 일이 생각나 그만두었다.

갑자기 그녀의 구두 소리가 한발짝 한발짝 가까워졌다. 마중을 나갔을 때는 이미 얼굴에 보조개를 띤 채 자등나무 울타리 아래를 지나오고 있었다. 쯔쥔이 작은아버지한테서 야단을 맞지 않은 것 같아 나는 저으기 마음이 놓였다. 잠시 서로 말없이 마주본 뒤 이윽고 낡은 방 안에는 차츰 나의 말소리로 가득 찼다. 가정의 전제, 구습 타파, 남녀평등, 입센과 타고르, 셸리38) 등에 관해서 이야기하였다…. 쯔쥔은 미소를 지으며 머리를 끄덕였고, 두 눈에는 순진하고도 호기심으로 가득한 빛이 어려 있었다. 벽에는 동판의 셸리 반신상이 붙어 있었다. 잡지에서 오려 낸 것인데 그의 초상화 가운데 가장 아름다운 것이다. 내가 그녀에게 그것을 보라고 가리키자, 그녀는 힐끗 한번 보더니 부끄러운 듯 고개를 숙였다. 그것으로 보아 쯔쥔이 아직 구사상의 속박에서 완전히 벗어나지 못한 것 같았다.──나는 뒤에 셸리가 바다에 빠져 죽었을 때의 기념상 아니면 입센의 초상화로 바꾸려고 생각했지만 끝내 바꾸지 못했다. 지금은 이것조차 어디로 갔는지 모른다.

"나는 나 자신의 것이지, 그들 누구도 나에게 간섭할 권리는 없어요!" 이것은 쯔쥔이 나와 교제를 시작한 지 반년쯤 되어 이곳에 살고 있는 작은아버지와 고향 집의 아버지에 대한 이야기를 하다가 잠시 말 없이 생각하더니 분명히 그리고 단호하고도 침착하게 했던 말이다. 그때는 이미 나의 생각, 나의 신세, 나의 결점을 숨김없이 쯔쥔에게 다 말했고, 그녀도 완전히 이해하고 있었다. 쯔쥔의 이 말은 나의 영혼을 진동시켰고, 그 뒤 여러 날 동안 귓속에서 울렸다. 그리고 나는 염세가가 말하듯이 중국 여성은 구제할 수 없는 것이 아니라 머지않은 장래에 빛나는 서광이 비칠 거라는 것을 알고 말할 수 없는 기쁨을 느꼈다.

그녀를 대문 밖까지 배웅할 때면 언제나 열 걸음쯤 떨어져서 걸었다. 그럴 때면 언제나 저 메기수염을 한 늙은이의 얼굴이 더러운 유리창에 코끝이 일그러질 정도로 바싹 붙어 있었다. 바깥마당에 나서면 또 늘 그렇듯이 크림을 덕지덕지 바른 그 애송이의 얼굴이 반짝반짝하는 유리 창문으로 보였다. 그러나 쯔쥔은 곁눈질도 하지 않고 당당하게 걸어 나갔다. 나도 당당하게 돌아왔다.

"나는 나 자신의 것이지, 그들 누구도 나에게 간섭할 권리가 없어요!" 이런 철저한 사상이 그녀의 머릿속에 있었다. 그것은 나보다 더 투철하고 더 단단했다. 크림을 덕지덕지 처바른 애송이나 코끝이 일그러질 정도로 유리창에 얼굴을 대고 내다보는 늙은이 따위가 그녀에게 뭐 대수겠는가?

내가 그때 어떻게 나의 순진하고 열렬한 사랑을 그녀에게 표현했는지 이제는 잘 기억이 나지 않는다. 지금은커녕 그 직후에 이미 모호해져서 밤중에 곰곰이 돌이켜 보아도 약간의 단편만이 남아 있을 뿐이었다. 그런데 동거 생활을 시작한 지 한두 달 뒤에는 이런 단편조차도 행방이 묘연한 꿈이 되고 말았다. 나는 단지 쯔쥔에게 사랑을 고백하기 십여 일 전에 있었던 일을 기억할 뿐이다. 그때 나는 사랑을 고백할 때에 어떤 자세를 취하며 어떤 말부터 먼저 하며 또 만약 거절당했을 때는 어떻게 할 것인지 하는 것에 대해 미리 자세하게 생각해 두었다. 그러나 그때가 되자 아무 소용이 없었다. 얼마나 당황했던지 자신도 모르게 영화에서 본 적이 있는 방법을 사용하고 말았다. 뒤에 그때 일을 생각하기만 하면 얼굴이 붉어졌다. 그런데 얄궂게도 이것만 기억에 영원히 남아서 내가 눈물을 머금고 쯔쥔의 손을 잡고서 한쪽 무릎을 꿇던 모습이 지금도 암실의 외로운 등불에 비친 광경처럼 보인다….

내가 한 일뿐 아니라 쯔쥔이 한 말과 행동도 나는 그때 똑똑히 보지 못했다. 그녀가 나한테 허락했다는 것만 알았다. 그때 쯔쥔의 얼굴색이 창백해졌다가 뒤에 점점 빨갛게 바뀌던 ―일찍이 본 적이 없고 그 뒤에도 본 적이 없을 만큼 새빨간 얼굴이 기억난다. 어린아이의 눈과 같은 쯔쥔의 눈에는 슬픔과 기쁨이 엇갈린 그리고 놀람과 의혹을 동반한 빛이 쏟아졌다. 애써 나의 시선을 피하느라고 허둥거리며 창문이라도 부수고 뛰쳐나갈 듯한 모습이었다. 나는 그녀가 이미 나의 사랑을 받아들였다는 것은 알았지만, 그녀가 무슨 말을 했는지 아니면 아무 말도 하지 않았는지는 알 수 없었다.

그러나 쯔쥔은 하나도 빠짐없이 기억하고 있었다. 내가 한 말을 글을 읽는 것처럼 줄줄 외웠으며 내가 한 동작을 나의 눈에는 보이지 않는 필름을 눈앞에 걸어 놓은 것처럼 너무도 생생하고 자세하게 말했다. 물론 내가 다시는 생각하고 싶지 않은 천박한 영화의 한 장면까지도 말이다. 밤이 깊어 주위가 조용해지면 서로 마주앉아 복습하는 시간이 된다. 나는 늘 질문을 받고 시험을 치고 또 그때 한 말을 다시 해보라는 명령을 받는다. 그러나 나는 열등생처럼 항상 그녀로부터 보충을 받고 교정을 받아야만 했다.

이 복습도 뒤에는 점차 횟수가 줄었다. 그러나 그녀가 허공을 주시하고 깊은 생각에 잠기며 이어서 얼굴빛이 점차 부드러워지고 보조개가 깊어지는 것을 보면 나는 그녀가 또 혼자서 복습하고 있다는 것을 알았다. 그러면 나는 그녀가 나의 그 우스꽝스러운 영화의 한 장면을 볼까 두려웠다. 그러나 나는 그녀가 그것을 보고 싶어 하고 또 그것을 보지 않고는 견딜 수 없다는 것을 알고 있었다.

하지만 그녀는 그것을 우스꽝스럽다고 여기지 않았다. 나 자신은 우스꽝스럽다고 여기고 심지어 비루하다고까지 생각했지만 그녀는 조금도 우습다고 생각하지 않았다. 나는 그 이유를 잘 알고 있었다. 그것은 나에 대한 쯔쥔의 사랑이 그토록 열렬하고 그렇게 순진했기 때문이었다.

지난해 늦은 봄은 가장 행복했고 또 가장 바쁜 때였다. 내 마음은 안정되었으나 다른 부분이 몸과 함께 바빠지기 시작했다. 그 무렵에 우리는 비로소 어깨를 나란히 하고 길을 걸었고 공원에도 몇 차례 갔었지만 그보다 살 집을 구하러 다닌 적이 가장 많았다. 나는 길에서 이따금 호기심과 비웃음과 상스러움과 경멸의 눈초리를 만났다. 그럴 때 자칫하다가는 나의 온몸이 움츠러들 것 같아서 그때마다 나는 즉각 오만과 반항심을 내세워 지탱하였다. 그러나 그녀는 조금도 두려워하는 빛 없이 완전히 무관심한 태도로 마치 아무도 없는 곳을 지나는 것처럼 태연히 앞으로 걸어갔다.

방을 구하는 일은 사실 쉽지가 않았다. 태반은 구실을 대며 거절을 하였고, 더러는 우리가 마음에 들지 않았다. 처음에 우리는 너무 까다롭게 골랐다.──그렇다고 지나치게 까다로운 것은 아니었는데, 어느 집이든 아무리 보아도 우리들이 살 만한 곳이 못 되었던 것이다. 그러나 나중에는 아무 데라도 받아주기만 하면 좋겠다고 생각하게 되었다. 이십여 곳을 돌아보고 나서야 겨우 임시로 그럭저럭 살 만한 곳을 찾았는데, 바로 지자오후퉁에 있는 작은 집의 두 칸짜리 남쪽 방이었다. 집주인은 말단 관리였는데 이해심이 있는 사람으로 자신들은 안채와

곁채에서 살고 있었다. 그에게는 부인과 돌이 안 된 딸애가 있었고 또 시골 출신의 하녀를 데리고 있었다. 아이가 울지만 않는다면 너무 한가롭고 조용했다.

우리의 세간은 몹시 단촐했다. 하지만 그것을 장만하느라 내가 마련한 돈을 거의 다 써 버렸다. 쯔쥔도 하나밖에 없는 금반지와 귀고리를 팔았다. 내가 말렸으나 쯔쥔이 한사코 팔겠다고 하여 나도 더 이상 어찌할 수가 없었다. 그녀도 한몫 거들게 하지 않으면 그녀의 마음이 편치 않다는 것을 나는 알고 있었다.

쯔쥔은 진작에 그녀의 작은아버지와 싸우고 헤어졌다. 그래서 작은아버지는 그녀를 다시는 조카딸로 생각하지 않겠다고 노발대발하였다. 나도 말로는 충고한다고 하면서도 사실은 나 때문에 겁을 먹거나 나를 질시하는 몇몇 친구들과 잇달아 절교했다. 그러나 이렇게 하고 나니 마음은 도리어 편했다. 매일 일이 끝나면 황혼이 깃들고 또 인력거꾼도 짓궂게 늑장을 부렸지만 아무튼 우리 두 사람이 서로 마주앉는 시간은 있었다. 우리는 처음에는 말없이 서로를 쳐다보다가 이어서 마음을 터놓고 다정하게 얘기를 나누고, 그러다가 다시 침묵했다. 우리는 머리를 숙이고 곰곰이 생각하기는 하나 그렇다고 다른 무엇을 생각하고 있는 것은 아니었다. 나는 점차 그녀의 몸과 그녀의 영혼을 두루 읽어 내고 있었다. 불과 3주도 채 안 되어 나는 그녀를 더 깊이 이해하게 되었다. 이전에 많이 이해했다고 생각했었는데 이제 와서 보니 오히려 둘 사이에 거리감이 있었으며 그 거리감이 없어진 것 같았다.

쯔쥔도 나날이 활발해졌다. 그러나 그녀는 꽃을 좋아하지 않았다. 내가 묘시날 사온 두 개의 화분에 나흘 동안이나 물을 주지 않아 구석에서 말라 죽었다. 나 역시 모든 것을 돌볼 시간이 없었다. 그러나 그녀는 동물을 좋아했다. 주인집 아주머니한테서 전염된 듯하지만, 한 달이 못 되어 우리집 식솔이 갑자기 늘어나서 병아리 네 마리가 작은 마당에서 주인집의 십여 마리와 함께 뛰어다니고 있었다. 그러나 그녀들은 병아리의 생김새를 잘 알고 있어서 각자 어떤 것이 자기집 것인지 구별할 수 있었다. 그 외에 내가 묘시에서 사온 얼룩 발바리가 한 마리 있었는데, 원래 부르던 이름이 있었으나 쯔쥔이 따로 아수이(阿隨)라고 이름 지어 불렀다. 나도 아수이라고 부르긴 했지만 그 이름이 마음에 들지는 않았다.

진실로 애정은 끊임없이 새로워지고 성장하고 창조되어야 하는 것이다. 내가 이 말을 쯔쥔에게 하자 그녀도 알았다는 듯이 머리를 끄덕였다.

아아, 그것은 얼마나 평화롭고 행복한 밤이었던가!

안녕과 행복은 영원한 안락과 행복인 채로 머물고 싶어 한다. 우리가 회관에 있을 때는 때때로 의견의 충돌과 생각의 오해가 있었으나, 지자오후퉁으로 온 이후 이런 일조차 없어졌다. 우리는 등불 밑에 마주 앉아 지난날을 돌이켜 보면서 그때 충돌한 뒤 화해가 몰고 오는 재생의 기쁨을 음미하곤 했다.

쯔쥔은 몸이 붇고 혈색도 좋아졌다. 다만 애석한 것은 너무 바쁜 것이었다. 집안일을 돌보느라 담소를 나눌 시간도 없었으니 하물며 독서와 산보는 생각할 수조차 없었다. 우리는 늘 하녀를 두어야겠다고 말하곤 했다.

저녁때 집에 돌아와서 그녀가 안 좋은 표정을 감추는 것을 볼 적마다 나도 마음이 언짢았다. 내가 특히 못마땅했던 것은 그녀가 억지로 미소를 짓는 것이었다. 다행히 그 연유를 알아보니 그것은 관리 부인과의 암투 때문으로 그 도화선은 바로 두 집의 병아리였다. 이런 일이라면 왜 나에게 말하지 않았단 말인가? 사람은 역시 하나의 독립된 집이 필요하다. 이런 곳에 사는 것은 무리다.

내가 다니는 길은 틀에 박혀 있었다. 일주일 가운데 6일을 집에서 사무실로, 또 사무실에서 집으로 다녔다. 사무실에서는 책상에 앉아 공문과 편지를 베끼고 또 베꼈다. 집에서는 그녀와 마주앉거나 또는 그녀가 화로에 불을 지피고, 밥을 짓고, 만두 찌는 것을 도왔다. 내가 밥 짓는 법을 배운 것도 바로 이때였다.

식사도 회관에 있을 때보다 훨씬 나아졌다. 요리하는 것이 쯔쥔의 장기는 아니었지만 그래도 정성을 다했다. 그녀가 밤낮으로 애를 태우는 일에 대해서는 나 역시도 함께 애를 태우지 않을 수 없게 되어서 말 그대로 고락을 같이하게 되었다. 더구나 하루 종일 땀을 흘려서 짧은 머리카락이 이마에 달라붙고 손까지 거칠어지는 쯔쥔을 볼 때마다 내 마음은 더 그러했다.

게다가 아수이를 기르고 닭을 치는… 모두가 그녀가 아니면 안 될 일이었다.

나는 안 먹어도 괜찮으니 그렇게 너무 애쓰지 말라고 쯔쥔에게 충고를 해보았으나 그녀는 흘깃 나를 쳐다보고는 아무 말도 하지 않고 서글픈 표정을 지었다. 그래서 나도 입을 다물었다. 하지만 그녀는 여전히 그렇게 애를 썼다.

내가 예상하고 있던 타격이 마침내 찾아왔다. 쌍십절[39] 전날 밤 나는 멍하니 앉아 있었고, 그녀는 그릇을 씻고 있었다. 문 두드리는 소리가 나서 문을 열어 보니 사무실의 사환이었다. 그는 내게 등사한 종이쪽지 한 장을 내밀었다. 짐작되는 바가 있어서 등잔 밑으로 가서 그것을 들여다보니 과연 쪽지에는 다음과 같이 씌어 있었다.

> **통지**
>
> 국장의 명에 의해 스쥐안성(史涓生)은 금후 출근을 정지할 것.
>
> 10월 9일 비서처

이것은 회관에 있을 때부터 이미 예상했던 일이었다. 크림을 덕지덕지 처바른 애송이 녀석은 국장 아들의 노름친구였으니 분명 있는 소리 없는 소리 지어내어 고자질했을 터였다. 지금에 와서야 효과가 나타났으니 오히려 너무 늦었다고 할 수 있다. 사실 이것은 나에게 큰 타격은 아니었다. 나는 벌써 오래전부터 남에게 글을 베껴 써 주거나 혹은 글을 가르쳐 주거나 아니면 힘은 좀 들지만 책을 번역하는 일도 해보려고 마음먹고 있었다. 더구나『자유의 벗』自由之友 편집장은 몇 번 만난 적이 있는 사람으로 두 달 전에는 편지까지 주고받았다. 그렇지만 나는 가슴이 두근거렸다. 그다지도 두려움을 모르던 쯔쥔의 얼굴색이 변하는 것이 특히 마음 아팠다. 그녀는 요즈음 좀 나약해져 있었다.

"뭐 대수롭지 않네요. 흥, 우린 새로운 일을 하는 거예요. 우린…." 그녀는 이렇게 말했다.

쯔쥔은 말끝을 흐렸다. 왜 그런지 그 말은 내 귀에는 들떠 있는 것같이 들렸다. 등불도 유달리 어둡게 느껴졌다. 사람은 정말 우스운 동물이다. 극히 사소한 일에도 심각한 영향을 받으니 말이다. 우리는 처음에는 묵묵히 서로를 바라보고만 있다가 앞으로 할 일에 대해 의논하기 시작했다. 우선 지금 갖고 있는 돈을 최대한 아끼는 한편 베껴 쓰는 일과 가르치는 일을 구하는 '광고'를 신문에 내고 또『자유의 벗』편집장에게 편지를 써서 지금의 내 처지를 설명하고 어려운 시기에 처한 우리를 도와주는 의미에서 나의 번역 원고를 실어 줄 것을 부탁하기로 하였다.

"말했으면 말한 대로 하자! 이참에 새로운 길을 찾는 거야!"

나는 즉시 책상으로 몸을 돌려 참기름 병과 식초 접시 등을 치웠다. 그러자 쯔쥔이 어두침침한 등불을 가져왔다. 나는 먼저 광고 문구의 초를 잡고 다음에 번역할 책을 고르기로 했다. 이사 온 뒤로 한 번도 펼쳐 보지 않아서 책들 위에는 뽀얗게 먼지가 쌓여 있었다. 마지막에 편지를 썼다.

나는 편지를 어떻게 써야 할지 몰라 꽤 망설였다. 붓을 멈추고 생각을 집중시키다가 언뜻 그녀의 얼굴을 쳐다보았는데 흐릿한 불빛 아래 유난히 쓸쓸해 보였다. 나는 정말 이처럼 자질구레한 일이 굳세고 두려움을 모르는 쯔쥔에게 이토록 뚜렷한 변화를 줄 것이라고는 전혀 생각지 못했다. 그녀는 요즘 확실히 나약해졌다. 그것은 결코 오늘 밤에 시작된 것이 아니었다. 이 때문에 나의 마음은 더욱 심란해졌고, 갑자기 평화로운 생활의 그림자──회관의 낡은 집에 깃든 정적이 눈앞에 어른거렸다. 막 눈을 뜨고 그것을 응시하려고 하는데 다시금 흐릿한 등불이 나타났다.

한참 뒤에야 장문의 편지 한 통을 다 썼다. 유달리 피곤한 것이 근래 나 자신도 좀 나약해진 것 같았다. 그래서 우리는 광고와 편지를 내일 함께 부치는 것으로 했다. 그러고 나서 우리는 약속이나 한 듯이 똑같이 허리를 폈고 무언중에 서로의 굴복하지 않는 강인한 정신을 느끼며 새로 싹트는 미래의 희망을 보는 듯했다.

바깥에서의 타격은 도리어 우리의 새로운 정신을 진작시켰다. 사무실에서의 생활이란 원래 새장수 손 안의 새와 같아서 몇 톨의 쌀로 목숨을 이어 갈 뿐이지 살이 찔 수는 없는 것이다. 세월이 흐르면 날개가 마비되는 상황에 이르고 새장 밖으로 내보내어도 이미 날 수가 없게 된다. 지금은 어쨌든 새장에서 벗어났다. 나는 이제부터 내 날개가 날갯짓을 잊어버리기 전에 새롭게 드넓은 하늘을 향해 비상해야 한다.

광고가 즉시 효력을 일으키지 못하는 것은 당연하다. 그렇다고 번역 또한 쉬운 일은 아니었다. 이전에 대강대강 훑어볼 때는 이해가 되는 듯하던 것도 정작 붓을 들고 번역을 시작하고 보니 의문투성이고 진행도 아주 느렸다. 그러나 나는 열심히 하기로 마음먹었다. 거의 새것에 가까운 사전이 보름도 되지 않았는데 가장자리에 손때가 시커멓게 묻었으니, 이것은 곧 내 작업의 절실함을 증명해 주었다. 『자유의 벗』 편집장은 일찍이 자신의 잡지는 좋은 원고를 썩히지 않는다고 말했었다.

애석하게도 내게는 조용한 방이 없다. 쯔쥔도 이전의 그런 조용함은 사라지고 나를 살뜰히 보살펴 주지도 않았다. 방 안은 늘 그릇과 접시들로 어지럽고 석탄 연기가 가득차서 사람이 편안하게 일할 수가 없었다. 그러나 서재를 둘 능력이 없는 나 자신을 원망하는 수밖에 없었다. 게다가 아수이가 있고, 닭들까지 생겼다. 또 닭들이 자라자 툭하면 주인집과 옥신각신하였다.

날마다 '강물이 흐르듯 끊임없이' 되풀이되는 것은 밥 먹는 일이었다. 쯔쮠의 업적은 전적으로 이 식사와 관련된 일에서 세워진 것 같았다. 먹고 나면 돈을 마련하고 마련하면 또 먹었다. 게다가 아수이도 먹이고, 닭들도 먹여야 했다. 그녀는 전에 이해했던 것을 깡그리 잊어버린 듯했다. 나의 구상이 항상 이 식사를 재촉하는 소리 때문에 끊어진다는 것을 생각하지 못하는 것 같았다. 자리에 앉아서 약간 화가 난 표정을 지어 보여도 전혀 고치려 하지 않고 마치 아무것도 모른다는 듯이 우적우적 먹어 댔다.

그녀가 나의 작업이 정해진 식사 시간의 속박을 받아서는 안 된다는 것을 깨닫게 하는 데 꼬박 5주가 걸렸다. 나의 말을 이해한 뒤에 그녀는 자못 불쾌했을 테지만 아무 말도 하지 않았다. 내 일은 과연 이때부터 비교적 신속하게 진행되었고, 얼마 후에 5만 자나 되는 것을 다 번역하였다. 한차례 손을 더 보면 이미 써 놓은 소품 두 편과 함께 『자유의 벗』에 보낼 수 있게 되었다. 다만 밥 먹는 일은 여전히 내게 고민거리였다. 음식이 식는 것은 상관없었으나 늘 모자랐다. 어떤 때는 밥도 모자랐다. 내가 종일 방 안에서 머리만 쓰기 때문에 먹는 양은 이전보다 많이 줄었는데도 그랬다. 그것은 먼저 아수이를 먹이기 때문이었다. 어떤 때는 요즘 나도 쉽게 먹지 못하는 양고기까지 주었다. 그녀는 아수이가 말라서 얼마나 불쌍한지, 주인집 아주머니가 이 때문에 우리를 놀리는데 자기는 이런 조롱은 참을 수 없다고 했다.

그래서 내가 먹다 남긴 밥은 닭들만 먹었다. 나는 이 사실을 나중에야 알게 되었다. 그리고 헉슬리가 '우주에서의 인류의 위치'를 규정한 것처럼 나도 이 집에서의 위치를 파악하게 되었다. 즉 개와 닭의 중간쯤에 있었던 것이다.

그후 몇 차례의 언쟁과 독촉을 거쳐 닭들은 점차 반찬으로 변했다. 우리와 아수이는 십여 일간 신선한 고기 맛을 보았다. 그러나 사실 그 닭들은 매일 몇 톨의 수수밖에 먹지 못한 탓에 몹시 야위었다. 그런 뒤로 아주 조용해졌다. 단지 쯔쥔만이 기운이 없고 늘 쓸쓸함과 무료함을 느끼며 말도 잘 하지 않았다. 사람이란 얼마나 변하기 쉬운 것인가!라고 나는 생각했다.

그런데 아수이도 더 데리고 있을 수 없었다. 우리는 더 이상 어떤 곳에서 회신이 오지 않을까 하는 희망을 가질 수 없었다. 쯔쥔에게는 아수이를 인사시키거나 뒷발로 일어서게 할 먹이마저도 떨어지고 없었다. 겨울은 또 이렇게 빨리 다가오는지 난로가 큰 문제가 되었다. 아수이의 먹이는 사실 우리들에게 일찍부터 아주 큰 부담이었다. 그래서 아수이도 데리고 있을 수 없게 되었다.

만약 마른 풀대[40]를 달아서 묘시에 끌고 나가 팔면 돈 몇 푼은 받을 수 있을 테지만 우리는 차마 그렇게 할 수 없었고 또 그렇게 하고 싶지 않았다. 결국 보자기를 머리에 덮어씌운 뒤 내가 서쪽 교외로 끌고 가서 풀어놓았다. 그래도 쫓아오려고 하여 그다지 깊지 않은 구덩이에 밀어 넣었다.

집에 돌아오니 집안은 한결 더 조용해진 것 같았다. 그러나 나는 비통한 표정을 짓고 있는 쯔쥔의 얼굴을 보고 너무 놀랐다. 물론 아수이 때문이겠지만, 나는 이런 얼굴을 여태 본 적이 없었다. 하지만 어째서 이 정도로 충격을 받는단 말인가? 나는 개를 구덩이에 밀어 넣고 왔다는 말은 하지 않았다.

밤이 되자 그녀의 비통한 얼굴에 얼음같이 차가운 기색이 더해졌다.

"이상한데.——쯔쥔, 당신 오늘 왜 그런 거야?" 내가 참지 못하고 물었다.

"뭐가요?" 그녀는 나를 쳐다보지도 않았다.

"당신의 얼굴빛이…."

"아무것도 아니에요.——아무 일도 없어요."

나는 마침내 그녀의 말과 행동에서 그녀가 나를 냉정한 사람으로 본다는 것을 알았다. 사실 나 혼자뿐이라면 생활하기 어렵지 않다. 오만스러운 성격 탓에 줄곧 세상과 교류하지 않았고, 여기로 이사 온 뒤로는 옛날부터 알고 지내던 사람들도 멀리했지만, 어디든 멀리 떠나간다면 살길은 얼마든지 있다. 지금 이런 생활의 압박에서 오는 고통을 참는 것도 대부분은 그녀 때문이고, 아수이를 내다 버린 것도 그 때문이 아닌가. 하지만 쯔쥔의 소견이 좁아져서 이런 점조차도 생각하지 못하는 것 같았다.

나는 기회를 잡아서 이러한 이치를 그녀에게 암시했더니 그녀는 알아들었다는 듯이 머리를 끄덕였다. 하지만 그후 그녀의 태도를 보면 이해하지 못했거나 아니면 전혀 믿지 않는 것 같았다.

차가운 날씨와 쌀쌀한 표정이 나를 집안에서 편안하게 있을 수 없도록 압박했다. 그렇지만 어디로 간단 말인가? 큰길과 공원에는 쌀쌀한 표정은 없지만 찬바람이 사람의 피부를 찢듯이 매섭게 분다. 나는 마침내 통속^{通俗}도서관에서 나의 천국을 찾아냈다.

그곳은 표를 살 필요가 없었고, 열람실에는 두 개의 난로까지 있었다. 불이 꺼질 듯 말 듯 타고 있는 석탄난로이지만 난로가 있는 것을 보는 것만으로도 정신적으로 다소 따뜻함을 느낄 수 있었다. 책은 볼 만한 게 없었다. 옛것은 진부하고, 새것은 거의 없었다.

다행히 나는 거기에 책을 읽기 위해 가는 것이 아니었다. 나 말고도 늘 몇 사람이 있었는데, 많으면 십여 명 정도로 모두 얇은 옷을 입고 있었다. 모두가 나처럼 책을 읽는 체하면서 불을 쬐고 있었다. 이곳은 내게 안성맞춤의 장소였다. 길거리에서는 쉽게 아는 사람을 만나게 되고 또 경멸의 눈초리를 받게 되지만, 여기서는 그러한 봉변을 당할 일이 없었다. 그네들은 영원히 다른 난로 옆에 둘러서 있거나 아니면 자기 집의 난로를 쬐고 있을 것이기 때문이다.

그 도서관에는 별로 읽을 만한 책은 없었지만 그곳은 생각의 나래를 펼 수 있는 편안하고 조용한 곳이었다. 혼자 우두커니 앉아 지난 일을 돌이켜 보니, 나는 지난 반년 동안 오직 사랑——맹목적인 사랑——만을 위해 인생의 다른 의의를 모두 소홀히 해왔다는 것을 깨달았다. 첫째는 바로 생활이다. 사람은 반드시 살아가야 하고 사랑은 바로 그것에 수반되는 것이다. 세상에는 노력하지 않는 자를 위해 활로를 열어 주는 일은 결코 없다. 나는 아직도 날갯짓하는 법을 잊지 않고 있다. 비록 이전에 비해 많이 의기소침해졌지만….

열람실과 책을 읽는 사람들의 모습은 점차 사라지고, 그 대신 내 눈앞에는 노도怒濤 속의 어부, 참호 속의 병사, 자동차 안의 귀인, 조계지의 투기꾼, 심산유곡深山幽谷의 호걸, 강단 위의 교수, 초저녁의 운동가와 심야의 도둑 등의 모습이 보였다….
쯔쥔은——옆에 없었다. 그녀의 용기는 모두 사라졌다. 오직 아수이 때문에 가슴 아파하고, 밥하는 일에 온 정신을 쓰고 있을 뿐이다. 그런데 이상한 것은 쯔쥔이 그다지 야위지 않았다는 것이다….

추워졌다. 난로 속에 꺼질 듯 말 듯한 몇 조각의 석탄도 끝내 다 타 버렸다. 도서관이 문 닫을 시간이었다. 다시 지자오후퉁으로 돌아가 얼음과 같이 차가운 얼굴을 봐야만 했다. 근래 간혹 따뜻한 표정을 볼 때도 있었지만, 이것이 도리어 나에게 더 큰 고통을 주었다. 어느 날 밤 쯔쥔은 갑자기 오랫동안 볼 수 없었던 순진한 눈빛을 드러내더니 웃으면서 회관에 있을 때의 일을 나에게 얘기하였다. 그러는 쯔쥔의 얼굴에는 때때로 약간 공포스러운 낯빛이 비치기도 했다. 나는 요즘 내가 그녀보다 더 냉담해져서 그녀에게 의심을 사고 있다는 것을 알고 있었으므로 억지로라도 애써 그녀 이야기에 맞장구를 치며 그녀를 얼마간이라도 위로해 주려고 했다. 그러나 내가 얼굴에 웃음을 띠고 말을 입 밖에 내자마자 바로 공허로 변했고, 이 공허는 참기 어려운 악독한 조소가 되어 즉각 나 자신에게 되돌아왔다.

쯔쥔도 눈치챈 듯, 그 이후로는 평소의 그 무감각해 보이던 침착성까지도 잃어버렸다. 감추려고 무진 애를 썼지만 이따금 그 근심과 의혹의 빛을 드러내는 것이었다. 하지만 내게는 훨씬 부드러워졌다.

나는 그녀에게 다 털어놓고 싶었지만 감히 말할 용기가 없었다. 고백하려고 결심하였다가 막상 그녀의 어린아이와 같은 눈을 보면 나는 잠시 애써 기쁜 표정을 지어야 했다. 그러나 그럴 때마다 그것이 또다시 나를 조소하게 되고 나로 하여금 그 냉정한 침착성마저 잃게 하였다.

쯔쥔은 이때부터 옛일의 복습과 새로운 시험을 시작하였다. 그녀는 나에게 허위적인 위로의 답안을 내도록 강요했다. 나는 위로를 그녀에게 보이고 허위의 초고는 내 마음속에 새겨 두었다. 나의 마음은 점점 이런 초고로 가득 채워져서 늘 숨 쉬기 어려웠다. 나는 고뇌하는 동안 늘 생각했다. 진실을 말하는 데는 대단한 용기가 필요하다. 만약 이 용기가 없이 허위에 안주하게 된다면 그야말로 새로운 인생의 길은 열 수 없다. 새로운 길만이 아니라 그런 사람조차도 없을 것이다!

몹시 추운 어느 날 아침 쯔쥔은 원망스러운 표정을 짓고 있었다. 이제까지 한 번도 본 적이 없던 표정이었다. 아마 내가 그렇게 보았기 때문인지도 모른다. 나는 그때 차갑게 분노했고 몰래 비웃었다. 그녀가 연마한 사상과 활달하고 두려움을 모르던 언사는 결국 한낱 공허에 지나지 않으며 더구나 자신은 이 공허에 대해서도 자각하지 못하고 있었다. 그녀는 이미 어떤 책도 읽지 않고 있었고, 또 인간의 생활에서 첫번째가 삶을 도모하는 것이며, 이 삶을 도모하는 길을 향해서는 반드시 손을 맞잡고 나아가거나 아니면 홀로 분투해 가야만 한다는 것을 모르고 있었다. 만약 남의 옷자락에 매달리기만 한다면 그가 전사라 할지라도 싸울 수 없게 되어 함께 멸망하고 마는 것이다.

나는 새로운 희망은 우리 두 사람이 헤어지는 길밖에 없다고 생각했다. 그녀를 의연하게 버리고 가야만 한다.──나는 갑자기 그녀의 죽음을 생각했다. 그러나 바로 자책하고 후회했다. 다행히 이른 아침이어서 시간이 충분하였으므로 나는 진심을 말할 수 있었다. 우리들이 새로운 길을 개척하기에는 다시 없는 기회였다.

나는 그녀와 한담을 하면서 일부러 우리들의 지난 일들을 끄집어내고 문예에 관해서도 얘기했다. 외국의 문인과 그 문인의 작품 『노라』, 『바다에서 온 부인』[41]을 들먹였고, 노라의 결단력을 칭찬했다…. 모두가 지난해 회관의 낡은 방에서 했던 얘기였으나 지금은 이미 공허한 것으로 변했다. 나의 입에서 나온 말이 내 귀로 들어갈 때 이따금 모습을 감춘 못된 아이가 등 뒤에 숨어서 악랄하게 내 흉내를 내고 있는 것은 아닌가 하는 의심이 들었다.

그래도 그녀는 고개를 끄덕이며 귀를 기울이고 있었으나 나중에는 입을 다물었다. 나도 더듬더듬거리며 나의 말을 끝냈으나 그 말의 여음마저도 허공으로 사라져 버렸다.

"그래요." 쯔쥔은 잠시 침묵한 뒤에 말했다. "하지만, … 쥐안성 당신, 요즈음 많이 변했어요. 그렇지 않아요? 당신,——제게 솔직히 말해 주세요."

나는 머리를 한 대 얻어맞은 기분이었다. 그러나 이내 정신을 차리고 나의 생각과 주장을 말했다. 함께 멸망하는 것을 피하기 위해 새로운 길을 개척하고 새로운 생활을 창조해야 한다고.

끝으로 나는 단단히 결심하고 몇 마디 덧붙였다.

"…더구나 당신은 이제부터 거리낌없이 용감하게 앞으로 나아갈 수 있게 되었소. 당신은 나보고 솔직하게 말해 달라고 했소. 그렇소, 사람은 허위적이어서는 안 되겠지요. 솔직하게 말하리다. 왜냐하면, 왜냐하면 말이지 나는 이제 당신을 사랑하지 않소! 그러나 이것은 당신에게 잘된 일이오. 당신이 아무런 걱정 없이 일할 수 있으니 말이오…."

나는 이와 동시에 커다란 변고가 닥칠 것을 예상했으나 침묵만 흘렀다. 쯔쥔의 얼굴이 갑자기 마치 죽은 사람처럼 흙빛으로 변했다. 그러나 금세 다시 생기를 되찾더니 눈에는 순진하고 밝은 빛이 나타났다. 이 눈빛은 배고픈 아이가 자애로운 엄마를 찾을 때처럼 사방을 휘둘러보았다. 그렇지만 나의 눈길과 마주칠까 봐 두려워 허공에서 떠돌고 있을 뿐이었다.

나는 차마 더 이상 볼 수가 없었다. 다행히 아침이라 나는 찬바람을 무릅쓰고 통속도서관으로 곧장 달아났다.

나는 거기서 『자유의 벗』을 보았는데 나의 소품이 다 실려 있었다. 이것은 나를 놀라게 했고 약간의 생기를 얻은 듯했다. 나는 생각했다. 생활의 길은 아직 많다.——하지만 현재 상태로는 역시 안 된다.

나는 오랫동안 서로 소식이 끊겼던 친구들을 찾아보기 시작했다. 그러나 이것도 한두 번에 불과했다. 그들의 집은 물론 따뜻했으나 나는 뼛속 가득 매서운 추위를 느꼈다. 밤에는 이 얼음보다 더 차가운 나의 방에서 몸을 웅크리고 잤다.

얼음 같은 바늘끝이 나의 영혼을 찔렀고 나를 영원히 마비의 고통 속에 빠트렸다. 생활의 길은 아직 많고 나 역시 날갯짓을 잊지 않았다.——나는 갑자기 그녀의 죽음에 대해 생각했다. 그러나 바로 자책하고 참회했다.

나는 통속도서관에서 종종 반짝이는 한 줄기 빛을 보았다. 새로운 삶의 길이 앞에 놓여 있었다. 쯔쥔은 용감하게 깨닫고 의연하게 이 차디찬 방을 떠나갔다.──조금도 원망하는 기색 없이. 나는 하늘에 떠도는 구름처럼 몸이 가벼워졌다. 위에는 푸른 하늘이 있고, 아래에는 높은 산과 깊은 바다가 있으며, 큰 건물과 높은 누각, 전쟁터, 자동차, 조계지, 공관, 맑은 날의 시장, 깜깜한 밤이 있었다….

그리고 정말 이러한 새로운 생활이 도래할 것이라는 예감이 들었다.

우리는 정말 참기 어려운 겨울, 이 베이징의 겨울을 그럭저럭 보냈다. 심술궂은 아이에게 붙잡힌 잠자리처럼 실에 묶여 놀림감이 되고 학대받으면서 간신히 목숨은 부지하고 있지만 결국 땅바닥에 쓰러져서 죽음만을 기다리고 있는 것과 같았다.

『자유의 벗』편집장에게 세 번이나 편지를 썼는데 이제야 겨우 답신이 왔다. 편지봉투에는 20전짜리와 30전짜리 도서구입권[42] 두 장이 들어 있을 뿐이었다. 나는 재촉하려고 우표 값으로 9전을 썼는데, 얻은 것이라고는 아무 소득 없는 공허를 위해 하루를 굶은 것밖에 없었다.

그런데 올 것이 드디어 왔다는 느낌이 들었다.

그것은 겨울에서 봄으로 바뀔 무렵의 일이다. 바람도 그다지 차갑지 않았으므로 나는 전보다 더 오래 밖에서 배회하다가 어두워져서야 집에 돌아왔다. 그런 어느 날 저녁 어스름에 나는 평소대로 맥없이 돌아왔다. 집 대문이 보이자 평상시보다 더 풀이 죽어 발걸음은 더욱 느려졌다. 그러나 마침내 방 안에 들어섰다. 불이 켜져 있지 않아서 성냥을 더듬어 찾아 불을 붙였는데 이상한 적막과 공허가 느껴졌다!

놀라서 멍하니 서 있는데 주인집 아주머니가 창밖에서 나를 불렀다.

"오늘 쯔쥔의 아버지가 여기에 와서 그녀를 데리고 갔어요." 그녀는 아주 짧게 말했다.

전혀 예상치 못한 일이라 나는 뒤통수를 한 대 얻어맞은 것처럼 말없이 서 있었다.

"그래, 그녀가 따라갔어요?" 잠시 뒤에야 나는 이렇게 한마디 물었다.

"갔어요."

"쯔쥔 ─ 쯔쥔이 무슨 말 안 했어요?"

"아무 말 하지 않았어요. 단지 당신이 돌아오면 떠났다고 전해 달라더군요."

나는 믿을 수가 없었다. 그러나 방 안은 전에 없이 적막하고 공허했다. 나는 쯔쥔을 찾으려고 여기저기 두루 살펴보았으나 방 안에는 낡은 가구 몇 개만 보였고 또 그 모두 휑뎅그렁한 것이 사람이나 물건을 감출 수 있을 것 같지는 않았다. 나는 생각을 돌려 편지나 남겨 둔 쪽지라도 있을까 해서 찾아보았지만 보이지 않았다. 소금, 고추, 밀가루, 배추 반 포기가 한곳에 모여 있었고, 그 옆에 동전 몇십 개가 놓여 있었다. 이것은 우리 두 사람의 생활 재료 전부였다. 지금 그녀는 정중하게 이것을 나 한 사람에게 남겨 두어 무언중에 내가 이것으로 좀더 오랫동안 생활을 유지하라고 가르친 것이다.

나는 주위의 모든 것으로부터 배척당한 듯 마당 한가운데로 뛰어나왔다. 어둠이 내 주위를 둘러싸고 있었다. 안채의 종이 창문에는 등불이 밝게 비치고 있었다. 주인집 부부가 아이들을 어르며 놀고 있었다.

마음이 진정되자 나는 무거운 압박 속에서 점차 흐릿하게 탈출할 수 있는 길이 보였다. 높은 산과 큰 호수, 조계지, 전등불 아래의 호화로운 연회, 참호, 칠흑 같은 어두운 밤, 날카로운 칼의 일격, 소리 없이 다가오는 발걸음….

마음은 다소 가벼워지고 편안해졌다. 그러나 여비를 생각하니 한숨이 나왔다.

자리에 누워 눈을 감으니 예상되는 앞길이 환영처럼 떠올랐으나, 한밤중이 되기 전에 이미 끝났다. 대신 어둠 속에서 갑자기 먹을 것이 나타나는 것 같더니 이어서 쯔쥔의 누런 얼굴이 떠올랐다. 쯔쥔은 아이와 같은 눈으로 애원하는 듯 나를 바라보고 있었다. 정신을 차리고 보니 아무것도 없었다.

그러나 나는 다시 마음이 무거워졌다. 내가 왜 며칠 더 참지 못하고 그렇게 성급하게 그녀에게 진실을 말했던 것일까? 이제 그녀는 자기에게 남은 것이라고는 오직 아버지 —자녀의 채권자—의 추상 같은 위엄과 얼음보다 차가운 이웃의 멸시뿐이라는 것을 알게 될 것이다. 그밖에는 공허뿐이다. 공허의 무거운 짐을 지고 추상 같은 위엄과 차가운 눈초리 속에서 소위 인생의 길을 걸어가야 하다니 이것은 얼마나 무서운 일인가! 더구나 그 길의 끝은 또한 —묘비조차 없는 무덤일 뿐이다.

나는 쯔쥔에게 진실을 말하지 말았어야 했다. 우리들은 서로 사랑했으므로 나는 영원히 그녀에게 거짓말을 했어야 했다. 만약 진실이 귀중한 것이라면 그것이 쯔쥔에게 무거운 공허가 되어서는 안 된다. 물론 거짓말 역시 하나의 공허이지만 아무래도 이처럼 무겁지는 않을 것이다.

나는 쯔쥔에게 진실을 말하면 그녀가 조금도 주저함 없이 우리가 동거하기로 했던 그때처럼 굳세고 의연하게 나아갈 수 있을 거라고 생각했다. 그러나 이것은 나의 착오였다. 그녀가 당시 용감하고 두려움이 없었던 것은 사랑 때문이었다.

허위의 무거운 짐을 질 용기가 없었던 나는 무거운 진실의 짐을 그녀에게 넘겨주고 말았다. 쯔쥔은 나를 사랑한 뒤부터 이 무거운 짐을 짊어지고 추상 같은 위엄과 차가운 멸시 속에서 인생의 길을 걸어가야만 했던 것이다.

나는 그녀의 죽음에 대해 생각했다…. 나는 스스로를 비겁자라고 생각했다. 진실한 사람이든 위선적인 사람이든 강한 사람들에게 마땅히 배척당해야 할 인간이었다. 그러나 그녀는 오히려 처음부터 끝까지 내가 좀더 오래도록 생활할 수 있기를 희망했다….

나는 지자오후퉁에서 떠나고 싶었다. 이곳은 너무도 공허하고 적막했다. 이곳을 떠나기만 하면 쯔쥔이 내 옆에 있을 것 같았다. 그녀가 시내에 있기만 하면 이전에 회관에 있을 때처럼 어느 날 뜻밖에 나를 찾아올 것이다.

그러나 일체의 청탁과 편지에도 아무런 반응이 없었다. 나는 하는 수 없이 오랫동안 찾은 일이 없던 지인 한 분을 방문했다. 그는 내 큰아버지의 유년시절 동창으로 강직하기로 유명한 발공[43]이며 베이징에 산 지 꽤 오래되어서 교제도 아주 넓었다.

아마도 의복이 남루해서 그랬던지 문에 들어서자마자 문지기의 무시를 당했다. 나는 겨우 주인을 만났다. 주인은 나를 알아보기는 했으나 냉랭했다. 그는 우리의 지난 일들을 전부 알고 있었다.

"물론, 자네는 이곳에 그대로 있을 수 없네." 그는 일자리를 구해 달라는 나의 말을 들은 뒤 차갑게 말했다. "그런데 어디로 가겠나? 참 곤란하구만.──자네 그 뭐야, 자네 친구, 쯔쥔, 자네 아는가, 그녀가 죽은 거."

나는 너무 놀라서 말도 하지 못했다.

"정말입니까?" 나는 간신히 이렇게 물었다.

"허허. 정말이고말고. 우리집 왕성^{王家}이 그 사람과 한 마을이지."

"그런데,——왜 죽었는지 모릅니까?"

"그걸 누가 알겠나. 아무튼 죽은 것만은 사실이야."

어떻게 작별 인사를 하고 어떻게 집으로 돌아왔는지 아무것도 기억나지 않았다. 나는 그가 거짓말한 것이 아니라는 것을 알고 있다. 쯔쥔은 이제 다시는 지난해 나를 찾아온 것처럼 올 수 없게 되었다. 그녀가 추상 같은 위엄과 차가운 멸시 속에서 공허의 무거운 짐을 짊어지고 소위 인생의 길을 걸어가려고 해도 이미 할 수 없게 되었다. 그녀의 운명은 내가 그녀에게 주었던 진실 ——사랑을 잃은 인간은 죽고 만다는 진실에 의해 결정되었다!

물론 나는 이제 더 이상 여기에 있을 수 없었다. 하지만 "어디로 갈 것인가?"

주위는 광대한 공허와 죽음과 같은 정적이다. 사랑을 잃고 죽은 사람들의 눈앞에 펼쳐진 암흑이 나에게는 뚜렷이 보이는 듯했다. 또 모든 고민과 절망의 신음 소리가 들리는 것 같았다.

나는 아직 새로운 것을 기대하고 있다. 이름 없는 것, 뜻밖의 것이 찾아올 거라고 말이다. 그렇지만 하루하루 죽음과 같은 정적뿐이다.

나는 이전에 비해 거의 외출하지 않고 광대한 공허 속에 몸을 맡긴 채 죽음의 정적이 나의 영혼을 갉아먹도록 내버려 두고 있다. 죽음의 정적은 때때로 <u>스스로</u> 전율하다가 <u>스스로</u> 몸을 숨기기도 했는데, 이 단절과 연속 사이에 이름 없는 뜻밖의 새로운 기대가 번득이기도 했다.

　하늘이 잔뜩 찌푸린 어느 날 오전, 태양은 아직 구름 속에서 몸부림쳐 나오지 못하고 공기조차도 지쳐 있었다. 작은 발자국 소리와 씩씩거리는 콧김 소리에 나는 눈을 떴다. 휙 둘러보았으나 방 안은 여전히 공허했다. 그런데 우연히 땅바닥을 보았더니 한 마리 작은 짐승이 어슬렁거리고 있었다. 너무 말라서 거의 죽어 가고 있었으며 온몸이 흙투성이였다….

　자세히 보고 나는 깜짝 놀라서 심장이 멎더니 이어서 세차게 뛰기 시작했다.

　그것은 아수이였다. 아수이가 돌아온 것이다.

　내가 지자오후퉁을 떠난 것은 집주인 식구들과 그 집 하녀의 차가운 눈초리 때문만은 아니었다. 태반은 이 아수이 때문이었다. 그러나 "어디로 갈 것인가?" 새로운 삶의 길은 물론 많다. 나는 그것을 대략 알고 있었다. 때로는 그 모습이 희미하게 보였으며 바로 눈앞에 있는 것같이 느껴졌다. 그러나 나는 거기로 가는 첫걸음을 어떻게 떼야 할지 알지 못했다.

　수차례 생각도 해보고 비교도 해보았으나 나를 받아 줄 수 있는 곳은 오직 회관뿐이었다. 낡은 방과 나무 침대, 시들어 가는 홰나무와 자등나무는 그대로였다. 하지만 그때 나에게 희망과 기쁨과 사랑과 생활을 주었던 것들은 전부 사라지고 오직 공허만이, 내가 진실과 바꾼 공허만이 남아 있었다.

새로운 삶의 길은 아직 많다. 나는 그 길로 나아가야 했다, 나는 살아야 하기 때문에. 그러나 나는 어떻게 첫걸음을 내딛어야 할지 몰랐다. 어떤 때는 그 삶의 길이 회색의 뱀처럼 스스로 꿈틀꿈틀거리며 나를 향해 오는 것 같았다. 나는 기다리고 기다리며 다가오는 것을 지켜보았는데 갑자기 어둠 속으로 모습을 감추어 버렸다.

이른 봄의 밤은 아직도 그렇게 길었다. 오랫동안 멍하니 앉아 있노라니 오전에 거리에서 본 장례식 행렬이 떠올랐다. 행렬 앞에는 종이 사람과 종이 말이, 뒤에는 노래를 부르는 것 같은 곡소리가 따랐다. 나는 이제야 그들의 총명함을 알았다. 이것이 얼마나 수월하고 간단한 일인가.

그런데 나의 눈앞에는 쯔쥔의 장례식 모습이 떠올랐다. 홀로 공허의 무거운 짐을 지고 회백색의 긴 길을 걷고 있다. 하지만 이내 주위의 추상 같은 위엄과 차가운 멸시 속에 사라졌다.

나는 정말 귀신이라든가 지옥이라는 것이 있기를 바란다. 그렇다면 지옥의 바람이 아무리 세차게 분다고 할지라도 나는 기어코 쯔쥔을 찾아내어 나의 회한과 비애를 고백하고 용서를 빌

것이다. 그렇지 않으면 지옥의 독염이 나를 에워싸고 나의 회한과 비애를 불태울 것이다.

나는 광풍과 독염 속에서 쯔쥔을 끌어안고 그녀에게 용서를 빌거나 그녀를 기쁘게 할 것이다….

그러나 이것은 새로운 삶의 길보다 더 공허한 것이다. 지금 있는 것은 이른 봄의 밤, 여느 때와 같은 긴 밤뿐이다. 나는 살아 있다. 나는 새로운 삶의 길을 향해 발을 내딛지 않으면 안 된다. 그 첫걸음은——나의 회한과 비애를 써 내려가는 것뿐이다. 쯔쥔을 위해서, 나 자신을 위해서.

나 역시 노래를 부르는 것 같은 곡소리로 쯔쥔을 보내고 망각 속에서 장례를 지낼 수밖에 없다.

나는 잊으려고 한다. 나는 나 자신을 위해서 망각 속에서 쯔쥔을 장례 치르는 것조차 다시 생각해서는 안 된다.

나는 새로운 삶의 길을 향해 첫걸음을 내딛으려 한다. 나는 진실을 마음의 상처 속에 깊이 묻어 두고 묵묵히 앞으로 나아갈 것이다. 망각과 거짓말을 나의 길잡이로 삼고서….

1925년 10월 21일 완결

홍수를 막은 이야기 (理水)

1.

때는 바야흐로 "도도한 홍수의 물결이 갈라져 넘실넘실 산을 에워싸고 구릉을 삼키는" 시절이다. 그렇다고 순舜임금의 백성들이 모두 물 위로 드러난 산꼭대기에 모여 북적거린 것은 아니었다. 어떤 사람들은 나무꼭대기에 매달려 있기도 하고, 어떤 사람들은 뗏목 위에 앉아 있기도 했다. 몇몇 뗏목 위에는 작고 작은 오두막까지 지어, 기슭에서 바라보노라면 매우 시적인 정취마저 들었다.

먼 곳의 소식들은 뗏목을 통해 전해졌다. 사람들은 마침내 곤鯀 나으리가 꼬박 9년 동안이나 물을 다스렸으나 아무런 성과도 올리지 못하였기 때문에 위에 계신 천자께서 진노하여 그를 군인으로 강등, 위산 땅에 유배하였다는 것을 알게 되었다. 그리고 그 후임으로는 그의 아들 문명 도련님이 임명된 것 같은

데 그 도련님의 아명兒名이 아우阿禹라고 한다는 것도 알게 되었다.[44]

재해가 오랫동안 계속되자 대학은 해산된 지 오래였고, 유치원마저 운영하는 곳이 없게 되었다. 그래서 백성들은 모두 무지몽매해져 갔다. 단지 문화산[45] 위에만 여전히 많은 학자들이 남아 있었다. 그들의 식량은 모두 기굉국에서 비행 수레로 실어 날랐다.[46] 그래서 그들은 식량이 떨어질까 봐 걱정하지 않아도 되었다. 따라서 학문도 충분히 연구할 수 있었다. 그러나 그들 가운데 대다수는 우禹를 반대하거나 또는 그런 사람이 이 세상에 존재한다는 것을 믿지 않았다.

매달 한 차례씩, 관례대로 하늘에서는 '투두두두' 소리가 났고, 그 소리가 시끄러워짐에 따라 비행 수레도 점점 똑똑히 보였다. 비행 수레에는 깃발이 하나 꽂혀 있었다. 깃발에는 누런 동그라미 하나가 그려져 있어 흐릿하게 빛을 발하고 있다. 수레는 땅에서 다섯 자가량 떨어진 공중에서 광주리 몇 개를 아래로 내려뜨렸다. 다른 사람들은 그 안에 무엇이 담겨 있는지 모른다. 그저 위아래로 주고받는 말소리만 들릴 뿐이었다.

"구모링!"

"하우뚜유투!"

"구루지리……."[47]

"OK!"

비행 수레가 기굉국으로 쏜살같이 날아가 버리고 하늘에 더 이상 아무 소리도 남지 않게 되면 학자들도 잠잠해진다. 그것은 모두가 밥을 먹고 있기 때문이다. 산허리를 에워싼 물결만이 바위에 부딪히면서 철썩철썩 끊임없이 소리를 내고 있다. 식사 후 낮잠에서 깨어나면 학자들은 원기가 백 배 솟았다. 그래서 그들이 주장하는 학술 역시 파도 소리를 압도하게 된다.

"우가 물을 다스리러 온다면 성공하지 못할 건 뻔한 일이오. 그가 만일 곤의 아들이라면 말이오."

단장을 든 한 학자가 말했다.

"나는 수많은 왕족 대신들과 부호들의 족보를 수집하여 열심히 연구한 적이 있소. 그 결과 하나의 결론을 얻었소. 즉, 부자의 자손들은 다 부자가 되고 나쁜 사람의 자손들은 다 나쁜 사람이 된다는 것이오. 이것을 '유전'이라 하오. 그러므로 곤이 성공하지 못했다면 그의 아들 우도 분명히 성공하지 못할 것이오. 왜냐하면 바보는 총명한 사람을 낳을 수 없기 때문이오!"

"OK!"

단장을 들지 않은 학자가 말했다.

"그래도 선생께선 우리 태상황제님을 좀 생각해 보셔야 합니다."

단장을 들지 않은 다른 한 학자가 말했다.

"그분은 이전에 좀 '아둔'했지만 지금은 바뀌었습니다. 만약 바보였다면 영원히 바뀌지 않았을 텐데⋯⋯."[48]

"OK!"

"이, 이, 이런 건 다 쓸데없는 말이오."

다른 한 학자가 더듬거리며 말했는데, 갑자기 그의 코끝이 온통 새빨개졌다.

"당신들은 유언비어에 속은 거요. 사실 우라고 불리는 사람은 없소. '우'란 벌레인데 버, 버, 벌레가 어떻게 물을 다스린단 말이오? 내 보기엔 곤이란 사람도 없었소. '곤'이란 물고기인데 무, 무, 물고기가 어떻게 무, 무, 물을 다스린단 말이오?"[49]

그는 여기까지 말하고 나서 두 다리를 턱 버티며 서 있는데 있는 힘을 다하는 게 보였다.

"그러나 곤이란 사람은 분명 있어요. 칠 년 전, 그가 쿤룬산 기슭으로 매화 구경 가는 걸 내 눈으로 직접 봤어요."

"그럼, 그의 이름이 틀렸겠지. 그는 아마 '곤'이라고 불리지 않았을 게요. 그의 이름은 '인'ᄉ이라고 불러야 할 것이오! '우'라고 하면 그것은 틀림없이 벌레일 것이오. 나는 그의 부재를 증명할 만한 많은 증거를 가지고 있소. 여러분이 공정하게 비판해 주실……."

그러고 나서 그는 용맹스럽게 일어섰다. 작은 칼을 더듬어 꺼내더니 다섯 그루의 큰 소나무 껍질을 벗겨 버렸다. 먹다 남은 빵부스러기를 물에 풀어 풀을 만들고 거기에 숯가루를 섞었다. 그것으로 소나무 껍질을 벗긴 자리에 깨알 같은 과두문자[50]로 우를 부정하는 증거를 하나하나 써 내려갔다. 꼬박 삼구 이십칠, 스무이레나 걸렸다. 그런데 그것을 구경하고자 하는 사람은 느릅나무의 여린 잎을 열 개 가져와야 했다. 뗏목 위에 사는 사람이라면 싱싱한 물이끼를 조개껍데기 하나 가득 담아 내야 했다.

상하좌우 도처가 물 천지여서 사냥도 할 수 없었고, 땅에서 농사도 지을 수 없었다. 그저 아직 살아만 있다면, 있는 거라곤 한가한 시간뿐이어서 구경하러 오는 사람이 의외로 적지 않았다. 소나무 아래는 사흘 동안 구경하는 사람들로 북적거렸고 도처에서 한숨 소리가 들려왔다. 어떤 것은 감탄의 한숨이고 어떤 것은 피로에 지친 한숨이었다. 그런데 나흘째 되는 날 정오에, 한 시골 사람이 드디어 말을 했다. 이때 그 학자란 사람은 볶은 국수를 먹고 있는 중이었다.

"사람들 중에는 아우라고 부르는 사람이 있습니다." 시골 사람이 말했다. "또 '우'란 것도 벌레가 아닙니다. 이건 우리 시골 사람들이 쓰는 약자랍니다. 나으리들도 모두 '우'라고, 긴꼬리 원숭이라고 쓰시잖아요……."[51]

"사람에게 꼬, 꼬, 꼬리 긴 원숭이라고 부를 수 있단 말이오?"

학자는 팔딱 일어나더니 채 썹지도 않은 국수 한입을 급히 꿀꺽 삼켰다. 빨간 콧등이 자줏빛으로 변하더니 꿱 하고 소릴 질렀다.

"있고말고. 아구, 아묘라고 부르는 사람도 있는걸."[52]

"조두鳥頭 선생, 그 사람과 입씨름하지 마십시오."

단장을 든 학자가 빵을 내려놓으며 둘 사이에 끼어들었다.

"시골 사람들이란 모조리 바보들입니다. 당신의 족보를 가져 오시오."

그는 또 시골 사람을 향해 돌아서더니 큰소리로 말했다.

"나는 너희들 조상들이 모두 바보였다는 것을 반드시 밝혀 낼 것이야…."

"난 지금까지 족보라곤 있어 본 적이 없어요……."

"퉤! 내 연구가 잘 천착되지 않는 건 다 너희들 같은 고얀 놈들 때문이야!"

"하지만 여, 여기엔 족보가 필요 없지. 내 학설은 틀릴 리가 없으니까."

조두 선생은 더더욱 분개하며 말했다.

"전에, 수많은 학자들이 편지를 보내 내 학설에 찬성을 했소. 그 편지들을 나는 다 여기 가져왔소…."

"아, 아, 아니오. 그래도 족보를 캐 봐야만 하오……."

"그렇지만 내겐 족보가 없대도요."

그 '바보'가 말했다.

"지금 이 같은 물 난리판에 교통까지 불편한데 당신 친구들이 찬성하는 편지를 보내오기를 기다렸다가 그걸 증거로 삼는다는 건 정말 소라껍데기 속에다 도장道場을 차리는 것보다 더 어려울 거요. 증거는 바로 눈앞에 있어요. 당신을 조두 선생이라고 부르는데 그렇다면 당신이야말로 새대가리이지 사람이 아니지 않습니까?"

"흥!"

조두 선생은 분이 치밀어 귓불까지 검붉게 돼 버렸다.

"네놈이 결국 날 이렇게까지 모욕하다니! 뭐 내가 사람이 아니라구! 내 네놈과 같이 고요 나으리에게 가서 법적으로 해결을 보리라! 만일 내가 정말 사람이 아니라면 내 기꺼이 사형을 청하리라. 말하자면 목이 잘리는 것 말이다, 네놈 알겠느냐? 그렇지 않으면 네놈이 죗값을 받아 마땅하렷다. 내가 국수를 다 먹을 때까지 꼼짝 말고 게 기다리렷다."[53]

"선생님."

시골 사람은 뻣뻣하게 굳어 버렸으나 조용하게 대답했다.

"당신은 학자이십니다. 지금 벌써 오후가 되었으니 다른 사람도 배가 고파지려 한다는 걸 아셔야만 하지요. 유감스럽게 바보도 총명한 사람과 마찬가지로 배가 고파지려 하거든요. 정말 아주 죄송하지만, 난 물이끼를 건지러 가야겠소. 당신이 고소장을 올린 후에, 나도 다시 출두하리다."

그리고 그는 뗏목 위로 뛰어올라 그물 망태를 들고 물이끼를 건지면서 멀리멀리 떠나 버렸다. 구경꾼들도 차츰 흩어졌다. 조두 선생은 귓바퀴와 콧등을 벌겋게 해 가지고 다시 볶은 국수를 먹어 댔다. 단장을 든 학자는 머리를 좌우로 갸우뚱거리고 있었다.

그러나 우가 도대체 벌레인지 사람인지는 여전히 큰 의문이었다.

2.

우는 정말 벌레인 것 같기도 했다.

반년이 훨씬 지나자 기굉국의 비행 수레는 여덟 번이나 다녀 갔고, 소나무 몸에 쓴 글을 읽었던 뗏목 주민들은 열에 아홉이 각기병에 걸렸다. 그러나 물을 다스리러 온다는 새 관리는 아 직 소식이 감감했다. 그러다가 열번째 비행 수레가 다녀간 후, 비로소 새 소식이 전해졌다. 우라고 하는, 정말 그런 사람이 있 는데 그가 바로 곤의 아들이며 수리水利 대신으로 분명히 임명 되었다는 것, 삼 년 전에 이미 지저우冀州를 떠났으니[54] 머지않 아 이곳에 도착할 것이라는 것이었다.

사람들은 약간 흥분했으나 곧 담담해졌다. 크게 믿어지지가 않았다. 이런 믿을 수 없는 소문은 누구나 할 것 없이 귀에 못이 박히도록 들어 왔기 때문이다.

그러나 이번만은 퍽 믿을 만한 소식인 것 같기도 했다. 십여 일 후에는 거의 모든 이가 대신이 반드시 도착하게 될 것이라 고 말했다. 그것은 물 위에 뜬 풀을 건지러 갔던 사람이 직접 눈 으로 관청 배를 본 적이 있다고 했기 때문이다. 그는 머리 위 의 시퍼런 혹을 가리키면서 관청 배를 좀 늦게 피하다가 관군 의 돌화살을 얻어맞았다고 했다. 이것이 바로 대신이 꼭 온다 는 증거였다. 그 목격자는 이때부터 아주 유명해졌고 또 매우 바빠졌다. 모두들 앞다투어 그의 머리에 난 혹을 보러 오는 바 람에 하마터면 뗏목이 가라앉을 뻔하기도 했다. 그후, 학자들이 그를 불러다가 세심한 연구를 거친 결과 그의 혹이 진짜 혹이라는 결정도 내렸다. 그러다 보니 조두 선생도 더 이상 자기주장을 고집할 수 없게 되었다. 하는 수 없이 고증학을 남에게 넘겨주고 자신은 따로 민간의 가요들을 수집하러 떠났다.

대형 통나무배 일진이 도착한 것은 머리에 혹이 난 지 거의 스무날 남짓이 지난 후였다. 배 한 척마다 노 젓는 관군이 스무 명, 창을 든 관군이 서른 명씩 있었다. 앞뒤는 온통 깃발이었다. 배가 막 산마루에 닿자, 신사들과 학자들은 기슭에 줄지어 서서 공손히 영접했다. 반나절이 지나서야 제일 큰 배에서 뚱뚱한 중년 대관 두 사람이 나타났다. 그들은 호랑이 가죽을 입은 스무 명가량의 무사들에게 둘러싸여 마중 나온 사람들과 함께 가장 높은 산꼭대기의 돌집으로 들어갔다.

사람들은 바다와 육지 곳곳에서 몰래몰래 재량껏 수소문해 보았다. 그러고 나서야 그 두 사람은 단지 조사 전문 요원일 뿐 우가 아니라는 것을 알게 되었다.

대관들은 돌집 한가운데 앉아서 빵을 먹고 나더니 조사를 시작했다.

"재해 상태는 심각하지 않은 편이며, 식량도 아직은 지낼 만합니다."

학자들의 대표인 묘족 언어학 전문가가 말했다.

"빵은 매달 공중에서 떨어뜨리기로 했고, 생선도 모자라지 않습니다. 어쩔 수 없이 흙내가 좀 나긴 해도 무척 살찐 것입죠,

어르신. 저 아랫것들에 대해 말씀드리자면, 그들에게는 느릅나
무 잎과 김이 얼마든지 있습니다. 그들은 '종일 배불리 먹고 있
어 달리 마음 쓸 곳이 없습니다'. 마음고생을 하지 않기 때문에
원래 그런 것만 먹어도 충분합니다. 우리가 시식도 좀 해보았
지만 맛이 그다지 나쁘진 않았어요. 특히 아주…."

"게다가…."

『신농본초』를 연구하는 다른 한 학자가 말을 가로챘다.

"느릅나무 잎 속에는 비타민 W가 함유되어 있고 김에는 요
오드가 있어 임파선 결핵을 고칠 수 있습니다. 두 가지 모두 위
생에 기막히게 좋습니다."[55]

"OK!"

또 다른 학자가 말했다.

대관들은 눈을 크게 뜨고 그를 쳐다보았다.

"음료수는,"

그 『신농본초』 학자가 말을 이었다.

"그들이 원하는 대로 얼마든지 있습니다. 만대에 걸쳐 마셔
도 다 못 마시죠. 유감스런 것은 흙이 좀 섞여 있어 먹기 전에
반드시 끓여 걸러야 한다는 겁니다. 소인이 여러 차례 가르쳐
주었습니다만 어쩌나 고집이 세고 어리석은지 절대 시키는 대
로 하질 않습니다. 그래서 수없이 많은 병자들이 생겨나…."

"그래요. 홍수도, 그들이 불러온 게 아닙니까?"

다섯 오라기의 긴 턱수염에 간장색 두루마기를 걸친 신사가

또 말허리를 잘랐다.

"홍수가 나기 전에는 게을러서 막으려 하지 않더니, 홍수가
난 다음에는 또 게을러서 물을 퍼내려 하지 않습니다…."

"그런 것을 일러 본래의 성정을 잃었다 하지요."

뒷줄에 앉아 있던 팔자수염의 복희 시대 소품 문학가가 웃으
며 말했다.[56]

"나는 일찍이 파미르 고원에 올라가 본 일이 있소이다. 천상
의 바람이 시원하게 불어오고 매화꽃이 피었으며 흰 구름이 날
아가고 금값은 폭등하고 쥐는 잠들었습니다. 한 소년을 만났는
데 입에는 시가를 물고 있고, 얼굴에는 치우씨의 안개가…. 하
하하! 방법이 없었습니다…."

"OK!"

이렇게 반나절을 이야기했다. 대관들은 그들의 이야기를 아
주 열심히 듣고 있더니 마지막에 그들에게 함께 의논해 공문
하나를 작성토록 했다. 역시 조목조목 진술하되 선후의 대책까
지 자세히 쓰는 것이 가장 좋겠다고 일렀다.

그리고 대관들은 배로 내려갔다. 이튿날 그들은 여행길이 피
곤했다면서 공무도 보지 않고 손님도 만나질 않았다. 사흘째
되는 날, 그들은 학자들의 공식 초청으로 산봉우리 가장 높은
곳에 누운 듯 덮여 있는 늙은 소나무들을 감상했고, 오후에는
산 뒤로 동행하여 드렁허리를 낚으면서 해질 무렵까지 한나절
을 놀았다. 나흘째 되는 날에는 조사하느라 피곤하다면서 공무

도 보지 않고 손님도 만나지 않았다. 닷새째 되는 날 오후, 백성들의 대표를 만난다는 전갈이 왔다.

백성 대표는 나흘 전부터 추대하기 시작했으나, 누구도 이제 껏 관리를 만나 본 일이 없다고 하며 가려 하지 않았다. 그리하여 대다수 사람들은 머리에 혹이 난 그 사람이 관리를 만나 본 경험이 있다고 생각해 그를 추천했다. 그 사람은 자신이 대표로 추대되자 가라앉았던 혹이 갑자기 바늘로 쑤시는 듯 아프기 시작했다. 그는 울면서 한마디로 딱 잡아뗐다. "대표가 되느니 차라리 죽겠다!"라고.

사람들은 그를 둘러싸고 연일 낮과 밤을 이어가며 대의^{大義}를 가지고 꾸짖었다. 공공의 이익을 돌보지 않는 것은 이기적인 개인주의자로 장차 화하^{華夏}에서는 용납될 수 없다고 했다. 좀 과격한 사람은 주먹을 쥐고 그의 코밑까지 갖다 대면서 이번 수재의 책임을 그가 져야 한다고까지 하였다. 그는 목이 타고 졸음이 와서 죽을 지경이었다. 그는 마음속으로, 뗏목에서 이렇게 닦달을 받다가 죽느니 차라리 공공의 이익을 위해 희생하는 모험을 감수하는 것이 낫다고 생각했다. 그는 대단한 결심을 내려 나흘째 되는 날 응낙했다.

사람들은 모두 그를 칭찬했다. 그러나 몇몇 용사들 가운데 그를 질투하는 사람도 있었다.

닷새째 되는 날 이른 아침, 사람들은 일어나자마자 그를 끌어내 기슭에 세워 놓고 하명을 기다리게 했다. 아니나 다를까,

대관들이 그를 호출했다. 그의 두 다리는 금방 후들후들 떨렸다. 그러나 곧 마음을 다잡아 먹었다. 마음을 다잡아 먹고 난 후, 커다란 하품이 두 번 터졌다. 눈언저리가 퉁퉁 부은 그는 발이 땅에 닿지 않고 공중에 붕붕 뜬 것 같은 것을 느끼면서 관청의 배 위로 올라갔다.

그런데 아주 이상했다. 창을 든 관군들과 호랑이 가죽을 입은 무사들은 그를 때리지도 욕하지도 않았으며 곧장 그를 중앙 선실로 들여보내 주는 것이었다. 선실 안에는 곰 가죽과 표범 가죽이 깔려 있었고 몇 개의 활과 화살들이 걸려 있었으며 수많은 병과 통조림통들이 널려 있어 눈을 정신없게 만들었다. 정신을 차리고 보니 위쪽에, 즉 그의 맞은편에는 뚱뚱한 대관 두 명이 앉아 있었다. 어떻게 생겼는지 그는 감히 똑바로 쳐다보질 못했다.

"네가 백성 대표냐?"

대관 중 하나가 물었다.

"그들이 저를 보냈습죠."

그는 선창 바닥에 깔린 표범 가죽의 쑥 이파리 같은 무늬를 내려다보며 대답했다.

"너희들은 어떠하냐?"

"……"

그는 무슨 뜻인지 몰라 대답하질 못했다.

"너희들 지내기는 그저 그만한 게냐?"

"나릿님의 크나크신 덕분에 그런대로 괜찮게…."

그는 다시 좀 생각해 보더니 낮고 낮은 목소리로 말했다.

"그럭저럭…. 되는 대로…."

"먹는 것은?"

"있습니다. 나뭇잎이랑 물이끼랑…."

"다 먹을 수 있더냐?"

"먹을 수 있습죠. 우리는 무엇이나 습관이 되어서 먹을 수 있습지요. 단지 어린 새끼들이 좀 칭얼대긴 합지요. 인심도 나빠지고 있습죠, 니에미, 우린 그놈들을 때려 주었습죠."

대관들은 웃기 시작했다. 한 사람이 다른 사람에게 말했다.

"이 작자는 그래도 솔직하군요."

그는 칭찬을 듣자마자 너무 기뻤고 갑자기 담도 커졌다. 그는 물이 흐르듯 도도하게 말했다.

"우린 언제나 방법을 생각해 내지요. 예를 들면 물이끼로는 미끌미끌 비취탕을 만들면 최고 좋지요. 느릅나무 잎으로는 아침죽을 끓이면 최고입죠. 나무껍질은 완전히 벗기지 말고 한쪽면을 남겨 두어야 합지요. 그래야 다음 해 봄 나뭇가지 끝에서 또 잎이 자라나 수확을 거둘 수 있습지요. 만일 나으리 덕택으로 드렁허리나 낚을 수 있다면…."

그런데 나으리들은 별로 듣고 싶어 하지 않는 것 같았다. 그 가운데 한 사람이 연거푸 하품을 두 번 하더니 그의 신나는 강연을 중간에 잘랐다.

"너희들도 다같이 잘 갖추어 공문으로 올리거라. 선후책까지 조목조목 적어 올리면 가장 좋겠지."

"그런데 우리들 누구도 글을 쓸 줄 모릅니다….'

그는 불안스럽게 말했다.

"글을 모른다구? 정말 진취심이 없는 것들이군! 하는 수 없지. 그럼 너희들이 먹고 있는 것을 좀 추려서 가져오면 돼!"

그는 한편으로는 두려워하며 또 한편으로는 기뻐하며 물러나왔다. 머리의 혹을 쓰다듬으면서. 그는 곧바로 나으리의 분부를, 기슭과 나무 위와 뗏목 위에 살고 있는 주민들에게 전달하고 큰소리로 신신당부했다.

"이건 윗전에 올려 보내는 것입니다. 그러니까 깨끗하고 꼼꼼하게, 모양새 있게 만들어야 합니다!"

모든 주민들이 동시에 바빠지기 시작했다. 나뭇잎을 씻으랴, 나무껍질을 자르랴, 김을 따랴, 한바탕 난리법석을 떨었다. 그는 판자때기를 톱질하여 진상품을 담는 함을 만들었다. 널 두 조각은 유난히 광택 나게 문질러서 그날 밤으로 산꼭대기에 가지고 가 학자에게 글을 써 달라고 부탁했다. 하나는 함 뚜껑으로 쓸 것으로, 거기에는 '수산복해'壽山福海 자를, 다른 하나는 자기의 뗏목 위에 걸 편액으로, 영광을 기념하는 뜻에서 '온순당' 溫順堂이라고 써 달라 청했다. 그런데 학자는 '수산복해' 한 조각만 써 주고자 했다.

3.

두 대관이 경성으로 돌아왔을 때 다른 조사관들도 대부분 속속 돌아왔다. 단지 우^禹 한 사람만 아직 외지에 남아 있었다. 그들은 집에서 며칠 쉬었다. 수리국의 동료들은 관청에서 성대한 연회를 차려 멀리서 돌아온 그들을 환영해 주었다. 분담 비용은 복^福·록^祿·수^壽 세 종류로 나누었는데 최소 큰 조개껍데기[57] 오십 개는 내야 했다. 이날은 정말 마차 행렬이 끊이지 않았다. 해가 지기 전 주객이 모두 도착했다. 마당에는 벌써 횃불이 타오르고 솥에는 쇠고기 삶는 구수한 냄새가 대문 밖에 서 있는 위병들 코밑까지 풍겼다. 위병들은 일제히 침을 삼켰다. 술잔이 세 차례 돌자 대관들은 수해지역 길가의 풍경에 대해 이야기했다. 갈대꽃은 백설 같고 흙탕물은 황금 같다는 둥, 드렁허리는 오동통하고 김은 윤이 반지르르하다는 둥…등등.

술이 좀 거나해지자 모두들 거두어 온 백성들의 음식을 내놓았다. 음식들은 모두 정교하게 짠 나무함에 들어 있었는데 뚜껑 위에는 글자가 쓰여 있었다. 어떤 것은 복희의 팔괘체이고, 어떤 것은 창힐의 귀곡체[58]였다. 그들은 먼저 이 글자들을 감상하였고 거의 싸울 정도로 논쟁을 했다. 그런 후에야 비로소 '국태민안'이라고 쓴 것이 제일 잘 쓴 것이라는 결정을 내렸다. 왜냐하면 글자가 소박하면서도 알아보기 힘들며, 상고시대의 순박한 풍이 있을 뿐만 아니라, 주장도 아주 격식을 갖추었기에 왕명으로 국사관에 보낼 만하기 때문이라는 것이었다.

중국 특유의 예술에 대한 평가와 결정이 끝나자 문화 문제는 그것으로 일단락된 셈이었다. 그래서 함 속의 내용물을 조사하기로 했다. 그들은 떡 모양이 정교한 것에 대해 한결같이 칭찬을 했다. 그런데 술을 너무 많이 마신 탓인지 의논이 분분했다. 어떤 사람은 송기떡[59]을 한 입 베어 물더니 그것의 깨끗한 향기를 극구 칭찬하면서 내일부터 자기도 퇴직, 은퇴하여 이러한 맑은 복을 누리고 싶다고 했다. 잣나뭇잎 떡을 씹은 사람은 촉감이 거칠고 맛이 써서 혀끝을 상했다고 하며, 이렇게 백성들과 고난을 함께하고자 하면 임금 노릇도 어렵거니와 신하 노릇하기 역시 쉽지 않을 것이라고 했다. 몇몇 사람은 또 달려들어 그들이 베어 먹은 떡을 빼앗으려 했다. 머지않아 전람회를 열고 기부금을 모집할 것인데 이것들은 모두 다 거기에 전시해야 한다는 것이다. 너무 많이 베어 먹으면 볼썽사납게 된다는 것이다.

관아 밖에서 갑자기 소란스런 소리가 일었다. 얼굴이 거무틱틱하고 의복은 남루했지만 기골이 장대한 거지 같은 사내들이 교통 차단선을 돌파하며 관청 안으로 덮치듯 들어왔다. 위병들이 큰소리를 질렀고 황급하게 번쩍거리는 창을 좌우에서 교차시켜 그들을 가로막았다.

"뭐냐? 똑똑히 봐라!"

선두에 서 있던 손발이 투박하고 바싹 말랐으며 키 큰 사내가 잠시 주춤하는 듯하더니 큰소리로 말했다.

어스름 속에서 위병들이 그를 찬찬히 살펴보고, 곧바로 아주 공손하게 바른 자세로 고치더니 창을 거두어들이고 그들을 들여보냈다. 그러나 숨을 헐떡이며 뒤에서 쫓아온 여인은 막았다. 그녀는 짙은 쪽빛의 무명옷을 걸치고 있었고 어린아이를 안고 있었다.

"왜? 너희들 날 몰라보느냐?"

여인은 주먹으로 이마 위의 땀을 훔치며 이상하다는 듯 물었다.

"우 마나님, 저희들이 어찌 마님을 알아보지 못하겠습니까?"

"그럼 왜 날 들여보내지 않냐?"

"마님, 요즘 세월이 너무 좋지 않아 금년부터 풍속을 단정하게 하고 인심을 바로잡기 위해 남녀의 유별을 지키기로 했습니다. 지금은 어느 관청에서도 여자를 들여보내지 않습니다. 그것은 여기뿐만이 아닙니다. 마님뿐만이 아닙니다. 이것은 상부의 명령입니다. 우리를 탓하진 마십시오."

우 부인은 잠깐 멍하더니 양 눈썹을 곤두세우고 홱 돌아서면서 큰소리로 외쳤다.

"이 천번 만번 죽일 놈! 무슨 장사 지낼 일 있다고 그렇게 뛰어다닌담! 제 집 문앞을 지나면서도 코빼기도 보여 주질 않다니! 네 장사나 치러라! 벼슬, 벼슬, 벼슬이 뭐 대단한 거라고. 하는 꼬라질 보면 제 애비처럼 변방에 유배돼 못에 빠져 자라나 되라지! 이 양심이라곤 없는 천번 만번 뒈질 놈!"[60]

이때 관청 안의 대청에서도 벌써 소동이 났다. 한 떼거리 거친 사내들이 달려 들어오는 것을 보자 연회에 참가한 사람들은 모두 정신없이 숨을 생각만 했다. 그런데 눈부시게 번쩍이는 무기가 보이지 않자, 체면을 무릅쓰고 억지로 버티며 자세히 살폈다. 뛰어든 사람들도 가까이 다가왔다. 맨 앞장에 선 사람은 얼굴이 검고 여위긴 했어도 그 표정으로 보아 우가 틀림없었다. 나머지 사람들은 당연히 그의 수행원들이었다.

깜짝 놀라는 순간 모두들 술기운이 싹 가셨다. 사각사각 옷자락 끌리는 소리가 나며 급히 아래로 물러났다. 우는 곧바로 성큼성큼 연회자리를 넘어가 윗좌석에 앉았다. 점잖고 의젓한 자세여서 그런지 아니면 학슬풍[61]이 생겨서 그런지 무릎을 굽히지 않고 그대로 앉았다. 두 다리를 쭉 폈기 때문에 커다란 발바닥이 대관들과 마주했다. 버선을 신지 않았는데 발바닥에는 온통 밤톨같이 생긴 오래된 굳은살이 박혀 있었다. 수행원들은 그의 좌우에 갈라 앉았다.

"나으리께선 오늘 상경하셨습니까?"

담이 큰 한 관원이 무릎걸음으로 나서며 공손하게 물었다.

"다들 좀 가까이 와 앉으시게!"

우는 그의 질문에 대답도 하지 않고 여러 사람들에게 말했다.

"조사는 어찌 되었소?"

대관들은 한편으로는 무릎걸음으로 나가면서 다른 한편으

로는 서로 얼굴을 쳐다보며 먹다만 술상 아래 나란히 앉았다. 베어 먹은 송기떡과 말끔히 뜯어먹은 소뼈다귀가 눈에 띄었다. 몹시 민망했다. 그렇다고 감히 주방장을 불러 상을 치우라고 할 수도 없는 노릇이었다.

"나으리께 아룁니다."

한 대관이 마침내 입을 열었다.

"생각보다는 지낼 만한 듯했습니다. 인상이 매우 좋았습니다. 소나무 껍질과 수초의 생산량도 적지 않았고, 마실 것도 아주 넉넉하다고 할 수 있었습니다. 백성들은 모두 온순했고, 익숙해 있었습니다. 나으리께 아뢰자면, 그들은 모두 고생을 잘 참는다는 점에서 세계의 인민들에게 이름을 날리고 있습니다."

"소인은 벌써 기부금 모집 계획을 세워 두었습니다."

또 한 대관이 말했다.

"특이한 식품 전람회 개최를 준비하고 있으며 별도로 여외 아가씨[62]을 청해 유행복 패션쇼를 하려고 합니다. 표만 팔고 전람회 안에서는 더 이상 모금 운동을 하지 않는다고 하면 구경 오는 사람들이 더 많아질 것입니다."

"거 좋은 일이오!"

우는 이렇게 말하면서 그를 향해 허리를 좀 굽혔다.

"그러나 제일 중요한 일은 지체 없이 큰 뗏목을 보내 학자들을 고원高原에서 모셔 오는 것입니다."

세번째 대관이 말했다.

"그러면서 한편으로는 기괭국에 사람을 파견해 우리가 문화를 존중한다는 것과 구호물자도 매달 이곳으로 보내는 게 좋겠다는 걸 알려야 합니다. 학자들이 올린 공문이 여기 있는데 그 내용도 아주 흥미롭습니다. 그들은, 문화는 한 나라의 명줄이며 학자들은 문화의 영혼이기 때문에 단지 문화만 잘 보존하면 화하도 잘 보존될 것이라고 생각하고 있습니다. 다른 모든 것은 이차적인 것이라고 생각하고 있습니다…."

"그들은 화하의 인구가 너무 많아서…."

첫번째 대관이 말했다.

"얼마간 줄이는 것도 태평의 도를 이루는 것이라 생각하고 있습니다. 하물며 그들은 우매한 백성에 불과할 뿐입니다. 그들의 희로애락은 결코 지식인들이 미루어 생각하는 것처럼 그렇게 세련되지도 못합니다. 사람을 알고 나서 일을 논해야 함으로, 첫째로는 주관에 의거해야 합니다. 이를테면 셰익스피어는…."[63]

'방귀 뀌는 소리로고!'

우는 속으로 생각했다.

그러나 입으로는 큰소리로 다른 말을 했다.

"나는 조사와 분석을 통해 이전의 방법, 즉 '물을 막는' 방법이 분명 잘못되었다는 것을 알았소. 앞으로는 '물을 소통'시키는 방법을 써야 하오! 여러분들 의견은 어떠하시오?"

마치 무덤 속같이 조용해졌다. 대관들의 얼굴에도 사색이 돌았다. 많은 사람들은 자기가 병이 난 게 아닌가, 어쩌면 내일 병가를 내야 할지도 모른다는 생각을 했다.

"그것은 치우蚩尤가 쓴 방법입니다!"

한 용감한 젊은 관리가 나직한 소리로 격분했다.

"비천한 소관의 어리석은 소견으로는, 나으리께선 내리신 명령을 거두어들이셔야만 된다고 생각합니다."

이때, 하얀 수염에 백발을 한 대관이 천하의 흥망성쇠가 지금 자신의 입에 달려 있다고 생각했다. 그는 마음을 단단히 먹고 생사를 돌보지 않는 듯 단호한 자세로 항의했다.

"막는 것은 춘부장 어른께서 정한 법이올시다. '삼 년 동안 아버지의 도를 고치지 않아야 효자라 할 수 있다'고 했습니다. 춘부장 어른께서 승하하신 지 아직 삼 년도 안 지났습니다."

우는 아무 말도 하지 않았다.

"하물며 춘부장 어른께선 얼마나 많은 열정과 애정을 쏟으셨습니까. 하느님의 식양[64]을 빌려다 홍수를 막았는데, 비록 하느님의 노여움을 사긴 했으나 홍수를 좀 줄어들게 하셨던 것입니다. 그러하오니 역시 이전의 방법대로 물을 다스리는 것이 좋을 듯하옵니다."

백발이 희끗희끗한 다른 대관이 말했다. 그는 우 외삼촌의 수양아들이었다.

우는 아무 말도 하지 않았다.

"제 생각에 나으리께선 그래도 '아버지의 잘못을 덮는 것'[65]

이 나을 것입니다."

한 뚱뚱한 대관이 우가 아무 말도 하지 않는 걸 보고 그가 승복하려는가 보다라고 생각해 좀 경박한 투의 큰소리로 말했다. 그러나 얼굴에는 아직도 한 겹의 진땀이 흐르고 있었다.

"가문의 법도에 따라 가문의 명성을 회복해야 합니다. 나으리께선 아마 춘부장 어른에 대해 사람들이 어떻게 말하는지 모르실 겁니다…."

"요약해 말씀드리면, '막는 것'은 이미 세상에 정평이 나 있는 훌륭한 방법입니다."

백발이 성성한 늙은 관리는 뚱뚱보가 시끄럽게 사단을 일으킬까 걱정되어 그의 말을 가로챘다.

"갖가지의 다른 방법, 이른바 '모던'이라는 것 말이죠,[66] 옛날 치우씨가 실패한 것도 바로 그것 때문이었죠."

우가 잠시 빙그레 웃었다.

"나는 알고 있소. 어떤 사람은 내 아버지가 누런 곰이 되었다 하기도 하고, 어떤 사람은 세 발 달린 자라로 변했다 하기도 하오. 어떤 사람은 내가 명예를 추구하고 이익을 도모한다고 하오. 어떻게 말해도 괜찮소. 내가 말하고 싶은 것은, 내가 산과 호수의 상태를 조사하고 백성들의 의견을 수집하여 이미 그 실상을 다 꿰뚫어 보고 난 후에 결심을 했다는 것이오. 어찌 되었든 '물을 소통'시키지 않고는 아니 되오. 여기 이 동료들도 모두 나와 같은 의견이오."

그는 손을 들어 양쪽을 가리켰다. 머리와 수염이 하얀 관리, 머리와 수염이 희끗희끗한 관리, 작고 해쓱한 얼굴의 관리, 진 땀을 흘리고 있는 뚱뚱한 관리, 뚱뚱하나 진땀을 흘리진 않고 있는 관리들, 모두가 우의 손가락을 따라 가리키고 있는 곳을 바라보았다. 거기에는 시커멓고 여윈, 거지 같은 놈들이, 움직이지 않고 말도 없이, 웃지도 않으며 마치 무쇠로 만든 사람들처럼 한 줄로 늘어서 있는 것이 보였다.

4.

우 나으리가 떠난 후 세월은 정말 빨리도 흘러갔다. 어느새 경성은 날로 번창해 갔다. 우선 부자들 중 몇몇은 명주 두루마기를 입고 다녔다. 다음엔 큰 과일 가게에서 귤과 유자를 파는 것이 보였으며, 대형 비단 상점에서는 화려한 겹비단을 내걸었다. 부잣집의 잔칫상에는 좋은 간장과 생선 지느러미로 만든 맑은 국, 해삼 냉채무침들이 오르게 되었다. 다시 얼마 후 그들은 마침내 곰 가죽으로 만든 요와 여우 가죽으로 만든 마고자를 갖게 되었고, 그들의 부인들도 황금 귀고리를 걸고 은팔찌를 차게 되었다.

대문 어귀에 서 있기만 해도 언제나 새로운 것들을 볼 수 있었다. 오늘은 참대 화살을 실은 수레가 오는가 하면, 내일은 송판松板을 실은 수레가 왔다. 때로는 인공 산을 만들 기암괴석들

을 메고 지나갔으며, 때로는 회를 칠 신선한 생선을 들고 지나
갔다. 어떤 때는 한 자 두 치나 되는 큰 자라들이 머리를 움츠린
채 대나무 광주리에 담겨 수레에 실려 궁성 저편으로 끌려가기
도 했다.

"엄마, 저것 봐, 굉장히 큰 자라다!"

아이들은 그것을 보자마자 시끄럽게 떠들며 몰려가 수레를
에워쌌다.

"이 조무래기들, 냉큼 물렀거라! 만세 임금님의 보물이시다.
목 달아나잖게 조심해!"

진귀한 보물들이 경성으로 들어오는 것과 함께 우임금님에
대한 소문도 많아지기 시작했다. 여염집의 처마 밑, 길가의 나
무 아래에서는, 가는 곳마다 모두 그에 대한 이야기를 하고 있
었다. 그가 어떻게 하여 밤에 노란 곰으로 둔갑[67] 입과 발톱으
로 흙을 하나하나 파헤쳐 아홉 개의 하천을 소통시켰는지와,
어떻게 하여 하늘의 사병과 장수들에게 청해, 바람과 파도를
일으키는 요귀 무지기를 잡아다 귀산 기슭 아래서 진압했는가
에 대한 이야기가 제일 많았다. 황제 순임금에 대한 일은 누구
도 더 이상 거론하지 않게 되었다. 기껏해야 단주 태자의 무능
에 대해서만 좀 얘기했을 뿐이다.[68]

우가 경성으로 돌아올 것이란 소문이 퍼진 지는 아주 오래
되었다. 날마다 한 무리의 사람들이 분명히 있을 그의 의장대
가 도착하는 것을 볼 수 있을까 하여 성 밖 어귀에 서 있곤 했

다. 그러나 의장대는 나타나질 않았다. 그런데 소문은 전해지면 전해질수록 점점 더 그럴싸해져 정말 진짜처럼 되어 갔다. 반쯤은 흐리고 반쯤은 개인 어느 날 오전, 그는 마침내 수천만 백성들이 바글바글 모여 있는 사이를 통과해 지저우의 궁성으로 들어왔다. 대열 앞에는 의장대가 없었다. 단지 거지 같은 수행원들의 거대한 무리뿐이었다. 맨 뒤에는 투박하고 거친 손발을 가진, 시커먼 얼굴에 누런 수염, 휘어져 약간 굽은 다리의, 기골이 장대한 사나이가 있었다. 그는 새까맣고 끝이 뾰족한 큰 돌, 즉 순임금님이 하사한 '현규[69]'를 양손으로 받쳐 들고 "미안합니다, 미안합니다, 길 좀, 길 좀······"을 연발하면서 군중 속을 비집으며 황궁을 향해 들어갔다.

백성들은 궁문 밖에서 환호하거나 우의 공적에 대해 갑론을박했다. 그 환호 소리는 마치 저수이[70]의 파도 소리만큼 컸다.

순임금은 용상 위에 앉아 있었다. 나이가 많다 보니 쉽게 피로해짐은 어쩔 수 없었다. 그러나 이때는 다소 놀란 것 같았다. 우가 들어오자마자 얼른 공손하게 일어나더니 인사를 했다. 고요 선생이 우를 향해 먼저 몇 마디 응대를 한 다음, 비로소 순임금이 말했다.

"그대 역시 내게 좀 좋은 말을 들려주게나."

"흠, 제게 무슨 말이 있겠습니까?"

우가 간단히 잘라 말했다.

"제가 생각하는 것은, 날마다 자자[71]하는 것이지요."

"무엇을 '자자'라고 부릅니까?"

고요가 물었다.

"홍수가 하늘로 치솟고,"

우가 말했다.

"넘실넘실 산을 에워싸고 언덕을 삼켰으며 아래 백성들은 모두 물속에 빠져 있었습니다. 저는 마른 길에서는 수레를 타고, 수로에서는 배를 타고, 진창길에서는 썰매를 탔으며, 산길에서는 가마를 탔습니다. 산에 가서는 나무를 통째 베어 익益과 둘이 사람들에게 먹을 밥과 고기를 마련해 주었습니다. 논밭의 물은 강으로 유도하고 강물은 바다로 들어가게 유도하여 직稷과 둘이 사람들에게 구하기 힘든 먹을 것을 마련해 주었습니다. 먹을 것이 모자라면 여유 있는 곳에서 변통하여 부족한 곳에 보태 주었습니다. 이사도 시켰습니다. 그러고 나서야 사람들은 겨우 안정을 찾기 시작했고 여러 고장도 모양새를 갖추게 되었습니다."

"옳소, 옳소. 참 훌륭한 말이오!"

고요가 칭찬하며 말했다.

"아 아!"

우가 말했다.

"황제된 사람은 조심하고 신중해야 합니다. 하늘에 대해 진실한 마음을 가지고 있어야 하늘도 비로소 이제까지와 마찬가지로 당신께 은혜를 내리실 것입니다."

순임금은 한숨을 한번 쉬고 나서 그에게 국가 대사의 관리를 위탁했다. 그리고 의견이 있으면 면전에서 말할 것이며 뒤에서 험담해서는 안 된다고 했다. 우가 응낙하는 것을 보고 순임금은 또 한숨을 지으며 말했다.

"단주처럼은 되지 마시오. 말 안 듣고, 그저 놀러 다니기만 좋아하고, 육지에서 배를 저으려 하고, 집에서 난동을 부리고, 정말 편하게 지낼 수가 없었다오. 그런 꼴을 난 차마 눈 뜨고 볼 수가 없었다오!"

"전 아내를 얻은 지 나흘 만에 집을 떠났습니다."

우가 대답하여 말했다.

"아계阿啓를 낳고서도 저는 제 자식처럼 보살펴 주지 못했습니다. 그래서 물을 다스릴 수 있었습니다. 바닷가에 이르기까지 모두 열두 개 주의 무려 오천 리나 되는 땅을 다섯 권역으로 나누고 다섯 명의 수령을 세웠습니다. 모두들 훌륭합니다. 오직 유묘有苗만은 안 되겠습니다. 폐하께서는 유념하셔야 합니다!"

"나의 천하는, 오로지 그대의 공로 덕분에 좋아졌소!"

순임금도 칭찬했다.

이리하여 고요도 순임금과 더불어 숙연히 머리를 숙여 경의를 표했다. 조정에서 물러 나온 고요는 즉시 특별 명령을 하달했다. 백성들은 모름지기 우의 행동을 따라 배울 것이며, 만일 그렇지 않을 때는, 즉각 죄 지은 것으로 취급한다는 것이었다.

그 바람에 제일 먼저 상업계에 큰 공황이 닥쳤다. 그러나 다행히 우 나으리가 경성으로 돌아온 후부터 태도가 좀 달라졌다. 먹고 마시는 것은 가리지 않았으나 제사와 불사佛事를 치르는 것은 풍족하고 화려하게 했다. 옷은 아무것이나 입어도 되었으나 조정에 나가거나 손님을 만나러 갈 때 입는 것은 예뻐야 했다. 그래서 시장의 형편은 별로 큰 영향을 받지 않게 돼 예전과 같아졌다. 얼마 가지 않아 상인들은 우 어른의 행동거지는 참으로 배워야 하며 고요 영감의 새 법령도 아주 훌륭하다고 했다.

이리하여 마침내 태평의 시대가 도래했다. 온갖 짐승들이 모여들어 춤을 추었으며 봉황새도 날아와 함께 장관을 이루었다.[72]

1935년 11월

검을 벼린 이야기(鑄劍)

1.

미간척[73]이 막 어머니와 잠자리에 눕자 쥐 한 마리가 나와 솥뚜껑을 갉아먹기 시작했다. 시끄러워 골치가 아팠다. 그는 나직하게 몇 번 쫓아 보았다. 처음에는 좀 효과가 있더니 나중에는 쥐가 들은 체도 하지 않았다. 사각사각 계속해 갉았다. 낮에 일하느라 지쳐서 저녁이면 눕자마자 잠드시는 어머니를 깨울까 걱정되어 그는 큰소리로 쥐를 쫓을 수도 없었다.

한참 지난 뒤 잠잠해졌다. 미간척도 잠을 청할 생각이었다. 그런데 갑자기 '풍덩' 소리가 났다. 그는 깜짝 놀라 눈을 떴다. 사그락대는 소리가 들려왔다. 그것은 분명 발톱으로 질그릇을 긁는 소리였다.

"좋아! 죽여 버릴 테다!"

그는 죽일 생각을 하며 기분이 좋아졌다. 그는 살그머니 일어나 앉았다.

침대에서 내려와 달빛에 의지해 문 뒤로 갔다. 더듬더듬 부싯돌을 찾아 관솔불을 켜고 물독 안을 비춰 보았다. 예상대로 큰 쥐 한 마리가 빠져 있었다. 그러나 물이 많지 않아 쥐는 기어 나올 수가 없었다. 그저 물독 안벽을 따라 항아리를 긁으며 뱅글뱅글 돌고 있었다.

"죽여 버릴 테다!"

밤마다 시끄럽게 가구를 갉아먹어 그를 편하게 자지 못하게 한 것이 바로 이놈이었구나 하는 생각이 들자 그는 가슴이 후련해졌다. 미간척은 흙벽 작은 구멍에 관솔불을 꽂아 놓고 쥐를 구경했다. 그런데 동그랗게 부릅뜬 작은 쥐 눈은 미간척을 화나게 만들었다. 장작 하나를 뽑아 그놈을 물 밑으로 눌러 버렸다. 한참 있다가 손을 놓으니 쥐도 따라 떠올랐다. 또 항아리 벽을 긁으면서 뱅글뱅글 돌았다. 단지 긁는 기세가 아까처럼 이 악스럽지 못했다. 눈도 물속에 잠긴 채 뾰족하고 새빨간 코만 물 위에 드러내 놓고 할딱거리며 숨을 몰아쉬고 있었다.

그는 요즘 코가 빨간 사람을 그렇게 좋아하지 않았다. 그런데 지금 이 작고 뾰족한 빨간 코를 보자 느닷없이 측은하다는 생각이 들었다. 장작을 쥐의 배 밑에 밀어 넣었다. 쥐는 긁어 대면서 한참 숨을 돌리더니 장작을 따라 기어오르기 시작했다. 흠뻑 젖은 검은 털, 커다란 배, 지렁이 같은 긴 꼬리, 쥐의 몸통 전체가 눈에 보이자 그는 또 패씸하고 얄미운 생각이 들었다.

얼른 장작을 한 번 흔들었다. '풍덩' 하면서 쥐는 다시 물속으로 떨어졌다. 그는 쥐가 빨리 가라앉게 장작으로 쥐의 머리를 몇 차례 계속해 눌러 버렸다.

관솔불을 여섯 번 갈았을 때, 쥐는 더 이상 움직이지 못했고 그저 물 한가운데 떠 있었다. 이따금 힘없이 물 위로 솟구치곤 했다. 미간척은 또다시 측은한 생각이 들었다. 그래서 장작을 분질러 겨우겨우 쥐를 집어올려 땅바닥에 내려놓았다. 쥐는 처음에 꼼짝달싹을 않더니 좀 지나자 겨우 숨을 쉬기 시작하였다. 또 한참을 지나자 쥐는 네 발을 옴지락거렸고 몸을 뒤집었다. 당장이라도 일어나서 내뺄 것만 같았다. 미간척은 너무 놀란 나머지 엉겁결에 왼발을 들어 한번에 밟아 버렸다. '찍' 하는 소리만 들렸다. 쪼그리고 앉아 자세히 살펴보니, 쥐의 입가에 약간의 선혈이 보였다. 아마도 죽어 버린 것 같았다.

그는 또다시 측은한 생각이 들었다. 자신이 무슨 큰 죄라도 지은 것 같아 괴로웠다. 그는 쪼그리고 앉아 멍하니 죽은 쥐를 들여다보고 있었다. 일어날 수가 없었다.

"척아, 너 뭘 하고 있니?"

잠에서 깬 그의 어머니가 침대에서 물었다.

그는 황급히 일어나 몸을 돌렸다.

"쥐가⋯."

한마디밖에 말하지 못했다.

"그래, 쥐. 그건 나도 알아. 그런데 너 뭘 하고 있냐? 쥐를 죽인 게냐, 아니면 살리고 있는 게냐?"

그는 대답하지 않았다. 관솔불이 다 탔다. 그는 어둠 속에 묵묵히 서 있었다. 교교한 달빛이 서서히 보이기 시작했다.

"후!"

그의 어머니가 한숨을 지으며 말을 이었다.

"자시子時가 지나면 넌 이제 열여섯 살이 된다. 성격이 아직도 그 모양으로 뜨뜻미지근한 게, 조금도 변하질 않으니, 아무리 봐도 네 아비의 원수 갚을 사람은 없는가 보다."

희끄무레한 달빛 속에 앉아 있는 어머니는 몸을 부르르 떠는 듯했다. 한없는 슬픔에 젖은 어머니의 나직한 목소리에 그는 모골이 송연할 정도로 서늘해졌다. 그러나 삽시간에 더운 피가 전신에 끓어오름을 느꼈다.

"아버지 원수? 아버지에게 무슨 원수가 있었어요?"

그는 몇 걸음 앞으로 다가서며 놀라고 다급한 어조로 물었다.

"있다. 네가 갚아야 할 원수다. 내 진작 너에게 말하려 했으나 네가 너무 어려 말하질 못했다. 이제 넌 어른이 다 되었다. 그런데도 아직 성미가 그 모양이니, 어떻게 한단 말이냐? 너 같은 맘으로 어디 큰일을 해낼 수 있겠느냐?"

"할 수 있어요. 말해 주세요. 저 고칠게요…."

"물론 그래야지. 이젠 말할 도리밖에 없다. 너 반드시 그 유약한 성격을 고쳐야…. 그럼 이리 와 앉아 보거라."

그는 어머니 곁으로 갔다. 어머니는 침대에 단정히 앉아 있었다. 어슴푸레한 달빛 속에서 어머니의 두 눈은 반짝 빛나고 있었다.

"듣거라!"

그녀는 엄숙하게 말을 했다.

"네 아버지는 원래 검을 만드는 명인으로 천하 제일이셨다. 아버지가 쓰시던 공구들을 가난 때문에 죄다 팔아 치워서 넌 그 흔적을 찾아볼 수 없게 되었지. 그러나 아버지는 세상에서 둘도 없는 검을 벼리는 장인이셨다. 20년 전, 한 후궁이 잉태하여 아이를 낳았는데, 낳고 보니 아이가 아니라 무쇳덩어리였단다. 전해지는 말로는 무쇠 기둥을 한 번 끌어안은 후에 잉태한 것이라 하더구나. 그것은 시퍼렇고 투명한 쇳덩어리였단다. 왕은 그것을 기이한 보물로 여겼단다. 그래서 그것으로 검을 만들어, 나라도 지키고, 원수도 죽이고, 자기도 지키고 싶어 했단다. 불행히도 네 아버지가 그때 그 일에 뽑히게 되었단다. 그래그 쇳덩이를 안고 집으로 돌아오셨지. 아버지는 밤낮으로 그무쇠를 단련하셨단다. 꼬박 3년 동안 심혈을 기울인 끝에 검 두자루를 벼리셨지."

"마지막으로 가마의 문을 열던 그날은 얼마나 놀라운 광경이었는지! 한 줄기 하얀 기운이 '쏴아' 하고 날아올랐을 때는 땅도 마치 흔들리는 것 같았단다. 그 하얀 기운은 하늘 중간쯤에 올라가 흰 구름으로 변하더니 이곳을 자욱하게 덮었단다. 그러더니 차츰 진분홍빛으로 변해 모든 것을 복숭앗빛으로 물들였 단다. 칠흑 같은 가마 속에는 시뻘건 검 두 자루가 놓여 있었단 다. 네 아버지가 정화수를 천천히 떨구었지. 그러자 '지지직' 하 고 커다란 소리를 내면서 차츰차츰 파란빛으로 변해 갔단다. 이렇게 하여 여드레 밤낮을 보내고 나니 검이 보이지 않게 되 었단다. 자세히 살펴보니 검은 아직 가마 속에 있었단다. 그런 데 너무 티 없이 푸르스름하고 투명해 두 개의 긴 얼음덩이 같 았단다."

"네 아버지의 눈에서는 형용할 수 없는 기쁨의 광채가 사방 으로 비추었지. 아버지는 검을 꺼내 닦으시고 또 닦으셨단다. 그러나 슬프고 참담한 표정이 아버지의 미간과 입가에 어렸지. 아버지는 두 자루의 검을 두 개의 함 속에 나누어 넣고 나서 내 게 조용히 말씀하셨다. '요 며칠간의 내 상황을 살펴본 사람이 라면 누구나 이제 내가 검을 다 만들었다는 것을 알게 되었을 거요. 내일 나는 검을 바치러 왕에게 가야만 하오. 그러나 검을 바치는 그날이 바로 내 목숨이 다하는 날이 될 것이오. 우린 이 제 영 이별이 될 것 같소.'

'여보….' 나는 너무 놀라 네 아버지의 뜻을 알아듣지 못했단 다. 무어라고 말해야 좋을지 몰라 그저 '당신이 이번에 이렇게 큰 공을 세우셨잖아요…'라고만 말하였지.

'아! 당신이 어찌 알겠소!' 아버지가 말했지. '왕은 본래 의심 하길 좋아하고 아주 잔인한 사람이오. 이번에 내가 세상에 둘도 없는 검을 버려 주었으니 그는 틀림없이 나를 죽일 것이오. 내가 다시 누군가에게 검을 만들어 주어 그 누군가가 왕에 필적하거나 왕을 능가하지 못하게 말이오.'

난 울었단다.

'여보, 슬퍼하지 말아요. 이것은 피할 수 없는 일이오. 눈물은 결코 운명을 씻어 버릴 수 없다오. 난 벌써부터 여기 이렇게 준비를 해두었소!'

아버지의 눈에서는 갑자기 번갯불 같은 섬광이 발하였지. 아버지는 칼상자를 내 무릎 위에 놓으셨단다.

'이건 수놈 검이오. 잘 간수해 두시오. 난 내일 이 암검만 왕에게 바치겠소. 내가 만일 돌아오지 않으면 나는 분명 이 세상에 없는 사람이 될 것이오. 당신 임신한 지 이미 대여섯 달 되었으니 너무 서러워하지 마오. 아이를 낳으면 잘 기르시오. 그 애가 자라 어른이 되면 이 검을 그 아이에게 주시오. 왕의 목을 베어 내 원수를 갚으라 하시오' 하고 말씀하셨단다."

"그날 아버님이 돌아오셨나요?"

미간척이 다급히 물었다.

"돌아오지 않으셨다!"

어머니가 차갑게 말했다.

"사방으로 수소문했으나 소식이 묘연했다. 나중에 사람들의 말을 들으니, 네 아버지가 손수 버린 그 칼에 제일 먼저 피를 먹인 사람이 바로 그 사람, 네 아버지라고 하더라. 그러고는 죽은 네 아비의 혼백이 원혼으로 나타날까 두려워한 왕은 아버지의 몸과 머리를 나누어 앞문과 후원에 따로따로 묻었다 하더라!"

미간척은 온몸이 맹렬한 불길에 휩싸이는 듯했다. 머리카락 한올한올마다 불꽃이 튀어나오는 것 같은 느낌이 들었다. 어둠 속에서 꽉 쥔 그의 두 주먹은 '뿌드득' 하는 소리를 냈다.

그의 어머니는 일어나더니 침대 머리맡의 나무널빤지를 뜯어냈다. 어머니는 침대에서 내려와 관솔불을 밝히고는 문 뒤로 가 곡괭이를 가져왔다. 미간척에게 주며 말했다.

"여길 파라!"

미간척은 심장이 뛰었으나 침착하게 한 괭이 한 괭이씩 조용 조용 파 내려갔다. 파낸 흙은 모두 누런 흙이었다. 다섯 자가량 깊이 파 내려가니 흙빛이 약간 달라지면서 썩은 나무 같은 것이 보였다.

"잘 봐라! 조심조심!"

어머니가 말했다.

미간척은 파낸 구덩이 옆에 엎드려 두 손을 뻗어 아주 조심스럽게 썩은 나무를 헤쳐 나갔다. 잠시 후 마치 손끝이 얼음에 닿았을 때처럼 선뜩하더니 티 없이 파랗고 투명한 검이 나타났다. 그는 칼자루를 또렷하게 알아보고 잘 집어 조심스럽게 꺼냈다.

창밖의 별과 달, 방 안의 관솔불이 마치 삽시간에 그 빛을 잃어버리는 듯했다. 푸른빛만이 온 집안을 가득 채웠다. 검은 푸른빛 속에 용해되어 아무것도 없는 것처럼 보였다. 미간척은 정신을 가다듬어 자세히 살폈다. 그제서야 다섯 자 남짓 길이의 검이 보이는 듯했다. 그런데 검은 그렇게 예리해 보이지 않았다. 칼날도 무디어진 듯 부춧잎처럼 두툼했다.

"넌 이제부터 네 그 유약한 성격을 고치고, 이 검으로 아비의 원수를 갚으러 가거라!"

어머니가 말했다.

"전 벌써 제 유약한 성격을 고쳤어요. 검으로 원수를 꼭 갚고야 말겠어요!"

"제발 그렇게 하길 빈다. 푸른 옷을 입고 검을 메면 옷과 검의 색이 같아 누구도 알아보지 못할 거다. 옷은 내가 벌써 지어놨으니 내 걱정은 말고 내일 곧장 네 길을 떠나거라!"

어머니는 침대 뒤에 놓여 있는 낡은 옷상자를 가리키며 말했다.

미간척이 새 옷을 꺼내 입어 보니 크기가 몸에 딱 맞았다. 그는 옷을 벗어 다시 잘 개어 놓았다. 검도 헝겊에 잘 싸 베개맡에 놓고는 조용히 누웠다. 그는 자신의 유약한 성격이 벌써 고쳐진 것 같은 생각이 들었다. 그는 결심했다. 마치 아무 일도 없었던 듯 잠을 푹 자고 아침 일찍 일어나리라. 그리고 여느 때와 조금도 다름 없이 조용히 그 불구대천의 원수를 찾아가리라.

그러나 그는 줄곧 깨어 있었다. 이리 뒤척 저리 뒤척 하였다. 자꾸 일어나 앉고 싶었다. 그는 실망에 찬 어머니의 가벼운 한

숨소리를 들었다. 첫닭이 우는 소리를 들은 그는 이미 자정이
지났으니 자신이 열여섯 살이 되었다는 것을 알았다.

2.

미간척은 눈두덩이 부어올라 부석부석했다. 그는 뒤도 돌아보지
않고 대문을 나섰다. 푸른 옷을 입고 푸른 검을 멘 그가 성큼성큼
발걸음을 내딛으며 성을 향해 가고 있을 때, 동쪽은 아직 어두운
빛에 싸여 있었다. 삼나무의 뾰족한 잎들은 잎 끝마다 이슬방울
을 달고 있고 그 속에는 아직 밤기운이 들어 있었다. 그러나 그
가 숲 어귀까지 걸어갔을 때는 이슬들이 온갖 광채를 발산하고
있었고 차츰차츰 아침노을로 물들어 가고 있었다. 거무스름한
성벽과 성벽 위 치성[74]이 멀리 희미하게 보이기 시작했다.

　미간척은 야채를 팔러 온 사람들과 섞여 성 안으로 들어갔
다. 거리는 벌써 활기가 넘쳐나 들끓고 있었다. 남자들은 우두
커니 여기저기 서 있고 여자들은 간간이 문을 열고 목을 빼 밖
을 내다보고 있었다. 대부분은 눈두덩이 부어 부석부석하고 머
리가 헝클어져 있었다. 누리끼리한 얼굴들이 화장도 하지 않은
채였다.

　미간척은 어떤 큰 변이 닥쳐오고 있음을 예감했다. 사람들은
모두 초조하지만 참을성 있게 그 거대한 변화를 기다리고 있는
것이라고 그는 생각했다.

미간척은 곧장 앞을 향해 걸어갔다. 한 아이가 갑자기 뛰어왔다. 그의 등에 있는 칼끝에 하마터면 다칠 뻔했다. 미간척은 놀라 온몸에 식은땀이 났다. 그는 북쪽으로 꺾어 들어 왕궁에서 멀지 않은 곳에 이르렀다. 거기에는 사람들이 빼곡히 모여서서 모두 목을 길게 빼고 있었다. 무리들 속에 아낙들과 아이들의 울고 떠드는 시끄런 소리가 들려왔다. 그는 보이지 않는 수검이 사람들을 다치게 할까 봐 감히 안으로 비집고 들어가지 못했다. 그러나 사람들이 그의 등 뒤로 밀려들었다. 미간척은 이리저리 사람들을 피하는 수밖에 없었다. 눈앞에는 사람들의 잔등과 길게 빼든 목만 보일 뿐이었다.

갑자기 앞에 섰던 사람들이 모두 차례로 꿇어앉았다. 멀리서 말 두 필이 나란히 오고 있었다. 그 뒤로는 곤봉, 창, 칼, 활, 깃발을 든 무사들이 누런 황토먼지를 뿌옇게 일으키며 길 가득히 걸어왔다. 또, 네 필의 말이 끄는 큰 수레가 오고 있었다. 그 위에는 한 무리의 사람들이 앉아 있었다. 어떤 사람은 종을 치고 어떤 사람은 북을 두드리며 어떤 사람은 이름 모를 이상한 악기 나부랭이를 불고 있었다. 그 뒤로 또 수레가 따르고 있었다. 그 속에 앉아 있는 사람들은 모두 다 꽃무늬 옷을 입었다. 늙은이가 아니면 키 작은 뚱보였다. 얼굴들이 모두 땀과 기름으로 번지르르했다. 이어서 또 여러 종류의 칼과 창을 든 기사들이 따랐다. 꿇어앉았던 사람들은 모두 엎드렸다.

이때 미간척은 누런 덮개를 씌운 큰 수레가 다가오는 것을 보았다. 수레 한가운데는 꽃무늬 옷을 입은 뚱보가 앉아 있었다. 희끗희끗한 수염에 작은 머리통이었다. 미간척은 자기가 메고 있는 것과 똑같은 푸른 검이 그의 허리에도 있는 걸 어슴푸레 보았다.

그는 자신도 모르게 온몸이 오싹했다. 그러나 곧바로 활활 타오르는 맹렬한 불길이 타오르듯 몸이 달아올랐다. 그는 손을 뻗어 어깨 너머 칼자루를 부여잡고, 한편으로는 엎드려 있는 사람들의 목과 목 사이 빈틈으로 발을 디디며 넘어갔다.

그러나 겨우 대여섯 걸음 못 가, 어떤 사람이 갑자기 그의 한쪽 발을 거는 바람에 그만 거꾸로 넘어지고 말았다. 넘어지면서 그는 파리하고 깡마른 얼굴을 한 소년의 몸을 누르게 되었다. 칼끝에 소년이 다칠세라 놀라며 일어나 소년을 보는 순간 아주 힘센 두 주먹에 의해 옆구리 아래를 얻어맞았다. 그는 생각할 겨를이 없었다. 다시 길 위를 바라보았다. 누런 덮개를 씌운 수레가 이미 지나갔을 뿐만 아니라 호위하는 기사들도 지나간 지 한참이 되었다.

길가의 모든 사람들도 기어 일어났다. 깡마른 얼굴의 소년은 아직도 미간척의 멱살을 거머쥐고 있었다. 그는 손을 놓으려 하지 않았다. 소년은 미간척이 자기의 귀중한 아랫배 단전을 눌렀기 때문에 책임을 져야 한다는 것이다.[75] 만일 그가 여든 살까지 살지 못하고 죽는다면 목숨을 물어내야 한다는 것이다. 한가한 사람들이 금방 둘러 싸 멍청하니 구경했다. 그러나 누구도 입을 열지 않았다. 나중에 누군가가 옆에 서서 비웃으며 몇 마디 욕지거리를 했는데 그것은 모두 그 말라깽이 소년편을 드는 말이었다. 이러한 적을 만났으니 미간척은 정말 성을 낼 수도 웃을 수도 없었다. 그저 답답한 생각이 들었으나 몸을 뺄 수도 없었다. 이렇게 실랑이를 하며 밥이 익을 만한 시간이 흘렀다. 미간척은 초조한 나머지 온몸에 불이 났고, 구경하는 사람들은 줄어들지 않았다. 그런대로 꽤나 흥미진진한 모양이었다.

그때 앞쪽 사람들이 만든 둥근 원이 술렁이더니 검은색의 사람이 비집고 들어왔다. 검은 수염, 검은 눈동자에 쇠꼬챙이처럼 깡마른 사람이었다. 그는 아무 말 없이 미간척을 향해 차디차게 한번 웃더니, 손으로 말라깽이 소년의 턱을 가볍게 받쳐 들고 그의 얼굴을 지그시 보았다. 그 소년도 그를 잠시 보더니 미간척의 멱살 잡았던 손을 저도 모르게 슬그머니 놓고는 그냥 빠져나갔다. 그 사람도 슬그머니 사라지고 말았다. 구경꾼들도 멋쩍은 듯 흩어졌다. 몇몇 사람들만 남아 미간척에게 나이가 몇 살이냐, 집은 어디냐, 집에는 누이가 있느냐 하고 이것저것 물었다. 미간척은 그들 모두를 상대하지 않았다.

미간척은 남쪽을 향해 걸으면서 생각했다. '성안이 이렇게 붐비니 자칫하면 사람들을 다치게 하기 쉽다. 남문 밖에서 그가 돌아오길 기다렸다가 아버지의 원수를 갚자. 거기는 넓고 인적이 드무니 힘을 발휘하기 쉬울 것이다.'

이때 온 성안 사람들은 국왕의 산 나들이며 의장이며 위엄을 두고 왈가왈부하고 있었다. 자기가 국왕을 뵙게 된 것은 영광이라는 둥, 땅에 얼마나 낮게 엎드렸다는 둥, 국민으로서 모범을 갖춰야 한다는 둥, 마치 벌떼의 행렬 같았다. 남문 가까이에 이르러서야 겨우 조금 조용해졌다.

성 밖으로 나온 그는 큰 뽕나무 아래 앉아 만두 두 개를 꺼내 요기를 했다. 만두를 먹을 때 갑자기 어머니 생각이 나 콧등이 시큰했다. 그러나 금방 아무렇지도 않았다. 자신의 숨소리를 또렷이 들을 수 있을 정도로 주위는 차츰차츰 더 고요해져 갔다.

날이 점점 어두워질수록 그도 점점 더 불안했다. 시선을 집중하여 아무리 앞을 바라봐도 국왕이 돌아오는 모습은 그림자도 보이지 않았다. 성안으로 채소를 팔러 갔던 사람들도 빈 광주리를 지고 성문을 나와 하나씩 집으로 돌아가고 있었다.

인적이 끊긴 지도 오래되었다. 그런데 이때 갑자기 성안에서 아까 그 검은 빛의 사나이가 번쩍하며 나타났다.

"가자, 미간척! 국왕이 너를 잡으려 하고 있다!"

그가 말했다. 목소리가 마치 올빼미 소리 같았다.

미간척은 온몸을 부르르 떨고는 마치 귀신에 홀린 듯 곧바로 그를 따라 걸었다. 나중에는 나는 듯이 달렸다. 걸음을 멈추고 서서 한참 동안 숨을 돌리고 났을 때, 그는 비로소 자신이 삼나무 숲 언저리에 이른 것을 알았다. 은백색의 줄무늬가 있는 숲 뒤편 먼 곳에서는 이미 달이 떠오르고 있었다. 미간척 앞에는 그 검은 사람의 도깨비불 같은 두 점의 눈빛만 보였다.

"아저씬 어떻게 저를 아세요…?"

미간척은 몹시 놀라 허둥거리며 물었다.

"하하! 난 옛날부터 널 알고 있지."

그 사람의 목소리가 말했다.

"난 네가 수검을 등에 지고 네 아버지의 원수를 갚으려 한다는 것도 알고 있지. 또 네가 원수를 갚지 못하리라는 것도 알고 있지. 원수를 갚지 못할 뿐만 아니라, 오늘 벌써 왕에게 밀고한 사람이 있어서 네 원수는 일찌감치 동쪽 문으로 환궁했고 너를 체포하라는 명령까지 내렸단 말이다."

미간척은 저도 모르게 상심했다.

"아아, 어머니가 탄식하실 만도 하시구나."

미간척이 낮은 소리로 말했다.

"그러나 네 어머니는 반만 알고 계시지. 내가 네 원수를 갚아 주려 한다는 것은 모르고 계시지."

"아저씨가요? 아저씨가 내 원수를 갚아 주신다고요, 의사^{義士}?"

"아, 그렇게 부르면 내 좀 거북하지."

"그럼 아저씨는 우리 같은 고아나 과부들을 동정하나요…?"

"오호, 애야, 다시는 그런 수치스러운 호칭을 거론하지 말아라."

그는 엄숙하고 냉랭하게 말했다.

"의협심이니 동정심이니 하는 그런 것들, 이전에는 깨끗했었지. 그러나 지금은 모두 너절한 적선의 밑천으로 변해 버렸어. 내 마음엔 네가 말하는 그런 것들이 조금도 없다. 난 그저 네 원수를 갚아 주려는 것뿐이다!"

"좋아요. 그런데 아저씬 어떻게 내 원수를 갚아 줄 수 있죠?"

"네가 나한테 두 가지만 주면 돼."

두 점의 도깨비불 아래서 흘러나오는 목소리가 말했다.

"그 두 가지 말이지? 얘야 잘 듣거라, 하나는 네 검이고 다른 하나는 네 머리다!"

미간척은 이상스럽고 약간의 의심이 들기도 했으나 별로 놀라지 않았다. 그는 잠시 입을 열 수가 없었다.

"내가 너의 목숨과 보물을 노려서 거짓말하는 거라고 의심하지 마라."

어둠 속의 목소리가 다시 엄숙하고도 냉랭하게 말했다.

"이 일은 완전히 네게 달려 있다. 네가 나를 믿으면 나는 원수를 갚으러 간다. 네가 믿지 않으면 난 그만둔다."

"그런데 아저씬 왜 내 원수를 갚아 주려 하시는 거죠? 나의 아버님을 아시나요?"

"난 이전부터 네 아버지를 알고 있단다. 내가 너를 죽 알고 있었던 것처럼 말이다. 그러나 내가 원수를 갚아 주겠다고 하는 것은 그 때문만이 아니다. 총명한 아이야, 잘 들으렴. 내가 얼마나 원수를 잘 갚는지 너는 아직 모르겠지. 너의 원수가 바로 내 원수이고, 다른 사람이 곧 나이기도 하단다. 내 영혼에는, 다른 사람과 내가 만든 숱한 상처가 있단다. 나는 벌써부터 내 자신을 증오하고 있단다!"

어둠 속에서 말소리가 끝나자마자, 미간척은 손을 어깨 위로 들어 올리더니 등에 진 푸른 검을 뽑으면서 그대로 뒤에서 앞으로 자신의 목 뒷덜미를 한칼에 내리쳤다. 두개골이 땅바닥 푸른 이끼 위에 떨어지는 그 순간, 그는 검은 사람에게 검을 넘겼다.

"아아!"

그 사람은 한 손으로는 검을 받고 다른 한손으로는 머리칼을 거머쥐어 미간척의 머리를 들어 올렸다. 그는 이미 죽은, 그러나 아직은 뜨거운 입술에 두 번 입을 맞추고는 냉랭하고 날카롭게 웃었다.

그 웃음소리는 삽시간에 삼나무 숲 속으로 퍼져 나갔다. 깊은 숲 속에서 도깨비불 같은 눈빛들이 번쩍거리며 움직이더니 갑자기 가까이 다가왔다. "쉭쉭" 주린 이리 떼들의 숨소리가 들려왔다. 그들은 한입에 미간척의 푸른 옷을 갈기갈기 찢어 버렸고, 두 입에 그 몸뚱이가 보이지 않게 되었으며, 핏자국마저 순식간에 말끔히 핥아먹었다. 단지 뼈를 씹는 소리만 희미하게 들려왔다.

제일 앞에 섰던 큰 이리가 검은 사람을 향해 달려들었다.

그가 푸른 검을 한번 휘두르자마자 이리의 대가리가 땅의 푸른 이끼 위에 떨어졌다. 다른 이리들이 달려들어 한입에 죽은 이리의 가죽을 물어 찢어 버리고, 두 입에 그 몸뚱이는 보이지 않게 되었으며, 핏자국마저 순식간에 말끔히 핥아먹었다. 단지 뼈 씹는 소리만 희미하게 들려왔다.

그는 땅 위의 푸른 옷을 주워 미간척의 머리를 싸맸다. 그러고는 그것을 푸른 검과 함께 등에 지고 돌아서더니 왕궁을 향해 어둠 속으로 성큼성큼 걸어갔다.

이리 떼들은 꼼짝 않고 서 있었다. 어깨를 쏭긋 추켜올린 채 혀를 죽 빼고는 "쉭쉭" 가쁜 숨을 몰아쉬며 성큼성큼 걸어가는 그 사람을 시퍼런 녹색 눈으로 바라보았다.

검은 사람은 왕궁을 향해 어둠 속으로 성큼성큼 걸어가며 날카로운 소리로 노래를 불렀다.

아아 사랑이여, 사랑이여 사랑이여!
푸른 검을 사랑했네.
복수에 불탄 한 사내 목숨을 버렸도다.
훨훨 날고 나는
대장부는 많고 많아.
푸른 검을 사랑한 사내
오호, 외롭지 않다네.
머리로 머리를 바꾸었으니
복수에 불탄 두 사내 목숨을 버리리라.

대장부는 사라지리 사랑이여 오호라!

사랑이여 오호라 오호라 아하,

아하 오호라 오호라 오호라![76]

3.

산놀이는 국왕을 재미있게 하지 못했다. 더구나 길에 자객이 있다는 비밀 보고에 흥이 깨져 곧바로 돌아왔다. 그날 밤 왕은 몹시 성이 나 아홉째 후궁의 머리카락조차 어제처럼 예쁘고 검지 못하다고 트집을 잡았다. 그나마 다행히 그녀가 왕의 무릎에 앉아 애교를 떨어 댔고 특별히 일흔 번이 넘게 몸을 비비 꼬았기 때문에, 왕 미간의 주름살이 조금 펴졌다.

오후에 왕은 자리에서 일어나자 또 기분이 좋지 않았다. 점심 수라를 들고 나서는 아예 성난 얼굴을 드러냈다.

"아아! 무료하다!"

그는 하품을 길게 하고 나서 큰소리로 말했다.

위로는 왕후로부터 아래로는 신하 노릇 하는 이에 이르기까지, 이 광경을 보고 모두 몸 둘 바를 몰라 쩔쩔맸다. 백발 성성한 늙은 대신이 도道에 대해 말하는 것도, 뚱뚱한 난쟁이 광대가 코미디를 하는 것도 왕은 벌써 지겨워졌다. 요즘 와서는 줄타기, 장대 오르기, 투환, 거꾸로 서기, 칼 삼키기, 입에서 불 뿜기 등등 기기묘묘한 요술조차도 아무 재미가 없었다. 그는 툭하면

화를 냈다. 화가 나기만 하면 푸른 검을 빼들고 자그마한 트집이라도 찾아내 사람들을 죽이고 싶어 하곤 했다.

몰래 틈을 타 궁 밖에서 한가로이 놀던 두 젊은 환관이 막 환궁했다. 궁 안의 모든 사람이 수심에 잠긴 것을 보자 또 늘 있는 화가 임박했다는 것을 알았다. 한 사람은 무서워 얼굴이 흙빛이 되었다. 그러나 다른 한 사람은 대단한 자신감이라도 있는 듯 당황하지 않았다. 그는 국왕 앞에 나아가 엎드린 채 말했다.

"소인이 방금 이상한 사람을 방문했는데 괴상한 재주가 있사와 상감마마의 무료하심을 풀어 드릴 수 있을 것으로 사료됩니다. 그래서 이렇게 특별히 아뢰옵나이다."

"뭔데?!"

왕이 말했다. 왕의 말은 늘 짤막했다.

"그는 거지 같은 행색을 한 검고 마른 사내였습니다. 온몸에 푸른 옷을 두르고 있고 등에는 동글동글한 푸른 보따리를 짊어졌으며 입으로는 이상하게 만든 노랠 부르고 있습니다. 사람들이 물어보면 그는, 자기는 사람들이 여태까지 본 적이 없는, 세상에 둘도 없는 재주를 부릴 줄 안다고 합니다. 그것은 보기만 해도 번민이 가시고 천하가 태평해진다고 하옵니다. 그러나 사람들이 그보고 재주를 부려 보라 하면 오히려 싫다고 합니다. 말인즉 첫째로는 금룡이 있어야 하고, 둘째로는 금솥이 있어야 한다 하옵니다…."

"금룡? 그것은 나잖아. 금솥이라고? 나에게 있잖아."

"소인도 바로 그리 생각하고 있었습니다….."

"불러들이라 해라!"

말이 채 떨어지기도 전 네 명의 무사가 그 환관을 따라 나는 듯이 달려 나갔다. 위로는 왕후로부터 아래로는 신하에 이르기까지 모두가 얼굴에 희색이 돌았다. 그들은 모두 그 놀음이 잘돼 왕의 번민도 풀리고 천하도 태평해지기를 바랐다. 설사 그 놀음이 잘못된다 하더라도 이번에는 그 거지 같은 행색을 하고 있다는 검은 사내가 화를 입을 것이니, 그들은 그저 그가 들어올 때까지 기다리기만 하면 되는 것이었다.

얼마 지나지 않아 여섯 명이 왕이 있는 계단을 향해 걸어 들어오는 것이 멀리 보였다. 맨 앞에는 환관이 섰고 뒤에는 네 명의 무사들이 따르고 가운데에 한 검은 사내가 끼어 있었다. 가까이 왔을 때 보니 그는 온통 푸른 옷을 입고 있었으며 수염이며 눈썹이며 머리칼이 모두 새까맸다. 광대뼈와 눈가장자리 뼈, 눈썹뼈가 높이 도드라질 만큼 여위었다. 그가 공손하게 무릎을 꿇어 엎드렸을 때 과연 그의 등 뒤에는 둥그런 작은 보따리가 있었다. 푸른 보자기 위에 검붉은 꽃무늬가 그려져 있었다.

"고하거라!"

왕이 조급하고 난폭하게 말했다. 왕은 그놈의 행색이 초라한 것을 보고 무슨 대단한 재주를 부릴 것 같지 않다고 생각했다.

"신은 이름을 연지오자라 부르며 원원상에서 자랐습니다. 젊어서는 직업이 없었으나 늘그막에 훌륭한 스승을 만나 어린아이의 머릴 가지고 노는 재주를 배웠나이다. 이 재주는 혼자서는 할 수 없습니다. 반드시 금룡 앞에 금솥을 설치하고, 그곳에 맑은 물을 가득 부은 다음, 수탄으로 물을 끓여야 합니다.[77] 그러고 나서 아이의 머리를 솥에다 집어넣습니다. 물이 끓어오르자마자 아이의 머리는 바로 끓는 물을 따라 올라왔다 내려갔다 하면서 여러 가지 춤을 출 뿐만 아니라 기묘한 목소리로 즐겁게 노래를 부릅니다. 이 춤과 노래는 혼자서 보면 번민을 쫓을 수 있고 만백성이 같이 보면 천하가 태평해집니다."

"놀아 보거라!"

왕이 큰소리로 명령했다.

얼마 지나지 않아 소를 삶는 커다란 금솥이 대전 밖에 설치되었다. 물을 가득 부은 다음 솥 밑에 목탄을 쌓고 불을 지폈다. 옆에 서 있던 검은 사람은 목탄불이 벌겋게 피어오르는 것을 보자 보자기를 풀어헤치고 두 손으로 아이의 머리를 꺼내어 높이높이 받쳐 들었다. 그 머리는 이목이 수려하고 하얀 이에 붉은 입술을 지니고 있었다. 얼굴은 웃음을 띠고 있었으며 머리털은 마치 푸른 연기처럼 헝클어져 날리고 있었다. 검은 사람은 아이의 머리를 받쳐 들고 사방을 한 바퀴 빙 돌았다. 그러고 나서 솥 위로 손을 죽 뻗어 올렸다. 그는 입술을 움직이며 무슨 말인지 알 수 없는 몇 마디의 말을 중얼거리더니 이내 두 손을 놓았다. '풍덩' 하는 소리가 들리면서 아이의 머리가 물속으로 떨어졌다. 물보라가 동시에 튀어 올랐다. 족히 다섯 자 이상 높이 올랐다. 잠시 후에는 모든 것이 조용해졌다.

시간이 흘렀으나 아무런 기미가 없었다. 국왕이 먼저 조급해지기 시작했다. 이어 왕후와 후궁, 대신과 환관들도 모두 초조해졌다. 뚱뚱한 난쟁이 배우들은 벌써 비웃기 시작했다. 왕은 광대들이 비웃는 것을 보자 자기가 우롱당하고 있다고 느꼈다. 무사들을 돌아보며, 임금을 기만하는 저 나쁜 놈을 당장 솥에 처넣어 삶아 죽이라고 명령하려는 참이었다.

그런데 이때 물이 끓어오르는 소리가 들렸다. 숯불도 막 활활 타올라 그 검은 사람의 얼굴은 마치 달귀진 쇠가 연분홍빛으로 변하는 것처럼 검붉게 변했다. 왕이 다시 얼굴을 돌렸을 때 그는 벌써 하늘을 향해 두 손을 펼쳐들고 눈은 허공을 향한 채 춤을 추다 갑자기 날카로운 목소리로 노래하기 시작했다.

아아 사랑이여, 사랑이로구나, 사랑이로구나!

사랑이여, 피여, 허, 누구라서 홀로인가.

민초의 저승길이여, 한 사내 미친 듯 큰소리로 웃는다.

그는 백 개의 머리, 천 개의 머리를 가지고 논다네.

만 개의 머릴 쓴다네!

나 한 개의 머릴 쓰리니,

여러 사람 필요 없도다.

한 개의 머릴 사랑함이여, 피로다 오호라!

피로다 오호라, 오호라 아하,

아하 오호라, 오호라 오호라!

노랫소리를 따라 솥 아가리에서 물이 솟구쳐 올랐다. 물기둥은 위가 뾰족하고 아래가 넓어서 마치 작은 산 같았다. 그런데 물은 뾰족한 위에서부터 솥 밑바닥까지 쉴 사이 없이 왕복 선회 운동을 했다. 그 아이의 머리도 물을 따라 오르락내리락 하며 원을 그리며 돌다가 데굴데굴 스스로 곤두박질도 치곤 했다. 사람들은 그 머리가 재미있게 놀면서 웃는 얼굴 하는 것을 어렴풋 볼 수 있었다. 얼마 지나자 아이의 머리는 갑자기 물결을 거슬러 헤엄을 쳤다. 베틀북처럼 물기둥을 들며나며 빙글빙글 선회했고 물방울을 사방으로 튀겨 날아오르게 해 마당 가득히 뜨거운 비를 한 차례 뿌렸다. 한 난쟁이 배우가 별안간 소리를 지르며 손으로 자기의 코를 문질렀다. 불행하게도 뜨거운 물에 덴 것이었다. 참을 수 없는 아픔 때문에 비명을 지르지 않을 수 없었던 것이다.

검은 사람의 노랫소리가 멎자 그 머리도 물 중앙에 멈추어 섰고 머리를 왕좌로 향했다. 그 낯빛은 단정하고도 장엄하게 변했다. 이렇게 하여 여남은 정도의 숨 쉴 시간이 지나자, 아이의 머리는 다시 천천히 위아래로 움직이며 전율했다. 전율하며 움직임에 속도가 빨라지더니 솟구쳤다 숨었다 헤엄을 쳤다. 그러나 그 속도는 그렇게 빠르지 않았으며 태도는 점잖고도 늠름했다. 아이의 머리는 물가를 따라 높았다 낮았다를 반복하며 세 바퀴 헤엄을 쳤다. 그러더니 갑자기 커다란 두 눈을 부릅뜨고는, 칠흑 같은 눈망울을 유난히 반짝이는 것과 동시에 입을 벌려 노래를 부르기 시작했다.

왕의 은혜여, 호호탕탕 흐르고 흘러
원수를 이기고 이겼도다 원수를.
혁혁하다, 강대함이여!
우주는 유한하나 임금 세상 무궁토다.
다행히 나 여기 왔네, 푸르른 그 빛!
푸르른 그 빛, 서로 잊지 못하네.
다른 곳에 있었네, 다른 곳에 있었네.
당당하고 훌륭하도다!
당당하고 훌륭하다, 어허 허 얼씨구.
아하 돌아왔네, 아하 사죄하리, 푸르른 그 빛!

머리가 갑자기 물마루 끝에 올라가 멈추더니 몇 번 곤두박질을 한 후 위아래로 오르내리기 시작했다. 눈동자가 좌우를 잠시 바라보는데 그 눈매가 너무나 아름다웠다. 입으로는 여전히 노래를 부르면서.

아하 오호라, 오호 오호.
사랑이여 오호라, 오호라 아호.

하나의 머리를 피로 물들인다.

사랑이여 오호라.

나 한 개의 머릴 쓰리니,

그리하여 뭇사람 필요 없도다!

그는 백 개의 머리, 천 개의 머릴 쓰지만….

여기까지 노랠 하더니 머리는 가라앉았다. 그러고는 다시 떠오르지 않았다. 가사도 알아들을 수 없었다. 솟구쳐 오르던 물도 노랫소리가 작아짐에 따라 점점 낮아지더니 마치 썰물처럼 솥단지 밑으로 잦아들었다. 먼 곳에서는 아무것도 보이지 않게 되었다.

"어찌 된 거냐?"

잠시 후 왕은 참지 못하고 물었다.

"대왕,"

검은 사람이 엉거주춤 꿇어앉아 말을 했다.

"지금 그는 솥 밑에서, 신기하기 그지없는 원무를 추고 있는 중입니다. 가까이 오지 않으시면 보이질 않습니다. 원무는 반드시 솥 밑에서 추어야 하기 때문에 신도 그를 올라오게 할 묘술이 없습니다." 왕은 몸을 일으켜 계단을 내려왔다. 그는 뜨거운 열기를 무릅쓴 채 솥 옆에 서서 머리를 빼내 들여다보았다. 거울처럼 잔잔한 물만 보였다. 그 소년의 머리는 물 한가운데서 얼굴을 위로 향한 채 누워 있었고 두 눈은 왕의 얼굴을 보고 있는 중이었다. 왕의 눈빛이 그의 얼굴을 쏘아보자 아이의 머리가 금방 빙긋 웃었다. 그 웃음은 왕에게 일찍 어디서 본 듯한 느낌이 들게 했다. 그러나 누구인지는 단번에 생각나지 않았다. 놀라움과 의아한 생각이 든 바로 그때, 검은 사람이 등에 진 푸른 검을 뽑아 한 번 휘둘렀다. 번개처럼 왕의 뒷덜미를 뒤에서 그대로 내리친 것이다. '첨벙' 하는 소리와 함께 왕의 머리는 솥 안으로 떨어졌다.

원수끼리 만나면 본래 눈이 유난히 밝아지는 법, 하물며 외나무다리에서 만났음에랴. 왕의 머리가 물에 떨어지자마자 미간척의 머리가 맞받아 올라와 왕의 귀를 한입 이악스럽게 물었다. 순간 솥 안의 물이 끓기 시작하더니 부글부글 소리를 냈다. 두 머리는 물속에서 결사적으로 싸웠다. 스무 번가량 붙어 싸우더니 왕의 머리는 다섯 군데의 상처를 입었고 미간척의 머리는 일곱 군데의 상처를 입었다. 왕은 여전히 교활했다. 언제나 적의 뒤쪽으로 돌아갈 궁리만 했다. 잠깐 실수한 미간척은 왕에게 뒷덜미를 물려 머리를 빼낼 방법이 없게 되었다. 이번에는 왕의 머리가 미간척의 머릴 꽉 물고 놓아주지 않았다. 왕은 그저 야금야금 조금씩 먹어 들어갔다. 아파서 절규하는 아이의 울음소리가 솥 밖에서도 들리는 듯했다.

위로는 왕후로부터 아래로는 신하에 이르기까지 겁에 질려 옴짝달싹 못하던 분위기가 울음소리에 술렁거리기 시작했다. 마치 햇빛 없는 어둠의 비애를 느끼기라도 한 듯 그들의 피부에는 도톨도톨 소름이 돋았다. 그러나 그들은 또 신비로운 환희에 휩싸여 눈을 부릅뜨고는 마치 무엇인가를 기다리고 있는 것 같기도 했다.

검은 사람도 좀 놀라고 당황해하는 것 같았다. 그러나 낯빛은 변하지 않았다. 그는 보이지 않는 푸른 검을 쥐고 있는, 마른 나뭇가지 같은 자신의 팔을 아주 조용하게 위로 쭉 뻗고는, 솥 밑을 자세히 보기라도 하려는 듯 목을 길게 뺐다. 그런데 갑자기 팔이 굽어지면서 푸른 검이 날렵하게 그 자신의 뒷덜미를 내리쳤다. 검이 닿자 그의 머리가 잘려 솥 안으로 떨어졌다. '풍덩' 소리와 함께 하얀 물보라가 허공을 향해 사방으로 튀었다.

그의 머리는 물에 떨어지자마자 그대로 왕의 머리에 달려들어 왕의 코를 한 입에 물었다. 거의 빼낼 것 같은 기세였다. 왕은 참지 못해 "아이고" 비명을 지르며 입을 벌렸다. 미간척의 머리는 이 틈을 타 빠져나왔고 얼굴 방향을 바꿔 왕의 아래턱을 죽을힘을 다해 물어 버렸다. 그들은 왕을 놓아주지 않았을 뿐 아니라 온 힘을 다해 아래위로 찢어 놓았다. 왕의 머리는 다시는 입을 다물지 못하게 되었다. 그들은 마치 주린 닭들이 모이를 쪼아 먹듯이 왕의 머리를 마구 물어뜯었다. 왕의 머리는 물려서 눈이 찌그러지고 코가 납작해졌으며 온 얼굴이 상처로 비늘처럼 너덜거렸다. 처음에는 그래도 솥 밑에서 이리저리 마구 뒹굴었으나 나중에는 누워서 신음 소리만 냈다. 그리고 끝내는 아무 소리도 못 내고 숨도 단지 내쉬기만 할 뿐 들이쉬지 못하게 되었다.

검은 사람과 미간척의 머리도 천천히 입을 다물었다. 그들은 왕의 머리에서 멀어지더니 솥 안벽을 따라 한 바퀴 돌았다. 그러면서 왕이 정말 죽은 것인지 죽은 체하는 것인지를 살폈다. 왕의 머리가 확실하게 숨이 끊어진 것을 알게 되자 네 개의 눈은 서로 마주보며 씽긋 한번 웃었다. 그리고 곧바로 눈을 감고는 얼굴을 하늘로 향한 채 물속으로 가라앉았다.

4.

연기는 사라지고 불은 꺼졌다. 물결도 일지 않았다. 이상한 고요함이 어전 위아래에 있던 사람들을 정신 차리게 했다. 그들 가운데서 누군가가 먼저 소리를 지르자 모두들 즉시 겁에 질려 연이어 소리치기 시작했다. 한 사람이 금솥을 향해 씩씩하게 걸어가자 모두들 앞 다투어 몰려갔다. 뒤에 밀린 사람들은 겨우 앞사람들의 목 사이 틈새로 안을 볼 수 있었다.

솥 안의 열기가 아직도 뜨거워 사람들 얼굴로 열을 뿜었다. 그러나 솥 안의 물은 거울처럼 잔잔했다. 물 위에 기름이 한 겹 떠 있어 수많은 사람들의 얼굴이 비쳤다. 왕후, 후궁, 무사, 늙은 신하, 난쟁이 배우, 환관….

"아이고, 하느님! 우리 상감마마의 머리가 아직도 여기 안에 계시는구나, 아이고, 아이고!"

여섯번째 후궁이 별안간 미친 사람처럼 울부짖었다.

위로는 왕후로부터 아래로는 어릿광대 신하에 이르기까지 모두들 홀연히 제정신이 들었다. 그들은 황망하게 흩어지더니 어찌할 바를 몰라 허둥거렸다. 각각 네다섯 바퀴씩 빙빙 돌았다. 제일 지략이 있다는 늙은 신하 하나가 혼자 나서더니 손을 뻗어 솥 가를 만져 보았다. 그러나 온몸을 부르르 떨며 제걱 물러섰다. 그는 두 손가락을 입에 대고 연신 후후 불었다.

사람들은 정신을 좀 가다듬고 나서 어전 문밖에 모여 상감의 머릴 건져 낼 방법을 상의했다. 거의 세 솥가량의 조밥이 익을 만한 시간이 흐르고 나서야 겨우 결론을 얻게 되었다. 그것은, 큰 주방에 가서 철사로 된 국자를 가져다가 무사들을 시켜 힘을 합해 머리를 건져 내자는 것이었다.

오래지 않아 도구들이 갖추어졌다. 철사국자며 조리며 금쟁반이며 행주들이 솥단지 옆에 놓여졌다. 무사들은 옷소매를 걷어붙이고 어떤 이는 철사국자로, 어떤 이는 조리로 일제히 정중하게 머리를 건지기 시작했다. 국자가 서로 부딪치는 소리, 조리가 솥을 긁는 소리가 들려왔다. 물은 국자가 휘젓는 대로 빙글빙글 돌고 있었다. 한참 후, 한 무사의 얼굴이 갑자기 엄숙해지더니 아주 조심스럽게 두 손으로 국자를 천천히 들어올렸다. 물방울이 국자 구멍으로 구슬처럼 흘러내리자 국자 안에는 새하얀 두개골이 나타났다. 모두들 놀라서 소리를 질렀다. 무사는 그것을 금쟁반 위에 놓았다.

"아이고! 우리 상감마마님!"

왕후, 후궁, 늙은 신하에서 환관에 이르기까지 모두 목 놓아 울기 시작했다. 그러나 얼마 지나지 않아 울음소리는 연달아 가며 그쳤다. 무사가 똑같은 머리뼈를 또 건져냈기 때문이다.

그들은 눈물로 흐려진 눈으로 사방을 둘러보았다. 무사들이 온 얼굴에 비지땀을 흘리면서 아직도 건져내고 있는 것이 보였다. 그후에 건진 것은 뒤범벅이 된 흰 머리칼과 검은 머리칼 뭉치였다. 그 밖에 흰 수염과 검은 수염인 듯한 짧은 것들도 몇 국자 건져냈다. 그후에 또 머리뼈 하나를 건져냈고 그후에는 비녀 세 개를 건져냈다.

솥 안에 물만 남았을 때에야 비로소 손을 멈추었다. 건져낸 물건들을 금쟁반 셋에 나누어 담았다. 한 쟁반에는 두개골, 한 쟁반에는 머리칼과 수염, 한 쟁반에는 비녀를 담았다.

"우리 상감마마는 머리가 하나뿐인데 어느 것이 우리 상감마마의 것이오?"

아홉번째 후궁이 초조해하며 물었다.

"그렇습죠…."

늙은 신하들은 서로 얼굴만 쳐다보았다.

"가죽과 살이 떨어지지 않았다면 쉽게 알아볼 수 있었을 것입니다."

한 난쟁이 배우가 꿇어앉아 말했다.

사람들은 하는 수 없이 마음을 조용히 가라앉히고 머리뼈를 자세히 살펴보았다. 그러나 그 머리뼈들은 색깔과 크기가 비슷하여 어린아이의 머리조차 가려낼 수가 없었다. 왕후는 왕이 태자였을 적에 넘어져서 다친 상처 자리가 오른쪽 이마에 있는데 어쩌면 뼈에도 그 흔적이 남아 있을지 모른다고 말했다. 과연 난쟁이 배우가 한 두개골에서 그것을 발견했다. 모두들 기뻐하고 있을 때 다른 한 난쟁이가 약간 누런빛의 다른 두개골 오른쪽 이마에서도 비슷한 흔적을 발견했다.

"좋은 수가 있어요. 우리 상감마마의 코는 매우 높으셨어요."

세번째 후궁이 자신 있게 말했다.

환관들은 지체 없이 코뼈 연구에 착수했다. 그 가운데 하나가 확실히 좀 높은 것 같았다. 그러나 결국에는 다른 것과 별로 큰 차이가 없음을 알았다. 제일 야속한 것은 오른쪽 이마에 넘어져 다친 흔적이 없다는 것이다.

"게다가."

늙은 신하들이 환관에게 말했다.

"상감마마의 후두부가 이렇게 뾰족했었느냐?"

"소인들은 지금까지 상감마마의 뒷골을 유심히 뵌 일이 없어서…."

왕후와 후궁들도 제각기 생각을 더듬었다. 뾰족하다는 사람도 있었고 평평하다는 사람도 있었다. 빗질해 주던 환관을 불러다가 물어보았으나 한마디도 하지 못했다.

그날 밤 대신 회의를 열어 어느 것이 왕의 머리인지 결정하고자 했다. 그러나 결과는 여전히 낮과 마찬가지였다. 뿐만 아니라 수염과 머리칼에도 문제가 생겼다. 흰 것은 물론 왕의 것이다. 그러나 조금 희끗희끗한 검은 것도 있어 처리하기가 매우 곤란했다. 밤늦게까지 토의하여 겨우 불그스레한 수염을 몇 가닥 가려냈을 뿐이었다. 그런데 아홉번째 후궁이 항의를 했다. 그녀는 왕에게 샛노란 수염 몇 가닥 있는 걸 분명 본 적이 있는데 지금 어떻게 그런 수염이 한 올도 없을 수 있느냐는 것이었다. 그래서 그것 역시 원상태로 다시 돌아가 미해결 안건으로 둘 수밖에 없었다.

한밤중이 지났으나 아무런 결과도 보지 못했다. 그래도 사람들은 하품을 해가며 계속 토론했다. 닭이 두 회째 울 때가 되어서야 비로소 가장 신중하고 타당한 방법을 결정했다. 그것은 세 개의 두개골을 왕의 몸뚱이와 함께 금관에 넣어 매장할 수밖에 없다는 것이었다.

이레가 지나 장사 지내는 날이 되었다. 온 성안이 시끄러웠다. 성안의 백성들과 먼 곳의 백성들이 모두 국왕의 '대출상'을 구경하러 모여들었다. 날이 밝자 길에는 이미 남녀노소들로 가득 붐볐다. 그 사이사이에는 많은 제사상들이 차려 있었다. 아침나절이 되자 길을 정리하는 기사들이 말고삐를 느슨하게 쥐고 천천히 나타났다. 또 한참을 지나서야 깃발과 곤봉, 창과 활, 도끼 같은 것을 든 의장대가 나타났다. 그 뒤로는 북 치고 나팔 부는 네 대의 수레가 따랐다. 또 그 뒤로는 노란 천개天蓋가 울통

불퉁한 길을 따라 흔들흔들 오르락내리락하면서 다가왔다. 그리고 영구차가 나타났다. 그 위에는 금관이 실려 있었는데 그 관 속에는 머리 세 개와 몸뚱이 하나가 누워 있었다.

백성들이 모두 꿇어앉자 제사상들이 한줄한줄씩 사람들 속에서 나타났다. 충성스런 몇몇 백성들은 그 대역무도한 두 역적의 혼백이 왕과 함께 제사를 받지 않을까 하는 마음에 한편으로는 분노하면서 한편으로는 눈물을 흘렸다. 그래도 어쩔 도리가 없었다.

그 뒤로는 왕후와 수많은 후궁들의 수레가 따랐다. 백성들이 그들을 보았으며 그들도 백성을 보았다. 그저 울고 있었다. 그 뒤로는 대신, 환관, 난쟁이 배우들의 무리가 따랐는데 모두 슬픈 체하는 표정을 짓고 있었다. 백성들은 더 이상 그들을 구경하지 않았다. 나중에는 행렬도 뒤죽박죽 붐벼서 그 꼴이 말이 아니었다.

1926년 10월

전쟁을 막은 이야기(非攻)

1.

자하의 제자 공손고[78]가 묵자를 찾아간 것은 이미 여러 차례 되었다. 그러나 늘 집에 있지 않아 만날 수 없었다. 그러다 아마 네번째인가 아니면 다섯번째였을 것이다. 문 어귀에서 딱 마주치게 되었다. 공손고가 막 도착했을 때, 묵자도 때마침 집으로 돌아왔던 것이다. 그들은 함께 방으로 들어갔다.

공손고가 묵자의 예우에 한참 사양한 후, 눈으로는 돗자리의 떨어진 구멍[79]을 보며 부드럽게 물었다.

"선생님은 싸우지 말 것을 주장하십니까?"

"그렇소!"

묵자가 말했다.

"그럼, 군자는 싸우지 않습니까?"

"그렇소!"

묵자가 말했다.

"개나 돼지도 싸우는데 하물며 사람이…."

"어허, 당신네 유학자들은 말할 때는 요순을 칭송하다가도 일할 때는 개돼지를 본받으려 하다니 정말 딱하군요, 딱해요!"

묵자는 말하면서 일어나 부지런히 주방 쪽으로 뛰어갔다. 그러면서 말했다.

"당신은 내 생각을 이해하지 못하는군요…."

그는 주방을 통과해 뒷문 밖에 있는 우물가로 가더니 도르래를 돌렸다. 반 두레박의 우물물을 길어 받쳐 들고는 여남은 모금 마셨다. 그런 다음 두레박을 내려놓고 입을 훔쳤다. 뜰 한 모퉁이를 바라보다가 그는 갑자기 소리치며 불렀다.

"아렴,[80] 너 왜 돌아왔냐?"

아렴도 벌써 묵자를 보고 달려오고 있었다. 그는 묵자 면전에 이르자 단정하고 법도 있게 멈추어 섰다. 두 손을 모으고 '선생님' 하고 약간 격앙된 듯이 말을 이었다.

"전 하지 않기로 하였습니다. 그들은 언행이 일치하지 않습니다. 저에게 좁쌀 천 됫박을 주겠다고 약속하고선 오백 됫박밖에 주지 않았습니다. 그래서 전 떠날 수밖에 없었습니다."

"만일 천 되 이상 주었다면, 그래도 떠났겠느냐?"

"아닙니다."

아렴이 대답했다.

"그렇다면, 그들의 언행이 일치하지 않기 때문이 아니라 양이 적은 탓이로구나!"

묵자는 이렇게 말하며 주방으로 뛰어 들어가며 소리쳤다.

"경주자![81] 내게 강냉잇가루를 반죽해다오!"

때마침 경주자가 방에서 걸어 나왔다. 아주 생기 넘치는 젊은이였다.

"선생님, 십여 일 비상식량으로 떡을 만드시려는 거죠?"

그가 물었다.

"오냐. 공손고는 갔겠지?"

"갔습니다."

경주자가 웃으며 대답했다.

"그는 몹시 성을 내면서 우리가 주장하는 겸애(兼愛)가 부모도 모르는 금수와 같은 거라고 했습니다."[82]

묵자도 빙그레 웃었다.

"선생님은 초나라로 가십니까?"

"오냐, 너도 알고 있었느냐?"

묵자는 경주자에게 물로 강냉잇가루를 반죽하게 하고 자신은 부싯돌과 쑥대로 불을 일으켰다. 그것으로 마른 나뭇가지에 불을 붙여 물을 끓였다. 타오르는 불길을 묵묵히 바라보더니 묵자는 천천히 말을 이었다.

"나와 한 고향 사람인 공수반[83] 말이다. 하찮은 자신의 재간을 믿고 늘 풍파를 일으킨단 말이야. 그는 구거를 만들어 초나라 왕에게 월나라 사람들과 싸우게 하더니, 그것도 모자라서 이번에는 또 무슨 운제라는 것을 고안해 가지고선 송나라를 치라고 초나라 왕을 부추기고 있단 말이야.[84] 송나라는 조그만 나라인데 어떻게 그런 공격을 막아낼 수 있겠냐 말이다. 아무래도 내가 가서 그를 좀 말려야겠어."

경주자가 강냉이떡을 이미 시루 위에 올린 것을 보고 그는 자기 방으로 돌아왔다. 벽장에서 소금에 절여 말린 명아주 한 움큼과 낡은 구리칼 한 자루를 더듬어 꺼냈다. 그리고 헌 보자기 하나를 찾아냈다. 경주자가 푹 익힌 강냉이떡을 받쳐 들고 들어오자 그것들을 모두 보따리 하나에 쌌다. 그는 옷도 별로 갖추어 입지 않았고 세숫수건도 챙기지 않았다. 그저 혁대를 좀 졸라매더니 마루에서 내려와 짚신을 신었다. 그리고 보따리를 둘러메고는 뒤도 돌아보지 않고 떠났다. 보따리에서는 아직도 더운 김이 모락모락 피어올랐다.

"선생님, 언제 돌아오세요?"

경주자가 뒤에서 소리쳤다.

"스무 날 정도 걸리겠지."

묵자는 걸어가며 짧게 대답했다.

2.

묵자가 송나라 국경에 들어섰을 때는 짚신 끈이 이미 서너 번 끊어진 뒤였다. 발바닥에 열이 나 걸음을 멈추고 살펴봤다. 신발 바닥은 닳아 큰 구멍이 뚫렸고 발에는 몇 군데 굳은살이 박히고 물집이 생겼다. 그는 조금도 개의치 않았다. 그냥 계속 걸었다. 길을 따라가면서 좌우의 동정을 살폈다. 인구는 그래도 적지 않았다. 그러나 가는 곳마다 계속된 수재와 병란의 흔적이 남아 있었다. 사람들이 변하듯 그렇게 빠르게 변하지는 않았다. 사흘 동안 걸었으나 집 한 채, 나무 한 그루 보이질 않았다. 생기 있는 사람 하나 보이지 않았고 기름진 밭 한 뙈기를 볼 수 없었다. 이렇게 하여 묵자는 송나라의 서울에 도착했다.

성벽도 몹시 헐어 있었다. 그러나 몇 군데는 새 돌로 수리를 했다. 성 둘레의 해자 주변에는 진흙더미가 보였다. 누군가가 파낸 것 같았다. 그런데 마치 낚시라도 하고 있는 듯 몇몇 한가로운 사람들이 해자 가에 앉아 있는 모습이 보였다.

'그들도 아마 소문을 들었겠지.'

묵자는 생각했다. 낚시질을 하는 사람들을 눈여겨보았으나 그 속에 자기의 제자는 없었다.

그는 성안을 통과하여 빠져 나가기로 마음먹었다. 그래서 북관 가까이 이르러 중앙의 한 거리를 따라 곧바로 남쪽을 향해 걸어갔다. 성안도 몹시 스산했으나 아주 조용하기도 했다. 상점들은 모두 싸게 판다는 광고지를 내붙이고 있었다. 그러나 사는 사람들은 보이지 않았다. 상점 안에도 버젓한 상품 하나 없었다. 거리에는 가늘고 진득진득한 누런 먼지가 가득 쌓여 있었다.

'이 모양인데도 공격을 하겠다니!'

묵자는 생각했다.

그는 큰길로 걸어갔다. 가난한 모습들 말고는 아무것도 없었다. 아마도 초나라가 쳐들어올 거라는 소문을 들은 것이리라. 그러나 그들 모두는 공격을 받는 데 익숙해져 있었다. 살다 보면 공격은 당연히 받는 것이거니 하고 생각했지 그것을 특별한 일로 느끼지 않았다. 게다가 누구에게나 남은 것이라곤 한 가닥 목숨밖에 없었다. 입을 것도 먹을 것도 없어서 그 누구도 피난 가려 하는 사람이 없었다. 남관의 성루가 바라보이는 곳에 이르렀다. 이때 길 모퉁이에 십여 명이 모여 있는 것이 보였다. 누군가의 이야기를 듣고 있는 모양이었다.

묵자가 가까이 다가갔을 때, 말하고 있는 사람이 손을 허공에 내젓는 것이 보였다.

"우리는 그들에게 송나라 백성들의 기개를 보여 줍시다! 우리는 모두 죽으러 갑시다!"

묵자는 그것이 자기의 제자 조공자의 목소리라는 것을 알았다.

그러나 그는 비집고 들어가 그를 부르지 않았다. 그저 총총히 남관을 나서 자신의 길을 서둘렀다. 다시 하루 낮을 걷고 한밤중까지 걸은 다음 쉬었다. 한 농가의 처마 밑에서 새벽까지 잠을 잤고, 일어나서는 다시 계속 걸었다. 짚신은 이미 너덜너덜해져서 신을 수가 없게 되었다. 보자기에는 아직 강냉이떡이 남아 있어 보자기를 쓸 수는 없었다. 그는 하는 수 없이 치마를 찢어 발을 싸맸다.

그러나 헝겊 조각이 얇은 데다 우툴두툴한 시골길은 그의 발바닥을 딱딱하게 자극해 걷기가 더 힘들었다. 오후가 되어 그는 작디작은 한 그루 홰나무 밑에 앉아 보자기를 풀어 점심을 먹었다. 다리도 좀 쉴 셈이었다. 그때 저 멀리서 키 큰 사내 한 명이 무겁게 보이는 작은 수레를 밀고 이쪽으로 오고 있는 것이 보였다. 가까이 다가온 그 사람은 수레를 세우고 묵자 앞으로 오더니 "선생님!" 하고 불렀다. 그는 숨을 헐떡이며 옷자락을 걷어 올려 얼굴 땀을 닦았다.

"그건 모래냐?"

묵자는 그가 자기의 학생 관검오임을 알아보고 물었다.

"그렇습니다. 운제를 막기 위한 것입니다."

"다른 준비는 어떻게 되었느냐?"

"삼麻과 재灰와 무쇠鐵들도 이미 다 모았습니다. 그런데 아주 어려웠습니다. 있는 사람은 내려 하지 않고, 내고 싶어 하는 사람은 가진 게 없었습니다. 또 빈말하는 사람들도 많았고요……."

"어제 성안을 지나다 조공자가 연설하는 걸 들었는데 여전히 '기개'가 어떠니 '죽음'이 어떠니 하고 시끄럽게 떠들어 대고 있더군. 허황된 소리 그만하라고 자네가 전해 주게. 죽는 것은 나쁜 일이 아니나 어려운 일이기도 해. 문제는 그 죽음이 백성들에게 이로워야 하네!"

"그와는 말하기 참 어려워요."

관검오가 쓸쓸하게 대답했다.

"이곳에서 이 년 동안 벼슬을 하더니 우리와 말도 안 하려 해
요……."

"금활리는?"

"그는 너무 바빠요. 방금 전에 연노[85]를 시험하고 있었는데
지금은 아마 서문 밖에서 지형을 살피고 있을 겁니다. 그래서
선생님을 만나지 못했을 겁니다. 선생님은 공수반을 만나러 초
나라에 가시는 겁니까?"

"그러하네. 그러나 그가 내 말을 들을는지는 아직 모르겠네.
자네들은 계속 준비를 하고 있게. 입으로 하는 성공을 바라지
말고."

관검오는 머리를 끄덕였다. 그는 묵자가 길 떠나는 것을 눈
으로 한참동안 전송했다. 그러고는 작은 수레를 밀면서 삐걱거
리며 성안으로 들어갔다.

3.

초나라의 수도 잉청은 송나라와 비할 바가 아니었다. 길은 넓
고 집들도 즐비하게 늘어서 있었다. 큰 상점들 안에는 눈같이
하얀 삼베, 새빨간 고추, 알록달록한 사슴가죽, 토실토실한 연

밥과 같은 좋은 물건들이 가득 진열돼 있었다. 행인들은 북방 사람들보다 몸집은 좀 작았으나 생기 있고 날래 보였으며 옷들도 아주 깨끗했다. 묵자의 행색을 이들과 비교해 보니 다 떨어진 옷에 헝겊으로 동여맨 두 발이 영락없이 말 그대로 거지꼴이었다.

다시 중앙을 향해 걸어가니 커다란 광장이 나타났다. 수많은 노점들이 펼쳐 있고 많은 사람들이 북적대고 있었다. 네거리의 교차로이면서 번화한 장터였다. 묵자는 선비인 듯한 늙은이를 찾아가 공수반이 거처하는 곳을 물어보았다. 그런데 애석하게도 말이 통하지 않아 도무지 알아들을 수가 없었다. 그래서 손바닥 위에 글을 써 그에게 막 보이려는 참이었다.

갑자기 '와' 하는 소리가 들리더니 모두들 노래를 부르기 시작했다. 알고 보니 그 유명한 새상령이 그녀의 노래가 된 '하리파인'[86]을 부르기 시작한 것이었다. 이에 온 나라의 사람들이 일제히 따라 부르는 것이었다. 조금 있자니 그 늙은 선비까지도 입에서 흥얼거리는 소리를 내기 시작했다. 묵자는 그 늙은이가 더 이상 자기 손바닥의 글자를 염두에 두지 않는 것을 보고 공수반의 '공'자를 절반쯤 쓰다가 걸음을 옮겨 다시 더 먼 곳으로 달려갔다. 그러나 어딜 가나 모두 노래를 부르고 있어 물어볼 틈이 없었다. 한참 지나서야 노래를 다 부른 모양인지 저편에서부터 차츰차츰 조용해져 갔다. 그는 한 목공소를 찾아가서 공수반의 주소를 물었다.

"구거를 만드는 그 산둥山東 어른, 공수 선생 말이오?"

누런 얼굴에 검은 수염이 난 뚱뚱한 주인은 잘 알고 있었다.

"멀지 않아요. 오던 길을 되돌아가서, 네거리를 지나 오른편 두번째 골목에서 동쪽으로 가다가 남쪽으로 가십시오. 그리고 다시 북쪽으로 모퉁이를 돌면 거기서 세번째 집이 그분의 댁입니다."

묵자는 손바닥에 받아썼다. 잘못 들은 곳이 있나 없나 주인에게 다시 보인 다음, 마음속에 단단히 기억해 두었다. 주인에게 감사 인사를 하고 그가 가르쳐 준 곳으로 곧바로 성큼성큼 달려갔다. 과연 틀림이 없었다. 세번째 집 대문 위에는, 아주 정교하게 조각한 녹나무 문패가 붙어 있었다. 거기에는 '노국魯國 공수반 집'이란 여섯 글자가 전서체로 새겨져 있었다.

묵자는 짐승 모양의 구리로 된 붉은 문고리를 잡아 땅땅 몇 차례 두드렸다. 문을 열고 나온 사람은 뜻밖에도 치켜세운 눈썹에 눈이 부리부리한 문지기였다. 그는 묵자를 보자마자 큰소리로 말했다.

"우리 선생님은 손님 안 받아! 구걸하러 오는 당신 같은 고향 사람들이 너무 많거든!"

묵자가 그를 쳐다보는 순간 벌써 문을 닫아 버렸다. 다시 문을 두드렸으나 아무런 기척도 없었다. 그러나 묵자가 쏘아본 한 번의 눈길이 그 문지기를 불안하게 만들었다. 문지기는 어쩐지 마음이 편치 않았다. 안에 들어가 주인에게 아뢸 수밖에 없었다. 공수반은 곱자를 쥐고 운제의 모형을 재고 있었다.

"선생님, 또 어떤 고향 사람이 동냥을 왔는데요……. 좀 괴상한 데가 있는 사람입니다……."

문지기가 나직이 말했다.

"성이 뭐라든가?"

"그건 아직 묻지 않았습니다만……."

문지기는 당황해하고 있었다.

"어떻게 생겼던고?"

"거지 같았습니다. 서른 살쯤 돼 보이고, 큰 키에 검은 얼굴에……."

"아니! 그럼 틀림없이 묵적墨翟이다!"

공수반은 깜짝 놀라더니 크게 소리쳤다. 운제의 모형과 곱자를 내려놓고 층계를 뛰어 내려갔다. 문지기도 놀라 급히 그를 앞질러 달려가 문을 열었다. 묵자와 공수반은 뜰에서 만났다.

"역시 선생님이셨군요."

공수반은 기쁘게 말하면서 묵자를 대청으로 안내했다.

"그동안 안녕하셨습니까? 여전히 바쁘시지요?"

"네. 늘 그렇지요…."

"그런데 선생님께서 이렇게 멀리 오시다니, 무슨 가르침이라도 있으신지요?"

"북방에 날 모욕하는 사람이 있소."

묵자는 차분하게 말했다.

"난 당신에게 그 사람을 죽여 달라고 부탁할 생각이오⋯⋯."

공수반은 불쾌해졌다. 묵자는 계속해서 말했다.

"내가 당신에게 십 원을 드리리다!"

이 말에 주인은 정말로 화가 나 참을 수 없게 되었다. 공수반은 얼굴을 숙이고 냉랭하게 대답했다.

"저는 의를 숭상하기 때문에 사람을 죽이진 않습니다!"

"그렇다면 아주 좋습니다!"

묵자는 너무도 감동한 듯 몸을 똑바로 일으켜 세우더니 공수반에게 큰절을 두 번 했다. 그리고 아주 차분하게 말했다.

"그런데 몇 마디 드릴 말씀이 있습니다. 내가 북쪽에서 듣기로는 당신께서 운제를 만들어 송나라를 치려고 하신다던데, 송나라에 무슨 죄가 있습니까? 초나라에는 남아도는 것이 땅이고 부족한 것이 백성입니다. 부족한 것을 죽여 가면서 남아도는 것을 빼앗는 것은 지智라고 할 수 없습니다. 송나라에 죄가 없는데도 그를 치려고 하는 것은 인仁이라고 할 수 없습니다. 임금의 잘못을 알면서도 간언하지 않는다면 충忠이라고 할 수 없으며, 간언을 하고도 일을 이루지 못하면 강强이라고 할 수 없습니다. 의義를 위해 한 사람을 죽이지 않는다고 하면서, 많은 사람을 죽이려 하는 것은 유추類推의 이치를 깨쳤다고 할 수 없습니다. 선생은 어떻게 생각하시는지요⋯?"

"그건⋯."

공수반은 잠시 생각을 하더니 말했다.

"선생님의 말씀이 맞습니다."

"그럼, 그만둘 수 없겠습니까?"

"그건 안 됩니다."

공수반은 근심스럽게 말했다.

"전 벌써 왕에게 말씀을 드렸습니다."

"그럼, 나를 왕에게 데려가 주면 됩니다."

"좋습니다. 그런데 시간도 늦었으니 식사하고 가시지요."

그러나 묵자는 공수반의 말을 들으려 하지 않았다. 몸을 일으키며 일어설 생각을 했다. 묵자는 본래 가만히 앉아 있지 못하는 성미였다. 그를 만류할 수 없음을 알고 공수반은 그를 데리고 즉시 왕을 만나 뵈러 가겠다고 승낙했다. 그러면서 그는 자기 방에 들어가 옷 한 벌과 신발을 가지고 나오더니 간곡하게 부탁했다.

"그런데 옷을 좀 갈아입으셔야겠습니다. 여긴 우리 고향과 달라서 뭐든지 사치하고 화려한 것에 신경을 씁니다. 아무래도 좀 갈아입으시는 것이…."

"그렇게 합시다."

묵자도 정중하게 말했다.

"실은 나 역시 떨어진 옷 입는 걸 좋아하는 건 아니외다…. 단지 갈아입을 겨를이 없어서…."

4.

초나라 왕은 묵적이 북방의 성현이라는 것을 일찍부터 알고 있었다. 공수반의 소개가 있자 힘들이지 않고 곧바로 묵자를 만나 주었다.

묵자는 너무 짧은 옷을 입었기 때문에 마치 다리가 긴 해오라기 같았다. 그는 공수반을 따라 어전으로 들어갔다. 초나라 왕에게 인사를 올리고 조용하고 부드럽게 입을 열었다.

"지금, 좋은 가마를 마다하고 이웃집 헌 수레를 훔치려 하며, 수놓은 비단옷을 마다하고 이웃집 짧은 모적삼을 훔치려 하며, 쌀과 고기를 마다하고 이웃집 겨가 든 밥을 훔치려 하는 사람이 있습니다. 이런 사람은 어떤 사람이겠습니까?"

"그건 틀림없이 좀도둑 병에 걸린 사람이겠구려."

초나라 왕은 솔직하게 말했다.

"초나라의 땅은,"

묵자가 말했다.

"사방 5천 리이나 송나라의 땅은 겨우 5백 리밖에 되지 않습니다. 이것이 바로 가마와 헌 수레 같습니다. 초나라에는 윈멍雲夢 같은 고장이 있어서 코뿔소, 고라니, 사슴 따위의 짐승들이 득실거리고 양쯔강揚子江과 한수이漢水 강에는 물고기, 자라, 악어와 같은 것들이 그 어디에 견줄 바 없이 많습니다. 그러나 송나라에는 이른바 꿩, 토끼, 붕어조차도 없습니다. 이것이 바로 쌀과 고기, 겨가 든 밥과 같습니다. 초나라에는 소나무, 가래나무, 녹나무, 예장나무 등이 있습니다. 그러나 송나라에는 큰 나무라곤 없습니다. 이것이 바로 수놓은 비단옷과 짧은 모적삼 같습니다. 그러므로 소인이 보기에 폐하의 관리들이 송나라를 치려는 것은 바로 이와 같은 것입니다."

"정말 그러하구려!"

초나라 왕은 머리를 끄덕이며 말했다.

"그러나 공수반이 벌써 나에게 운제를 만들어 주었으니 아무래도 치지 않을 수가 없게 되었소."

"그렇다고 승패를 단정할 수도 없을 것입니다."

묵자가 말했다.

"나뭇조각만 있으면 지금이라도 당장 시험해 볼 수 있습니다."

초왕은 신기한 것을 좋아하는 사람인지라 매우 기뻐하며 신하에게 빨리 나뭇조각을 대령하라고 분부했다. 묵자는 자기의 혁대를 풀어 공수반을 향해 활모양으로 휘게 해놓고는 그것을 성벽으로 가정했다. 그리고 수십 개의 나뭇조각을 두 몫으로 나누어 한 몫은 자기가 가지고 다른 한 몫은 공수반에게 주었다. 공격과 수비의 무기였다.

이리하여 두 사람은 각기 나뭇조각을 쥐고 마치 장기를 두듯이 싸우기 시작했다. 공격하는 나뭇조각이 전진하면 수비하는 나뭇조각이 막아서고 이쪽에서 퇴각하면 저쪽에서 달라붙었다. 그러나 초나라 왕과 곁의 신하들은 보아도 이해할 수가 없었다.

이렇게 일진일퇴하는 것만 보였는데 모두 아홉 차례였다. 아마도 공격하고 수비하는 쌍방이 아홉 가지로 전술을 바꾼 것이리라. 그러고 나서 공수반이 손을 놓았다. 그러자 묵자는 혁대의 활모양을 자기 쪽을 향하도록 바꾸어 놓았다. 아마도 이번에는 묵자가 공격하려는 모양이었다. 이번에도 일진일퇴하면서 서로 겨루었다. 그런데 3회차에 이르러 묵자의 나뭇조각이 가죽띠의 활모양 안으로 들어갔다.

초나라 왕과 신하들은 어찌된 영문인지 알 수 없었으나 공수반이 먼저 나뭇조각을 내려놓으면서 얼굴에 흥이 가시는 기색을 보이자, 그가 공격과 수비에서 모두 실패하였다는 것을 알아차렸다.

초나라 왕도 흥이 깨졌다.

"전 어떻게 하면 당신을 이길 수 있는지 알고 있습니다."

잠시 멈추었다 공수반이 계면쩍게 말을 이었다.

"그러나 전 말하지 않겠습니다."

"나도 자네가 어떻게 나를 이길 수 있다는 것인지 알고 있소."

묵자는 침착하게 대꾸했다.

"그러나 나도 말하지 않겠소."

"자네들은 뭘 말하고 있는 것인가?"

초나라 왕이 놀랍고 궁금해하며 물었다.

"공수반의 생각은,"

묵자가 몸을 돌려 왕을 향해 대답했다.

"저를 죽이려는 것일 뿐입니다. 저를 죽여 버리면 송나라에 수비하는 사람이 없게 되니 송나라를 공격할 수 있다고 생각한 것입니다. 그러나 저의 학생 금활리 등 삼백 명은 이미 저의 방어용 기계들을 가지고 송나라의 성안에서 초나라가 쳐들어올 것에 대비하고 있습니다. 그러므로 저를 죽인다 해도 역시 공격할 수 없을 것입니다!"

"정말 대단한 방법이오!"

초나라 왕은 감동하여 말했다.

"그럼, 나도 송나라를 치지 않겠소."

5.

송나라 공격을 말로 멈추게 한 묵자는 원래는 곧바로 노나라로 돌아갈 생각이었다. 그러나 공수반이 빌려 준 옷을 되돌려 주어야 했기 때문에 그의 집으로 다시 가는 수밖에 없었다. 시간은 벌써 오후가 되었다. 주인도 손님도 배가 고팠다. 주인은 당연히 점심식사──아니면 이미 저녁식사일 수도──를 하고 가라고 자꾸 붙들었고, 또 하룻밤 묵어가라고 권했다.

"아무래도 오늘 떠나야만 하겠습니다. 내년에 다시 올 때는 내 책을 가져다 초나라 왕에게 보여 드리겠소."

묵자가 말했다.

"당신은 또 의를 실천하는 것에 대해 설법하려는 것 아닙니까?"

공수반이 말했다.

"육체적·정신적으로 고생고생하면서 위험에 처한 사람을 도와주고 곤경에 빠진 사람을 구해 주는 일은 비천한 사람들이 할 짓이지 대인들이 할 노릇은 아닙니다. 그분은 군왕이올시다, 고향 친구!"

"그건 그렇지 않소. 비단과 삼베, 쌀과 보리 같은 것들은 모두 비천한 사람들이 생산한 것이지만 대인들도 다 필요로 합니다. 하물며 의를 행함에 있어서이겠습니까?"

"그렇기도 합니다만."

공수반은 기분 좋게 대꾸했다.

"당신을 만나기 전에는 송나라를 쳐서 가질 생각을 했습니다. 그러나 당신을 만나고 나서는 송나라를 저에게 그냥 준다 해도 그것이 의롭지 않은 것이라면 저 역시 가지지 않겠습니다…."

"그럼 나는 정말 당신에게 송나라를 줄 수 있지요."

묵자도 기뻐하며 말했다.

"만일 당신이 한결같이 의를 행한다면 나는 당신에게 천하라도 양보하겠소!"

주인과 손님이 담소하는 사이에 점심도 차려졌다. 생선과 고기와 술이 들어왔다. 묵자는 술도 마시지 않았고 생선도 먹지 않았으며 고기만 조금 먹었다. 혼자 술을 마시고 있던 공수반은 손님이 수저를 부지런히 놀리지 않자 불편했다. 하는 수 없이 고추라도 드시라고 권했다.

"드십시오, 드십시오!"

그는 고추장과 떡을 가리키며 공손하게 말했다.

"좀 드셔 보시지요. 맛이 괜찮습니다. 파는 우리 고향의 것만큼 좋지 않지만…."

술을 몇 잔 마시자 공수반은 더욱 유쾌해지기 시작했다.

"저는 배 위에서 싸울 때, 구거鉤拒를 쓰는데, 당신의 의義에도 구거가 있습니까?"

공수반이 물었다.

"내 의의 구거는 당신 수전水戰의 구거보다 낫소."

묵자는 단호하게 대답했다.

"나는 사랑으로 끌어당기고鉤, 공경한 태도로 밀어내지요拒. 사랑으로 끌어당기지 않음은 서로 친하지 않음이요, 공경한 태도로 밀어내지 않는 것은 교활함입니다. 서로 친하지도 않고 교활하면 바로 사람들은 떠나기 마련입니다. 그러므로 서로 사랑하고 서로 공경하는 것이 서로에게 이로움을 주는 것이지요. 이제 당신이 갈퀴鉤로 사람을 끌어당기면, 다른 사람도 갈퀴로 당신을 끌어당기려 할 것입니다. 당신이 거역拒으로 밀어내면 다른 사람도 거역으로 당신을 밀어낼 것이니, 이렇게 서로 끌어당기려 하고 서로 밀어내려 하는 것은 서로를 해치는 것이지요. 그래서 나의 이 의의 구거가 당신 수전의 구거보다 훌륭하다고 한 것입니다."

"그런데 고향 친구, 당신 식대로 의를 행하다 정말 내 밥줄은 거의 끊어지게 되었소!"

공수반은 뒤통수를 한 대 얻어맞고는 말투를 바꾸어 말했다. 그러나 아마 술기운이 있었기 때문이기도 하리라. 사실 그는 술을 마실 줄 모르는 사람이었다.

"그러나 송나라의 밥줄을 모두 끊어 버리는 것보다는 낫지요."

"그럼 난 이제부터는 장난감이나 만드는 수밖에 없게 되었구려. 고향 친구, 잠깐만 기다려 주십시오. 당신에게 장난감을 좀 보여 드리겠소."

그는 말하면서 벌떡 일어나더니 뒷방으로 달려갔다. 아마 궤짝을 뒤지는 모양이었다. 잠시 후 다시 나왔는데, 나무와 대쪽으로 만든 까치를 들고 나와 묵자에게 건네주면서 말했다.

"한번 날기만 하면 사흘 동안이나 날 수 있습니다. 정말 아주 신기한 거라고 할 수 있지요."

"그래도 목수가 만든 수레바퀴보다는 못하겠지요."

묵자는 그것을 보고 나서 자리에 내려놓으며 말했다.

"목수는 세 치의 나무를 깎아서 거기에다 오십 석의 무거운 짐을 실을 수 있게 합니다. 사람들에게 이로운 것이라야 훌륭

하고 좋은 것입니다. 사람들에게 이롭지 못한 것은 졸렬하고
또 나쁜 것입니다."

"아, 제가 또 잊었군요."

공수반은 또 한 대 얻어맞았다. 그는 그제야 비로소 정신을
차렸다.

"그것이 바로 선생님의 주장이라는 걸 진작 알았어야 했습
니다."

"그러니까 당신이 한결같이 의를 행하기만 하면,"

묵자는 그의 눈을 들여다보면서 간절하게 말했다.

"훌륭할 뿐만 아니라, 천하라도 당신의 것이 될 것입니다. 참,
한나절이나 당신에게 폐를 끼쳤습니다. 내년에 우리 다시 만납
시다."

묵자는 이렇게 말하면서 작은 보따리를 집어 들고 주인에게
작별 인사를 했다. 공수반은 그를 붙들어 둘 수 없다는 것을 알
았다. 그를 보내는 수밖에 없었다. 묵자를 대문 밖까지 바래다
주고 방으로 들어온 그는 잠시 좀 생각하더니 운제의 모형과
나무까치를 모두 뒷방의 궤짝 안에 쑤셔 넣어 버렸다.

돌아가는 길에 묵자는 천천히 걸었다. 첫째로는 지쳐 있었
고, 둘째로는 발이 아팠고, 셋째로는 양식이 떨어져 배고픔을
면하기 어려웠고, 넷째로는 일이 해결되어 올 때처럼 급하지
않기 때문이었다. 그러나 올 때보다 더 재수가 없었다. 송나
라 국경에 들어서자마자 두 차례 몸수색을 당했고 도성 가까

이 와서는 또 의연금을 모집하는 구국대[87]를 만나 헌 보따리조차 기부해야만 했다. 남쪽 관문 밖에 이르러서는 또 큰 비를 만났다. 비를 좀 피할 생각으로 성문 밑에 잠시 서 있다가 창을 든 두 명의 순찰병에게 쫓겨났다. 묵자는 온몸이 흠뻑 젖게 되었고 그 바람에 코가 열흘 이상 막혀 버렸다.

1934년 8월

제목에 부쳐(題辭)

1.

침묵하고 있을 때 나는 충실함을 느낀다. 입을 열려고 하면 공허함을 느낀다.

지난날의 생명은 벌써 죽었다. 나는 이 죽음을 크게 기뻐한다. 이로써 일찍이 살아 있었음을 알기 때문이다. 죽은 생명은 벌써 썩었다. 나는 이 썩음을 크게 기뻐한다. 이로써 공허하지 않았음을 알기 때문이다.

생명의 흙이 땅 위에 버려졌으나 큰키나무는 나지 않고 들풀만 났다. 이것은 나의 허물이다.

들풀은 뿌리가 깊지 않고 꽃도 잎도 아름답지 않다. 그렇지만 이슬과 물, 오래된 주검[88]의 피와 살을 빨아들여 제각기 자신의 삶生存을 쟁취한다. 살아 있는 동안에도 짓밟히고 베일 것이다. 죽어서 썩을 때까지.

그러나 나는 평안하고, 기껍다. 나는 크게 웃고, 노래하리라.

나는 나의 들풀을 사랑한다. 그러나 나는 들풀을 장식으로 삼는 이 땅을 증오한다.

땅불이 땅속에서 운행하며 치달린다. 용암이 터져 나오면 들풀과 큰키나무를 깡그리 태워 없앨 것이다. 그리하여 썩을 것도 없게 될 것이다.

그러나 나는 평안하고, 기껍다. 나는 크게 웃고, 노래하리라.

하늘 땅이 이렇듯 고요하니, 나는 크게 웃을 수도 노래할 수도 없다. 하늘 땅이 이렇듯 고요하지 않더라도, 마찬가지일지 모른다. 나는 이 들풀 무더기를, 밝음과 어둠, 삶과 죽음, 과거와 미래의 경계에서, 벗과 원수, 사람과 짐승, 사랑하는 이와 사랑하지 않는 사람 앞에, 증거 삼아 바치련다.

나 자신을 위해서, 벗과 원수, 사람과 짐승, 사랑하는 이와 사랑하지 않는 사람을 위해서, 나는 이 들풀이 죽고 썩는 날이 불같이 닥쳐오기를 바란다. 그러지 않는다면 나는 생존한 적이 없는 것으로 될 것이며, 이는 실로 죽는 것, 썩는 것보다 훨씬 불행한 일이기 때문이다.

가거라, 들풀이여, 나의 머리말과 함께![89]

1927년 4월 26일

광저우 백운루에서, 루쉰

가을밤

우리 집 뒤뜰에서는 담장 밖의 나무 두 그루가 보인다. 한 그루는 대추나무이고, 다른 한 그루도 대추나무이다.

그 위의 밤하늘이 괴이하고 높다. 나는 평생 이렇게 괴이하고 높은 하늘을 본 적이 없다. 인간 세상을 떠나 사람들이 더 이상 쳐다보지 못하게 하려는 듯하다. 그렇지만 지금은 아주 푸르며, 반짝반짝 몇십 개 별들의 눈, 차가운 눈을 깜박이고 있다. 그 입가에 미소가 비쳤다. 스스로 깊은 뜻이 담겨 있다 여기는 양. 그러면서 된서리를 내 뜰의 들꽃풀에 흩뿌린다.

나는 이 꽃풀들의 진짜 이름이 무엇인지, 사람들이 무슨 이름으로 부르는지 알지 못한다. 나는 아주 작은 분홍색 꽃이 피었던 것을 기억한다. 지금도 피어 있지만 꽃은 더 작아졌다. 분홍꽃은 차가운 밤기운 속에서 잔뜩 움츠린 채 꿈을 꾼다. 꿈에서 봄이 오는 것을 보았고, 가을이 오는 것을 보았고, 비쩍 여윈

시인이 제 맨 끄트머리 꽃잎에 눈물을 훔치면서, 가을이 비록 닥칠 것이고 겨울이 비록 닥칠 것이나, 그 뒤에 이어지는 것은 의연히 봄이어서, 나비가 풀풀 날고 꿀벌이 봄노래를 부를 것이라 일러 주는 꿈을 꾸었다. 분홍꽃은 이에 웃음 지었다. 추위에 벌겋게 얼고 움츠린 채로.

대추나무, 그들은 잎이 다 지고 없다. 저번에 두세 아이가 남들이 따고 남은 대추를 떨러 왔지만, 지금은 한 톨도 남아 있지 않고, 이파리도 다 지고 없다. 대추나무는 작은 분홍꽃의 꿈을 안다. 가을 뒤에 봄이 오리라는. 그는 낙엽의 꿈도 안다. 봄 뒤에 의연히 가을이 올 것이라는. 잎이 다 져서 줄기만 남은 그는, 열매와 잎이 그득할 때 휘어졌던 몸을 풀어 홀가분하게 기지개를 켜고 있다. 그런데, 가지 몇 개는 아래로 드리워 [대추 따던] 간 짓대에 다친 상처를 가리고 있었으나, 가장 곧고 가장 긴 가지 몇 개는 괴이하고도 높은 하늘을 묵묵히 쇠처럼 곧추 찔러, 하늘로 하여금 음험한 눈을 깜박이게 하였으며, 하늘의 둥근 달을 곧추 찔러, 달의 낯색을 창백하게 하였다.

음험한 눈을 깜박이는 하늘은 더욱 시퍼래졌다. 불안해했다. 마치 인간 세상을 떠나 대추나무에서 벗어나려고 하는 듯하였다. 달만 남겨 두고서. 그러나 달도 슬그머니 동쪽으로 숨어들었다. 벌거벗은 대추나무는 먹을 짚기로 작심을 한 양, 괴이하고 높은 하늘을 묵묵히, 쇠처럼 곧추 찌르고 있었다. 상대가 고혹적인 눈을 오만가지로 깜박이건 말건.

까악 소리를 내며 밤에 노는 흉조凶鳥가 지나갔다.

나는 문득 한밤의 웃음소리를 들었다. 클클대는 것이 잠든 사람을 놀래지 않으려는 것 같았으나, 사방의 공기가 화답하여 웃는다. 깊은 밤이라 다른 사람은 없다. 나는 즉각 그 소리가 내 입에서 나온 것임을 알았다. 또한 즉각 그 웃음소리에 쫓겨 내 방으로 돌아왔다. 나는 즉각 등불 심지를 돋웠다.

뒤창의 유리에서 톡탁거리는 소리가 났다. 작은 날벌레들이 어지럽게 부딪치고 있었다. 얼마 지나지 않아 몇 마리가 들어왔다. 창호지 구멍 난 곳으로 들어왔을 게다. 방에 들어오자 그것들은 등피燈皮 유리에 부딪치며 톡탁거렸다. 한 마리가 위쪽으로 해서 들어가더니 불에 닿았다. 그 불은 진짜 불일 것이다. 두어 마리는 등피 종이에 내려앉아 숨을 돌리며 헐떡였다. 등피는 어제 저녁에 새로 바꾼 것이다. 새하얀 종이에 물결무늬를 접어 만든 자국이 있고 한쪽 귀퉁이에는 빨간 치자 그림도 그려져 있었다.

빨간 치자꽃이 필 때에 대추나무는 다시금 작은 분홍꽃의 꿈을 꾸면서 푸른 가지가 활처럼 휘어 있을 것이다.… 또다시 한밤의 웃음소리가 들렸다. 나는 서둘러 생각의 실타래를 끊고, 하얀 종이 등피 위에 지금껏 앉아 있는 작은 벌레를 보았다. 머리가 크고 꼬리가 작은 게 해바라기씨 비슷하고, 밀알 반 톨 크기로 온통 푸른 것이 귀엽고, 짠했다.

나는 하품을 한 번 하고 담배 한 대에 불을 붙여 연기를 뿜으면서, 등^燈을 향하여 이들 짙푸르고 정치^{精緻}한 영웅들을 묵묵히 삼가 애도하였다.

1924년 9월 15일

그림자의 고별(影的告別)

사람이 때가 어느 때인지 모르게 잠들어 있을 때 그림자가 다음과 같은 말로 작별을 고한다.

내가 싫어하는 것이 천당에 있으니, 나는 가지 않겠소. 내가 싫어하는 것이 지옥에 있으니, 나는 가지 않겠소. 내가 싫어하는 것이 미래의 황금세계에 있으니, 나는 가지 않겠소.

그런데 그대가, 내가 싫어하는 사람이오.

동무, 나는 그대를 따르고 싶지 않소. 나는 머무르지 않으려오.

나는 원치 않소!

오호오호, 나는 원치 않소. 나는 차라리 무지[90]에서 방황하려하오.

내 한낱 그림자에 지나지 않소만, 그대를 떠나 암흑 속에 가라앉으려 하오. 암흑은 나를 삼킬 것이나, 광명 역시 나를 사라지게 할 것이오.

그러나 나는 밝음과 어둠 사이에서 방황하고 싶지 않소. 나는 차라리 암흑 속에 가라앉겠소.

그렇지만 나는 결국 밝음과 어둠 사이에서 방황하게 되었소. 나는 지금이 황혼인지 여명인지 모르오. 내 잠시 거무스레한 손을 들어 술 한잔 비우는 시늉을 하리다. 나는 때가 어느 때인지 모를 때에 홀로 먼 길을 가려오.

오호오호, 만약 황혼이라면, 밤의 어둠이 절로 나를 침몰시킬 것이나, 그렇지 않다면 나는 낮의 밝음에 사라질 것이오, 만약 지금이 여명이라면.

동무, 때가 되어 가오.

나는 암흑을 향하여 무지에서 방황할 것이오.

그대는 아직도 나의 선물을 기대하오. 내가 그대에게 무얼 줄 수 있겠소? 없소이다. 설령 있다고 하여도 여전히 암흑과 공허일 뿐이오. 그러나, 나는 그저 암흑이기를 바라오. 어쩌면 그대의 대낮 속에서 사라질 나는 그저 공허이기를 바라오. 결코 그대의 마음자리를 차지하지 않도록.

나는 이러기를 바라오, 동무——

나 홀로 먼 길을 가오. 그대가 없음은 물론 다른 그림자도 암흑 속에는 없을 것이오. 내가 암흑 속에 가라앉을 때에, 세계가 온전히 나 자신에 속할 것이오.

1924년 9월 24일

동냥치(求乞者)

나는 낡고 높은 담장을 따라 길을 걷는다. 푸석푸석한 흙먼지를 밟으면서. 다른 몇 사람도 제각기 길을 간다. 산들바람이 일고 담장머리에 키 큰 나무 가지가 아직 시들지 않은 이파리를 지닌 채 머리 위에 흔들린다.

산들바람이 불고, 사방이 먼지이다.

한 아이가 내게 동냥을 한다. 겹옷도 입었고 불쌍해 보이지도 않는데, 앞을 막고 조아리고 뒤따르며 애걸한다.

나는 그의 말투와 몸짓이 싫었다. 그가 불쌍해 보이지 않는 게 장난인가 싶어 미웠다. 그가 따라붙으며 질질 짜는 것이 성가셨다. 나는 길을 걸었다. 다른 몇 사람도 제각기 길을 간다. 산들바람이 불고, 사방이 먼지이다.

한 아이가 내게 동냥을 한다. 겹옷도 입었고 불쌍해 보이지도 않았지만, 벙어리인지 손을 벌려 시늉을 했다. 나는 그의 손짓이 미웠다. 게다가 그가 벙어리가 아닐지도 모른다. 이게 그저 동냥하는 수법일 뿐이지 않을까.

나는 보시하지 않았다. 내게는 보시할 마음이 없다. 나는 그저 보시하는 이의 머리꼭대기에 앉아, 성가셔하고, 의심하고, 미워할 뿐이다.

나는 무너진 흙담을 따라 걸었다. 깨진 벽돌 조각이 담장 무너진 곳에 쌓여 있고, 담 안에는 아무것도 없다. 산들바람이 불어, 차가운 가을 기운이 내 겹옷을 뚫는다. 사방이 먼지이다.

나는 내가 앞으로 어떻게 동냥을 할까 생각하고 있었다. 말을 한다면 어떤 투로? 벙어리 시늉을 한다면 어떤 모양새?…

다른 몇 사람이 제각기 길을 간다.

나는 앞으로 다른 사람의 보시를 받지 못할 것이며 보시할 마음도 사지 못할 것이다. 나는 보시의 윗자리에 서 있다고 자처하는 사람들의 성가셔함, 의심, 미움을 살 것이다.

나는, 무위와 침묵으로 동냥하리라!…

나는 적어도, 허무虛無는 얻을 것이다.

산들바람이 일고, 사방이 먼지이다. 다른 몇 사람이 각자 제 길을 간다.

먼지, 먼지,…

먼지…

1924년 9월 24일

복수

사람의 살갗 두께가 반 푼이 채 되지 않을 것이다. 빨갛고 뜨거운 피가 그 밑, 담벼락 가득 겹겹으로 기어오르는 회화나무 자벌레 떼보다 더 빼곡한 핏줄들을 따라 달리면서, 다스한 열기를 흩는다. 그래, 저마다 이 다스한 열기에 현혹되고 선동되고 이끌리고, 죽자 사자 기댈 곳을 희구하면서, 입을 맞추고, 보듬는다. 그럼으로써, 생명의 무겁고 달콤한 큰 환희를 얻는다.

그런데, 날 선 칼이 한 번 치면, 복사꽃빛 얇은 살갗을 뚫고 빨갛고 뜨거운 피가 화살처럼, 모든 열기를, 살육자에게 쏟아부을 것이다. 그런 뒤, 얼음장 같은 숨결, 핏기 없는 입술로 넋을 흔들어, 살육자로 하여금, 생명 고양 극치의 큰 환희를 얻게 할 것이며, 스스로는, 생명 고양 극치의 크낙한 환희 속에, 영원히 잠길 것이다.

이리하여, 그러하기에, 그 두 사람은 온몸을 발가벗은 채 비수를 들고 광막한 광야에 마주 섰다.

그 둘은 보듬을 것이고, 죽일 것이다….

행인들이 사방에서 달려온다. 겹겹이, 빼곡하게, 회화나무 자벌레 떼가 담벼락을 기어오르듯, 생선 대가리를 나르는 개미 떼처럼. 차림새는 멋들어지나 손이 비었다. 그렇지만, 사방에서 달려와서, 또한, 죽자 사자 목을 세워, 이 포옹 혹은 살육을 감상하자고 한다. 그들은 그런 일이 있은 뒤에 있을, 제 혓바닥의 땀 또는 피의 생생한 맛을 예감한다.

그렇지만 그 둘은 마주 서 있다. 광막한 광야에서, 온몸을 발가벗고, 비수를 들었다. 그렇지만 보듬지도 죽이지도 않는다. 뿐이랴, 보듬을 생각도 죽일 생각도 있어 보이지 않는다.

그 둘은 그렇게 한없이 서 있다. 통통하던 몸집이 메말랐다. 그렇지만, 보듬을 생각도 죽일 생각도, 전혀 없어 보인다.

행인들은 이리하여 무료함을 느꼈다. 무료함이 털구멍을 파고드는 듯하였다. 무료함이 심장에서 털구멍을 뚫고 나와 광야를 가득 메운 채 기어가서 다른 사람들 털구멍을 파고드는 듯하였다. 이리하여 그들은 목구멍이 마르고 목이 뻐근한 감을 느꼈다. 마침내 서로들 마주 보더니 서서히 흩어졌다. 메마른 나머지 흥미마저 잃었다.

그리하여, 광막한 광야만 남았다. 두 사람은 그 가운데에서, 온몸을 발가벗은 채 비수를 들고 메마르게 서 있다. 죽은 사람 같은 눈빛으로, 행인들의 메마름을 감상한다. 피가 없는 대살

육. 그러나 생명 고양 극치의 큰 환희에 한없이 잠겨든다.

1924년 12월 20일[91]

복수(2)

그는 스스로 신의 아들, 이스라엘의 왕이라 여겼기에 십자가에 못 박혔다.

병사들이 그에게 자주색 옷을 입힌 뒤 가시로 왕관을 엮어 머리에 씌우고 경하하였다. 그리고는 갈대로 머리를 때리고 침을 뱉고 무릎 꿇고 절을 하였다. 실컷 놀리고 나서 그들은 자주색 옷을 벗기고 그의 옷을 도로 입혔다.

보라, 저들이 그의 머리를 때리고 침을 뱉고 절을 한다….

그는 몰약을 탄 그 술을 마시려 하지 않았다. 이스라엘 사람들이 저희 신의 아들을 어떻게 대하는지 똑똑히 음미하기 위해서. 또한, 보다 오래도록 그들의 앞날을 가엾어하고, 그들의 현재를 증오하기 위해서.

사방이 온통 적의敵意였다. 가엾은, 저주스러운.

땅, 땅. 못 끝이 손바닥을 뚫었다. 그들은 자기네 신의 아들을 못 박아 죽이려 하는 것이다. 불쌍한 자들아. 이 생각이 그의 고통을 누그러뜨렸다. 땅, 땅. 못 끝이 발등을 뚫고 뼈를 바수자, 아픔이 사무쳤다. 그러나 그들은 신의 아들을 죽이고 있는 것이다. 저주받을 자들아. 이 생각이 그의 고통을 가라앉혔다.

십자가가 세워졌다. 그가 허공에 매달렸다.

그는 몰약을 탄 그 술을 마시려 하지 않았다. 이스라엘 사람들이 저희 신의 아들을 어떻게 대하는지 똑똑히 음미하기 위해서. 또한, 보다 오래도록 그들의 앞날을 가엾어하고, 그들의 현재를 증오하기 위해서.

행인들이 그를 모욕하였다. 제사장과 율법학자가 그를 놀렸다. 함께 못에 박힌 강도 둘도 그를 비웃었다.

보라, 그와 함께 못 박힌….

사방이 온통 적의이다. 가엾은, 저주스러운.

손과 발의 아픔 속에서 그는, 가엾은 자들이 신의 아들을 못 박아 죽이는 슬픔과, 저주스런 자들이 신의 아들을 못 박아 죽이려 하고 신의 아들은 못에 박혀 죽는 환희를, 음미하였다. 홀연, 뼈를 바수는 큰 아픔이 사무쳤다. 그는, 큰 환희와 큰 슬픔에 달게, 무겁게, 빠져들었다.

그의 배가 떨렸다. 가엾어하고 저주하는, 아픔의 떨림이다.

온 땅이 어두워졌다.

"엘로이, 엘로이, 레마 사박타니?!"(나의 하느님, 나의 하느님, 어찌하여 나를 버리셨나이까?!)

하느님은 그를 버렸고, 그는 결국 '사람의 아들'이었다. 그러나 이스라엘 사람들은 '사람의 아들'조차 못 박아 죽였다.

'사람의 아들'을 못 박아 죽인 사람들 몸에, '신의 아들'을 못 박아 죽인 것보다 더한 핏자국과 피비린내가 어리었다.

1924년 12월 20일

희망

나의 마음은 아주 적막하다.

　그러나 나의 마음은, 평안하다. 애증이 없고 애락^{哀樂}이 없고 색깔도 소리도 없다.

　내가 늙은 게다. 희끗한 머리칼이 증거 아닌가? 내 떨리는 손이 증거 아닌가? 그렇다면, 내 영혼의 손도 떨리고 있을 것이며, 영혼의 머리칼도 희끗희끗할 것이다.

　그러나 그것도 여러 해 된 일이다.

　전에는 내 마음도 피비린내 나는 노랫소리로 가득하였다. 피와 쇠붙이, 화염과 독기, 회복^{恢復}과 복수. 헌데 문득 이런 모든 것이 공허해졌다. 때로는, 하릴없이, 자기 기만적 희망으로 그것을 메우려 하였다. 희망, 희망, 이 희망의 방패로 공허 속 어둔 밤의 내습^{來襲}에 항거하였다. 방패 뒤쪽도 공허 속의 어둔 밤이기는 마찬가지이건만. 그러나, 그런 식으로, 나는 내 청춘을 줄

곧, 소진하고 있었다.

내 어찌 나의 청춘이 벌써 흘러갔음을 몰랐겠는가? 그러나 나는 내 몸 밖의 청춘이 존재한다고 여겼다. 별, 달빛, 말라 죽은 나비, 어둠 속의 꽃, 부엉이의 불길한 예언, 소쩍새의 토혈吐血, 웃는 것의 막막함, 사랑의 춤사위. … 서글프고 덧없는 청춘일망정 청춘은 청춘이다.

그런데, 지금, 왜 이리 적막한가? 몸 밖의 청춘도 죄다 스러지고 세상 청년들이 죄 늙어지고 말았단 말인가?

나는 몸소 이 공허 속의 어둔 밤에 육박하는 수밖에 없다. 나는 희망이라는 방패를 내려놓고 페퇴피 샨도르92)의 '희망'의 노래에 귀 기울였다.

희망이란 무엇인가? 창녀.

그는 누구에게나 웃음 짓고, 모든 것을 준다.

그대가 가장 큰 보물 —

그대의 청춘을 바쳤을 때, 그는 그대를 버린다.

이 위대한 서정시인, 헝가리의 애국자가 조국을 위해 카자크 병사의 창끝에 죽은 지 벌써 칠십오 년이 되었다. 애닲도다, 그의 죽음이여. 그러나 더 슬픈 것은 그의 시가 아직 죽지 않았다는 것이다.

그렇지만, 참혹한 인생이여! 페퇴피처럼 강단지고 용감한 사람도 어둔 밤을 마주하여 걸음 멈추고, 아득한 동쪽을 돌아보았다. 그는 말했다.

　절망이 허망한 것은 희망과 마찬가지이다.

　만약 내가 아직도 이 밝지도 어둡지도 않은 '허망' 속에서 목숨을 부지해야 한다면 나는, 여전히, 저 스러져 버린, 애닯고 아득한 청춘을 찾아야 하리라. 그것이 내 몸 밖의 것이어도 좋다. 몸 밖의 청춘이 소멸하면 내 몸 안 늘그막한 기운도 시들고 말 것이기에.

　그렇지만 지금, 별도 없고 달도 없다. 말라 죽은 나비도, 웃는 것의 막막함도, 사랑의 춤사위도 없다. 그러나, 청년들은 평안하다.

　나는 몸소 이 공허 속의 어둔 밤과 육박하는 수밖에 없다. 몸밖에서 청춘을 찾지 못한다면 내 몸 안의 어둠이라도 몰아내야 한다. 그러나, 어둔 밤은 어디 있는가? 지금 별이 없고, 달빛이 없고, 막막한 웃음, 춤사위 치는 사랑도 없다. 청년들은 평안하고 내 앞에도, 참된 어둔 밤이 없다.

　절망이 허망한 것은 희망과 마찬가지이다.

1925년 1월 1일

눈

따뜻한 나라의 비는 종래로 얼음처럼 차고 딱딱하고 눈부신 눈
꽃으로 변한 적이 없다. 박식한 사람들은 그런 비를 단조롭다
여길 터이나 비 자신은 그걸 불행으로 여길까? 강남의 눈은 그
지없이 촉촉하고 아리땁다. 그것은 어렴풋한 청춘의 소식이며,
아주 건장한 처녀의 살갗이다. 눈 내린 벌에 핏빛으로 붉은 보
주 동백꽃이 있고, 새하얀 바탕에 푸른빛이 도는 홑꽃 매화가
있고, 샛노란 경쇠 주둥이 납매화가 있다. 눈 밑에는 파랗게 언
잡초가 있다. 나비는 분명 없었다. 꿀벌이 동백꽃과 매화 꿀을
따러 왔는지는 기억이 확실치 않다. 하지만 내 눈에는 눈 내린
벌에 겨울 꽃이 피고 수많은 꿀벌들이 바삐 나는 게 보이는 듯
하다. 그것들이 웅웅대는 소리가 들리는 듯하다.

아이들 일고여덟이 빨갛게 얼어 보라색 생강 순처럼 된 조막
손을 입김으로 녹이면서 눈사람을 만든다. 제대로 만들지 못하

자 어느 아이의 아버지인가가 와서 도왔다. 눈사람은 애들 키보다 컸다. 비록 위는 작고 아래가 큰 눈무더기에 지나지 않아 사람 모양인지 조롱박 모양인지 알 수 없으나, 새하얗고 환한 것이 제 자신의 촉촉한 기(氣)와 어우러져 반짝반짝 빛났다. 아이들은 용안[93] 씨로 눈을 박아 넣고 뉘 집 엄마인가의 지분갑에서 몰래 가져온 연지로 입술을 그려 넣었다. 이렇게 해놓으니 확실히 커다란 아라한 같았다. 형형한 눈빛, 붉은 입술로 눈밭에 앉아 있었다.

이튿날 몇몇 아이들이 방문하여 박수를 치고 절을 하고 낄낄대었다. 그러나 눈사람은 마침내 홀로 남았다. 맑은 낮에 살갗이 녹아내렸다가 추운 밤에 한 꺼풀 다시 얼어붙어 불투명한 수정 모양으로 되었다. 맑은 날이 계속되면 또 어떤 모습으로 될지 모른다. 입술연지도 색이 바랬다.

그렇지만 북방의 눈은, 흩날린 뒤에, 언제까지고 가루이고 모래이다. 그것은 결코 엉겨 붙는 법 없이 지붕 위에 땅 위에 마른 풀 위에 뿌려진다. 그뿐이다. 지붕 위의 눈은 일찍 녹는다. 지붕 아래 사람들이 피운 온기 때문에. 나머지 것들은, 맑은 하늘 아래 문득 부는 회오리바람에 기운차게 날아올라 햇빛 속에서 찬란하게 빛을 발한다. 불꽃을 담은 안개처럼 하늘 가득 회오리쳐 올라, 드넓은 하늘 또한 번뜩이며 날아오르게 한다.

가없는 광야, 살을 에는 하늘 아래서 반짝이며 회오리쳐 오르는 것은, 비의 정령이다….

그렇다, 그것은 고독한 눈, 죽은 비, 비의 정령이다.

1925년 1월 18일

연

베이징의 겨울. 땅에는 쌓인 눈이 남아 있고 헐벗은 나무가 맑은 하늘을 향해 거무튀튀한 가지를 벌리고 섰다. 그런데 먼 데에 연이 한둘 떠 있었다. 그것이 내게 놀랍고 서글펐다.

고향에서는 춘春 2월이 연 날리는 철이다. 싸르릉 하는 바람개비 소리에 고개를 들면 옅은 먹빛 게연이나 연푸른색 지네연을 볼 수 있다. 또 외로운 방패연이 바람개비도 없이 나지막이 떠서 초췌하고 짠한 모습을 드러낸다. 그러나 그 무렵이면 버드나무는 벌써 싹이 터 있고 일찍 피는 소귀나무도 꽃망울을 머금어 아이들이 벌여 놓은 하늘 위의 장식들과 함께 봄날의 다스함을 연출한다. 그런데 나는, 어디에 있는가. 사방이 스산한 엄동嚴冬이건만, 오래전에 작별한 고향, 오래전에 흘러간 봄이 하늘에서 맴돌고 있다.

그러나 나는 연날리기를 좋아한 적이 없다. 좋아하기는커녕 역겨워했다. 싹수없는 아이놀음이라 여겼기 때문이다. 아우는 나와 달랐다. 그때 그는 열 살 안팎이었을 게다. 병치레가 잦아 비쩍 말랐던 그는 연을 최고로 좋아했지만, 연을 살 돈이 없었고 나 또한 허락하지 않았기에, 그는, 자그마한 입을 멍하니 벌리고 넋이 나가 하늘을 보는 수밖에 없었다. 어떤 때는 반나절을 그러고 있었다. 먼 곳의 계연이 곤두박질치면 깜짝 놀라서 소리쳤고, 방패연 둘이 얽혔던 게 풀리면 깡충깡충 뛰어 대며 좋아했다. 이런 것들이 내 보기에, 우습고 못났다.

어느 날 문득 그를 오랫동안 보지 못했다는 생각이 들었다. 그가 뒤뜰에서 마른 댓가지를 줍던 걸 본 기억도 났다. 나는 크나큰 깨달음을 얻기라도 한 양, 잡동사니를 쌓아 둔, 거의 사람이 들지 않는 헛간으로 달려갔다. 문을 젖히니 아니나 다를까, 먼지 쌓인 집물 더미 속에 그가 있었다. 큰 걸상을 마주하여 작은 걸상에 앉아 있던 그가 황망히 일어섰다. 낯빛이 가신 채 잔뜩 움츠리고서. 큰 걸상 곁에 나비연의 뼈대가 아직 종이를 바르지 않은 채 비스듬히 놓여 있었고, 걸상 위에는 나비연의 두 눈을 만들 요량으로 붉은 종이를 길게 오려 꾸민 바람개비 두 개가 거진 다 만들어져 있었다. 나는 그의 음모를 파헤친 만족감을 느끼는 한편, 그가 내 눈을 속여 가면서, 이렇게까지 심혈을 기울여, 싹수없는 애들 노리개를 몰래 만들고 있던 데에 분노하였다. 나는 바로 나비의 두 날개를 부러뜨렸고 바람개비를 땅바닥에 동댕이치고 짓밟았다. 나이로 보나 힘으로 보나 그는 나의 적수가 못 되었다. 나는 당연히 완벽한 승리를 거뒀고, 꼿꼿한 걸음으로 곳간을 나섰다. 절망하여 서 있는 그를 곳간 안에 버려둔 채. 나중에 그가 어땠는가는 알지 못한다. 알 바도 아니었다.

그러나 내게 마침내 징벌이 내려졌다. 우리가 헤어진 지 오래 뒤, 나는 이미 중년이었다. 불행히도 나는 우연찮게 어린이에 관한 외국 책을 한 권 읽었고, 그제서야 놀이가 어린이에게 가장 합당한 일이며 노리개는 어린이의 천사라는 것을 알았다. 그리하여 홀연 20년을 까맣게 잊고 있던 어린 시절의, 정신적 학살 장면이 눈앞에 펼쳐졌다. 내 심장은 금세 납덩어리로 변하여 무겁게, 무겁게 내려앉았다.

그런데 심장은 뚝 떨어져 버리지 않고 무겁게, 무겁게 내려앉기만 하였다.

나는 잘못을 바로잡을 방법을 알았다. 그에게 연을 선물하고, 그가 연 날리는 것을 찬성하고, 그에게 연을 날리라고 부추겨서, 함께 연을 날리는 것이다. 우리는 소리치고, 내닫고, 웃어 댄다. ──그렇지만 그때 그는 이미, 나처럼 수염이 나 있었다.

나는 다른 방법도 알고 있었다. 그에게 용서를 빌자. 그래서 그가 "저는 털끝만큼도 원망하지 않습니다" 하고 말한다면, 그런다면 내 마음은 가뿐해질 것이다. 이것은 확실히 현실성 있는 방법이었다. 언젠가, 다시 만났을 때, '삶'의 고단함으로 생긴 주름살이 우리 둘의 얼굴에 새겨져 있었다. 나는 마음이 무거웠다. 이래저래, 어릴 적 이야기가 나왔다. 나는 그때의 그 일을 말하였다. 철없던 때의 어리석은 짓이었다고. "저는 털끝만큼도 원망하지 않습니다." 그가 이렇게 말해 준다면 나는 용서받는 것이고 나의 마음도 홀가분해질 것이었다.

"그런 일이 있었어요?" 그가 놀랍다는 듯 웃으며 말했다. 곁에서 남의 이야기를 들은 것처럼. 그는, 아무 기억도 없었다.

깡그리 잊어서 털끝만 한 원한도 없는데, 용서고 뭐고 할 게 있겠는가? 원한 없는 용서는 거짓일 뿐이다.

그런 터에 무엇을 바랄 수 있겠는가? 나의 마음은 무겁기만 하였다.

지금, 고향의 봄이 이 타지의 하늘에서, 오래전에 가 버린 추억과 함께 가늠할 길 없는 비애를 내게 안겨 준다. 차라리 스산한 엄동 속으로 숨어 버릴까. ──하지만 사방은 의심할 바 없는 엄동으로, 엄청난 서슬과 냉기를 뿜고 있다.

1925년 1월 24일

길손

때 : 어느 날 황혼 무렵.

곳 : 어느 곳.

나오는 사람들

늙은이 : 일흔 살가량, 흰머리, 검정색 긴 두루마기.

여자아이 : 열 살가량, 갈색 머리, 검은 눈동자, 흰 바탕에 검은색 격자무늬가 있는 긴 저고리.

길손 : 삼사십 살가량. 몹시 지쳐 있지만 고집 있어 보인다. 어두운 눈빛, 검은 수염, 흐트러진 머리카락, 너덜너덜한 검정색 몽당 바지저고리, 맨발에, 해진 신발. 겨드랑 아래 보퉁이를 끼고, 키 높이의 대지팡이를 짚었다.

동쪽은 몇 그루 잡목과 기와 조각, 서쪽은 퇴락한 무덤들, 그 사이로 길 같은 것의 흔적이 있다. 그 흔적 쪽으로 단칸 흙집의 문이 열려 있다. 문 옆에 나무 그루터기가 하나 있다.

(여자아이가 그루터기에 앉아 있는 늙은이를 부축하여 일으키려 한다.)

늙은이 애야. 애! 왜 가만히 있는 게냐?

여자아이 (동쪽을 보며) 누가 와요. 저걸 보세요.

늙은이 그럴 필요 없다. 집으로 들어가게 부축해 다오. 해가 지겠다.

여자아이 저는, ──보세요.

늙은이 허, 애는! 날마다 하늘을 보고 땅을 보고 바람을 보면서 볼 만한 게 아직 모자라느냐? 그것들보다 보기 좋은 것은 없단다. 굳이 무엇을 또 보겠다는 게냐. 해가 질 때 나타나는 것치고 네게 좋을 건 없다.… 들어가자꾸나.

여자아이 그렇지만, 벌써 가까이 왔어요. 아, 거지네요.

늙은이 거지라고? 설마.

(길손이 동쪽 잡목 사이에서 비틀거리면서 걸어 나온다. 잠시 주저하다가, 늙은이에게 천천히 다가간다.)

길손 영감님, 안녕하십니까?

늙은이 아, 예! 덕분에. 안녕하시오?

길손 영감님, 대단히 죄송합니다만, 물을 한 잔 마실 수 있겠습니까? 걷다 보니 목이 너무 마릅니다. 여기엔 못도 웅덩이도 없어서요.

늙은이 음. 그럽시다. 앉으세요. (여자아이를 보며) 애야, 물을 떠오너라. 그릇을 깨끗하게 씻어서.

(여자아이가 말없이 흙집으로 들어간다.)

늙은이 손님, 앉으시지요. 존함이 어찌 되십니까?

길손 이름요? ——저도 모릅니다. 제가 기억을 할 수 있을 때부터 저는, 혼자였습니다. 제 본래 이름이 무엇인지, 저는 모릅니다. 길을 나선 뒤로 사람들이 되는대로 제 이름을 불렀지만, 가지각색이어서, 저도 기억이 또렷하지 않습니다. 매번 이름이 달랐습니다.

늙은이 허. 그렇다면, 어디서 오시는 길이오?

길손 (머뭇거리더니) 저도 모릅니다. 기억을 할 수 있을 때부터 저는, 이렇게 걷고 있었습니다.

늙은이 그렇군요. 그러면, 어디로 가시는 길인지, 물어봐도 되겠소?

길손 괜찮고 말고요. ——그렇지만, 저도 모릅니다. 기억을 할 수 있을 때부터 저는, 이렇게 걷고 있었습니다, 어디론가 가려고. 그곳은, 앞입니다. 먼 길을 걸었다는 것만 생각납니다. 지금 이곳에 와 있지요. 저는 인차 저 쪽 (서쪽을 가리키며) 앞쪽! 으로, 계속해서 걸어, 갈 것입니다.

(여자아이가 나무 그릇을 조심스레 받쳐 들고 나와, 건네준다.)

길손 (물그릇을 받으며) 고마워요, 아가씨. (두 입에 물을 다 마시고 그릇을 돌려준다.) 고마워요, 아가씨. 이렇게 고마울 데가. 정말이지 뭐라고 감사해야 할지 모르겠소!

늙은이 그렇게 감격해하지 마시오. 그건 댁에게도 좋을 게 없소.

길손 그렇습니다, 제게 좋을 게 없지요. 그렇지만 기력이 많이 회복되었습니다. 지금 길을 나서렵니다. 영감님, 영감님은 여기서 오래 사셨으니 앞쪽에 무엇이 있는지 아시겠지요?

늙은이 앞? 앞쪽은, 무덤이오.

길손 (의아해하며) 무덤?

여자아이 아니에요, 아녜요. 거기에는 들백합 들장미가 하고많아요. 제가 늘 놀러가는걸요. 그것들을 보려고요.

길손 (서쪽을 바라보며, 어슴푸레 미소 짓는다.) 그래. 거기에는 들백합과 들장미 꽃이 많지. 나도 놀러 가서 본 적이 있단다. 그렇지만 그건, 무덤이야. (늙은이에게) 영감님, 무덤 있는 데를 지나면 무엇이 있습니까?

늙은이 무덤 너머? 그건 나도 모르오. 가 본 적이 없으니까.

길손 모르신다구요?!

여자아이 저도 몰라요.

늙은이 나는 남쪽, 북쪽, 그리고 동쪽——당신이 이곳을 향해 출발한 곳만 알 뿐이오. 거기는 내가 가장 잘 아는 곳이지. 아마 당신네에게 가장 좋은 곳일 거요. 내가 말이 많다고 탓하지 마시오. 내 보아하니, 당신은 너무 지쳐 있소. 되돌아가는 편이 낫겠소. 나아간대도 끝까지 갈 수 있다는 보장도 없고.

길손 끝까지 가리라는 보장이 없다고요? … (생각에 잠겼다가, 깜짝 놀란다.) 안 됩니다! 가야 합니다. 되돌아가 봤자 거기에는, 명분이 없는 곳이 없고, 지주가 없는 곳이 없으며, 추방과 감옥이 없는 곳이 없고, 겉에 바른 웃음이 없는 곳이 없고, 눈시울에 눈물 없는 곳이 없습니다. 저는 그것들을 증오합니다. 돌아가지 않을 겁니다.

늙은이 그건 아니지요. 마음에서 우러나서 눈물 흘리면서, 댁을 위해 슬퍼하는 이도 있는 것이오.

길손 아닙니다, 저는. 그 사람들이 마음에서 우러나는 눈물을 흘리는 것을 보고 싶지 않습니다. 그들이 저를 위해 슬퍼하는 것도 바라지 않습니다.

늙은이 그렇다면, 당신은, (고개를 저으며) 가는 수밖에 없겠소.

길손 그렇습니다. 저는 갈 수밖에 없습니다. 게다가 앞에서 저를 재촉하는 소리, 부르는 소리가 있습니다. 저를 멈추지 못하게 하는 소리가 있습니다. 제 발이 망가진 게 원망스럽습니다. 여러 군데를 다쳤고, 피를 많이 흘렸습니다. (한쪽 발을 들어 늙은이에게 보인다.) 그래서 저는, 피가 부족합니다. 피를 좀 마셔야 해요. 그렇지만 피가 어디 있습니까? 설령 누군가의 피가 있다고 하더라도 그 누가 되었건 저는 그 사람의 피를 마시고 싶지 않습니다. 물을 좀 마셔서 제 피를 보충하는 수밖에 없습니다. 걷다 보면 물은 있게 마련이라, 부족한 것은 없다고 느낍니다. 단지 기력이 부칩니다. 피가 묽어져서 그럴 겁니다. 오늘은 작은 웅덩이도 보지 못했는데, 길을 적게 걸어서 그럴 겁니다.

늙은이 꼭 그렇지만은 않을 거요. 해가 저물었는데 내 생각엔,

잠시 쉬는 게 낫겠소. 나처럼 말이오.

길손 하지만 저, 앞에서 부르는 소리가 절 보고 걸으라고 합니다.

늙은이 나도 아오.

길손 영감님이 아신다고요? 그 소리를 아십니까?

늙은이 그렇소. 나를 부른 적이 있었던 듯하오.

길손 그 소리가 지금 저를 부르는 이 소리입니까?

늙은이 그건 나도 모르오. 몇 차례 소리쳐 부르는 걸 모른 체하였더니 더는 부르지 않더군. 나도 또렷이 기억나지는 않소.

길손 으음, 모른 체한다···. (생각에 잠겼다가, 깜짝 놀라 귀 기울인다.) 아니야! 아무래도 가는 편이 낫습니다. 저는 멈출 수 없습니다. 두 발이 망가진 게 한이 됩니다. (떠날 채비를 한다.)

여자아이 받으세요! (헝겊 한 조각을 건네면서) 이걸로 다친 데를 싸매세요.

길손 고마워요, (건네받으면서) 아가씨. 참으로···. 이렇게 고마울 데가. 덕분에 훨씬 많이 걸을 수 있을 거요. (깨진 벽돌 위에 앉아 복사뼈를 싸매려다 말고) 그렇지만, 아니야! (힘을 다해 일어서면서) 아가씨, 돌려주리다. 너무 작아서 싸맬 수가 없어요. 이렇게 큰 호의를, 보답할 길도 없고.

늙은이 그렇게 고마워하지 마시오. 그건 댁에게도 좋지 않소.

길손 그렇습니다. 제게 좋을 게 없습니다. 그렇지만 제게는 이게 최상의 보시입니다. 보세요, 제가 온몸이 이렇듯.

늙은이 너무 고집부리지 마시오.

길손 그렇지요. 허나 저는 그럴 수 없습니다. 저는 제가 그렇게 될까 두렵습니다. 만약 누군가의 보시를 제가 받는다면, 저는 콘도르가 주검을 본 것처럼, 사방을 선회하면서 그 사람의 멸망을 친히 보거나, 그 사람 이외의 모든 것, 저 자신을 포함한 모든 것이 멸망하기를, 축원할 것입니다. 저도 저주받아 마땅하기에. 그러나 저는 아직 그럴 힘이 없습니다. 설령 그럴 힘이 있더라도, 그 사람이 그런 처지에 빠지는 것은 바라지 않습니다. 그 사람들도 그런 처지에 놓일 것을 원치 않을 것이기 때문입니다. 저는, 그게 가장 온당하리라 봅니다. (여자아이에게) 아가씨, 이 헝겊이 참 좋지만 좀 작소. 돌려주리다.

여자아이 (두려워 뒷걸음치며) 싫어요! 가져가세요!

길손 (웃는 듯) 아, … 내가 만져 놓아서?

여자아이 (고개를 끄덕이면서 보퉁이를 가리킨다.) 거기 담으세요.

길손 (풀이 죽어 물러서면서) 그렇지만 이걸 어떻게 지고 간담?

늙은이 쉬지 않고서는 지고 갈 수 없을 거요. ──잠깐만 쉬면 괜찮을 거요.

길손 옳습니다. 쉬어야지요…. (말없이 생각에 잠겼다가, 바로 정신이 들어 귀 기울인다.) 아녜요, 안 됩니다! 저는 아무래도 가야 합니다.

늙은이 끝내 쉬고 싶지 않은 거요?

길손 쉬고 싶습니다.

늙은이 그렇담, 잠시 쉬시구려.

길손 그렇지만, 저는….

늙은이 결국은 가는 편이 좋다는 거요?

길손 그렇습니다. 아무래도 가야 합니다.

늙은이 그렇다면, 가는 게 좋겠소.

길손 (허리를 펴며) 자, 이제 작별하렵니다. 두 분, 고맙습니다. (여자아이를 보며) 아가씨, 이것을 돌려주겠소. 받으시오. (여자아이가 무서워 손을 빼면서 흙집 안으로 숨는다.)

늙은이 가지고 가시오. 너무 무거우면 언제라도 무덤에다 버리면 되고.

여자아이 (앞으로 나서며) 아, 그건 안 돼요!

길손 아, 그건 안 되지.

늙은이 그렇다면 들백합이나 들장미에 걸쳐 놓으시오.

여자아이 (손뼉을 치며) 하하! 그게 좋아요!

길손 음….

(아주 짧은, 침묵.)

늙은이 그럼, 안녕히 가시오. 평안하시기를. (일어서서 여자아이를 바라) 애야, 나를 부축해라. 보아라, 벌써 해가 졌잖니? (몸을 돌려 문을 향한다.)

길손 두 분, 고맙습니다. 평안하시기를. (서성이며 생각에 빠졌다가 깜짝 놀라) 하지만 안 돼! 나는 가야 해. 아무래도 가는 게 옳아…. (즉시 고개를 들고, 힘차게 서쪽으로 걸어간다.)

(여자아이가 노인을 부축하여 흙집으로 들어서고, 바로 문이 닫힌다.
길손이 들판을 향해 비틀거리며 나아가고 밤빛이 그의 뒤를 따른다.)

1925년 3월 2일

죽은 불(死火)

나는 내가 얼음산 사이를 달리는 꿈을 꾸었다.

　그것은 거대한 얼음산이었다. 위로 얼음하늘과 맞닿았으며 하늘에는 비늘 같은 얼음구름이 가득하였다. 산기슭에 얼음숲이 있고 나뭇잎들은 모두 바늘 모양이다. 모든 것이 차갑고 모든 것이 희푸릇하였다.

　나는 갑자기 얼음골짜기에 떨어졌다.

　위아래 사방이 온통 차갑고 희푸릇하지 않은 게 없었다. 그런데 희푸르스름한 얼음 위에 빨간 그림자가 무수히, 산호 그물처럼 얽혀 있었다. 나는 발밑을 굽어보았다. 불꽃이 있었다.

　그것은 죽은 불이었다. 불꽃의 형태만 있을 뿐 움직임은 전혀 없었다. 온통 얼어붙어 산호초 같았다. 끄트머리에는 얼어붙은 검은 연기도 있었다. 막 화택[94]에서 나와서, 그래서 바짝 그을려 있나 싶다. 이것이 사방 얼음벽에 비치고 반사되어 수없이 많은 그림자를 만들어 냄으로써 이 얼음골짜기를 산호색으로 만들어 놓았다.

하하!

어릴 적에 나는 쾌속정이 일으키는 물보라와, 용광로가 뿜는 불꽃을 보기 좋아하였다. 그저 좋아하는 데에 그치지 않고, 똑똑히 보아 두고 싶었다. 안타깝게도 그것들은 변화무상해서 정해진 생김새가 없었다. 뚫어지게 보고 또 보았건만 일정한 자취를 남기지 않았다.

죽은 불꽃, 이제 너를 얻었구나!

나는 죽은 불을 주워 들었다. 꼼꼼히 보려 하니 찬 기운에 손가락이 타는 듯하였다. 그렇지만 나는 아픔을 참으면서 그것을 주머니에 넣었다. 얼음골짜기 사방이 바로 희푸르르해졌다. 나는 얼음골짜기를 빠져나갈 방법을 생각하였다.

나의 몸에서 검은 연기가 한 올, 쇠실뱀⁹⁵⁾처럼 피어올랐다. 얼음골짜기 사방이 즉시, 빨간 불꽃이 너울대며 불구덩이처럼 나를 에워쌌다. 고개 숙여 바라보니, 죽은 불이 타고 있었다. 내 옷을 뚫고 나와 얼음바닥에 흘렀다.

"오, 동무! 동무가 몸의 온기로 나를 깨워 주었소." 그가 말했다. 나는 얼른 알은체하면서 그의 이름을 물었다.

"사람들이 나를 얼음골짜기에 버렸소." 그가 엉뚱한 대답을 했다. "나를 버린 사람들은 오래전에 죽고 없소. 나도 얼어서 죽을 지경이었소. 만약 동무가 내게 온기를 주지 않았다면, 그래

다시 타오를 수 없었다면, 나는 얼마 안 있어 죽어 없어질 참이었소."

"당신이 깨어났다니, 나도 기쁘오. 나는 지금 얼음골짜기를 벗어날 길을 생각 중이오. 나는 당신을 가지고 갈까 하는데. 당신이 다시는 얼어붙지 않고 언제까지고 활활 탈 수 있도록."

"아! 그러면 나는, 타서 없어지고 마오!"

"당신이 타 없어진다면 안타까운 일이지요. 그럼 당신을 남겨 두리다. 여기에 남아 있으시오."

"아! 그럼 나는, 얼어 죽고 말 것이오!"

"그렇다면, 어찌하리까?"

"그런데 당신은, 어찌하려오?" 그가 반문하였다.

"내 말하지 않았소. 나는 이 얼음골짜기에서 나가려 하오…."

"그럼 나는, 차라리 타 버릴까!"

그가 갑자기 뛰어올랐다. 마치 별똥별처럼, 나를 데리고 얼음골짜기 구멍 밖으로 나왔다. 돌연 커다란 돌수레가 달려들었다. 나는 바퀴에 깔려 죽고 말았다. 그러나 수레가 얼음골짜기로 떨어지는 것은 볼 수 있었다.

"하하! 너희가 다시는 죽은 불을 볼 수 없을 것이다!" 나는 의기양양 웃으면서 말했다. 마치 그렇게 되기를 바랐던 것처럼.

1925년 4월 23일

잃어버린 좋은 지옥

나는 내가 침대에 누워 있는 꿈을 꾸었다. 황량한 벌판, 지옥 가
장자리였다. 모든 귀신들이 울부짖는 소리가 나지막하나 질서
있었다. 그것들은, 포효하는 불꽃, 들끓는 기름, 흔들리는 삼지
창과 어우러져 마음을 취하게 하는 크낙한 음악을 이루면서 삼
계[96]에, '지하地下 태평'을 알리고 있었다.

한 위대한 남자가 내 앞에 섰다. 아름답고 자비롭고 온몸에
환한 빛이 서렸다. 그러나 나는 그가 마귀임을 알았다.

"모든 것이 끝장이다, 모든 게 끝장났어! 불쌍한 귀신들이 그
좋은 지옥을 잃고 말았다!" 그가 비분하여 말하더니 자리에 앉
아 자기가 알고 있는 이야기를 들려주었다——

"하늘과 땅이 꿀빛일 때가, 마귀가 천신天神을 물리치고 모든
것을 주재하는 큰 권위를 장악한 때였다. 그는 천국을 손에 넣

고 인간 세상을 손에 넣고 지옥도 손에 넣었다. 그는 몸소 지옥에 임하였다. 그곳 한가운데에 앉아 온몸의 환한 빛으로 모든 귀신 무리를 비추었다.

"지옥은 기강이 풀린 지 오래였다. 칼나무97)가 빛을 잃고, 기름 가마가 들끓지 않게 된 지 오래되었고, 불구덩이에서도 어쩌다 냉갈만 피어올랐다. 먼 데에 만다라꽃이 봉오리를 틔웠는데 작디작은 꽃떨기가 파리하고 애잔했다. ──그도 그럴 것이, 온 땅이 불에 타 버려서 기름기라곤 없었기 때문이다.

"귀신들이 식어 버린 기름, 미지근한 불구덩에서 깨어나, 마귀가 비추는 빛살 속에서 지옥의 작은 꽃을 보았다. 파리하고 애잔한 꽃에 크게 미혹되어, 돌연, 인간 세상을 떠올렸다. 묵상에 잠겨 몇 해가 지났을까, 그들은 마침내 인간 세상을 향하여, 일제히, 지옥에 반대하는 절규를 했다.

"인류가 그 소리에 떨쳐 일어났다. 그들은 정의를 위해서 마귀와 싸웠다. 우렛소리보다 훨씬 큰 전투의 함성이 삼계에 가득 찼다. 커다란 계략과 커다란 그물을 펼쳐 마침내 마귀를 지옥에서 몰아냈다. 마지막 승리를 거두자, 지옥문에 인류의 깃발이 꽂혔다.

"귀신들이 일제히 환호할 때에 지옥을 다스릴 인류의 사자使者가 도착하였다. 한가운데에 앉은 그는, 인류의 위엄으로, 모든 귀신 무리에게 호통을 쳤다.

"귀신들이 또다시 지옥에 반대하는 절규를 했을 때, 그들은 이미 인류의 반역도叛徒로 되어 있었다. 그들은 칼나무 숲 한가운데로 옮겨져 영겁토록 헤어날 길 없는 형벌에 처해졌다.

"인류는 이리하여, 지옥의 대권을 완벽하게 틀어쥐었다. 그 위세가 마귀 이상이었다. 인류는 풀어진 기강을 바로세웠다. 맨 먼저 소머리 아방[98]에게 가장 많은 풀을 녹봉으로 주어, 장작을 보태 불길을 키우고, 숫돌로 칼산의 날을 세우게 하여 지옥의 전체 면모를 바꾸었다. 매가리 없던 예전 기상을 쇄신하였다.

"만다라꽃이 바로 시들었다. 기름이 하나같이 들끓고, 칼날이 하나같이 날카롭고, 불길이 하나같이 사나웠다. 귀신들은 하나같이 신음하고, 하나같이 부대끼다 보니 잃어버린 좋은 지옥을 떠올릴 겨를이 없었다.

"이것은 인류의 성공이고, 귀신의 불행이다….

"동무, 그대는 내 말을 의심하고 있군. 그래, 그대는 사람이니까! 나는 잠시 들짐승과 악귀들을 보러 가려네…."

1925년 6월 16일

빗돌 글(墓碣文)

나는 내가 빗돌[99]을 바라 서서 거기 새긴 글을 읽는 꿈을 꾸었다. 빗돌은 사암(砂岩)으로 만들어졌는지 부스러진 데가 많았고 이끼까지 잔뜩 끼어, 몇몇 글귀만 알아볼 수 있었다.──

"…호탕한 노래 열광 속에서 추위를 먹고, 천상에서 심연을 보다. 모든 눈(眼)에서 무소유를 보고, 희망 없음에서 구원을 얻다.…

"…떠도는 혼 하나가 긴 뱀으로 변하다. 독이빨로, 남을 물지 아니하고 제 몸을 물다. 마침내 죽다.…

"…떠나라!…"

빗돌 뒤로 돌아가니 버린 무덤이 있었다. 풀 한 폭, 나무 한 그루 없이 주저앉은. 갈라진 무덤 틈새로 주검이 보였다. 가슴과 배가 벌어져 있고, 심장과 간이 없었다. 얼굴은 애락^{哀樂}의 표정 없이 아지랑이처럼 흐릿하였다.

의혹과 두려움에 몸을 돌렸으나, 뒷면의 글귀를 보고 말았다.

"…심장을 후벼 스스로 먹다. 본디 맛을 알고자. 아픔이 혹심하니, 본디 맛을 어찌 알랴?…

"…아픔이 가라앉자 천천히 먹다. 이미 성하지 않으니 본디 맛을 또 어찌 알랴?…

"…대답하라. 않겠거든, 떠나라! …"

나는 떠나려고 했다. 그러나 무덤 속에서 일어나 앉은 주검이 입술을 움직이지 않고 말했다.──

"내가 티끌로 될 때에, 그대는 나의 미소를 볼 것이다!"

나는 줄달음질쳤다. 뒤돌아볼 엄두가 나지 않았다. 그가 쫓아오는 게 보일까 봐.

1925년 6월 17일

입론

나는 내가 소학교 교실에서 작문 준비를 하는 꿈을 꾸었다. 선생님께 논지를 세우는 방법을 물었다.

"쉽지 않다!" 선생님이 안경테 너머로 눈을 반짝이며 나를 보더니, 말했다. "내가 이야기를 하나 해주마.——

"어떤 집에서 아들을 낳았단다. 온 집안이 몹시 기뻐하였다. 만 한 달이 되자, 아기를 안고 나와 손님들에게 보였다.——물론 덕담을 듣고 싶어서였지.

"한 사람이 말했다. '이 아이는 훗날 큰 부자가 되겠네요.' 그 사람은 한바탕 감사의 말을 들었다.

"한 사람이 말했다. '이 아이는 훗날 벼슬을 할 겁니다.' 그 사람은 몇 번이고 칭찬받았다.

"한 사람이 말했다. '이 아이는 훗날 죽을 거요.' 그 사람은 자리에 있던 모든 사람에게 아프게 맞았다.

"죽을 것이라고 한 것은 필연을 말한 것이다. 부귀를 누리리라는 건 거짓을 말한 것이다. 그러나 거짓을 말한 사람은 보답을 받고 필연을 말한 사람은 얻어맞았다. 너는…"

"저는 거짓말을 하기 싫지만 얻어맞고 싶지도 않아요. 그렇다면, 선생님, 저는 뭐라고 말해야 하나요?"

"그렇다면, 너는 이렇게 말해야 한다. '옴마! 야가! 애 좀 보세요, 얼마나…. 아이구! 하하! Hehe! he, hehehehe!'"

1925년 7월 8일

죽은 뒤

나는 내가 길거리에서 죽어 있는 꿈을 꾸었다.

거기가 어딘지, 내가 어떻게 거기로 갔는지, 어쩌다가 죽게 되었는지, 이런 것들을 나는 전혀 알 수 없었다. 요컨대 내 자신이 죽었다는 것을 알게 되었을 무렵, 나는 거기에 죽어 있었던 것이다.

까치 소리가 몇 번 들리더니, 까마귀 소리가 들렸다. 공기가 맑고, 흙냄새가 섞였기는 하나 상쾌한 것이, 동틀 무렵이리라. 나는 눈을 뜨려 하였으나 떠지지가 않았다. 마치 내 눈이 아닌 것처럼. 그래, 팔을 들어 보려 하였으나, 마찬가지였다.

공포의 화살촉이 홀연 심장을 뚫었다. 나는 살아 있을 때 장난삼아 이런 생각을 한 적이 있다. 만약 어떤 사람이 죽었을 때 운동신경만 훼멸되고 지각은 남는다면 그건 온전히 죽는 것보다 훨씬 무서울 것이라고. 뜻밖에 나의 예상이 적중하였고, 내 스스로 그것을 입증하고 있다.

발소리가 들렸다. 길 가는 사람의 것이겠지. 외바퀴 수레 한 대가 지나갔다. 무거운 물건을 실었는지 삐거덕거리는 통에 마음이 어지럽고 이빨까지 시렸다. 눈앞이 붉은 것이 해가 뜬 게 틀림없다. 그렇다면, 내 얼굴은 동쪽을 향하고 있다. 그러나 이런 건 다 상관없다. 웅성거리는 사람 소리. 구경꾼들. 그들 발치에서 황토가 일어 콧구멍 속으로 날아들었다. 나는 재채기를 하고 싶었으나 끝내 하지 못했다. 마음만 간절했을 뿐.

잇따르는 발소리가 가까이 와 멈추고, 더 많아진 수군거리는 소리. 구경꾼이 늘어난 거다. 나는 문득, 그들이 뭐라고 하는지 듣고 싶어졌다. 그와 동시에, 이런 생각도 들었다. ──살아 있을 때에 나는, 사람들의 평판 따위는 코웃음 칠 값도 없는 것이라고 하였다. 이제 보니 그게, 본심과는 딴판인 주장이었나 보다. 죽자마자 파탄이 났으니 말이다. 어떻든, 들어 보자. 들어 보았지만 결론을 얻을 수 없었다. 귀납하자면 겨우 이런 정도였다.

"죽었나?…"

"음.──이거…"

"흥!…"

"쳇… 에이!…"

나는 기뻤다. 끝까지 귀에 익은 목소리가 들리지 않았기 때문이다. 만약 아는 목소리가 들렸다면, 그들을 상심케 하거나, 그들을 통쾌하게 만들거나, 그들로 하여금 밥상머리 잡담거리를 얻어 소중한 시간을 낭비하게 할 것이니, 나로서는 퍽 미안해할 일이다. 지금 그들 가운데 누구도 나를 보지 못했다. 다시 말해서 나는 아무에게도 영향을 주지 않았다. 좋다. 남에게 미안해할 건 없는 셈이다!

그런데, 아마 개미겠지, 개미 한 마리가 내 등줄기를 따라 기는 것이 간지럽다. 꼼짝할 수 없는 나로서는 놈을 몰아낼 재간이 없다. 평상시였다면, 조금만 뒤척여도 달아났을 텐데. 뿐인가, 허벅지로 또 한 놈이 기어오른다! 이놈들 도대체 뭐하는 거야? 버러지 놈들!

형편은 더욱 나빠졌다. 웅 하는 소리와 함께 파리 한 마리가 내 관자놀이에 내려앉아 몇 발짝 기다가 날아올랐고, 다시 내려와 코끝을 핥았다. 나는 오뇌懊惱에 차 생각하였다. ──족하足下, 위대한 인물도 아닌 내게서 의론할 재료를 찾을 게 뭐 있소….[100] 그러나 말이 나오지 않았다. 놈은 코끝에서 뛰어내려 이번에는 차가운 혀로 내 입술을 핥았다. 모르겠다, 이게 사랑의 표시인지. 다른 몇 마리가 눈썹에 모여 활보하는 바람에 눈썹 뿌리가 흔들렸다. 성가시기 짝이 없었다. ──견딜 수 없이.

문득, 바람이 일면서 뭔가가 나를 덮치자 놈들이 흩어졌다. 떠나면서도 이런 말을 한다 ──

"아깝도다!"

나는 화가 치밀어, 혼절할 뻔했다.

목재가 땅에 떨어지는 둔중한 소리와 함께 땅이 흔들리는 바람에 홀연 의식을 찾았다. 이마에 거적 같은 게 있다. 거적이 벗겨지자 작열하는 햇볕이 느껴졌다. 누군가가 말하는 소리가 들렸다──

"왜 여기서 죽은 거야?…"

목소리가 가까이서 들리는 걸로 보아 그는 허리를 숙이고 있다. 그런데 사람이, 어디서 죽어야 옳단 말인가? 나는 전에, 사람이 땅 위에서, 마음대로 살 권리는 없어도, 마음대로 죽을 권리는 있다고 생각했다. 이제서야, 사실은 전혀 그렇지가 않으며, 그건 여론과도 부합하기 어렵다는 걸 알았다. 안타깝게도 지금 내게는 종이도 붓도 없다. 설령 있다고 해도 글을 쓸 수 없고, 써도 발표할 곳이 없다. 그러니 그냥 있을 수밖에.

누군가가 나를 들쳤다. 누구인지 모르겠다. 칼집 소리가 나는 것이, 순경도 여기에 와 있는 거다. 내가 "죽"어 있어서는 안 될 "여기"에. 나는 몇 차례 뒤집혔고, 들어 올려졌다가 내려졌다. 뚜껑이 덮이고 못질 소리가 들렸다. 못질을 두 개만 하는 것이 기이했다. 설마, 이 동네는 널에 못을 두 개만 박는가?

나는 생각했다. 이번에는 6면의 벽에 부딪힌 거로구나. 밖에서는 못질까지 하고. 참으로 완전한 실패이다. 아, 슬프도다!…

"숨이 막힌다!…" 이런 생각도 들었다.

그렇지만 나는, 아까보다 훨씬 평온해져 있었다. 땅속에 묻

혔는지는 알 길 없지만. 손등에 거적의 요철이 닿았다. 이불[101]
로서 싫지는 않다. 누가 나를 위해 돈을 썼을까, 알지 못하는 게
아쉽다! 그렇지만 가증스러웠다, 납관한 녀석들이! 속옷자락
접힌 것을 녀석들이 펴 주지 않아 등이 배기는 게, 영 불편했다.
너희 놈들, 죽은 사람이니깐 알지 못할 거라 여겨 이따위 건성
으로 일을 하느냐? 하하!

살아 있을 때보다 몸이 훨씬 무거워진 것 같다. 그래서 옷자
락 접힌 것이 이리 불편한가 보다. 그렇지만 나는, 생각했다. 조
금 있으면 몸에 밸 거야. 금세 썩어질 것이니 더 이상 성가시지
는 않게 되거나. 지금은 가만히, 마음 차분하게 먹는 게 상책이
다.

"안녕하세요? 죽으셨어요?"

귀에 익은 목소리였다. 눈을 떠 보니 고서점 발고재勃古齋의
점원이다. 못 본 지 스무 해가 넘었는데 옛날 모습 그대로다. 나
는 다시 한번 6면의 벽을 보았다. 너무 조잡하다. 대패질을 하지
않아 톱질 자국이 꺼칠하다.

"일없어요. 상관없습니다." 그가 말하면서 남색 보자기를
끌렀다. "명나라 때 찍은 『공양전』입니다. 가정 연간의 흑구
본[102]입지요. 받아 두세요, 이건…"

"자네!" 나는 이상한 생각이 들어 그의 눈을 보았다. "자네 정
말 제정신인가? 내가 이 꼴인데 명판본明板本 책을 보라?…"

"읽을 수 있습니다. 일없어요."

나는 바로 눈을 감았다. 마주하자니 짜증이 났다. 좀 있으니 기척이 없다. 가 버린 게다. 그런데 이번에는 개미 한 마리가 목덜미를 타고 기어올라 얼굴로 오더니 눈자위를 따라 맴을 돌았다.

털끝만큼도 생각 못 했다. 사람 생각이 죽은 뒤에도 변할 수 있다는 것을. 문득, 어떤 힘이 내 마음의 평안을 깨뜨렸다. 동시에, 수많은 꿈들이 눈앞에서 꾸어졌다. 몇몇 벗들은 나의 안락을 빌었고, 몇몇 원수는 나의 멸망을 빌었다. 나는 그러나 안락하지도 멸망하지도 않고, 그작그작 살아왔다. 어느 한쪽의 기대에도 부응하지 못했다. 그런데 지금 나는, 그림자처럼 죽었다. 원수들이 알지 못하게. 그들에게 공짜 기쁨은 조금치도 선사하고 싶지 않다….

나는 통쾌한 중에도 울음이 나올 것 같았다. 그건 내가 죽은 뒤 첫번째 울음이었다.

그러나 끝내 눈물 흘리지 않았다. 그저 눈앞에 불꽃 같은 것이 번뜩이는 것을 보았고, 일어나 앉았다.

1925년 7월 12일

이러한 전사

이러한 전사가 있어야 한다.──

그는 반짝이는 모젤 총을 멘 아프리카 토인처럼 몽매한 존재가 아니고, 목갑총을 찬 중국 녹영병처럼 무기력한 존재는 더욱 아니다.[103] 그는 소가죽과 폐철로 만든 갑주甲冑 따위의 도움을 받지 않는다. 그는 맨몸으로, 야만인이 쓰는 투창만 들고 있다.

그가 무물의 진[104]으로 들어서자 마주치는 사람마다 한 본새로 인사를 한다. 그는 이런 인사가 적의 무기라는 것을, 피 한 방울 흘리지 않고 사람을 죽이는 무기라는 것을 안다. 수많은 전사가 그것 때문에 멸망하였다. 그것은 포탄처럼, 용맹한 전사들을 맥 못 추게 하였다.

그것들의 머리 위에 각종 깃발이 나부낀다. 깃발에는 각가지 좋은 명칭을 수놓았다. 자선가, 학자, 문인, 원로, 청년, 아인雅人,

군자…. 머리 아래 각가지 외투를 걸쳤다. 거기에 여러 가지 좋은 무늬를 수놓았다. 학문, 도덕, 국수國粹, 민의民意, 논리, 공의公義, 동방문명….

그러나 그는 투창을 들었다.

그들은 한목소리로 맹세하여 말한다. 자기들 심장은 가슴 한가운데에 있어서, 심장이 한쪽에 치우친 다른 사람들과는 다르다고. 그들은 하나같이 가슴 복판에 호심경[105]을 달고 있다. 자기네 심장이 한가운데에 있다고 스스로도 믿고 있음을 증명이라도 하려는 양.

그러나 그는 투창을 들었다.

그는 엷게 웃으면서 한쪽으로 치우치게 창을 던졌고, 창은 심장에 명중하였다.

다들 맥없이 넘어졌다. ─ 그렇지만 넘어진 건 외투뿐이었다. 속에는 아무것도 없었다. 무물의 물은 달아나고 없었고, 그들이 승리했다. 그가, 자선가니 뭐니 하는 것들을 해친, 죄인이 되었기 때문이다.

그러나 그는 투창을 들었다.

그는 무물의 진 속에서 큰 걸음으로 걸었다. 또다시, 한 본새의 인사, 각종의 깃발, 각가지 외투… 와 마주쳤다.

그러나 그는 투창을 들었다.

그는 마침내 무물의 진 속에서 늙고, 죽었다. 그는 결국 전사가 못 되었다. 무물의 물이 승자였다.

이쯤 되면 아무도, 전투의 함성을 듣지 못한다. 태평太平.

태평….

그러나 그는 투창을 들었다!

1925년 12월 14일

총명한 사람, 바보, 종

종은 그저 신세타령 들어줄 사람만 찾았다. 늘 그렇게 하려 들었고, 그럴 수밖에 없었다. 하루는 그가 총명한 사람을 만났다.

"선생님!" 그가 구슬피 말했다. 눈가로 눈물을 주루룩 흘리면서. "선생님도 아시겠지요. 저는 정말이지 사람 같지 않게 삽니다. 하루에 한 끼 먹을 수 있으면 다행입니다. 그나마도 수수 껍데기로 지은 것이라 개돼지도 쳐다보지 않는 그런 밥입니다. 그것도 조막만 한 그릇에⋯."

"거 참 안됐네." 총명한 사람도 애달파 말했다.

"그러게 말입니다!" 그는 기뻤다. "그런데도 일은 밤낮으로, 쉴 새 없이 합니다. 새벽이면 물 긷지요 저녁이면 밥 짓지요, 오전 나절에 바깥 심부름 밤에는 맷돌질, 맑은 날엔 빨래하랴 비가 오면 우산 펴 드리랴, 겨울이면 불 지펴 드리랴 여름이면 부채질하랴. 한밤중에 흰목이버섯을 고아 드리지요. 주인 마님께서 노름 노시는 것 시중드느라고 말입니다. 그런데도, 개평은커녕, 채찍질을 안 당하면 다행입니다….”

“허 ….” 총명한 사람이 탄식을 하는데, 눈언저리가 발그레한 게, 금시라도 눈물을 떨굴 것 같았다.

“선생님! 저는 이렇게는 살 수 없습니다. 달리 길을 찾아야겠습니다. 하지만 그 길이 무엇일지?….”

“내 생각엔, 언젠가는 나아질 거네….”

“그런가요? 그리 되기만 바랄 뿐입니다. 그럴 수만 있으면 좋겠습니다. 하지만 제가 선생님께 하소연할 수 있었고, 선생님도 저를 불쌍히 여겨 위로해 주셨습니다. 그것만으로도 한결 가뿐합니다. 하늘이 무심치 않으셔라….”

그런데, 며칠 지나지 않아 그는, 다시 마음이 편치 않아 하소연할 상대를 찾아 나섰다.

“선생님!” 그가 눈물을 흘리며 말했다. “선생님도 아시겠지요. 제가 사는 데는 돼지우리만도 못합니다. 마님은 저를 사람으로 치지 않습니다. 강아지한테는 몇만 배나 잘 해주면서 ….”

“이런 못난!” 그 사람이 호통을 치는 바람에 종이 깜짝 놀랐다. 그 사람은, 바보였다.

“선생님, 저는 다 자빠진 단칸방에 살고 있습니다. 눅눅하고 껌껌하고 빈대가 득실거리고, 이놈들은 잠을 자려 들기 바쁘게 엄청 물어 댑니다. 썩은 내가 코를 찌르지만 창문 하나 없습니다….”

"주인한테, 창문 하나 내 달란 말 못하는가?"

"어떻게 제가 감히?……."

"그렇다면, 어디 한번 가서 보세!"

바보가 종이 사는 집으로 따라가서 냅다 흙벽을 부수었다.

"선생님! 무슨 짓이세요?" 깜짝 놀란 종이 말했다.

"창구멍을 하나 내 주려고 그런다."

"안 됩니다! 마님께 혼납니다!"

"그따위 게 무슨 상관이야!" 바보가 계속 부수었다.

"게 누구 없소? 강도가 우리 집을 부수고 있소! 빨리들 오시오! 집에 구멍이 뻥 뚫릴 판이오!……" 종이 울면서 소리쳤다. 떼굴떼굴 땅바닥에 뒹굴었다.

종들이 떼거리로 달려 나와 바보를 쫓아냈다.

그 소리를 듣고 천천히, 맨 마지막에, 주인이 왔다.

"강도 놈이 우리 집을 부수길래 제가 맨 먼저 소리를 쳤습니다. 다들 나서서 놈을 쫓아냈습지요." 종이 공손하게, 의기양양하여 말했다.

"잘했다." 주인이 칭찬하였다.

그날 많은 사람이 주인을 위로하러 왔다. 거기에는 총명한 사람도 있었다.

"선생님. 이번에 제가 공을 세웠습니다. 마님께서 저를 칭찬하셨어요. 저번에 선생님께서 제 형편이 좋아질 거라고 하셨지

요. 참으로 앞을, 훤히 내다보십니다….” 종이 큰 희망이라도
생긴 듯 기뻐하며 말했다.

　“그러게 말이네….” 총명한 사람도 제 일인 양, 기쁜 듯 대꾸
했다.

1925년 12월 26일

빛바랜 핏자국 속에서
——몇몇 죽은 자와 산 자,
아직 태어나지 않은 자를 기념하여

지금 조물주는 비겁자이다.

그는 슬그머니 천재지변을 일으키지만, 지구를 훼멸할 엄두는 내지 못한다. 슬그머니 살아 있는 것을 쇠망케 하면서도, 주검이 오래도록 남아 있게 할 용기는 없다. 슬그머니 인류를 피흘리게 하면서도, 핏빛을 영원토록 선명하게 할 용기는 없다. 슬그머니 인류에게 괴로움을 주면서도, 인류가 영원히 그것을 기억하게 할 용기는 없다.

그는 오로지 자신의 동류^{同類}——인류 중의 비겁자——만 배려한다. 폐허와 황량한 무덤으로 화려한 건축을 부각시키고, 시간으로 고통과 핏자국을 바래게 한다. 날마다 단맛이 조금 나는 쓰디쓴 술을 한 잔씩, 많지도 적지도 않게 살짝 취할 만큼만 따라 주어, 마시는 사람으로 하여금 울게 또 노래하게 하고, 깨인 듯 또 취한 듯, 아는 듯 또 무지한 듯, 죽고 싶게 또한 살고 싶

게 만든다. 그로서는 모든 것을 살고 싶어 하도록 만들어야 한
다. 그에게는 인류를 멸절할 용기가 없다.

몇 개의 폐허와 몇 개의 황량한 무덤이 땅 위에 흩어져 빛바
랜 핏자국을 비춘다. 사람들은 그 새중간서 남과 나의 아득한
슬픔을 곱씹을 뿐, 그것을 뱉어 버리려고는 하지 않는다. 공허
보다는 낫겠다고 여겨. 저마다 '하늘의 벌을 받은 자'를 자처함
으로써 남과 나의 아득한 슬픔을 곱씹는 데 대한 변명을 삼으
며, 또한 두려움에 숨을 죽인 채 새로운 슬픔의 도래를 가만히
기다린다. 새로움, 이것이 그들을 두려움에 떨게 하고 또한 갈
망하게 한다.

이게 다 조물주의 착한 백성이다. 그는 그걸 필요로 한다.

반역의 맹사猛士가 인간 세상에 출현한다. 그는 우뚝 서서, 이
미 달라졌거나 예전과 다를 바 없는 폐허와 무덤을 뚫어본다.
깊고 넓은, 오래된 고통 일체를 기억하고, 겹겹이 쟁여지고 응
어리진 피를 직시한다. 죽은 것, 태어나고 있는 것, 태어나려는
것, 태어나지 않은 것 일체를 속속들이 안다. 그는 조물주의 농
간을 간파하고 있다. 그가 떨쳐 일어나, 인류를, 소생시키거나
소멸되게 할 것이다. 이들 조물주의 착한 백성들을.

조물주, 비겁자가 부끄러워 숨는다. 하늘과 땅이 맹사의 눈
앞에서 색을 바꾼다.

1926년 4월 8일[106]

일각

비행기가 폭탄을 떨굴 임무를 띠고, 학교에 다니는 것처럼 매일 오전, 베이징 상공을 비행한다.[107] 기체가 공기를 때리는 소리를 들을 때마다 나는 약간씩 긴장했다. '죽음'이 덮쳐드는 것을 눈으로 보는 것 같았다. 동시에, '생'의 존재감도 깊어졌다.

폭탄 터지는 소리가 한두 번 어렴풋이 들리고 나면 비행기는 윙윙대는 소리와 함께 천천히 사라진다. 죽고 다친 사람이 있었을 텐데, 천하는 더 태평해진 것 같았다. 창밖 백양나무의 어린잎이 햇빛 아래 검게 반짝이고, 풀또기楡葉梅 꽃도 어제보다 활짝 피었다. 침대 위에 널린 신문을 치우고 밤사이 책상에 쌓인 뿌연 먼지를 쓸고 나니, 네모 난 나의 작은 서재가 오늘도 '밝은 창에 깨끗한 책상'이다.

어떤 이유로 나는, 그간 묵혀 두었던 젊은이들의 원고를 교열하기 시작했다. 그것들을 모조리 정리할 작정을 하였다.[108]

작품들을 시간 순으로 읽어 가노라니 생얼굴을 한 젊은 영혼들이 차례로 눈앞에 우뚝 섰다. 그들은 아름답다. 순진하다.──아아, 하지만 그들은, 고뇌한다. 신음한다. 분노한다. 마침내 거칠어졌다. 내 사랑스러운 젊은이들!

모래바람에 할퀴어 거칠어진 영혼. 그것이 사람의 영혼이기에, 나는 사랑한다. 나는 형체 없고 색깔 없는, 선혈이 뚝뚝 듣는 이 거칠음에 입 맞추고 싶다. 진기한 꽃이 활짝 핀 뜰에서 젊고 아리따운 여인이 한가로이 거닐고, 두루미 길게 울음 울고, 흰 구름이 피어나고…. 이런 것에 마음 끌리지 않는 바는 아니나, 그러나 나는, 내가 인간 세상에 살고 있다는 사실을 잊지 않는다.

문득 두어 해 전의 일이 생각났다. 베이징대학의 교원 대기실에 낯선 젊은이가 들어왔다. 그는 말없이 내게 책 보퉁이를 주고 갔다. 끌러 보니 『뿌리 얕은 풀』이었다. 그의 침묵에서 나는 많은 것을 생각하였다. 아아, 풍성한 선물이었다! 그러나 『뿌리 얕은 풀』은 더 이상 출간되지 못했다. 『가라앉은 종』의 전신이 되었을 뿐이다.[109] 『가라앉은 종』은 모래바람에 부대끼다가 인간 바다 밑 깊은 곳에 가라앉아 적막한 울림을 내고 있다.

처참하게 짓밟힌 엉겅퀴가 자그마한 꽃을 피워 내는 것을 보고 톨스토이가 감격하여 소설을 한 편 썼다.[110] 메마른 사막에서 초목이 안간힘을 다해 뿌리내리고 땅속 물을 빨아들여 푸른 숲을 이루는 것은, 물론 제 자신의 '생'을 위해서이나, 지치고 목마른 나그네는 잠시나마 어깨를 쉬일 처소를 만난 것에 기뻐한다. 이 얼마나 감동적이지만, 슬픈 일인가!?

『가라앉은 종』의 사고社告 「제목 없이」無題에 이런 말이 있었다. "누군가가 우리 사회를 사막이라고 하였다.——참으로 사막이라면, 황량하기는 해도 숙연할 것이며, 적막하기는 해도 탁트인 느낌이 있을 것이다. 이 지경으로 혼돈스럽고, 음침하고, 요상하기야 하겠는가!"

그렇다. 젊은 영혼들이 내 눈앞에 우뚝 서 있다. 그들은 벌써 거칠어져 있거나, 거칠어지고 있다. 그렇지만 나는 이들, 피 흘리면서 아픔을 견뎌내는 영혼을 사랑한다. 내가 인간 세상에 있음을, 인간 세상에서 살고 있음을 느끼게 해주기 때문이다.

교열하다 보니 해가 서쪽으로 기울어 등잔불이 햇빛의 뒤를 이었다. 각양각색의 청춘이 내 눈앞을 달려 지나가고 몸 바깥에는 저녁 어스름만 남았다. 피로감에 담뱃불을 붙인 채 이름할 길 없는 생각에 잠겨 가만히 눈을 감았다. 그리고, 긴 꿈을 꾸었다. 깨어나 보니 몸 바깥은 여전히 어스름이고, 미동도 않는 공기 중에 담배 연기가 모락모락 피어오르면서 여름 하늘 구름처럼, 이름 붙이기 어려운 형상들을 빚어내고 있었다.

1926년 4월 10일

백초원에서 삼미서옥으로

우리 집 뒤쪽에는 매우 큰 정원이 있었는데 대대로 내려오면서 백초원이라고 불러 왔다. 지금은 벌써 그것을 집과 함께 주문공[111]의 자손들에게 팔아 버렸으므로 마지막으로 그 정원을 본 지도 이미 칠팔 년이 된다. 그 안에는 아마 확실히 들풀만 자랐던 것 같다. 하지만 그때 그곳은 나의 낙원이었다.

새파란 남새밭이며 반들반들해진 돌로 만들어진 우물, 키 큰 쥐엄나무, 자주빛 오디, 게다가 나뭇잎에 앉아서 긴 곡조로 울어 대는 매미, 채소 꽃 위에 앉아 있는 통통 누런 벌, 풀숲에서 구름 사이로 불쑥불쑥 솟아오르는 날랜 종다리는 더 말할 것도 없다. 정원 주변에 둘러친 나지막한 토담 근처만 해도 끝없는 정취를 자아냈다. 방울벌레들이 은은히 노래 부르고 귀뚜라미들이 거문고를 타고 있다. 부서진 벽돌을 들추면 가끔 지네들을 만나게 된다. 때로는 가뢰도 있는데, 손가락으로 잔등을 누르면 뽕 하고 방귀를 뀌면서 뒷구멍으로 연기를 폴싹 내뿜는다. 하수오 덩굴과 목련 가지들이 뒤얽혀 있는데 목련에는 연밥송이 같은 열매가 달려 있고 하수오 덩굴에는 울룩불룩한 뿌리가 달려 있다. 어떤 사람의 말에 의하면 하수오 뿌리는 사람 모양으로 생겼는데 그것을 먹으면 신선이 될 수 있다고 했다. 그래서 나는 늘 그 뿌리를 캐곤 했다. 그것이 끊어지지 않게 뻗은 대로 파 들어가다가 한번은 담장까지 무너뜨린 일도 있었으나 사람 모양같이 생긴 것은 끝내 캐내지 못했다. 만약 가시만 겁내지 않는다면 복분자딸기도 딸 수 있었는데 아주 작은 산호 구슬들을 뭉쳐 만든 조그마한 공 같은 그 열매는 새콤하고 달콤하며 색깔이나 맛이 모두 오디보다 훨씬 나았다.

긴 풀들이 무성한 곳에는 들어가지 않았는데 그곳에는 대단히 큰 붉은 뱀이 있다는 말이 전해지고 있었기 때문이다.

언젠가 키다리 어멈이 나한테 이런 이야기를 들려주었다. 이전에 한 서생이 오래된 절간에서 공부하고 있었다. 한번은 그가 저녁에 바람을 쏘이러 마당에 나갔는데 문득 누가 자기를 부르는 것이었다. 대답을 하며 주위를 살펴보니 웬 미녀가 담장 위로 얼굴을 내밀고 그를 향해 방긋 웃어 보이고는 곧 사라져 버렸다. 그는 몹시 기뻤다. 하지만 한담을 하러 찾아온 늙은 화상이 그 기미를 알아차렸다. 늙은 화상은 서생의 얼굴에 요기가 어린 것을 보아 그가 꼭 '미녀뱀'을 만났을 것이라고 말했다. 그것은 사람 머리에 뱀의 몸뚱이를 한 괴물인데 사람의 이름을 부를 줄 알며 만일 그 부름에 대답하기만 하면 밤에 찾아와서 그 사람의 살을 뜯어 먹는다는 것이었다. 그 말에 서생은 기절초풍할 정도로 놀랐다. 그러자 늙은 화상은 별일 없을 테니 마음 놓으라고 하면서 그에게 자그마한 나무갑 한 개를 주며 그것을 베개맡에 놔두기만 하면 맘 놓고 잘 수 있다고 하였다. 서생은 시키는 대로 했지만 어쨌든 잠을 들 수가 없었다──하긴 그럴 수밖에 없었다. 한밤중이 되자 과연 다가왔다. 사르륵! 사르륵! 문밖에서 비바람 소리가 났다. 그 통에 그는 와들와들 떨고 있는데, 갑자기 휙 하는 소리가 나더니 한줄기의 금색 빛살이 베개맡에서 쭉 뻗어 나왔다. 바깥에서는 더 이상 아무 소리도 없었다. 뒤이어 그 금색 빛살이 되돌아와 갑 속으로 들어갔다. 그 뒤에는? 그후에 늙은 화상이 하는 말을 들으니, 그 빛살은 날아다니는 지네인데 뱀의 뇌수를 빨아먹는다는 것이었다. 그래서 미녀뱀은 날아다니는 지네한테 죽었다는 것이다.

이 이야기의 교훈인즉 누구든지 낯선 사람이 자기를 부를 적에 절대 대답해서는 안 된다는 것이다.

이 이야기는 나에게 사람 노릇을 하기도 매우 위험하다는 깨달음을 주었다. 여름밤 밖에 나가 바람을 쐴 때도 늘 겁부터 나면서 담장 곁에는 가 볼 엄두도 못냈다. 한편 늙은 화상이 말하던 그 날아다니는 지네가 들어 있는 나무갑을 얻고 싶은 생각이 간절해지는 것이었다. 백초원 풀숲을 지날 때마다 늘 이런 생각이 들곤 하였다. 하지만 오늘까지도 날아다니는 지네를 얻지 못하였으며 또한 붉은 뱀이나 미녀뱀도 만나지 않았다. 물론 낯선 사람들이 나를 부르는 일은 자주 있었지만 역시 그것은 미녀뱀이 아니었다.

겨울의 백초원은 비교적 무미건조하였다. 그러나 눈만 내리면 딴판이었다. 눈 위에 사람의 모양을 그리거나(자기의 전체 모습을 찍어놓는다) 눈사람 만드는 놀이는 구경할 사람이 있어야 하는데 백초원은 워낙 황량하여 인적이 드물었으므로 알맞지 않았다. 그래서 새잡기를 하는 수밖에 없었다. 눈이 땅가림이나 할 정도로 내려서는 안 된다. 내린 눈이 땅 위에 한 이틀쯤 덮여 있어 새들이 먹이를 찾지 못해 헤맬 때가 되어야 한다. 그때를 틈타 약간만 눈을 쓸고 땅바닥이 드러나게 한 다음 참대광주리를 가져다 버팀목으로 버텨 놓는다. 그러고는 그 밑에 쭉정이를 좀 뿌려 놓고 멀찌감치 서서 버팀목에 이어진 끈을 멀리서 잡고 기다리다가 새들이 모이를 쪼아 먹으려 대광주리 밑에 들어서면 얼른 끈을 잡아챈다. 광주리를 덮어 버리는 것이다. 대체로 참새들이 많이 잡혔지만 부리 옆에 하얀 털이 난 '할미새'도 더러 잡혔다. 하지만 그놈은 성질이 급해서 하룻밤도 기를 수가 없었다.

이것은 룬투[112]의 아버지가 가르쳐 준 방법인데 나는 그대로 잘하지 못했다. 틀림없이 새들이 들어간 것을 보고 끈을 잡아당겼는데도 달려가 보면 아무것도 없곤 했다. 한나절씩이나 애를 써야 겨우 서너 마리밖에 잡지 못했다. 룬투의 아버지는 얼마 안 되는 사이에 수십 마리나 붙잡아서 망태 안에 넣었다. 새들은 망태 안에서 쩩쩩 울어 대며 푸드덕거렸다. 내가 그에게 비결이 어디에 있는가 하고 물었더니, 그는 빙그레 웃으면서 도련님은 성질이 너무 급해서 새들이 미처 한가운데로 들어가기 전에 끈을 잡아당겨서 그렇다고 말했다.

나는 왜 집에서 나를 서당에 보냈으며 그것도 도시에서 가장 엄격하다는 서당에 보냈는지 모르겠다. 아마도 내가 하수오 뿌리를 뽑다가 토담을 허물어뜨린 일 때문일까? 아니면 벽돌을 옆집 양 씨네 집에 던진 탓일까? 또 그렇지 않으면 돌우물 위에 올라가 뛰어내리곤 했던 까닭일까…. 나는 그 영문을 도저히 알 수 없었다. 한마디로 말해서 나는 더 이상 백초원에 자주 드나들 수 없게 되었다. Ade,[113] 나의 귀뚜라미들아! Ade, 나의 나무딸기와 목련들아!

대문을 나와 동쪽으로 반리 길도 못 미쳐 돌다리를 건너면 곧 내 선생[114] 집이다. 까맣고 반지르르한 참대 삽짝문을 들어서면 세번째 칸이 바로 서재였다. 서재의 정면 벽 한복판에 삼미서옥이란 편액이 걸려 있고, 그 아래에는 크고 살찐 꽃사슴 한 마리가 고목나무 밑에 엎드려 있는 그림이 있었다. 공자의 위패가 없었으므로 우리는 그 현판과 사슴을 향하여 절을 두 번씩 하곤 했다. 첫번째는 공자에게 하는 것이고 두번째는 선생님에게 하는 것이었다.

두번째 절을 할 때면 선생님은 한 옆에 나서서 부드럽게 답례를 하였다. 그는 후리후리한 키에 수척한 노인인데 머리와 수염이 하얗게 세었으며 돋보기를 꼈다. 나는 그를 몹시 공경했는데, 오래전부터 그가 우리 도시에서 가장 방정하고 소박하며 박식한 분이라는 말을 들었기 때문이다.

어디서 얻어들었는지는 알 수 없으나 동방삭도 박식가인데 그는 '괴이한'이라는 이름을 가진 벌레를 알고 있었다고 한다. 원한이 변화해서 된 그 벌레는 술만 끼얹으면 형체가 사라지고 만다는 것이다. 나는 이 이야기를 무척 자세히 알고 싶었으나 키다리 어멈은 알지 못하였다. 아마 그녀는 필경 박식가가 아니었던 모양이다. 그러던 차에 마침 선생님한테 물어볼 기회를 가지게 되었다.

"선생님, '괴이한' 벌레는 도대체 어떤 벌레입니까?"

나는 새 책의 공부가 끝나기 무섭게 얼른 물어보았다.

"모르겠다!"

선생님은 몹시 불쾌한 듯 얼굴에 노기마저 서렸다.

그제야 나는 학생으로서는 그런 걸 물어서는 안 되며 글만 읽어야 한다는 것을 알게 되었다. 선생님은 박식한 대학자였으므로 절대로 그것을 모를 리 없었다. 그가 모른다고 하는 것은 그저 말하기 싫어서인 듯했다. 나보다 나이가 많은 사람들이 늘 그렇게 하는 것을 나는 이전에도 여러 번 겪었다.

그후부터 나는 글공부에만 열심이었다. 한낮에는 습자를 하고 저녁에는 대구를 맞추었다.[115] 선생님은 처음 며칠 동안은 나를 매우 엄하게 대하더니 그후부터는 태도가 너그러워지기 시작하였다. 하지만 나한테 읽히는 책은 점점 더 늘어났고 대구 맞추기도 자수가 차차 더 많아져 삼언으로부터 오언으로, 마지막에는 칠언까지 이르렀다.

삼미서옥 뒤에도 정원이 있었는데, 비록 조그마했지만 화단 위에 올라가서 새양나무꽃을 꺾을 수도 있고 땅이나 계수나무 가지에서 매미 허물 같은 것을 주울 수도 있었다. 무엇보다도 가장 재미있는 놀음은 파리를 잡아서 개미들에게 먹이는 일이 었는데 소리 없이 조용히 할 수 있었다. 하지만 동창들이 너무 많이 모이거나 오래 있으면 안 되었다. 그렇게만 되면 영락없이 서당에서 선생님의 성난 목소리가 울려 오는 것이다.

"다들 어디로 갔느냐!"

그러면 아이들은 한 사람 한 사람씩 뒤를 이어 돌아가야 했다. 함께 한꺼번에 들어가도 안 되었다. 선생님의 손에 매가 들려 있으나 선생님은 여간해서는 그것을 자주 사용하지는 않았다. 꿇어앉히는 벌칙도 있었으나 그것도 자주 쓰지는 않았다. 그저 눈을 부릅뜨며 호통을 치기 일쑤였다.

"책을 읽어라!"

그러면 모두들 목청을 돋우어 책들을 읽어 대는데 그야말로 솥이 끓어오르듯 와글거렸다. "인은 멀어도, 내가 인을 얻으려고 마음만 먹으면 인은 찾아오도다"라는 구절을 읽는 아이가 있는가 하면 "남의 이 빠진 것을 비웃어 가로되 개구멍이 크게 열렸다 하도다"라는 구절을 읽는 아이도 있었다. 또 그런가 하면 "초아흐렛날 용이 숨으니 아무것도 하지 말지어다"라는 구절을 읽는 아이도 있었고 "그 땅의 밭은 상의 하로 7등급이나 부세는 6등급이고 바치는 공물은 그령 풀과 귤, 유자뿐이었다"라는 구절을 읽는 아이도 있었다.… 이럴 때면 선생님 자신도 같이 글을 읽곤 하였다. 나중에 우리의 글소리는 점점 낮아지고 잦아들지만 유독 선생님의 글소리만은 낭랑하게 울렸다.

"철 여의라, 가득한 좌중을 마음대로 지휘하니 모두들 놀라도다.… 금종지에 철철 넘게 따른 미주 일천 잔을 마셔도 취하지 않도다…."[116]

나는 이 글이 가장 좋은 글이 아닐까 생각했다. 이 대목을 읽을 때면 선생님은 언제나 얼굴에 미소를 띄우고 고개를 높이 치들고 머리를 휘휘 저으며 자꾸만 뒤로 젖히기 때문이었다.

선생님이 글 읽기에 정신이 빠져 있을 때가 우리들에겐 더없이 좋은 기회였다. 몇몇 아이들이 종이로 만든 투구를 손가락에 끼워 가지고는 장난을 쳤으며 나는 '형천지' 종이를 소설책에 나오는 그림 위에다 펴놓고 습자할 때 본을 뜨듯이 그림을 복사했다.[117] 읽는 책이 많아짐에 따라 복사한 그림도 많아졌다. 글은 별로 읽지 못했지만 그림 성과만은 괜찮았다. 이런 그림들 가운데서 그래도 줄거리가 이루어진 것은 『비적소탕록』과 『서유기』의 인물화인데 각각 두툼하게 한 책씩은 되었다. 그후 나는 용돈이 필요해서 그 그림책을 돈 있는 집 동창에게 팔아 버렸다. 그의 아버지는 지전紙錢 가게를 운영했는데, 듣자 하니 지금은 그 자신이 주인이 되었으며 머지 않아 곧 신사紳士의 지위에 올라가게 된다는 것이다. 그러니 그 그림책은 벌써 없어져 버렸을 것이다.

9월 18일

아버지의 병환

아마 십여 년 전이었던 것 같은데 그때 S성[118] 안에서는 어떤 명의에 대한 이야기가 자자하게 떠돌고 있었다.

　그는 한 번 왕진에 본래 1원 40전을 받았는데 특별히 청하면 10원을 받았고 밤이면 그 갑절을, 성안을 벗어나는 경우에는 또 그 갑절을 받았다. 어느 날 밤 성 밖에 있는 어느 집 처녀가 갑작스레 병이 나서 그를 청하러 왔다. 그때 그는 벌써 왕진 다니기를 귀찮아할 정도로 살림이 넉넉했으므로 백 원을 내지 않으면 안 가겠다고 했다. 그를 청하러 왔던 사람들은 요구대로 하는 수밖에 없었다. 환자의 집으로 간 그는 건성으로 진맥하고서 "별일 없겠소" 하며 처방문 한 장을 써 주고는 백 원을 받아 가지고 가 버렸다. 환자의 집에는 돈이 꽤 있었던 모양으로 그 이튿날 또 청하러 왔다. 의사가 그 집 문 앞에 이르자 주인은 웃는 얼굴로 맞아들였다. "어제 저녁 선생님의 약을 먹었더니 병이 퍽 나아졌습니다. 그래서 선생님을 한 번 더 청하게 되었습니다." 주인이 이렇게 말했다. 그를 방으로 데리고 들어가니 어머니가 환자의 손을 휘장 밖으로 꺼내 놓았다. 맥을 짚어 보니 손이 얼음장같이 차고 맥박도 뛰지 않았다. 그러나 그는 머리를 끄덕이며, "음, 이 병은 제가 잘 압니다" 하고는 태연한 걸음으로 책상 앞에 다가가 처방지를 꺼내어 붓을 들고 써 내려갔다.

"계산서대로 은전[119] 백 원을 지불할 것."

그런 다음 아래에 서명을 하고 도장을 눌렀다.

"선생님, 보아 하니 수월찮은 병인 것 같은데 아마도 약을 좀 더 세게 써야 하지 않을까요." 주인이 의사 등 뒤에서 말하였다.

"그렇게 하지요." 다시 다른 처방지에다 써 내려갔다.

"계산서대로 은전 이백 원을 지불할 것." 그런 다음 또 그 아래에 서명을 하고 도장을 눌렀다.

주인은 그 처방을 받아 쥐고 그를 문밖까지 깍듯이 바래다주었다는 것이다.

나도 일찍이 이 명의와 만 이태 동안이나 상종한 적이 있었다. 그것은 그가 하루 건너 한 번씩 와서 아버지의 병을 보아 주었기 때문이었다. 그때 그는 벌써 이름이 난 의사였지만 왕진 다니기를 그처럼 귀찮아할 정도로 살림이 넉넉하지는 못했다. 그러나 진찰비만은 1원 40전씩 받았다. 지금은 도시에서 진찰한 번 하는데 10원이 드는 것도 별로 이상하지 않지만, 그때는

1원 40전이면 큰돈이어서 그것을 마련하기가 쉽지 않았다. 게다가 하루 건너 한 번씩이었으니. 확실히 그는 좀 유별났다. 떠도는 말에 의하면 약 쓰는 법이 다른 의사들과는 다르다는 것이다. 나는 약품에 대해서는 잘 몰랐으나 '보조약'을 얻기 힘들다는 생각만은 절실했다. 약처방을 한번 새로 바꾸기만 하면 눈코 뜰 새 없이 바삐 보내야 했다. 먼저 기본약을 산 다음 다시 보조약을 구했다. 그는 '생강' 두 쪽이라든가 끝을 잘라 낸 대나무 잎사귀 열 잎 같은 것은 아예 쓰지도 않았다. 제일 간단한 것은 갈뿌리였는데 냇가로 가서 캐와야만 했다. 3년 서리 맞은 사탕수수를 써야 할 경우에는 아무리 적게 걸린대도 이삼 일은 걸려야 했다. 하지만 이상하게도 나중에는 어떻든 다 구할 수 있었다.

떠도는 말에 의하면 약효의 신묘함이 바로 여기에 있다는 것이다. 옛날에 한 환자가 있었는데 그는 별의별 약을 다 써도 효험이 없었다. 그러다가 섭천사[120]라나 뭐라나 하는 의사를 만나 그전 처방에다 한 가지 보조약을 넣었는데, 그것은 오동잎이었다. 복용하자마자 병이 대뜸 씻은 듯이 나았다는 것이다. 워낙 '의술은 생각'인바, 그때는 가을철이라 오동이 가을기운을 먼저 안다는 것이다. 이전에 별의별 약을 다 써도 병이 낫지 않았지만 이제 가을 기운이 움직이니, 그 기운을 감지해서 … 낫게 되었다는 것이다. 나는 그 이치를 똑똑히 알지는 못하였지만 어쨌든 몹시 탄복했다. 이른바 영약이라는 것은 모두 구하기가 아주 쉽지 않다는 것, 또 그러기에 신선이 되려는 사람들은 목숨까지 내걸고 깊은 산속으로 약 캐러 들어간다는 것을 알게 되었다.

이렇게 이태 동안 점차 친숙해져서 친구같이 되었다. 아버지의 수종병은 날이 갈수록 더 악화되어 마침내는 자리에서 일어날 수조차 없게 되었다. 나도 3년 서리 맞은 사탕수수 따위들에 대해 차츰 신뢰감을 잃고 보조약을 구하는 데도 그전처럼 극성을 부리지는 않았다. 바로 이러던 어느 날, 왕진을 왔던 그는 아버지의 병세를 물어보고 나서 자못 간곡하게 말하는 것이었다.

"제가 가지고 있는 의술을 다 써 봤습니다. 천롄허라는 선생이 계시는데 그분은 저보다 의술이 높습니다. 제 생각에 그분을 추천하니 한번 병을 보여 보십시오. 제가 편지를 한 장 써 드리겠습니다. 병은 아직 대수롭지 않습니다만 그 선생의 손을 빌리게 되면 더 빨리 나을 수도 있을 테니까…."

이날은 모두들 기분이 썩 좋지 못한 것 같았다. 여느 때와 마찬가지로 내가 그를 가마에까지 공손히 바래다주었다. 그를 배웅해 주고 들어오니 아버지는 얼굴빛이 질려 가지고 방 안에 있는 사람들과 이야기를 하고 있었다. 그 이야기인즉 대체로 자기의 '병은 고칠 가망이 없으며, 그 의사가 이태 동안이나 자기의 병을 보아 왔지만 아무런 효과도 없고 이제는 게다가 서로 익숙해져서 정으로 보아도 딱하게 된 것을 피하기 어렵게 되고 병이 위독해지자 다른 의사를 대신 소개하고 자기는 손을 털고 나앉으려 한다는 것이었다. 그렇지만 또 무슨 수가 있겠는가? 우리 고장의 명의로는 그를 제외하고는 사실 천렌허밖에 없었다. 그러니 다음 날은 천렌허를 청해 오는 수밖에 없었다.

천렌허도 진찰비는 1원 40전을 받았다. 이전의 명의는 얼굴이 둥글고 통통했지만 이번 의사는 얼굴이 길쭉하고 통통했다. 이 점이 자못 달랐다. 또 약 쓰는 법이 달라서, 이전 명의의 약은 혼자서도 다 구할 수 있었지만 이번에는 혼자서는 어떻게 처리할 수가 없었다. 그의 처방전에는 언제나 특수한 알약과 가루약, 그리고 기이한 보조약이 들어 있었다.

그는 갈뿌리나 3년 서리 맞은 사탕수수 같은 것은 예전부터 쓰지 않았다. 가장 평범한 것이 '귀뚜라미 한 쌍'이었는데, 옆에다 잔글씨로 주까지 달아 놓았다. "처음에 짝을 지은 것, 다시 말해서 본래부터 한 둥지에 있던 것." 벌레들도 정조를 지켜야 하므로 재취를 하거나 재가를 해서는 약재로 쓰일 자격조차 없었다. 그러나 이것은 나에게 있어서 어려운 일이 아니었다. 백초원에 들어가면 열 쌍이라도 손쉽게 잡을 수 있었다. 그것들을 실로 동여매어 끓는 탕약 속에 넣으면 끝나는 일이었다. 하지만 그 밖에도 '평지목 10주'라는 것이 있었는데 그것이 무엇인지는 아무도 몰랐다. 그래서 약방에도 물어보고 촌사람들한테도 물어보고 약장수들한테도 물어보고 노인들한테도 물어보고 서생들한테도 물어보고 목수들한테도 물어보았으나 모두 머리를 가로젓는 것이었다. 나중에야 화초를 가꾸기를 즐겨

하는 먼 촌수의 친척집 할아버지 한 분이 생각나서, 그분에게 달려가 물어보았더니 과연 그것을 알고 있었다. 그것은 산속 큰 나무 아래서 자라는 자그마한 나무로 작은 산호구슬과 같은 빨간 열매가 열리는데 보통 '노불대'老弗大라고 한다는 것이었다.

"쇠 신발이 다 닳도록 돌아다녀도 찾을 길이 없었는데, 그것을 얻자니 아무 힘도 들지 않고 얻는구나"라는 말이 있듯이 그 보조약도 마침내 구했다. 하지만 이 밖에 또 한 가지 특수한 환약을 더 구해야 했다. 그것은 '패고피환'敗鼓皮丸이었다. 이 '패고피환'은 낡아 빠진 오래된 북가죽으로 만든 환약이었다. 수종병은 다른 이름으로는 배가 북처럼 팽팽하게 불어나기 때문에 고창鼓脹이라 불렀는데, 낡아 빠진 북가죽을 쓰면 자연스럽게 그 병을 다스릴 수 있다는 것이었다. 청나라의 강의剛毅는 '서양 도깨비들'을 증오하였기 때문에 그들을 쳐부술 준비로 군대를 훈련시켰는데 그 군대를 '호신영'[121]이라 불렀다. 이것은 범은 양을 잡아먹을 수 있으며 신은 도깨비를 이길 수 있다는 뜻인데 그 이치는 한가지였다. 그런데 유감스럽게도 이 신비한 약은 온 도시에서 우리 집에서 오 리쯤 떨어진 어떤 약방에서만 팔았다. 하지만 이 약은 천롄허 선생이 약처방을 써 주면서 간절하게 자세히 알려 주었으므로 평지목을 구할 때처럼 고생스레 찾아다니지 않아도 되었다.

"나한테 한 가지 단약이 있는데…." 한번은 천롄허 선생이 이런 말을 꺼내었다.

"그 약을 혀에 바르기만 하면 꼭 효험을 볼 수 있을 것 같습니다. 혀는 마음의 가장 예민한 첫 부분이니까…. 가격도 뭐 비싸지 않습니다. 한 통에 2원밖에 안 되니까…."

아버지는 한참 깊은 생각에 잠겨 있다가 머리를 흔들었다. "내가 이렇게 약을 써서는 별반 큰 효험을 볼 것 같지 않습니다." 천롄허 선생은 그후 어느 땐가 또 말을 꺼내었다. "제 생각에, 다른 사람을 청하여 전생에 무슨 척진 일이나 잘못된 일이 없는지 밝혀 보는 것이 좋지 않을까요…. 의사는 병은 치료할수 있어도 사람의 명은 다스릴 수 없으니까요. 이 병도 혹시 전생의 일로 해서…."

그때도 아버지는 깊은 생각에 잠겨 있다가 머리를 흔들었다.

무릇 명의라 하면 모두 기사회생의 능력을 지니고 있다. 우리가 의사 집 문 앞을 지날 때면 늘 이런 글을 써 붙인 편액을 볼 수 있다. 지금은 그래도 얼마간 겸손해져서 의사들 자신도 "서양 의사는 외과에 능하고 중국 의사는 내과에 능하다"고 말하지만, 그때 S성에는 서양의가 없었을 뿐만 아니라, 세상에 서양의가 있다는 것을 누구도 몰랐다. 그러므로 무슨 병이든 모두 헌원과 기백[122]의 직계 제자들이 도맡아 보았다. 헌원 시절에는 무당과 의사의 구별이 없었다. 그러므로 줄곧 오늘까지도 그 제자들은 귀신놀음을 하며 "혀는 마음의 예민한 첫 부분"이라고 생각하고 있다. 이것이 바로 중국 사람들의 '운명'으로 명의들마저도 치료할 수 없는 것이다.

영약인 단약도 혀에 대려 하지 않고 '척진 일이나 잘못된 일' 같은 것도 생각해 낼 수 없으니 그저 백여 일 동안 '낡아 빠진 북가죽으로 만든 환약'이나 먹을 수밖에 없었다. 그러니 그게 무슨 소용이 있었겠는가? 수종병이 조금도 꺼져 내리지 않아 아버지는 마침내 아주 자리에 누워 기침을 할 뿐이었다. 다시 천롄허 선생을 청했는데, 이번은 특별왕진으로 은전 10원이나 주었다. 그는 예와 다름없이 태연하게 처방전을 써 주었는데 이번에는 그 '패고피환'도 사용하지 않고 보조약도 그다지 신묘한 것이 아니었다. 그래서 한나절도 못 돼 약을 구해다 달여서 아버지께 드렸더니 아버지는 그 약을 도로 다 토해 버렸다.

이때부터 나는 두번 다시 천롄허 선생과 거래하지 않았다. 이따금 거리에서나 쾌속 삼인교에 앉아 날듯이 지나가는 그를 보았을 뿐이다. 소문에 의하면 그는 아직도 건강하며 지금도 의사를 하는 한편 무슨 중의학보[123]인가 하는 것을 꾸려서 외과밖에 모르는 서양 의사와 어깨를 견주고 있다고 한다.

중국 사람과 외국 사람의 사상은 확실히 좀 다른 점이 있다. 듣자 하니 중국의 효자들은 '죄악이 깊어 부모에게 재앙이 미치게' 되면 인삼을 몇 근 사서 달여 장복시켜 드려서 부모들이 며칠, 아니 다만 반나절이라도 더 숨이 더 붙어 있게 한다. 그러나 나한테 의학을 가르쳐 주던 한 선생은 의사의 직책이란 고칠 수 있는 병은 마땅히 고쳐야 하며 고칠 수 없는 병은 환자가 고통없이 죽도록 해주어야 하는 것이라고 나에게 알려 주었다——물론 그 선생은 서양 의사였다.

아버지의 기침은 퍽이나 오래갔고 그 소리를 들으면 나도 매우 괴로웠다. 하지만 누구 하나 그를 도와줄 수 없었다. 때로 나는 순간적으로나마 "아버지가 얼른 숨을 거두었으면…" 하는 생각이 섬광처럼 들곤 했다. 하지만 이내 그것은 옳지 못한 생각이며 죄스러운 일이라고 느꼈다. 그러면서도 동시에 그 생각은 실로 정당한 것이며 나는 아버지를 몹시 사랑한다고 느꼈다. 지금도 나는 그렇게 생각한다.

아침에 같은 부지 안에 사는 연부인이 찾아왔다. 예절에 밝은 그 여인은 우리를 보고 그저 가만히 앉아 기다리기만 해서는 안 된다고 말하였다. 그래서 우리는 아버지에게 옷을 갈아 입히고 종이돈과 『고왕경』인지 뭔지 하는 책을 태워서 그 재를 종이에 싸 가지고 아버지의 손에 쥐어 드렸다….

"애야, 아버지를 불러라. 숨이 지신다. 어서 불러!" 하는 연부인의 말에 나는,

"아버지! 아버지!" 하고 불렀다.

"더 큰 소리로 불러라! 듣지 못하시는가 봐. 어서 부르라는데도."

"아버지! 아버지!"

평온해졌던 아버지의 얼굴에 갑자기 긴장한 빛이 떠돌았다. 눈을 살며시 뜨는데 적이 고통스러워하시는 것 같았다.

"얘, 또 불러라, 어서!"

하고 연부인이 나를 들볶았다.

"아버지!"

"왜 그러니? … 떠들지 말아… 떠들지…."

아버지는 기진맥진한 소리로 떠듬거리며 가쁜 숨을 몰아쉬는 것이었다. 한참 후에야 원상대로 평온해졌다.

"아버지!"

나는 아버지가 숨을 거두실 때까지 계속 이렇게 불렀다.

나는 지금도 그때의 내 목소리가 귀에 들리는 듯싶다. 또 그럴 때마다 나는 그것은 정말 아버지에 대한 나의 가장 큰 잘못이었다고 생각한다.

10월 7일

사소한 기록

지금쯤 연부인은 벌써 할머니가 되었거나, 아니면 증조할머니가 되었을지도 모른다. 하지만 그때는 아직 젊어서 나보다 서너 살 위인 아들 아이 하나밖에 없었다. 그는 자기 아들에게는 엄하게 굴었지만 남의 집 아이들에게는 무던히도 너그러웠고, 누가 일을 저질러도 결코 그 애 부모들에게 일러바치는 일이 없었다. 그러므로 우리는 그의 집이나 그 집 근처에서 놀기를 제일 좋아하였다.

그 예를 하나 들어 보고자 한다. 겨울이 되어 물항아리에 살얼음이 얼면 우리는 식전에 일어나 살얼음을 뜯어먹곤 했다. 그러다가 한번은 심 넷째부인에게 들켰다. 그 여인은 큰소리로 고아대었다.

"그런 걸 먹으면 못써! 배탈이 난다!"

이 소리가 어머니에게 들렸다. 어머니는 달려 나오더니 우리를 한바탕 꾸짖고는 한나절이나 나가 놀지도 못하게 하였다. 우리는 이것이 다 심네쩨부인 탓이라고 생각했다. 그래서 그녀에 대한 이야기가 나오면 그녀를 존대해 부르지 않고 '배탈이'란 별명으로 불렀다.

하지만 연부인은 절대로 그렇지 않았다. 설사 우리가 얼음을 먹는 것을 보았더라도 그녀는 틀림없이 부드러운 말씨로 웃으면서 이렇게 말했을 것이다.

"그래, 한번 더 먹어라. 누가 더 많이 먹는가 어디 보자."

그렇지만 나는 그녀에 대해서도 불만스러운 점이 있었다. 오래전 내가 아직 퍽 어렸을 때였다. 우연히 그녀의 집에 들어갔더니 마침 그녀는 남편과 함께 책을 보고 있었다. 곁으로 다가가자 그녀는 그 책을 나의 눈앞에 내밀며 물었다.

"애, 이게 뭔지 알겠니?"

얼핏 들여다보니 그 책에는 방과 벌거벗은 두 사람이 묘사되어 있었는데, 두 사람은 드잡이를 하는 것 같기도 하고 또 그런 것 같지 않기도 했다. 그래서 무엇일까 의문을 품고 있는 순간 그들은 박장대소를 터뜨렸다. 큰 수모라도 당한 듯 자못 불쾌해진 나는 그후 열흘 남짓 그 집에 얼씬하지도 않았다. 또 한번은 내가 열 살 남짓 되었을 때였다. 몇몇 아이들과 함께 맴맴돌기 내기를 하고 있었다. 그녀가 옆에서 셈을 세고 있었다.

"그렇지, 여든둘! 한 바퀴만 더 여든셋! 좋아, 여든넷! …."

그런데 맴을 돌던 아샹阿祥이 갑자기 쓰러졌다. 공교롭게도 아샹의 숙모가 들어왔다. 그러자 그녀는 "이것 보라니까, 끝내 넘어지고 말았구나. 내가 뭐라던, 그만 돌아라, 그만 돌아라 했는데도…" 하고 말했다.

그렇지만 아이들은 어쨌든 그녀 집에 가서 놀기를 좋아하였다. 머리를 어디에 부딪혀 큰 혹이 생겼을 때, 어머니를 찾아가면 잘하면 꾸지람 듣고 약을 발라 주지만 잘못하면 약은커녕 도리어 책망이나 듣고 꿀밤만 몇 개 더 불어났다. 그러나 연부인은 아무런 지청구도 하지 않고 곧바로 술에다 분가루를 개어 부은 곳에 발라 주곤 했다. 이렇게 하면 아프지도 않고 허물도 생기지 않는다는 것이었다.

아버지가 작고하신 뒤에도 나는 자주 그녀의 집에 드나들었다. 하지만 이때는 아이들과 장난을 하기 위해서가 아니라 연부인이나 그의 남편과 한담을 하기 위해서였다. 나는 그때 사고 싶고, 보고 싶고, 먹고 싶은 것들이 많았지만 돈이 없었다. 그래서 하루는 말결에 이런 말이 나오자 그녀는 이렇게 말했다.

"어머니 돈을 네가 가지고 가서 쓰면 되잖니, 어머니 돈이 네 돈이 아니냐?"

내가 어머니도 돈이 없다고 말하자 그녀는 어머니의 머리 장식품을 가져다 팔면 되지 않느냐고 말했다. 내가 머리 장식품도 없다고 말하자 그녀는 또 이렇게 말했다.

"아마 그건 네가 눈여겨보지 않은 탓이야. 옷장 서랍 같은 데를 구석구석 찾아보면 어쨌든 구슬붙이 따위를 조금 찾아낼 수 있을 게다…."

나는 그녀의 말이 하도 이상하게 들려서 다시는 그녀 집에 가지 않았다. 그러나 이따금 정말 농짝을 열어젖히고 뒤져 보고 싶은 생각이 정말로 곰곰이 들기도 했다. 그로부터 한 달이 채 못 되어 내가 집안 물건을 훔쳐내다 팔아먹는다는 소문이 떠돌았다. 이것은 실로 나에게 냉수에 빠진 듯한 느낌을 주었다. 나는 그 소문이 어디서 나왔는지 뻔히 알고 있었다. 만일 그것이 지금의 일이고 또 글을 발표할 곳만 있다면 나는 어떻게 해서든 유언비어를 만드는 이들의 여우같이 교활한 진상을 까밝혔을 것이다. 하지만 그때는 너무나 어렸던 탓으로 그런 말이 떠돌자 정말 그런 죄를 짓기라도 한 것처럼 남들의 눈을 마주 대하기 겁이 났고 어머니가 측은해하실까 봐 두려웠다.

좋다. 그러면 떠나자!

그러나 어디로 갈 것인가? S성 사람들의 낯짝은 오래전부터 실컷 본 터라 그저 그럴 뿐이었고, 그들의 오장육부까지도 뻔히 들여다보이는 것 같았다. 어떻게 해서든 다른 종류의 사람들, 그들이 짐승이건 마귀이건 간에 어쨌든 S성 사람들이 타매하는 그런 사람들을 찾아가야 했다. 그때 온 S성의 조롱감이었던 세운 지 얼마 안 되는 중서학당이란 학교가 있었다. 이 학교에서는 한문을 가르치는 외에 외국어와 산수도 가르쳐 주었다. 하지만 이미 성안 사람들의 비난 대상이 되어 있었다. 성현들의 책을 익히 읽은 서생들은 『사서』의 구절들을 모아 팔고문[124]

으로 지어서 이 학교를 조소하였다. 이 명문은 즉시 온 성안에 퍼져 사람들의 흥미 있는 이야깃거리가 되었다. 나는 지금 '기강'의 첫머리밖에 기억하지 못하고 있다.

"서자^{徐子}가 이자^{夷子}에게 말하여 가라사대, 하^夏나라가 오랑캐들을 변화시켰다는 말은 들었으되 오랑캐가 변화시켰다는 소리는 듣지 못하였도다. 하지만 지금은 그렇지 않은지라, 백로의 지저귐과 같은 그 소리는 들으매 모두 고상한 말이로다.…"

그 다음은 다 잊어버렸는데 대체로 오늘의 국수 보존론자들의 논조와 비슷한 것이었다. 그러나 나는 이 학당 역시 마음에 내키지 않았는데, 중서학당에서는 한문과 산수, 영어, 프랑스어밖에 가르쳐 주지 않았기 때문이다. 교과목이 비교적 특수한 학교로는 항저우의 구시서원이 있었는데 수업료가 비쌌다.

학비를 받지 않는 학교가 난징에 있었으므로, 자연스럽게 그리로 가는 수밖에 없었다. 맨 처음 들어갔던 학교¹²⁵⁾가, 지금은 무엇이라고 부르는지 모르나, 광복¹²⁶⁾ 후 한동안은 뇌전학당이라고 부른 듯한데, 그 이름은 『봉신방』이란 소설에 나오는 '태극진'이나 '혼원진' 따위의 이름과 흡사했다. 어쨌든 의봉문¹²⁷⁾을 들어서기만 하면 거의 이십 장에 달하는 높은 장대와 높이를 알 수 없는 큰 굴뚝이 한눈에 들어온다. 과목은 간단했다. 일주일에 나흘 동안은 꼬박 "It is a cat.", "Is it a rat?" 따위의 영어를 배웠고, 하루는 "군자 가라사대, 영고숙은 흠잡을 데 없는 효자라고 할 만하다. 어머니를 사랑하는 그 마음이 장공에게까지 미치도다" 하는 따위의 한문을 읽었으며, 나머지 하루는 "자기를 알고 남을 알면 백전백승하리라", "영고숙론", "구름은 용을 따르고 바람은 호랑이를 따른다를 논하라", "나물뿌리를 씹을 수 있다면 못 해낼 일 없으리라" 등의 제목을 가지고 한문 작문을 지었다.

처음 입학하는 학생은 두말할 것도 없이 3반에 들어가는데, 침실에는 책상과 걸상, 침대가 각각 하나씩 있었고 침대의 널판도 두 쪽밖에 되지 않았다. 그러나 1, 2반 학생은 달랐다. 책상이 두 개였고 걸상은 두 개 내지 세 개였으며 침대의 널판도 많아서 세 쪽이나 되었다. 교실로 갈 때에도 그들은 두텁고 큼직한 외국 책을 한 아름씩 끼고는 호기롭게 걸어갔다. 그러므로 겨우 『프리머』 한 권에 『좌전』[128] 네 권밖에 끼고 다니지 못하는 3반생들로서는 마주 볼 엄두도 못 내었다. 설사 그들이 빈손으로 걸어간다 하더라도 언제나 게걸음치듯 팔을 옆으로 휘저으며 걷는 바람에 뒤에서 걸어가는 하급생들은 절대 그 앞을 질러 갈 수 없었다. 이와 같은 게 모양의 거룩한 인물들과 이별한 지도 이젠 퍽이나 오래되었다. 그런데 뜻밖에도 4~5년 전 교육부의 부러진 침대식 의자에서 이런 자세를 한 인물을 발견했다. 그러나 이 늙은 어르신은 뇌전학당 출신은 결단코 아니었다. 그러므로 이런 게 모양의 자세가 중국에 퍽이나 보편적이라는 것을 알 수 있다.

사랑스러운 것은 높은 장대였다. 하지만 그것은 결코 '동쪽

이웃나라'의 '지나통'[129]들이 말하는 것처럼 그 장대가 '거연히 우뚝 솟아 있어' 그 무엇을 상징하고 있기 때문은 아니었다. 왜냐하면 그것이 어찌나 높았던지 까마귀나 까치들도 꼭대기까지는 날아오르지 못하고 중간에 달려 있는 목판에 멈추는 수밖에 없었기 때문이다. 만일 사람이 그 꼭대기까지 올라가기만 하면 가깝게는 시쯔산獅子山, 멀리는 모처우호莫愁湖까지 바라볼 수 있다고 했다──그런데 정말 그렇게까지 멀리 바라볼 수 있는지는 사실 지금 나는 기억이 명확하지 않다. 하지만 그 밑에는 그물을 늘어놓았기 때문에 설사 올라갔다 떨어진다 하더라도 작은 고기가 그물에 떨어지는 것과 같아서 위험하진 않았다. 게다가 그물을 친 뒤로는 아직 한 사람도 떨어진 일이 없었다고 했다.

원래는 연못이 하나 있어서 학생들의 수영장으로 사용했는데, 어린 학생이 둘이나 빠져 죽었다고 했다. 내가 입학했을 때는 이 못을 벌써 매워 버렸을 뿐만 아니라 그 자리에다 자그마한 관운장 사당을 세워 놓은 뒤였다. 사당 옆에는 못쓸 종이를 태우는 벽돌난로가 하나 있었는데 아궁이 위에 '종이를 소중히 할 것'이란 글자가 큼직하게 가로 쓰여 있었다. 애석하게도 두 수중혼은 연못을 잃어버렸기에, 자기를 대신할 자들을 구할 수 없게 되었다.[130] 비록 '복마대제 관성제군'이 진압을 하고 있지만,[131] 그냥 그 근처에서 어슬렁어슬렁 배회하고 있을 뿐이었다. 학교를 운영하던 사람은 인심이 무던한 사람으로, 그 때문에 해마다 칠월 보름이 되면 으레 스님들을 한 무리 청해서 노천운동장에서 우란분재[132]를 했다. 그럴 때면 딸기코 뚱보화상은 머리에 비로모자를 쓰고 비결을 낭독할 때의 손 모양을 하며 염불을 하였다.

"후이즈뤄, 푸미예뉴! 안예뉴! 안! 예! 뉴!"[133]

나의 선배들은 일년 내내 관성제군에게 진압당하고 있다가 이때에 와서야 약간의 혜택을 얻게 되었다──그 혜택이 어떤 것인지 나는 잘 알지 못하지만. 그러므로 이때마다 나는 늘 학생 노릇을 하려면 어쨌든 조심해야겠다고 생각했다.

나는 이 학교가 못마땅하게 느껴졌으나 그때는 그 못마땅함을 뭐라고 형언하면 좋을지 몰랐다. 지금은 비교적 타당한 말을 찾아내었는데 '뒤죽박죽'이라고 하면 거의 들어맞을 것 같다. 그러니 이곳을 떠나는 수밖에 없었다. 근래에는 막상 어디로 떠나자고 해도 쉬운 일이 아니다. '정인군자' 무리들이 내가 욕을 잘해서 초청을 받아 간다느니 '명사'의 배짱을 부린다느니 하는 가시 돋친 야유를 하기 때문이다. 하지만 그때는 학생들이 받는 생활보조금이 첫 해는 은 두 냥에 지나지 않았고, 견습 기간인 첫 석 달 동안은 동전 오백 닢밖에 되지 않았다. 그래서 떠나는 것은 별문제가 되지 않아서 광로학당에 입학시험을 치러 갔다. 그것이 틀림없이 광로학당이었는지는 이미 기억이 분명치 않다. 게다가 손에 졸업증 같은 것도 없으므로 더욱이 알 길이 없다. 어쨌든 시험이 어렵지 않아 합격했다.

여기서 배우는 것은 It is a cat이 아니라 Der Mann, Die weib, Das Kind였다.[134] 한문은 여전히 "영고숙은 흠잡을 데 없는 효자라고 할 만하다" 하는 따위였으나 이 밖에 『소학집주』가 더 있었다. 그리고 작문 제목도 전과는 다소 달랐다. 이를테면 "훌륭한 제품을 만들려면 사전에 연장을 잘 벼려야 한다"는 이전에는 지어 보지도 못했던 것들이었다.

이 밖에 또 격치格致, 지학, 금석학,… 등도 있었는데 모두 대단히 신선했다. 그런데 한 가지 분명히 해둘 것은 여기서 말하는 지학, 금석학은 결코 지리와 종정이나 비석에 대한 학문이 아니라 오늘날 말하는 지질학과 광물학이라는 점이다. 철도 궤도의 횡단면을 그리는 일이 귀찮았고, 평행선 처리는 더욱 싫증이 났다. 그 다음 해의 교장은 신당新黨에 속하는 사람으로, 그는 마차를 타고 갈 때면 대체로 『시무보』[135]를 읽었으며 한문 시험 치를 때에도 자기가 제목을 출제했는데 다른 교원들이 낸 것과는 전혀 달랐다. 한번은 '워싱턴에 대하여'[136]란 시험 제목을 내었는데 한문 교원들은 이에 당황하여 도리어 우리한테 와서 "워싱턴이란 게 무언고?…" 하고 물어보았다.

새로운 책을 보는 기풍이 곧 유행했고, 나도 중국에 『천연론』이란 책이 있다는 것을 알게 되었다.[137] 일요일 날 시내 남쪽으로 달려가서 사왔는데, 흰 종이에 석판으로 찍은 부피가 두꺼운 책으로 값은 동전 오백 닢이었다. 펼쳐 보니 글씨를 아주 곱게 썼는데 그 첫머리에는 다음과 같이 쓰여 있었다.

"헉슬리는 혼자서 방 안에 앉아 있었다. 영국 남부의, 뒤에는 산을 등지고 앞에는 들판이 펼쳐져 있는 정경이 집 안에서도 한눈에 들어왔다. 이 천 년 전 로마 대장 카이사르가 아직 이곳에 오지 않았을 때 여기의 정경은 어떠했을까를 생각했다. 짐작건대 오직 혼돈 상태였을 것이다…"

아! 세상엔 헉슬리라는 사람이 있어 서재에 앉아서 그런 생각을 했구나. 그 생각은 어쩌면 그렇게도 새로울까? 단숨에 쭉 읽어 내려갔다. 그러자 '생존경쟁', '자연도태' 하는 말들이 나오고 소크라테스, 플라톤 하는 인물들도 나왔으며 스토아학파라는 것도 나왔다. 학교에는 또한 신문 열람실도 꾸려 놓았는데 『시무보』는 더 말할 나위도 없고 그 밖에 『역학회편』[138]도 있었다. 그 표지의 제목은 장렴경[139] 따위의 글씨체를 모방해서 푸른색으로 찍었는데 무척 아름다웠다.

"애, 네가 하는 짓이 좀 글러 먹었구나. 옜다, 이 글이나 가지고 가 봐라, 베껴 가지고 말이다."

친척 노인 한 분이 나에게 엄숙하게 말하며 신문을 한 장 넘겨주었다. 받아서 보니 그것은 '신 허응규[140]는 엎드려 삼가 상주하나오니…' 하는 것이었다. 지금은 한 구절도 기억나지 않지만 아무튼 캉유웨이의 변법[141]을 규탄한 글이었다. 그것을 베꼈는지는 생각나지 않는다.

나는 책망을 받고도 무엇이 '글러 먹었는지' 깨닫지 못하고 틈만 있으면 여전히 빵이나 땅콩, 고추를 먹으며 『천연론』을 보았다.

하지만 우리도 한때는 몹시 불안한 시기를 거쳤다. 그것은 바로 입학한 이듬해였는데 들리는 소문에 의하면 학교가 곧 문을 닫는다는 것이었다. 그도 그럴 것이 이 학교는 원래 양강총독[142](아마 유곤일일 것이다)이 징룽산에 탄광이 유망하다는 말을 듣고 세운 것이었다. 그런데 개학이 되었을 때 원래 있던 기사를 내보내고 탄광에 대해서 그다지 밝지 못한 사람으로 바꾸었다. 그 이유는 첫째로 원래 있던 기사의 월급이 너무 높았고, 둘째로 탄광을 개발하는 일이 별로 어렵지 않다고 생각했기 때문이었다. 그러나 일 년도 채 못 가 탄광이 흐지부지하게 되었고, 끝내는 캐내는 석탄량이 겨우 양수기 두 대를 돌릴 수 있는 정도라서, 물을 품어 내고 석탄을 캐면, 그 캐낸 석탄은 몽땅 또 물을 품어 내는 데 소모하는 형편이었다. 결산을 해보니 수입과 지출이 맞먹었다. 그러니 탄광을 운영해서 아무런 이윤을 얻지 못하는 이상 이 학교를 운영할 필요가 없었다. 하지만 어찌된 셈인지 정작 문을 닫지는 않았다. 삼학년 때 갱도에 들어가 보니 굴 안 상황은 실로 처량하기 짝이 없었다. 양수기는 그냥 돌아갔지만 갱도에는 고인 물이 반자나 깊었고 천정에서는 석수가 계속 방울방울 떨어졌으며, 몇 명의 광부들이 유령처럼 작업하고 있었다.

졸업은 물론 우리 모두가 바라는 것이었다. 하지만 일단 졸업을 하자 나는 또 무엇을 잃어버린 듯 허전했다. 그 높은 장대

를 몇 번 오르내린 것으로 해군병사가 될 수 없음은 더 말할 것
도 없지만, 몇 해 동안 강의를 듣고 굴 안을 몇 번 드나들었다
고 해서 금, 은, 동, 철, 주석을 캐낼 수 있겠는가? 바른대로 말
하면 나 자신도 막연했다. 어쨌든 그것은 '훌륭한 제품을 만들
려면 사전에 연장을 잘 벼려야 한다'는 따위의 글을 짓는 것처
럼 그렇게 쉬운 일이 아니었다. 이십 장 높이의 상공으로도 오
르고 이십 장 깊이의 땅 밑으로도 내려가 봤지만 결국은 아무
런 재간도 배우지 못했으며, 학문은 "위로는 벽락에 닿고 아래
로는 황천에 이르렀건만 두 곳 다 무변세계로 아무것도 보이지
않네"[143]가 되어 버렸다. 그리하여 남은 것은 오로지 한 길, 외
국으로 가는 것이었다.

　유학 가는 일은 관청에서 허락하여 다섯 사람이 일본으로 파
견되게 되었다. 그런데 그중 한 사람은 할머니가 울며불며 붙
잡는 바람에 가지 못하고 결국은 네 사람이 가게 되었다. 일본
은 중국과 아주 다를 터이니 우리는 어떤 준비를 할 것인가? 마
침 우리보다 한 해 앞서 졸업하고 일본 여행을 갔다 온 선배가
있었다. 우리는 그가 상황을 어느 정도 알고 있으리라 생각하
고 그에게 달려가 물었다. 그러자 그는 정중하게 말했다.

　"일본 양말은 절대로 신을 것이 못 돼. 중국 양말을 좀 많이
가지고 가라구. 그리고 내가 보기엔 지폐도 좋지 않으니까 가
지고 가는 돈은 몽땅 일본의 은화로 바꾸는 게 나을 것 같네."

　우리 네 사람은 그저 분부대로 하겠노라고 대답했다. 다른

동창들이 어쨌는지는 알 수 없으나 나는 가지고 있던 돈을 상하이에서 전부 일본 은화로 바꾸었고 중국 양말 열 켤레를 챙겨 넣었다──흰색 양말.

그런데 결과는? 결과는 제복에 구두를 신었기에 중국 양말은 아무 짝에도 쓸모없게 되었고, 일 원짜리 은화도 일본에서 폐지된 지 오래되어 50전짜리 은전과 지폐로 밑지면서 다시 바꾸었다.

10월 8일

후지노 선생

도쿄도 그저 그런 곳이었다. 우에노 공원에 벚꽃이 만발할 때 그것을 멀리서 바라보면 빨간 구름이 가볍게 드리운 듯했다. 그런데 그 꽃 밑에는 언제나 '청나라 유학생' 속성반[144] 학생들이 무리 지어 있었다. 머리 위에 빙빙 틀어 올린 머리채가 눌러 쓴 학생모자의 꼭대기를 불쑥 밀어 올려 저마다 머리에 후지산을 이고 있는 것 같았다. 더러 머리채를 풀어서 평평하게 말아 올린 사람도 있었는데 모자를 벗으면 기름이 번지르르한 게 틀어올린 어린 처녀애들 머리쪽 같았다. 게다가 고개를 돌릴 때면 참으로 아름다웠다.

중국 유학생 회관의 문간방에는 책들을 몇 권씩 놓고 팔아서 때로는 한번 들러 볼 만했다. 오전 중에는 안채에 있는 몇 칸의 서양식 방에도 들어가 앉아 있을 만했다. 하지만 저녁 무렵이면 그중 한 칸에서는 늘 쿵쿵 마룻바닥을 구르는 소리가 요란스럽게 울렸고 실내는 연기와 먼지가 자욱했다. 그래서 소식통에게 그 까닭을 물어보았더니, "그건 사교춤을 배우느라고 그러는 거요" 하고 대답했다.

다른 곳으로 가 보는 것이 어떨까? 나는 센다이[145]의 의학 전문학교로 갔다. 도쿄를 출발하여 얼마 가지 않아 한 역에 이르렀다. 그 역은 닛포리日暮里라고 쓰여 있었다. 어찌된 셈인지 나는 아직도 그 이름을 기억하고 있다. 그 다음은 미토水戶란 지명만 기억한다. 그곳은 명나라의 유민 주순수朱舜水 선생이 객사한 곳이다. 센다이는 그리 크지 않은 소도시였는데 겨울엔 몹시 추웠다. 거기에는 아직 중국 유학생이 없었다.

아마도 물건이란 적으면 귀중하기 마련인 모양이다. 베이징의 배추가 저장에 가면 거기서는 빨간 노끈으로 뿌리를 묶어 과일가게 문 앞에 거꾸로 달아 매놓고 '교채'膠菜라고 귀중하게 여긴다. 푸젠의 들판에서 제멋대로 자라는 노회蘆薈[알로에]가 일단 베이징에 오기만 하면 온실에 들어가 '용설란'이란 아름다운 이름으로 불린다. 나도 센다이에 이르자 이런 우대를 받았다. 학교에서는 수업료를 받지 않았을 뿐만 아니라 몇몇 교원들은 또한 나의 숙식문제에 대해 마음을 써 주었다. 처음에 나는 감옥 옆에 있는 여관에 기숙하고 있었다. 그때는 벌써 초겨울이어서 날씨가 퍽이나 쌀쌀했지만 웬일인지 모기는 많았다. 그래서 나중에는 이불로 온몸을 전부 감싸고 옷으로 머리며 얼굴을 두른 다음 두 콧구멍만 내놓았다. 숨을 계속 쉬는 콧구멍에 모기도 주둥이를 들이박을 수 없었으므로 그런대로 편안히 잠을 잘 수 있었다. 그리고 식사도 나쁘지 않았다. 그러나 선생 한 분이 이 여관이 죄수들의 식사도 맡아보고 있으므로 내가 여기에 기숙하는 것은 합당치 못하다면서 몇 번이나 거듭 권고했다. 나는 여관이 죄수들의 식사를 겸하든지 말든지 나하고는 아무 상관이 없다고 여겼지만 그의 호의에 못 이겨 마땅한 곳을 찾을 수밖에 없었다. 그래서 다른 집으로 옮겼는데, 감옥과는 아주 멀리 떨어져 있으나 유감스럽게도 날마다 잘 넘어가지 않는 토란대 국을 먹어야 했다.

이때부터 낯선 선생들도 많이 만나고 새롭고 신선한 강의도 많이 받게 되었다. 해부학은 교수 두 명이 분담해서 가르쳤다. 제일 처음은 골(骨)학이었다. 그 시간에 들어온 사람은 검고 야윈 얼굴에 팔자수염을 기르고 안경을 끼고 옆구리에 크고 작은 책들을 가득 끼고 있었다. 책들을 교탁에 내려놓고 느릿느릿하면서도 뚜렷한 억양으로 학생들한테 자기를 소개했다.

"나는 후지노 겐쿠로[146]입니다…."

그러자 뒤에 앉아 있던 몇몇 학생들이 킥킥거렸다. 인사말을 끝낸 그는 일본 해부학의 발전사를 강의했다. 그 크고 작은 책들은 모두 최초부터 오늘에 이르기까지 이 분야 학문에 대한 저서들이었다. 초기의 책 몇 부는 실로 꿰맨 것이었고 또 중국의 역본을 다시 각판한 것도 있었다. 이로 보아 새로운 의학에 대한 그들의 번역과 연구는 중국보다 이르지 않다는 것을 알 수 있었다. 뒤에 앉아 킥킥거리던 학생들은 낙제생들인데 학교에 온 지 일년이나 되어 학교 사정을 제법 잘 알고 있었다. 그들은 신입생들에게 교원들의 내력을 곧잘 이야기해 주곤 했다. 그들 말에 의하면 이 후지노 선생은 옷차림을 몹시 등한시해서 때로는 넥타이 매는 일까지 잊어버린다는 것이었다. 그리고 겨울이면 낡은 외투를 걸치고 다니는데 그 행색이 심히 초라하여 언젠가는 기차에 오르자 차장은 그가 도적이 아닌가 의심하여 승객들에게 조심하라고 주의를 환기시킨 일이 있었다고 했다.

나도 그 선생이 넥타이를 매지 않고 강의하러 들어온 걸 한 번 본 일이 있는데 이로 보아 그들의 말은 대체로 틀리지 않은 것 같았다.

한 주일이 지난 어느 날 아마 토요일이었던 것 같다. 그는 자기의 조수를 시켜 나를 불렀다. 연구실에 들어서니 그는 사람 뼈와 수많은 두개골 사이에 앉아 있었다——그때 그는 두개골에 대하여 연구하고 있었는데 그후 교내 잡지에 그의 논문 한 편이 발표되었다.

"내 강의를 학생은 받아쓸 만하오?" 그는 이렇게 물었다.

"어느 정도는 받아쓸 수 있습니다."

"가져오세요, 내가 좀 봅시다!"

나는 필기장을 그에게 가지고 갔다. 그는 필기장을 2~3일 뒤에 되돌려주면서 앞으로는 한 주일에 한 번씩 가져다 보여 달라고 했다. 필기장을 펼쳐 본 나는 몹시 놀랐고 동시에 불안하면서 감격했다. 나의 필기는 첫머리부터 마지막까지 죄다 빨간색으로 고쳐져 있었는데 미처 받아쓰지 못한 많은 대목들이 보충되었을 뿐만 아니라 문법적인 오류까지 일일이 교정되어 있었다. 이 일은 그가 맡은 과목인 골학과 혈관학, 신경학이 끝날 때까지 줄곧 계속되었다.

하지만 유감스럽게도 나는 그때 공부에 너무도 등한했으며 때로는 마음이 내키는 대로 해버렸다. 지금도 기억하고 있지만 한번은 후지노 선생이 나를 자기의 연구실로 불렀다. 그는 나의 필기장에 그려진 그림을 펼쳐 놓고, 팔의 혈관을 가리키며 부드럽게 말했다.

"자네, 이걸 보시오. 학생은 이 혈관의 위치를 약간 이동시켰단 말이오——물론 이렇게 이동시키니 보기는 비교적 좋소. 하지만 해부도는 미술이 아니오. 실물은 이렇게 되어 있으니 우리가 그것을 바꿀 수는 없소. 내가 지금 제대로 고쳐 놓았으니 후에는 뭐든지 칠판에 그린 그대로 그리시오."

하지만 나는 내심으로 수긍할 수 없었다. 입으로는 그렇게 하겠노라고 하면서도 마음속으로는 "그래도 그림은 내가 그린 것이 괜찮아. 실물이 어떻다는 건 나도 머릿속에 기억해 두고 있는걸" 하고 생각했다.

학년말 시험이 끝나자 나는 도쿄에 가서 여름 한때를 즐기고 초가을에 학교로 돌아왔다. 학업성적이 이미 발표되었는데 백여 명의 학생들 가운데서 나는 중등에 속하여 낙제는 면했다.

이번에 후지노 선생이 담임한 학과는 해부 실습과 국부해부학이었다.

해부 실습을 한 지 한 주일이 되었을 무렵 후지노 선생은 또 나를 불렀다. 그는 아주 기뻐하며 예나 다름없이 억양이 뚜렷한 어조로 이렇게 말했다.

"나는 중국 사람들이 귀신을 몹시 존중한다는 말을 듣고 학생이 시체를 해부하려 하지 않을까 봐 무척 근심했댔소. 그런데 그런 일이 없으니 이젠 한시름 놓았소."

그러나 그도 때로는 나를 몹시 딱하게 만들었다. 중국의 여인들이 전족을 한다는 말은 들었으나 상세한 것을 모르고 있는 그는 나더러 중국 여인들이 발을 어떻게 동여매며 발뼈는 어떤 기형으로 변하는가를 물어보면서, "어쨌든 한 번 봐야 알 터인데, 도대체 어떻게 되는 걸까?" 하고 한탄까지 했다.

어느 날, 우리 학급 학생회 간사들이 나의 숙소로 찾아와서 나의 필기장을 빌려 보자고 했다. 내가 필기장을 내주었더니 그들은 뒤적거려 보더니 그냥 나가 버렸다. 그런데 그들이 돌아가자 이어 우편배달부가 두툼한 편지 한 통을 가져왔다. 열어 보니 첫 마디가 이러했다.

"너는 회개하라!"

이것은 『신약』 성서에 있는 구절로, 톨스토이가 최근에 인용했다. 그때는 러일전쟁이 한창 벌어지고 있을 때였는데, 톨스토이 선생은 러시아와 일본 황제에게 편지를 보내면서 첫 마디에 이렇게 썼던 것이다. 일본의 신문들은 그의 불손을 몹시 규탄했고 애국적인 청년들도 자못 분개했다. 그러나 사람들은 남모르게 벌써 그의 영향을 받았던 것이다. 그 다음 말들은 대부분 지난 학년말 해부학 시험 제목을 후지노 선생이 필기장에다 표시를 해주었고, 내가 그것을 미리 알고 있었기 때문에 그와 같은 성적을 거두었다는 것이었다. 마지막은 익명이었다.

그제야 비로소 나는 며칠 전에 있었던 일이 상기되었다. 그때 학급간사가 칠판에 학급회의가 있다는 통지를 썼는데 마지막 구절에 '전체 학급생들은 하나도 빠지지 말고 모두 참가하기를 바람'이라고 써놓고 '빠지지'란 글자에 방점까지 찍어 놓았다. 나는 그때 방점을 찍은 것이 우습게 생각되었지만 조금도 개의치 않았다. 이제 와서 나는 그것이 나를 풍자하는 것이고, 내가 선생님으로부터 새어 나온 시험문제를 가졌다고 말하는 것임을 비로소 깨달았다.

나는 이 일을 후지노 선생에게 알려 드렸다. 나와 가깝게 지내는 몇몇 동창들도 이 일에 몹시 분개하여 나와 함께 간사를 찾아가서 구실을 만들어 필기장을 검사한 무례한 행동에 대하여 힐책하고 그 검사 결과를 발표할 것을 요구했다. 이리하여 엉터리 같은 그 소문은 마침내 사라지고 말았다. 간사는 그 익명의 편지를 되찾기 위해 갖은 애를 다 썼다. 나중에 나는 톨스토이 식의 그 편지를 그들에게 도로 돌려주었다.

중국은 약한 나라이므로 중국 사람은 당연히 저능아이다. 점수를 60점 이상을 맞은 것은 곧 자기의 실력이 아닌 것이다. 이렇게 볼 때 그들이 의혹을 품는 것도 이상하지 않았다. 이어 나는 중국 사람을 총살하는 장면을 참관하는 운명이 되었다. 2학년 때 세균학이란 학과가 추가되었는데 세균의 형태는 모두 영화[147]로 보여 주었다. 한번은 세균에 관한 영화 한 토막을 다 돌리고도 수업시간이 끝나지 않아서 시사영화를 몇 편 보여 주었는데, 으레 그것은 모두 일본이 러시아와 싸워 이기는 장면들이었다. 그런데 공교롭게도 중국 사람들이 그 속에 끼어 있었다. 중국 사람 한 명이 러시아의 정탐 노릇을 하다가 일본군에게 체포되어 총살을 당하게 되었는데 빙 둘러서서 구경하는 무리들도 모두 중국 사람들이었다. 그리고 교실 안에도 한 사람 있었으니 바로 나 자신이었다.

"만세!" 학생들은 박수를 치며 환성을 올렸다.

이런 환성은 영화를 볼 때마다 터져 올랐다. 그러나 나는 이 소리가 귀에 몹시 거슬렸다. 그후 중국에 돌아온 다음에도 나는 범인을 총살하는 것을 무심히 구경하는 사람들을 보았는데 그들도 어떤 이유인지 술 취하지도 않고서 박수갈채를 보내는 것이 아니겠는가——아아! 더 어찌할 도리가 없는 일이로구나! 하지만 그때 그곳에서 나의 생각은 변했다.

2학년 연말에 이르러 나는 후지노 선생을 찾아가서 의학 공부를 그만두고 센다이를 떠나겠다고 말했다. 그의 얼굴에는 서글픈 빛이 떠올랐고 무엇인가 말을 하려는 듯한 표정이었으나 끝내 입을 떼지 않았다.

"선생님, 저는 가서 생물학을 배울 예정입니다. 그러니 선생님께서 가르쳐 주신 지식도 쓸모가 있을 것입니다."

사실 나는 생물학을 배울 마음은 없었으나, 그의 서글픈 표정을 본 나는 빈말로나마 위안하지 않을 수 없었다.

"의학을 위해 가르친 해부학 같은 것들이 생물학에 대해서는 별로 큰 도움을 주지 못할 것이오." 그는 탄식하며 말했다.

떠나기 며칠 전에 그는 나를 자기 집에 불러서 뒷면에다 '석별'이라고 쓴 사진을 한 장 주었다. 그러고는 내 사진도 한 장 주었으면 하는 것이었다. 하지만 그때 나는 공교롭게도 사진이 없었다. 그는 앞으로 찍거든 부쳐 달라고 부탁하면서 이후의 상황을 편지로 가끔 알려 달라고 당부했다.

센다이를 떠난 뒤 나는 여러 해 동안 사진을 찍지 않았고, 게다가 나의 처지가 답답하기만 해서 알려 주어 보았자 그를 실망시킬 것이므로 편지마저 쓸 용기가 나지 않았다. 햇수가 점점 늘어 감에 따라 어디서부터 말해야 할지 더욱 난감했다. 그래서 때로는 편지를 쓰고 싶은 생각이 있었지만 붓이 잘 나가지 않아 그냥 미루다 보니 오늘 이때까지 편지 한 통, 사진 한 장 부치지 못하였다. 그러니까 그 편에서 보면 한번 떠나간 뒤로는 감감 무소식이 되고 만 셈이다.

그렇지만 어찌된 영문인지 나는 늘 그를 생각한다. 내가 스승으로 모시는 분들 가운데서 가장 나를 감격시키고 고무해 준

한 사람이다. 나는 가끔 나에 대한 그의 열렬한 기대와 지칠 줄 모르는 가르침을 작게 말하면 중국을 위해, 즉 중국에 새로운 의학이 생겨나기를 바라는 것이며, 크게 말하면 학술을 위해, 즉 중국에 새로운 의학이 전파되기를 희망하는 것이라고 생각했다. 그의 이름은 비록 많은 사람들에게 널리 알려지지 않았으나, 그의 성격은 내가 보기에 그리고 내 마음속에 있어서는 위대했다.

　나는 그가 고쳐 준 필기장을 영원한 기념품으로 삼으려고 세 권으로 두텁게 매어 고이 간직해 두었다. 그런데 불행하게도 칠 년 전에 이사할 때 중도에서 책 상자 한 개가 터져 그만 책을 반 궤짝이나 잃어버렸는데 공교롭게도 이 세 권의 필기장도 그 속에 들어 있었다. 그때 그 책을 찾아 주라고 운송국에 책임을 물었으나 아무런 회답도 없었다. 그의 사진만은 오늘까지도 베이징에 있는 숙소 동쪽 벽 책상 맞은편에 걸려 있다. 매번 밤에 일에 지쳐 게으름을 피울 때면 등불 밑에서 검고 야윈 그를 쳐다본다. 억양이 뚜렷한 어조로 말을 하려는 것 같아 나는 양심의 가책을 받고 용기를 북돋우곤 한다. 그리하여 담배를 한 대 붙여 물고는 또다시 '정인군자' 따위들한테서 자못 미움을 사게 될 글을 계속 써 내려간다.

10월 12일

판아이눙(范愛農)

도쿄의 하숙집에 있을 때 우리는 대체로 아침에 일어나기만 하면 신문부터 보았다. 학생들이 보는 신문은 대부분 『아사히신문』과 『요미우리신문』이었는데, 사회에서 일어나는 자질구레한 일에 흥미를 가지고 있는 사람들은 『니로쿠신문』을 보았다.[148] 그러던 어느 날 아침 신문 첫머리에 중국에서 보내온 전보가 첫 눈에 띄었는데 전문은 대개 다음과 같았다.

"안후이성^{安徽省} 순무[149] 은명^{恩銘}이 Jo Shiki Rin에게 피살, 자객 현장에서 체포."

사람들은 한순간 놀라기는 했지만 이어 활기를 띠고 그 소식을 서로 전하였으며, 또 그 자객이 누구이고 한자로는 이름 석 자를 어떻게 쓰는가를 알아보고자 했다. 하지만 사오싱 출신 사람으로 만약 교과서에만 매달려 있지 않은 사람이라면, 그가 서석린[150]이라는 것을 즉시 알았을 것이다. 그는 유학하고 귀국

한 뒤 안후이성 후보도[151] 관직으로 순경 사무를 맡아보고 있었으므로 순무를 찔러 죽이기에는 안성맞춤이었다.

사람들은 그가 장차 극형을 당하고 가족들도 연루되리라고 예측했다. 과연 얼마 가지 않아 추근[152] 여사가 사오싱에서 피살되었다는 소식이 전해 오고 은명의 친위병들이 서석린의 심장을 도려내어 볶아 먹었다는 소식이 전해졌다. 이에 사람들은 분노가 치솟았다. 몇몇 사람들은 비밀리에 모임을 가지고 노자를 마련하여 일본 낭인을 이용하기로 하였다. 일본 낭인[153]은 오징어를 찢어 술안주를 하면서 한바탕 기염을 토한 후 곧바로 길을 떠나 서백손[서석린]의 가족을 마중하러 갔다.

전례에 따라 동향회를 열고 열사를 추도하고 만청정부를 규탄했다. 그런 끝에 어떤 사람은 베이징에 전보를 보내어 만청정부의 잔인무도를 규탄할 것을 주장했다. 회의는 이내 전보를 치자는 파와 치지 말자는 두 파로 갈라졌다. 나는 전보를 칠 것을 주장하는 파에 속했는데, 내 말이 끝나자마자 둔탁한 목소리가 뒤따라 들려왔다.

"죽일 것은 죽여 버렸고 죽을 것은 죽어 버렸는데, 무슨 개떡 같은 전보를 친단 말이야."

목소리의 임자는 키가 껑충하고 긴 머리칼에 눈은 검은자위가 적고 흰자위가 많은 사람으로 사람을 볼 때면 언제나 경멸하는 듯한 눈으로 보았다. 그는 다다미에 쭈그리고 앉아서 내 말을 대체로 반대했다. 일찍부터 이상하다는 생각이 들어 그에게 주의를 돌리고 있던 나는, 이때에 이르러 옆 사람들에게 이 말을 한 사람이 누구인데 저렇게도 쌀쌀한가 하고 물어보았다. 그를 아는 사람이 그는 판아이눙이라 하고 서백손의 제자라고 알려 주었다.

나는 몹시 격분했다. 자기의 은사가 피살되었는데 전보 한 장 치는 것조차 겁내다니, 이렇게 생각하니 나의 눈에는 그가 사람 같지 않아 보였다. 나는 전보를 치자고 우기면서 그와 옥신각신 다투었다. 그러던 끝에 전보를 치자고 주장하는 사람들이 다수가 되는 바람에 그는 자기의 뜻을 굽혔다. 이제 남은 문제는 전보문을 작성할 사람을 추천하는 일이었다.

"추천할 게 있는가? 그거야 전보를 치자고 주장한 사람이 쓰면 될 일이지…."

판아이눙의 말이었다.

나는 그것이 또 나를 꼬집어 하는 말임을 알아차렸지만, 그말은 무례한 듯하면서도 따지고 보면 무례한 것은 아니었다. 하지만 나는 이 비장한 글은 마땅히 열사의 생애를 잘 알고 있는 사람이 써야 한다고 주장했다. 이런 사람은 다른 사람들보다 열사와 관계가 남달리 밀접하고 마음속으로 더욱 분개하여 그 글은 틀림없이 사람들의 심금을 울려 줄 수 있기 때문이었다. 그리하여 또다시 옥신각신 언쟁이 벌어졌다. 결국엔 그도 쓰지 않고 나도 쓰지 않고 누가 쓰기로 했는지는 알지 못했다. 그런 다음 전보문을 작성할 사람 하나와 전보를 칠 간사 한두 사람만 남고 다른 사람들은 다 흩어졌다.

그후부터 나는 어쨌든 이 판아이눙이 이상한 인간이며 아주 가증스러운 인간이라고 생각했다. 처음엔 세상에서 제일 가증스런 인간이 만주족이라고 여겼는데 이제 와서 보니 만주족은 그 다음이고 제일 가증스러운 놈은 오히려 판아이눙이었다. 중국이 혁명을 하지 않는다면 그만이지만, 혁명을 한다면 무엇보다 먼저 판아이눙을 없애 버려야 한다고 생각했다.

하지만 이런 생각은 그후 차차 희미해지다가 나중에는 없어지고 말았다. 그 일이 있은 후 우리는 한번도 다시 만나지 못했다. 혁명이 일어나기 바로 전 해, 내가 고향에서 교편을 잡고 있을 무렵, 그때는 아마 늦은 봄이었던 듯한데, 뜻밖에도 친구네 집 객석에서 문득 한 사람을 만나게 되었다. 우리는 이삼 초가량 서로 익숙한 듯 바라보다가 동시에 입을 열었다.

"아아, 판아이눙 아니오!"

"아아, 루쉰 아니시오!"

왜 그랬던지 우리는 다같이 빙긋이 웃었는데, 그것은 서로의 처지를 비웃고 슬퍼하는 웃음이었다. 그의 눈은 예나 다름없었으나 이상하게도 몇 해 안 되는 동안에 머리에는 백발이 생겼다. 혹시 본래부터 있었는데 전에는 내가 눈여겨보지 못했는지도 모른다. 몹시 낡은 무명마고자에 해어진 헝겊신을 신고 있는 그의 모습은 초라하기 짝이 없었다. 그는 자기의 지난 경력을 이야기하였는데, 그의 말에 의하면 나중에 학비가 떨어져 더 이상 유학을 계속할 수 없어서 고국으로 돌아왔다는 것이다. 고향에 돌아왔으나 또 경멸과 배척과 박해를 받아 몸 둘 곳이 없었다. 지금은 어느 촌구석에 틀어박혀 소학교 학생들이나 몇 명 가르치며 입에 풀칠해 나가는 형편이라는 것이었다. 하지만 때로는 가슴이 답답하여 이렇게 배를 타고 현성으로 들어오기도 한다는 것이었다.

그는 또 지금은 자기도 술을 마시기 좋아한다고 하여 우리는 함께 술을 마셨다. 그후 그는 현성에 오기만 하면 단골로 나를 찾아왔으므로 우리들은 아주 친숙하게 되었다. 우리는 술이 얼근해진 뒤에 노상 어리석기 짝이 없는 미친 듯한 소리들을 곧잘 늘어놓아 어머니께서도 어쩌다가 듣고 웃으시곤 하였다. 그러던 어느 날 나는 도쿄에서 동향회를 열던 때의 일이 불현듯 생각나서 그에게 이렇게 물었다.

"그날 자넨 전적으로 나를 반대했거든. 그것도 일부러 말이야. 도대체 왜 그랬나?"

"자넨 아직도 모르고 있나? 나는 그전부터 줄곧 자넬 아니꼽게 여겼네. 아니, 나뿐만 아니라 우리 모두가."

"그럼 자넨 그전에 벌써 내가 누구라는 걸 알고 있었나?"

"어떻게 모를 리가 있겠나. 우리가 요코하마에 도착하였을 때 마중 나온 것이 바로 쯔잉과 자네 아니었던가? 자넨 우리를 깔보고 머리를 내저었었지. 그래 그때 일이 기억나나?"

잠깐 생각을 더듬어 보니 칠팔 년 전 일이기는 하지만 생각났다. 그때 쯔잉이 나를 찾아와 요코하마에 가서 고향에서 새로 오는 유학생들을 맞이하자고 했다. 기선이 부두에 닿자 한 무리의, 대략 10여 명가량 되는 사람들이 부두에 오르더니 가방을 들고 곧장 세관으로 검사받으러 갔다. 세관 관리는 옷가방을 열고 이리저리 마구 뒤적거리다가, 그 속에서 수놓은 전족 신발 한 켤레를 집어냈다. 그 관리는 보던 공무를 다 제쳐놓고 신발을 들고 자세히 들여다보았다. 나는 그만 화가 잔뜩 치밀어 속으로 이 반편이 같은 녀석들 그런 것은 뭐하러 가지고 오나 생각했다. 나도 모르게 조심하지 못하고 머리를 흔들었던 듯했다. 검사가 끝나자 우리는 여관에 들어 잠깐 쉬고 나서 이내 기차에 올랐다. 그런데 뜻밖에도 이 서생들은 차에서 또 자리를 가지고 사양하기 시작했다. 갑은 을 보고 앉으라 하고 을은 병에 자리를 권하며 서로 밀고 당기고 하는데 기차가 떠났다. 기차가 한 번 흔들리자 그만 서너 사람이 넘어졌다. 이때에도 나는 자못 마땅치 않게 여겨 속으로 생각했다. 그까짓 자리 가지고 무슨 귀천을 다 가리는고… 이번에도 조심하지 못하고 또 머리를 흔들었던 것 같다. 하지만 그렇듯 점잔 빼고 예절을 차리는 사람들 속에 판아이눙이 있었다는 것은 이날에야 비로소 알게 되었다. 하나 어찌 그뿐이었으랴, 말을 하자면 부끄러운 일이지만 그들 속에는 또한 그후 안후이성에서 전사한 진백평 열사, 피살당한 마종한[154] 열사가 있었고, 어두운 감옥 속에 갇혀 있다가 혁명 후에야 햇빛을 보게 된, 온몸에 영원히 지워 버릴 수 없는 혹형의 상처자국이 낭자한 사람들도 한둘 있었다. 그랬으나 나는 아무것도 모르고 그저 머리를 절레절레 흔들면서 그들을 도쿄로 데려갔던 것이다. 서백손도 그들과 같은 배로 오기는 했으나, 이 기차에 오르지 않고, 그는 고베에서 부인과 함께 기차를 갈아타고 육로로 왔다.

생각해 보니 그때 내가 머리를 내저은 것은 두 번인 것 같은데, 그들이 본 것이 어느 때였는지는 알 수 없다. 하지만 자리를 권할 때는 시끌벅적했으니 보지 못했을 것이고 검사를 받을 때는 조용했으니, 틀림없이 세관에서 보았을 것이다. 판아이능에게 물어보았더니 과연 그랬다.

"난 자네들이 그런 걸 뭐하러 가지고 떠났는지 도무지 알 수 없더군. 그건 누구의 것이었나?"

"그거야 물을 게 있나? 우리 사모님의 것이었지." 그는 흰자위가 많은 눈을 치떴다.

"도쿄에 가면 전족을 감추고 큰 신발을 신어야 하는데 구태여 그것을 가지고 갈 건 뭐야?"

"그걸 누가 아나? 당사자한테나 물어보라고."

초겨울이 되자 우리의 형편은 더욱 어렵게 되었다. 하지만 그래도 술을 마시며 곧잘 우스갯소리를 했다. 그러는 가운데 어느덧 우창봉기[155]가 일어나고 이어 사오싱이 광복되었다. 광복 이튿날 현성에 들어온 판아이능은 농부들이 쓰고 다니는 털모자를 썼는데 그 밝은 웃음은 이전에는 볼 수 없던 것이었다.

"루쉰 형, 오늘은 우리 술을 먹지 마세. 난 지금 광복된 사오싱을 구경하러 가겠네. 나와 같이 가세나."

우리는 거리를 한 바퀴 돌아보았다. 눈이 닿는 곳마다 흰 깃발 천지였다. 하지만 겉보기엔 이랬지만 실속은 지난날 그대로였다. 군정부도 역시 지난날의 몇몇 시골 신사나으리들이 조직했는데 무슨 철도회사 대주주가 행정사장으로, 전당포 주인이 병기대장으로… 행세를 하는 판이었다. 이 군정부도 결국은 오래가지 못했다. 몇몇 소년들이 소요를 일으키자 왕진파[156]가 군대를 거느리고 항저우로부터 진격해 왔다. 하긴 떠들지 않았더라도 들어왔을 것이다. 왕진파는 들어온 후, 수많은 건달들과 신진적인 혁명당에 둘러싸여 마음껏 도독[157] 노릇을 하였다. 그리고 관청 안의 인간들도 목면으로 된 옷을 입고 왔었는데 열흘이 채 못 되어 거의 모피두루마기로 바꾸어 입었다. 날씨는 아직 춥지도 않았는데.

나는 사범학교 교장이란 호구책이 주어졌는데 도독으로부터 학교 경비로 이백 원을 받았다. 아이눙은 학감이 되었는데 옷은 여전히 전에 입던 무명마고자였다. 하지만 술은 그리 마시지 않았으며 한담을 할 겨를도 거의 없었다. 그는 교내 사무를 맡아보는 한편 학생들도 가르쳤는데 실로 부지런하였다.

"글쎄 하는 꼴을 보니 안 되겠어요. 저 왕진파들 말입니다."
작년에 나의 강의를 받은 적이 있는 한 소년이 나를 찾아와 못내 흥분해서 말했다.

"우리는 신문을 꾸려 가지고 그들을 감독할 작정입니다. 그런데 발기자로 선생님의 이름을 좀 빌려야 하겠습니다. 그리고 쯔잉 선생님, 더칭[158] 선생님도 있습니다. 사회를 위해서, 선생님은 결코 마다하지 않으시리라고 저희들은 알고 있습니다."

나는 그의 청을 들어주었다. 이틀 후 신문을 발간한다는 광고를 보았는데 발기인은 아닌 게 아니라 세 사람이었다. 닷새 후에는 신문이 발간되었는데 그 첫머리에는 군정부와 그 구성원들을 욕하고, 다음에는 도독을 비롯해서 그의 친척, 고향 사람들, 첩… 등을 욕했다.

이렇게 열흘 남짓 욕을 해대자 우리 집으로 한 가지 소식이 날아들었다. 너희들은 도독의 돈을 사취하고도 도리어 도독을 욕해 대니, 도독이 사람을 보내어 너희들을 권총으로 쏴 죽일 것이라는 말이었다.

다른 사람들은 그런대로 별일이 없었지만 누구보다도 어머니가 제일 조급해져서 나더러 더는 밖으로 나다니지 말라고 당부했다. 하지만 나는 예나 다름없이 나다녔으며 어머니에게도 왕진파가 우리를 죽이러 오지 않을 것이라고 이야기했다. 그것은 그가 녹림대학[159] 출신이기는 하지만 사람을 죽이는 것은 쉬운 일이 아니기 때문이었다. 하물며 내가 받은 것은 학교 경비이고, 이 점에 대해서는 그도 명확히 알고 있을 것이니 그저 그렇게 말해 보았을 따름이라고 설명했다.

아닌 게 아니라 아무도 죽이러 오지 않았다. 편지로 경비를 청구했더니 또 돈 이백 원을 보내 주었다. 그런데 이번에는 좀 노여웠던지 전령이 말했다. 앞으로 다시 돈을 청구하면 못 주겠다.

그런데 아이눙이 입수한 새 소식은 나를 몹시 난처하게 만들었다. 이른바 '사취했다'는 것은 학교 경비를 두고 말한 것이 아니라 신문사에 보내 준 돈을 두고 한 말이었다. 신문에서 며칠 동안 욕설을 퍼부었더니 왕진파는 사람을 시켜 돈 오백 원을 보냈다. 그래서 우리 소년들은 회의를 열었는데, 그 첫째 문제는 돈을 받을 것인가 아닌가였다. 결정은 받자는 것이었다. 둘째는 돈을 받은 다음에도 욕을 할 것인가 안 할 것인가였다. 결정은 역시 욕을 하자는 것이었다. 그 이유는 돈을 받은 다음부터는 그도 주주가 되었으므로 주주가 나쁠 때 마땅히 욕을 해야 한다는 것이다.

나는 즉각 신문사로 달려가서 이 일의 사실 여부를 알아보았는데 모두 사실이었다. 그래서 그 돈을 받지 말아야 한다는 말을 몇 마디 비치었더니, 회계란 사람이 볼이 부어 가지고 나에게 질문했다.

"신문사에서 왜 주식자금을 받지 말아야 한단 말입니까?"

"그것은 주식자금이 아니라…."

"주식자금이 아니면 무엇이란 말입니까?"

나는 더 이상 말하지 않았다. 그것은 세상물정을 벌써부터 익히 알고 있었기 때문이다. 만약 내가 우리들도 연루될 것이라고 더 말했다가는, 그가 당장에 한 푼어치도 안 되는 목숨이 아까워서 사회를 위해 희생하려 하지 않는다는 면박을 당하거나, 혹은 다음 날 신문에 내가 죽을까 봐 두려워서 부들부들 떨더라는 기사가 실릴 것이었다.

그런데 때마침 나더러 난징으로 와 달라는 지푸[160]의 독촉편지가 왔다. 아이눙도 대찬성이었으나 무척 쓸쓸해했다.

"여기는 이 꼴이니 있을 곳이 못 되네. 어서 떠나게…."

나는 그의 다하지 않은 말뜻을 알고서 난징으로 가기로 결정했다. 먼저 도독부를 찾아가 사직서를 제출하니 두말없이 비준하고 코흘리게 접수원을 보내왔다. 장부와 쓰다 남은 동전 열두 닢을 내주고 교장자리를 내놓았다. 그 뒤 후임으로 온 교장은 공교회[161] 회장 푸리천이었다.

신문사 사건[162]은 내가 난징으로 떠난 지 이삼 주 후에 결말이 지어졌는데 끝내는 한 무리의 병사들에 의하여 부수어지고 말았다. 그때 쯔잉은 농촌에 나가 있었으므로 무사했으나 더칭은 마침 현성 안에 있다가 칼에 허벅지를 찔렸다. 그는 노발대발했다. 물론 그것은 몹시 아프기 때문에 그를 괴이하게 여길 수는 없다. 그는 분노한 나머지 아래옷을 벗고 사진을 찍었는데, 그것은 한 치가량 되는 칼자리의 상처를 보여 주기 위해서였다. 그리고 사실을 설명하는 글까지 덧붙여서 각 곳으로 배포하여 군정부의 횡포를 폭로했다. 나는 이 사진을 오늘까지 간직한 사람은 아마 없으리라고 생각한다. 사진이 하도 작아서 상처자국은 더욱 축소되어 거의 없다시피 보였으므로, 설명을 달지 않았더라면 사람들은 틀림없이 그것을 광기 어린 어떤 풍류인물의 나체 사진이라고 간주했을 것이다. 뿐만 아니라 쑨촨팡[163] 장군의 눈에 띄었다면 금지당했을 것이다.

내가 난징에서 베이징으로 옮겼을 무렵에 아이능도 학감 자리에서 공교회 회장인 교장에 의해 쫓겨나고 말았다. 그는 다시 혁명 전의 아이능으로 되돌아갔다. 나는 베이징에 조그만 일자리를 물색해 주려고 애썼지만——이것은 그의 간절한 희망이었는데——, 그런 자리가 나지 않았다. 나중에 그는 어떤 친구 집에 얹혀살면서, 가끔 나에게 편지를 보냈다. 살아가는 형편이 어려워짐에 따라 편지의 구절들도 점점 더 처량해졌다. 나중에는 그 집에서조차 나오지 않을 수 없게 되어 여러 곳을 방랑했다. 얼마 전에 갑자기 고향 사람들한테서 소식을 들었는데, 그가 물에 빠져 익사했다고 말했다.

나는 그가 자살한 것이 아닐까 의심했다. 헤엄을 잘 치는 그가 여간해서는 물에 빠져 죽지 않을 것이었기 때문이다.

밤에 홀로 회관에 앉아 있으려니 마음은 한없이 서글퍼졌고, 그것이 확실치 않은 소문이 아닐까 하는 의혹도 없지 않았다. 그러나 또 무슨 증거가 있는 것도 아니지만, 어쩐지 그것이 확실한 것으로 느껴지기도 했다. 아무런 방법도 없는 나로서는 그저 시 네 수[164]를 지었을 뿐이었다. 이 시들은 나중에 어느 신문에 실렸는데 지금은 거의 다 잊어버리고 그중 한 수마저 여섯 구절밖에 기억나지 않는다. 첫 네 구절은 "잔을 들어 세상을 논할 때 선생은 술꾼을 경멸하였더라. 하늘마저 흠뻑 취하였거늘 조금 취하고서야 어이 세파에 묻혀 버리지 않을쏘냐"였으며 그다음 두 구절은 잊어버렸고, 마지막 두 구절은 "옛 벗들 구름처럼 다 흩어졌거니 나도 또한 가벼운 티끌 같구나"이다.

그후 나는 고향에 돌아가서야 비로소 비교적 상세한 내막을 알게 되었다. 아이눙은 사람들한테서 미움을 샀던 탓으로 생전에 아무 일도 할 수 없었다. 그는 몹시 어려운 처지에 있었지만 친구들이 청하는 덕에 술만은 그래도 마셨다. 그는 사람들과 별로 내왕이 없었으며 자주 만나는 사람들은 나중에 알게 된 비교적 젊은 사람들 몇밖에 없었다. 그런데 그들마저도 그의 불평을 듣기 좋아하는 기색이 아니었으며, 우스갯소리를 듣느니만 못하게 여기는 것이었다.

"아마 내일은 전보가 올지도 모르지. 펼쳐 보면 루쉰이 나를 부르는걸세."

그는 가끔 이렇게 말했다는 것이다.

어느 날 몇몇 새로운 벗들이 찾아와서 배를 타고 경극 구경을 가자고 했다. 돌아올 때는 벌써 한밤중이 되었는데 게다가 비바람이 세찼다. 술에 취한 그는 기어코 뱃전에 가서 소변을 보겠다고 했다. 배 안의 사람들이 모두 말렸으나 그래도 그는 물에 빠질 염려가 없다고 하면서 듣지 않았다. 하지만 결국은 물에 빠지고 말았다. 헤엄을 잘 치는 그였지만 다시는 물 위에 떠오르지 않았다.

그 이튿날 마름이 무성한 늪에서 시체를 찾았는데 시체는 뻣뻣이 서있었다는 것이다.

나는 오늘까지도 그가 죽은 것이 발을 헛디딘 탓인지 아니면 자살한 것인지 똑똑히 모르고 있다.

그는 죽은 뒤 아무것도 없었고, 어린 딸 하나와 아내만 남았다. 그래서 몇몇 사람들이 딸아이의 장래 학비로 기금을 좀 모으려 하였다. 그런데 이런 말이 나오자마자, 그의 가문 사람들이 이 기금의 보관권을 가지고 옥신각신 다투었으므로──사실 아직 기금도 없는데──모두들 싱거운 생각이 들어 흐지부지하고 말았다.

지금 그의 무남독녀 외딸의 형편은 어떠한지? 학교를 다닌다면 벌써 중학교는 졸업하였을 것이다.

11월 18일

주석

1) 역아(易牙)는 고대의 요리사다. 왕이 인육에 호기심을 보이자 자기 아들을 요리하여 바쳤다는 전설이 있다. 걸주는 하(夏)나라의 걸(桀)왕과 은(殷)나라의 주(紂)왕으로 폭군의 대명사이다. 역아와 걸주는 동시대인이 아니다. 여기서 루쉰이 역아가 제 자식을 삶아 걸주에게 바쳤다고 하는 것은 광인의 착란된 심리상태를 보여 주기 위한 것이다.

2) 여기서 말하는 서석림은 혁명가 서석린(徐錫麟, 1873~1907)을 가리킨다. 루쉰과 동향 사람이었다. (주석 161번 참조)

3) 수재는 생원(生員)의 별칭으로 과거시험을 볼 수 있는 자격을 얻은 자를 지칭.

4) 장쉰(張勛)을 가리킨다. 베이양(北洋) 군벌의 한 사람이다. 원래 청나라 군관이었던 그는 신해혁명 이후에도 변발을 자르지 않는 것으로 청나라에 대한 충성을 표했다. 그래서 그들을 변발군이라 불렀다. 1917년 7월 1일 베이징에서 폐위된 황제 푸이(溥儀)의 복위를 시도했다가 결국 실패했다.

5) 오소리의 일종.

6) 도대(道臺)는 청나라 관직 도원(道員)의 속칭이다. 지방 행정을 관장하던 관리.

7) 『박도별전』(博徒別傳; 원제는 Rodney Stone)은 찰스 디킨스가 아니라 코넌 도일의 작품이다. 루쉰은 1926년 8월 8일 웨이쑤위안(韋素園)에게 보낸 편지에서 이 착오를 인정하고 있다. 『박도별전』은 상우인서관에서 발행된 '설부총서'(說部叢書)에 실려 있다.

8) 마작(麻雀)은 마장(麻將)이라고도 하는데, 루쉰은 여기서 마장(麻醬 ; 참깨를 갈아 걸쭉하게 만든 장)이라고 씀으로써 웨이좡 사람들의 무지를 풍자하고 있다. 일종의 말놀이.

9) 여기서 '자유당'과 '시유당'은 중국어 발음이 비슷하다. 루쉰은 이런 말놀이를 통해 웨이좡 사람들의 내면 상태를 풍자하고 있다.

10) '홍 형'은 신해혁명의 발단이 된 우창(武昌)봉기에서 중요한 역할을 했던 리위안홍(黎元洪)을 말한다.

11) "조왕신을 보내는"(送竈) 일은 옛 풍속의 하나. 음력 12월 24일은 조왕신이 승천하는 날로, 이날 혹은 하루 전에 조왕신을 전송하는 제사를 지냈다.

12) 루쓰 나으리(魯四老爺). 루(魯)씨 집안의 웃어른 가운데 나이 순으로 위에서 네번째인 사람을 가리키는 존칭. 뒤의 넷째 아저씨(四叔)는 아버지 세대이나 아버지보다 나이가 적은 이에 대한 호칭.

13) 국자감생(國子監生). 국자감은 원래 봉건시대 중앙의 최고학부였는데, 청대 건륭(乾隆) 이후에는 국자감에서 공부를 하지 않아도 재산을 기부하고 '감생'이란 명의를 얻을 수 있었다. 감생은 국자감 생원의 준말.

14) 신해혁명을 전후하여 혁명당인이나 혁명을 지지하는 사람들을 '신당'(新黨)이라고 하였다.

15) 캉유웨이(康有爲, 1858~1927)는 청말 유신운동(維新運動)의 지도자로서 변법유신을 제창하여 군주전제를 군주입헌제로 바꿀 것을 주장했다.

16) 축복(祝福). 옛날 강남 일대에서 행해졌던 섣달 그믐날의 풍속.

17) 진단(陳摶). 『송사』(宋史) 「은일열전」(隱逸列傳)에 의하면 진단은 오대(五代) 때 사람으로 과거에 급제하지 못해 무당산(武當山)과 화산(華山)에 은거하면서 도를 닦았다. 후세 사람들은 그를 신선으로 간주했다.

18) "사리를 통달하면 마음이 편안하다"(事理通達心氣和平). 주희(朱熹)의 『논어집주』(論語集注)에 나오는 말.

19) 『사서친』(四書襯). 청대 사람 낙배(駱培)의 저서로서 사서(『논어』, 『맹자』, 『중용』, 『대학』)를 해석한 책.

20) 무상(無常). 불교 용어로서 본뜻은 모든 사물은 다 변하고 훼멸·파괴되는 과정에 있다는 뜻인데, 뒤에는 죽음의 뜻으로 또 미신적 전설에서 혼을 빼 가는 사자의 이름으로 사용.

21) 팔십 천문(八十千文). 옛날에 일천문(一千文)을 일관(一貫) 혹은 일조(一弔)라고

불렸다. 그래서 천문을 관, 조라고 했다. 그러나 지방에 따라서는 바로 천문이라고 불렸다. 팔십 천문은 곧 팔십 조(吊)이고, 대략 팔만 문(文)이다.

22) 대전(大錢). 보통의 동화(銅貨)보다 큰 것으로 화폐가치도 그만큼 높다.

23) 표면에 매의 도안이 그려져 있는 멕시코의 은화(鷹洋)는 아편전쟁 뒤 대량으로 중국에 유입되었다.

24) 포락(炮烙). 포격(炮格)이라고도 쓴다. 은(殷)나라 주왕(紂王) 때 혹형의 하나이다. 배인(裴駰)의 『사기집해』(史記集解) 「은본기」(殷本紀)에서 인용한 『열녀전』(列女傳)에 다음과 같은 기록이 있다. "동주(銅柱)에 기름을 붓고 그 밑에 숯불을 놓은 뒤 그 위를 죄인이 걸어가게 하고 숯불 위에 떨어지는 것을 보더니 달기(妲己; 주왕의 왕비)가 웃었다. 이름하여 포락의 형(刑)이라고 했다."

25) 『여아경』(女兒經). 부녀자들에게 봉건적 예교를 선전하는 통속적인 읽을거리 중의 하나.

26) 법사(法事). 원래는 불교도들이 염불을 하거나 불공을 드리는 활동을 말한다. 여기서는 중이나 도사가 혼백을 구원하는 미신적 의식을 가리킨다.

27) 위다푸(郁達夫)의 소설집으로 중편소설 『침륜』(沈淪), 단편소설 「남천」(南遷), 「은회색의 죽음」(銀灰色的死) 등이 수록되어 있으며 1921년 10월 상하이 태동도서국(泰東圖書局)에서 출판되었다. 이 소설들은 '불행한 청년' 혹은 '잉여자'들을 주인공으로 하여 당시 제국주의와 봉건 세력의 압제 아래서 우울해하고 고민하고 자포자기하는 일부 프티부르주아 지식인들의 병태적 심리를 보여 주었다.

28) 원문은 '吃素談禪'. 담선은 불교 교리를 담론하는 것. 당시 군벌, 관료가 세력을 잃으면 하야 '선언'과 '통전'(通電; 관계자에게 타전하는 전문)을 발표하여 해외 유람을 하거나 산속에 은거하며 참선을 행하고 이후 국사에 관여하지 않는 등을 선언하는 일이 종종 있었다. 실제로는 동향을 살피고 재기의 기회를 노리는 행위였다.

29) 『사기색은』(史記索隱). 당나라의 사마정(司馬貞)이 『사기』에 주석을 가한 책으로 전체 30권이다. 급고각(汲古閣)은 명말의 장서가 모진(毛晉)의 장서실이다.

30) 사오싱(紹興) 방언으로 고독한 사람을 독두(獨頭)라고 부른다. 누에(蚕)는 실을 토해 내 충(茧; 풀이름)을 만들고 자신을 고독하게 그 속에 가두어 둔다. 여기서는 '독두충'(獨頭茧)을 이용해 스스로 고독을 즐기는 사람을 비유하고 있다.

31) "衣食足而知禮節." 『관자』(管子) 「목민」(牧民)에 "곳간이 가득차야 예절을 알고, 의식이 충족되어야 영욕을 안다"라는 말이 나온다.

32) 원문은 '挑剔學潮'. 1925년 5월 루쉰이 베이징여자사범대학의 다른 6명의 교수와

연명으로 반동적인 베이징여자사범대학 당국에 반대하는 학생들의 운동을 지지하는 선언을 발표하자, 천시잉(陳西瀅)은 같은 달 『현대평론』(現代評論) 제1권 제 25기에 발표한 「한담」(閑談)에서 루쉰 등이 "몰래 학조(學潮)를 도발한다"고 공격했다. 저자는 여기서 이 말을 사용해 의미가 통하지 않는 천시잉의 문장을 풍자했다. '도척'(挑剔)은 본래 흠을 들추어낸다는 의미.

33) "且夫非常之人, 必能行非常之事." 『사기』 「사마상여열전」(司馬相如列傳)에서 나온 말이다.

34) 원시(聞喜). 산시성(山西省)에 있는 현.

35) 흰 종이(斜角紙). 옛날 중국의 민간 풍습에는 사람이 죽으면 대문에 흰 종이를 어 슷하게 붙였다. 그 종이에는 죽은 사람의 성별과 연령, 입관할 때 기피해야 할 띠를 가진 사람, 그리고 삼갈 일들과 날짜를 적어 놓음으로써 다른 사람들이 알고 피하게 하였다. 이것을 소위 '앙방'(殃榜)이라고 한다. 청대 범인(范寅)의 『월언』(越 諺)에 의하면 액신은 "사람의 머리에 닭의 몸뚱이를 가졌는데", "사람이 죽으면 꼭 찾아오며 그를 범하는 자는 죽는다"고 하였다. 뒤에 나오는 자오묘유(子午卯 酉)생 즉 쥐, 말, 토끼, 닭 띠의 사람은 다 자리를 피해야 한다는 말이다.

36) 원문은 '苧麻絲'. 옛 풍속에는 죽은 자의 자식 또는 손자는 빈소를 지킬 때나 장례를 지낼 때 상주의 표식으로 머리에 이것을 썼다.

37) 회관(會館). 예전에 한 고향 사람이나 같은 업종 사람들의 체류 혹은 모임을 위하여 동향회나 동업조합에서 도시에 설립한 관사.

38) 셸리(Percy Bysshe Shelley, 1792~1822). 영국 시인이다. 아일랜드 민족독립운동에 참가하였으며 혁명사상을 전파하고 혼인의 자유를 쟁취하기 위하여 싸웠기 때문에 여러 차례 박해를 받았다. 뒤에 배가 침몰하여 바다에 빠져 죽었다. 그의 유명한 단시 「서풍(西風)의 노래」(Ode to the West Wind), 「종달새의 노래」(To a Skylark) 등이 5·4 이후에 중국에 소개되었다.

39) 쌍십절(雙十節)은 중화민국의 건국 기념일로 10월 10일.

40) 풀대(草標). 옛날에는 판매되는 물품에 초간(草秆)을 붙여 매물을 표시했다.

41) 『노라』(『인형의 집』Et Dukkehjem을 말한다), 『바다에서 온 부인』(Fruen fra Havet) 모두 입센의 유명한 희곡.

42) 도서구입권(書券). '서권'은 도서 구입에 사용할 수 있는 상품권으로 특정한 서점에서 액면가대로 도서를 구입할 수 있다. 중국에서는 신문사나 잡지사 가운데 현금 대신 이것으로 고료를 지불하는 데가 있었다.

43) 청대 과거제도에는 정해진 연한(처음에는 6년, 뒤에는 12년으로 고쳤다)에 수재(秀才) 가운데 '글쓰기와 행실이 모두 우수한' 이를 선발하여 국자감에 입학시켰다. 이를 발공(拔貢)이라고 불렀다.

44) 『사기』「하본기」에 의하면, 우의 "이름은 문명(文命)이다". 그의 부친 곤이 유배를 간 후 명을 받아 치수를 했다. 우의 치수에 관한 기록은 『상서』, 『맹자』 등 선진시대 고적에 많이 나온다. 이 이야기는 루쉰이 중국의 전설을 근거로 하고 있지만, 1935년 일어난 남북에 걸친 대대적인 홍수와 그것을 바라보는 작가 루쉰의 역사 인식이 창작 동기가 된 듯하다.

45) 1930년대 초 일본의 중국 동북 침략이 가속화되고 베이핑(北平 ; 베이징의 옛 이름)도 그 위협을 받게 되자, 1932년 10월 베이핑 문화 교육계의 학자와 지성인 30여 명은 국민당에게 건의하기를, 베이핑을 '문화성'(文化城)으로 지정해 베이핑에서 군대를 철수하고 비무장 지대로 지정해 달라고 했다. 루쉰은 학자와 지식인들의 비현실적인 문화 논리와 공허한 겉치레 주장들을 풍자하고자 이 '문화산'(文化山)을 설정한 것으로 보인다.

본문에 나오는 몇몇 학자들은 당시 문화계를 대표하는 인물을 모델로 한 것이다. "단장을 든 학자"는 우생학자인 판광단(潘光旦)을 암시한다. 그는 강남의 명문세가 족보자료를 가지고 유전자를 연구하여 『명청대 자싱의 명문세가』(明淸兩代嘉興의望族)를 썼다. 조두(鳥頭 ; 새대가리란 뜻) 선생은 고증학인인 구제강(顧頡剛)을 암시한다. 그는 그의 저서 『고사변』(古史辨 ; 제1책 63권)에서 『설문해자』(說文解字)에 나오는 '곤'(鯀)자와 '우'(禹)자 해석을 근거로 하여, 곤은 물고기이며 우는 도마뱀류에 속하는 뱀이라고 주장했다. 조두라는 명명은 구제강의 '顧'자가 『설문해자』에 고(雇 ; 새란 뜻)자와 혈(頁 ; 머리라는 뜻)자로 이뤄진 것이라는 설명에서 착안한 것이다. 구제강은 베이징대학연구소의 가요연구회에서 일했으며 쑤저우(蘇州) 지방 가요를 수집해 『오가갑집』(吳歌甲集)을 출판한 적이 있다. 그래서 다음 장에서 조두 선생은 "고증학을 남에게 넘겨주고 자신은 따로 민간의 가요들을 수집하러 갔다"고 했다.

46) 기굉국(奇肱國)은 북쪽에 있다고 전해지는 전설 속의 나라 이름. 『산해경』 「해외서경」(海外西經)의 기록에, 팔 하나에 눈이 셋 달린, 한 몸에 음과 양을 모두 갖춘 주민들이 살고 있고 무늬가 있는 말을 타고 다녔다고 한다.

47) '구모링'은 Good morning, '하우뚜유투'는 How do you do, '구루지리'는

culture의 잘못된 음역.

48) 태상황제는 순임금의 아버지 고수(瞽叟)를 말하는데 처음에는 우매하였으나 아들 순의 감화를 받아서 변했다고 한다.

49) '우'(禹)가 벌레 충(虫)과 통하고, '곤'(鯀)자가 물고기 어(魚)자와 같은 뜻이 있기 때문에 이런 말을 하고 있는 것이다.

50) 전설에 나오는 고대문자의 하나.

51) 『설문해자』에 의하면 '禺' 자는 '禹' 자와 같은 자로 필획만 다른 자라고 되어 있다. 『산해경』에 의하면 '禺'는 붉은 눈에 긴꼬리원숭이같이 생긴 동물이라고 한다.

52) 아구(阿狗)는 개란 뜻이고 아묘(阿猫)는 고양이란 뜻.

53) 고요는 전설 속의 순임금 부하. 『상서』「순전」(舜典)에 이런 기록이 있다. "임금이 이르되, '고요여, 오랑캐가 나라를 침범하고 왜적이 간악한 짓을 하니 그대가 사(士)를 관장하시오.'" '사'는 소송을 맡아보는 벼슬이다. 1927년 루쉰이 광저우에 있을 때, 그 해 7월 항저우에서 구제강이 루쉰에게 편지를 보내어, 루쉰이 글로 자신을 침해했으므로 "광저우를 떠나지 말고 재판이 열릴 때까지 기다리라"고 했다. 루쉰은 회신에서 "가까운 시일 안에 저장성(浙江省)에서 소송을 하면 소인이 제때에 항저우로 가서 책임질 바를 책임지겠나이다"라고 했다. 여기서 "고요 나으리에게 가서 법적으로 해결을 보리라"는 그 일을 암시하고 있다.

54) 『상서』「우공」(禹貢)편에서 우가 치수를 시작하며 주저우(九州)로 떠난 것을 기록할 때, 지저우(冀州)부터 들른 것으로 되어 있다.

55) 당시 비타민 W는 아직 발견되지 않았으며, 요오드 결핍으로 생기는 병은 임파선 결핵이 아니라 갑상선 비대증이다. 당시 학자들의 무지몽매함을 풍자한 것이다.

56) 복희(伏羲) 시대의 소품 문학가란 린위탕(林語堂)을 말하며 이 부분은 그를 풍자한 것이다. 어투도 린위탕 등이 주장한 '어록체'의 소품문(小品文)을 모방했다. '어록체'란 린위탕의 주장에 의하면 "문언문을 쓰되 속어를 피하지 않으며 백화문을 쓰되 문언의 어미투를 많이 섞어 쓰는 것"으로, 기본적으로 문언문이다. 이 단락에서 말한 "한 소년을 만났는데 입에는 시가를 물고 있고, 얼굴에는 치우씨의 안개가" 하는 부분은 진보적인 청년들을 비방한 린위탕의 글「항저우를 다시 기행하며」(游杭再記)에서 "두 청년을 만났는데, 입에는 소련 담배를 물고 있고, 손에는 무슨 스키인가 하는 사람의 번역본을 들고 있었다"라는 부분을 겨냥한 것이다.

57) 옛날에 조개껍데기를 화폐로 사용했다는 기록이 있다(『상서』,「반경·중」盤庚·中).

58) 창힐(倉詰)은 황제의 사관으로 처음 문자를 만든 것으로 전해진다.

59) 소나무 속껍질을 넣어 만든 떡.

60) 전설에 의하면 우의 아버지 곤은 죽어서 다리가 셋 달린 자라로 변했다고 한다. 우는 또 치수하느라 바빠서 집 앞을 지나가면서도 집에 들르지 못했다고 한다.

61) 학슬풍(鶴膝風)은 결핵성 관절염의 일종으로 무릎이 굽어지지 않는 병이다.

62) 『좌전』(左傳)에 의하면 흉노족 여자들은 여외(女隗), 숙외(淑隗), 계외(季隗) 등 외(隗)가 들어간 성이 많았다. 여기서는 작가가 임의로 만든 가공의 인명이다.

63) 현대평론파의 천시잉(陳西瀅), 쉬즈모(徐志摩) 등은 늘 셰익스피어를 가지고 자랑했다. 두헝(杜衡)은 1934년 6월 『문예풍경』 창간호에 발표한 「셰익스피어극 『시저전』에 표현된 군중」이란 글에서 셰익스피어의 작품에 빗대어 인민 군중들은 "이성이 없고", "분명한 이해관(利害觀)이 결핍돼 있으며", 타인에 의해 "감정"을 통제를 받는다고 비하했다. 루쉰은 『꽃테문학』의 「또 '셰익스피어'다」(又是'莎士比亞')에서 이런 태도를 비판한 바 있다. 위 소설에서 우매한 백성 이야기를 하다가 갑자기 셰익스피어로 화제를 바꾼 것은, 작가 루쉰이 위와 같은 당시의 문인 지식인들을 풍자하고자 하여 의도적으로 쓴 것이다.

64) 『산해경』 「해내경」(海內經)에 나오는 기록이다. "홍수가 하늘에 이르자 곤은 몰래 제왕의 식양(息壤)을 훔쳐다 홍수를 막았다. 제왕은 축융(祝融)에게 명을 내려 곤을 위산(羽山)의 근교에서 죽이도록 명했다." 여기에 곽박이 이렇게 주를 달았다. "식양은 저절로 끝없이 자라나는 흙이다. 그러므로 홍수를 막을 수 있다."

65) 『주역』 「고괘」(蠱卦) '초육'(初六)에 "아들이 아버지의 잘못을 덮어 주어 아버지의 죄를 없애 주었다"는 말이 있다.

66) 영어의 modern. 여기서는 유행의 의미로 쓰였다.

67) 우가 곰으로 둔갑했다는 기록은 청대 마숙(馬驌)이 지은 『역사』(繹史) 권12에서 『수소자』(隨巢子)를 인용한 곳에 나온다. "(우는) 홍수를 다스린 후, 환위안산(轘轅山)으로 들어가 곰이 되었다."

68) 『사기』 「오제본기」에 나오는 기록이다. "요의 아들 단주(丹朱) 태자는 어리석어 천하를 물려주기에 부족했다. 요는 왕권을 순에게 전수했다."

69) 현규(玄圭)란 검은 빛의 옥으로, 옛날 제후나 대부들이 조회 때나 제사 때 손에 들었던 길고 뾰족한 패다.

70) 저수이(浙水)는 첸탕강(錢塘江)을 말한다. 밀물 때 파도 소리가 높은 것으로 유명하다.

71) 자자(孳孳), 근면하고 부지런하다는 뜻.

72) 우와 순임금, 그리고 고요가 나눈 이 대화들은 모두 『사기』「하본기」에 나온다.

73) 미간척의 복수에 대한 전설은 위진대 위(魏)나라의 조비(曹丕)가 지었다고 전해지는 『열이전』(列異傳), 또 진대의 간보(干寶)가 지은 『수신기』(搜神記) 권11에도 그 기록이 있다.

74) 성곽 위 성벽의 배열이 마치 이빨처럼 들쑥날쑥하게 만든 성을 치성(齒城)이라고 한다.

75) 배꼽 바로 아랫부분. 특히 중국인들은 이 부분을 남이 만지는 것에 대해 무척 민감하다.

76) 루쉰은 1936년 3월 28일, 일본 마쓰다 쇼(增田涉)에게 보낸 편지에서 이렇게 말하고 있다. "「검을 벼린 이야기」에서 특별히 이해하기 어려운 부분이 있다고 생각하진 않습니다. 그러나 주의해야 할 것은 그 속에 나오는 노래가 뜻이 분명하지 않다는 것이지요. 왜냐하면 이상한 사람과 잘려진 머리가 부르는 노래이기 때문에 우리같이 이런 보통 사람들은 이해하기가 어려운 것이지요."

77) 수탄(獸炭)이란, 짐승 형상을 한 목탄을 말한다. 옛날 중국의 부유한 집에서는 목탄가루로 각종 동물 모습을 한 연료를 만들어 썼다.

78) 공손고(公孫高)는 루쉰이 만든 허구적인 인물이다.

79) 묵자는 절용(節用)을 주장하고 사치를 반대했다.

80) 아렴(阿廉)은 루쉰이 지어낸 인물이다. 본문의 이야기는 『묵자』의 「귀의」(貴義)에 나오는 기록이다. "묵자가 (제자 중) 한 사람에게 위나라에서 벼슬을 살게 했다. 그가 갔다가 돌아왔다. 묵자가 말하길 '어찌 돌아왔는가?' 하자 대답하여 말하길 '저와 언약한 것을 지키지 않았나이다. 그들이 저에게 천 뒷박을 주겠다고 했는데 저에게 오백 뒷박을 주었습니다. 그래서 떠났습니다.' 묵자가 묻기를, '자네에게 천 뒷박을 넘게 주어도 자네는 떠나겠는가?' 했다. 대답하되 '떠나지 않겠습니다' 했다. 묵자가 말했다. '그렇다면 약속을 지키지 않아서가 아니라 적게 주었기 때문이로군.'"

81) 경주자(耕柱子)와 다음에 나오는 조공자(曹公子), 관검오(管黔敖), 금활리(禽滑釐)는 모두 묵자의 제자들이다.

82) 『맹자』「등문공하」(縢文公下)편에서 맹자가 묵자를 비판한 말이다. "묵씨의 겸애에는 부모가 없다. 부모와 임금이 없는 것은 금수다." 묵자의 겸애사상은 자신을 사랑하듯 다른 사람을 차별 없이 널리 사랑하는, 이른바 보편애를 말한다.

83) 공수반(公輸般)은 춘추시대 노나라 사람이다. 여러 가지 기계를 잘 발명해서 고서

에서는 그를 '재주꾼'(巧人)으로 불렀다.

84) 구거(鉤距)는 전쟁용 무기로, 쇠갈퀴같이 생겨서 주로 도망가는 적선을 끌어당기는 도구로 썼다. 운제(雲梯)는 구름사다리로, 성을 공격할 때 사용하는 긴 사다리를 말한다.

85) 연노(連弩)는 기계의 힘을 이용해 한꺼번에 여러 개의 화살을 연달아 쏘게 만든 화살을 말한다.

86) 새상령(賽湘靈)은 루쉰이 전설 속에 나오는 상수이(湘水)의 여신인 상령에 근거하여 만든 가공 인물이다. 상령은 북과 비파를 잘 다루었다고 한다. '하리파인'(下里巴人)은 초나라에서 유행한 가곡의 이름이다.

87) 구국대 이야기는 1930년대의 국민당의 모금운동을 겨냥하여 비판한 것이다. 국민당은 당시 일본의 침략에 맞서 정면으로 싸우기보다는 무저항주의의 화친정책으로 일관했다. 그러면서 한편으로는 '구국'이라는 이름하에 국민당이 통제하고 있던 각지의 여러 민중단체로 하여금 의연금을 모집하도록 강권을 행사했다.

88) '오래된 주검'의 원문은 '진사인'(陳死人). 죽은 지 오래된 사람이라는 뜻이다.

89) 이 글은 『들풀』 집필이 끝난 지 1년 뒤인 1927년 4월 26일 광저우(廣州)에서 썼다. 국민당이 상하이에서 '4·12 반공 정변'을 일으키고 광저우에서 '4·15 학살'을 저지른 지 얼마 되지 않은 때에 쓴 글로, 루쉰의 비분에 찬 심정이 반영되어 있다.

90) '무지'(無地)는 '아무것도 없는 곳'이라고 옮긴 이도 있지만, '몸 둘 데가 없는 곳'이라는 뜻이다.

91) 작자는 「『들풀』 영역본 머리말」에서 "사회에 구경꾼이 많은 것이 미워서 「복수」 첫 편을 지었다"고 했다. 또 1934년 5월 16일 정전둬(鄭振鐸)에게 쓴 편지에서 이렇게 말했다. "내가 『들풀』에서, 사내 하나 계집 하나가 칼을 들고 광야에서 마주 서 있고 심심한 사람들이 앞을 다투어 모여드는 이야기를 쓴 적이 있습니다. 사람들은, 틀림없이 뭔가 일이 나서 자신들의 무료함을 달래 주리라 여겼겠지요. 그러나 두 사람은 그 뒤, 아무런 움직임도 없었습니다. 심심한 사람들을 계속 심심하게 한 것입니다, 늙어서 죽을 때까지. 그런 뜻에서 제목을 '복수'라 했습니다."

92) 페퇴피 샨도르(Petőfi Sándor, 1823~1849). 헝가리의 시인, 혁명가. 1848년 오스트리아의 지배에 저항하는 전쟁에 참여하였고, 1849년 오스트리아를 도운 러시아 군대와 싸우다가 희생되었다. 여기 인용된 「희망」(Remény)은 1845년 작.

93) 용안(龍眼). 과일 이름으로, 씨가 짙은 밤색으로 구슬처럼 생겨서 '용의 눈'이라 부

른다.

94) 화택(火宅). 불교 용어. 불에 타고 있는 집이라는 뜻으로, 번뇌와 고통이 가득한 이 세상을 이르는 말이다.

95) 쇠실뱀(鐵線蛇). 독이 없고 지렁이처럼 생겼다. 중국에서 가장 작은 종류의 뱀.

96) 여기서 삼계(三界)는 천당, 인간 세상, 지옥을 가리킨다. 샤머니즘의 기본 관념.

97) '칼나무'의 원문은 '劍樹'. 불교에서 말하는 지옥의 형벌이다.

98) '소머리 아방'의 원문은 '牛首阿旁'. 불교 전설 속의, 지옥에 있는 소의 머리에 사람 몸을 한 귀졸(鬼卒).

99) '빗돌'이라 번역한 '묘갈'(墓碣)은 윗부분이 둥근 돌비석이다.

100) 「죽은 뒤」를 쓰기 몇 달 전에 루쉰은 「전사와 파리」를 썼다. 쑨원(孫文, 1866~ 1925)이 세상을 뜬 뒤 일부 언론이 그의 '결점'을 지적하자 쑨원을 전사(戰士)에, 언론을 파리에 견주어 쓴 글이었다.

101) '이불'의 원문은 '시금'(尸衾). 주검을 관에 넣을 때 덮어 주는 홑이불이다.

102) '가정 연간의 흑구본'의 원문은 '嘉靖黑口本'. '가정'(1522~1566)은 명 세종 대의 연호이다. 옛날 책에서, 책장 가운데를 접어서 양면으로 나눌 때에 접힌 부분을 '판심'(版心) 또는 '판구'(版口)라 하고, '판구'를 줄여서 '구'(口)라고 한다. '구'에 는 '흑구'와 '백구' 두 가지가 있다. '구'의 상단과 하단에 검은 줄이 있는 것을 '흑 구', 없는 것을 '백구'라 한다.

103) '모젤 총'은 1870년대의 단발 소총. '녹영병'(綠營兵)은 녹기병(綠旗兵)이라고도 한다. 청나라 군대 편제에 만주족이 중심이 된 '팔기병'(八旗兵) 말고도 한족(漢 族)으로 편성된 군대가 있었는데 녹색이 들어간 깃발을 썼기에 녹기병이라고도 했다. '목갑총'(木匣銃)은 연발 권총의 일종으로 부피가 크고 나무로 만든 곽(盒 子)이 있었기에 그렇게 불렀다.

104) '무물(無物)의 진(陣)'과 뒤에 나올 '무물(無物)의 물(物)'을 두고 혹자는 '무물의 진'을 '무형물의 싸움터'로, '무물의 물'을 '무형물'(無形物) 즉 '(바람이나 소리처 럼) 형체가 없는 사물'이라 번역했다(루쉰, 『들풀』, 베이징외문출판사, 1976, 제1 판). 이 글에서 루쉰이 '무물의 진'(=형체가 없는 진지/싸움터), '무물의 물'(=형체 없는 사물의 실체)이라는 말을 거듭 쓴 것은, 이 싸움이 이데올로기 영역에서 벌 어지는 투쟁임을 강조하기 위해서였다.

105) '호심경'(護心鏡). 가슴을 보호하기 위해 갑옷에 붙인 둥근 구리 조각. 구리거울 (銅鏡)처럼 생겼다 하여 호심경이라 한다.

106) 루쉰은 『들풀』 영역본 머리말」에서 "돤치루이(段祺瑞) 정부가 맨손의 민중에게 발포한 일이 있은 뒤에 「빛바랜 핏자국 속에서」를 지었다"고 했다.

107) 1926년 4월, 펑위샹(馬玉祥)의 '국민군'과 펑톈파 군벌 장쭤린(張作霖)이 전쟁을 벌일 때 장쭤린 측 비행기가 여러 차례 베이징 시내를 폭격하였다.

108) 1926년 3월 18일 베이징에서 수십 명의 사상자가 난 학생 시위가 있었다. 일본의 사주를 받은 장쭤린이 펑위샹의 국민군을 공격할 조짐을 보이자 이에 항의하여 일어난 시위였다. 이 일이 있은 뒤 루쉰은 신변에 위협을 느껴 그간 묵혀 놓았던 일을 마무리할 생각을 했다.

109) 『뿌리 얕은 풀』(淺草)은 계간지로 문학단체 첸차오사(淺草社)의 기관지이다. 1923년 3월 창간, 상하이에서 출판되었다. 1925년 2월 제4호를 내고 정간되었다. 『가라앉은 종』(沉鐘)은 문학단체 천중사(沉鐘社)의 기관지이다. 1925년 10월 10일 베이징에서 창간되었다. '가라앉은 종'이라는 이름은 독일 작가 게르하르트 하웁트만(Gerhart Hauptmann)의 희곡 『침종』에서 유래한다.

110) 톨스토이의 중편소설 『하지 무라트』를 가리킨다. 이 소설의 도입부에서 톨스토이는 엉겅퀴의 강인한 생명력을 들어 주인공 하지 무라트를 상징하였다.

111) 주문공(朱文公). 즉 주희(朱熹). 작가의 사오싱 고향집은 1919년에 성이 주(朱)씨인 사람에게 팔렸다. 그래서 여기에서 우스갯소리로 "주문공의 자손에게 팔았다"고 한 것이다.

112) '룬투'(閏土). 『외침』에 수록된 소설 「고향」에 나오는 인물로 장윈수이(章運水)를 모델로 했다.

113) Ade. 독일어로 '잘 있거라'의 의미.

114) 서우화이젠(壽懷鑒, 1840~1930)을 지칭. 청말의 수재(秀才)였다.

115) 옛날 서당에서 학생들에게 대구를 연습시키는 방법으로, 예를 들면 '복숭아는 붉다'(桃紅)의 대구는 '버드나무는 푸르네'(柳綠)와 같은 방법이다.

116) '철 여의라'와 같은 말은 청말의 유한(劉翰)이 지은 「이극용(李克用)이 산추이강(三垂崗)에서 술을 베푸는 부(賦)」에 나오는 구절이다. 원문은 "옥 여의라, 가득한 좌중을 마음대로 지휘하니 모두들 놀라도다. … 금종지에 철철 넘게 따른 미주 일천 잔을 마셔도 취하지 않도다."

117) 명청 이래 통속소설의 책머리에는 책 속 등장인물의 스케치가 그려져 있다.

118) 여기서는 사오싱(紹興)을 가리킨다.

119) 은전은 영양(英洋) 즉 '응양'(鷹洋; 멕시코 은화)이다.

120) 섭천사(葉天士, 1667~1746). 청나라 건륭 때의 명의이다.

121) 호신영(虎神營). 청말 단군(端郡) 왕재의(王載漪)가 창설하고 지휘하던 황실경호 대를 말한다.

122) 헌원(軒轅)과 기백(岐伯). 헌원은 바로 황제(黃帝)로 전설에 나오는 상고제왕이 다. 기백은 전설에 나오는 명의이다.

123) 『사오싱 의약월보』(紹興醫藥月報)를 가리킨다. 1924년 봄 창간되었고, 허롄천이 부편집을 담당했고, 제1기에 「본보의 종지적 선언」(本報宗旨之宣言)을 발표해 '국수'(國粹)를 선양했다.

124) '팔고'(八股). 명·청 과거시험에 사용되었던 문체로 사서오경의 문구를 명제로 사용했다. 또 일정한 격식을 규정했는데, 매 편은 모두 반드시 순서에 따라 '파 제'(破題), '승제'(承題), '기강'(起講), '입수'(入手), '전고'(前股), '중고'(中股), '후 고'(後股), '속고'(束股)의 8개 단락으로 구분한다. 뒤쪽의 4단이 바로 정문(正文) 으로 매 단은 양고(兩股)로 구분되고 둘씩 상대가 되어 합하면 모두 팔고(八股) 가 된다. 여기서 말하는 '기강'은 바로 이 중 세번째 단락이다.

125) 강남수사학당(江南水師學堂)을 가리킨다. 1890년 설립되었고, 1913년 해군군관 학교(海軍軍官學校)로 바뀌었다가 1915년 다시 해군뇌전학교(海軍雷電學校)로 바뀌었다.

126) 광복(光復). 1911년의 신해혁명을 가리킨다.

127) 의봉문(儀鳳門). 당시 난징(南京)성 북쪽의 성문.

128) 『프리머』(Primer). 음역하면 '포라이마'(潑賴媽). 『좌전』 즉 『춘추좌씨전』(春秋左 氏傳).

129) '지나통'(支那通). 지나(支那)는 고대 산스크리트어로 중국을 번역한 칭호이다. 근대 일본 역시 중국을 지나라 했다. 지나통은 중국 상황을 연구하고 잘 알고 있 는 일본인을 가리킨다.

130) 옛날 미신에 횡사한 사람이 변해서 귀신이 되면 반드시 법술을 부려 다른 사람도 같은 방식으로 죽게 만들고, 이렇게 해야 그도 살길을 찾을 수 있다고 생각했다.

131) 복마대제 관성제군(伏魔大帝 關聖帝君). 관우의 신이 귀신을 억누른다는 의미.

132) 우란분재(盂蘭盆齋, 또는 盂蘭盆會). 원문은 '放焰口'. 옛 풍속에 하력(夏曆) 7월 15 일(도교의 중원절中元節 역시 같은 날임) 저녁에 스님을 불러 우란분(盂蘭盆)을 만들고, 불경을 외고 음식을 시주하기에 방염구(放焰口)라 한다. 우란분은 산스 크리트어 ullambana의 음역으로 '거꾸로 매달림(倒懸; 고통)을 구제한다'는 뜻

이고, 염구(焰口)는 아귀의 이름이다.

133) 『유가염구시식요집』(瑜伽焰口施食要集)의 산스크리트어 주문을 음역한 것이다.

134) 초급 독일어 독본의 과문으로 "남자, 여자, 아이"의 뜻이다.

135) 『시무보』(時務報). 순간(旬間)으로, 량치차오 등이 편집을 주관했고, 당시 변법유신을 선전하는 주요 정기간행물의 하나이다.

136) 조지 워싱턴. 1775년부터 1783년까지 영국 식민통치에 반대하는 미국 독립전쟁을 이끌었고 승리 후 미국 초대 대통령을 역임했다.

137) 『천연론』(天演論). 영국의 헉슬리(Thomas H. Huxley)의 『진화와 윤리』(Evolution and Ethics)의 앞 부분 두 편을 옌푸(嚴復)가 번역한 것이다.

138) 『역학회편』(譯學匯編). 『역서회편』(譯書匯編)이 되어야 한다. 중국 재일 유학생이 가장 조기에 출판한 일종의 잡지로 분기별로 동서 각국의 정치법률 명저를 번역해 실었다.

139) 장렴경(張廉卿, 1823~1894). 청대의 고문가, 서예가이다.

140) 허응규(許應騤, ?~1903). 당시 유신운동에 반대한 보수파의 한 사람이다.

141) 캉유웨이(康有爲)는 1898년(무술戊戌) 량치차오, 탄쓰퉁(譚嗣同) 등과 함께 변법(變法)운동을 시도했다. 같은 해 6월 11일 광서제가 변법유신의 조령을 반포하면서부터 9월 21일 자희(慈禧; 서태후)를 우두머리로 하는 봉건보수파가 정변을 일으켜 변법이 실패할 때까지 모두 103일이 흘렀다. 때문에 무술변법(戊戌變法) 혹은 백일유신(百日維新)이라 칭한다.

142) 양강총독(兩江總督). 청대 지방에서 제일 높은 군정(軍政)장관.

143) 당대 백거이(白居易)의 『장한가』(長恨歌) 시구이다. 벽락(碧落)은 천상을 가리키고, 황천(黃泉)은 지하를 가리킨다.

144) 도쿄고분학원(東京弘文學院) 속성반을 가리킨다. 당시 처음 일본에 간 중국 유학생들은 일반적으로 먼저 이곳에서 일본어 등의 교과목을 학습했다.

145) 1904년에서 1906년 작자가 여기서 의학을 공부했다.

146) 후지노 겐쿠로(藤野嚴九郎, 1874~1945), 일본 후쿠오카현 출신. 1896년 아이치현립 의학전문학교를 졸업한 후 그 학교에서 교수가 되었다. 1901년 센다이 의학전문학교 강사, 1904년 교수가 되었다. 1915년 고향으로 돌아가서 진료소를 설립하고 의사가 되었다. 루쉰 서거 후에 그는 「삼가 저우수런 군을 회고함」이라는 글을 썼다(일본의 『문학지남』文學指南 1937년 3월호에 게재되었다).

147) 여기서는 환등기를 의미한다.

148) 일본의 『니로쿠신문』(二六新聞)은 정식으로는 『니로쿠신보』(二六新報)로, 고의적으로 가십성 기사를 중심으로 보도하는 것으로 유명했다.

149) 순무(巡撫). 관직명으로 청대 성(省)을 관리하는 최고위직 관리.

150) 서석린(徐錫麟, 1873~1907). 청나라 말의 혁명단체인 광복회의 중요한 회원이다. 1905년 사오싱에서 대통사범학당(大通師範學堂)을 설립하여 반청(反青)혁명의 핵심 간부들을 배양했다. 7월 6일(광서 33년 5월 26일) 서석린은 안후이 순경처회판(巡警處會辦) 겸 순경학당(巡警學堂) 감독이라는 신분을 이용하여, 순경학당의 졸업식이 거행되는 기회를 틈타 안후이 순무 은명을 칼로 찔러 죽인 다음 소수의 학생들을 데리고 병기고를 점령했다. 탄알이 떨어지는 바람에 체포되어 그날 바로 살해당했다.

151) 후보도(候補道). 즉 후보도원(候補道員)을 말한다. 도원은 청대의 관직명으로 성(省)급 아래, 부(府)·주(州) 이상의 한 행정구역을 총관하는 직무의 도원과 한 성의 특정직무를 전문적으로 관장하는 도원으로 나누어져 있었다.

152) 추근(秋瑾, 1875~1907). 1904년 일본에 유학했으며 유학생들의 혁명 활동에 적극 참가했고, 이때를 전후하여 광복회(光復會), 동맹회(同盟會)에 가입했다. 1906년 봄에 귀국하여 1907년에 사오싱에서 대통사범학당을 주관하면서 광복군을 조직하여 서석린과 저장, 안후이 두 성에서 동시에 봉기를 일으키려고 준비했다. 서석린이 봉기를 일으켰으나 실패하자 그녀는 같은 해 7월 13일 청 정부에 의해 체포되어 15일 새벽 사오싱의 쉬엔팅커우(軒亭口)에서 처형당했다.

153) 낭인(浪人). 일본 막부시대의 녹위를 상실해 사방을 유랑하는 무사를 지칭한다.

154) 진백평(陳伯平, 1882~1907). 대통사범학당의 학생으로 두 차례에 걸쳐 일본으로 가서 경무(警務)와 폭탄제조술을 학습했다. 1907년 6월 마종한과 함께 안후이로 가서 서석린의 봉기활동에 참가했고, 봉기 중 병기고 전투에서 사망했다. 마종한(馬宗漢, 1884~1907). 1905년 일본 유학을 갔다가 다음 해 귀국했다. 1907년 안후이로 가서 서석린의 봉기활동에 참가했고, 봉기 중 병기고를 수비하다가 총에 맞아 체포되었다. 혹형을 받은 후에 8월 24일 최후를 마쳤다.

155) 우창봉기(武昌蜂起). 즉 신해혁명. 1911년 10월 10일, 우창에서 동맹회 등이 지도한 청왕조를 타도하자는 무장봉기.

156) 왕진파(王金發, 1883~1915). 원래는 저장 훙문회당(洪門會黨) 평양당(平陽黨)의 수령으로 후에 광복회의 창시자인 타오청장(陶成章)의 소개로 광복회에 가입했다. 1911년 11월 10일 광복군을 이끌고 사오싱에 들어와서 11일에 사오싱 군

정분부(軍政分部)를 성립하고 스스로 도독(都督)이 되었다. '이차혁명' 실패 후 1915년 7월 13일 저장 독군(督軍) 주루이(朱瑞)에게 항저우에서 살해당했다.

157) 도독(都督). 관직명. 신해혁명 시기에 지방의 최고 군정장관이었다.

158) 더칭(德淸). 순더칭(孫德卿, 1868~1932). 당시 개명된 신사(紳士)로 반청혁명활동에 참가했다.

159) 녹림대학(綠林大學). 서한시대 말년에 왕광(王匡), 왕봉(王鳳) 등이 농민들을 이끌고 녹림산에서 봉기하고 '녹림병'이라고 불렀다. 후에 산림에 모여서 관청에 반항하거나 재물을 약탈하는 사람들을 일반적으로 지칭하는 데 사용되었다. 왕진파가 이끌었던 홍문회당 평양당은 호칭이 '만인'(萬人)이었는데, 작자가 일부러 여기에서 그를 '녹림대학'이라고 부르면서 비웃고 있다.

160) 지푸(季茀). 쉬서우창(許壽裳, 1883~1948)으로 자는 지푸, 저장 사오싱 사람, 교육가. 작가의 일본 고분학원 유학 시기의 동학으로 후에 교육부, 베이징여자사범대학, 광둥 중산대학 등에서 여러 해 동안 함께 근무했고, 작자와 관계가 돈독했다.

161) 공교회(孔敎會). 위안스카이(袁世凱)를 위해 복벽을 도모하는 데 복무하는, 공자를 숭상하는 조직.

162) 왕진파의 부대 병사들이 웨둬일보사(越鐸日報社)를 짓부순 사건. 1912년 8월 1일에 발생했는데, 작자는 5월에 난징으로 떠난 후, 교육부를 따라서 베이징으로 옮겼다. 여기에서 "내가 난징으로 떠난 지 이삼 주 후에"란 말은 기억이 잘못된 것이다.

163) 쑨촨팡(孫傳芳, 1885~1935). 베이양 즈리파에 속하는 군벌이다. 1926년 여름 그는 저장, 장쑤 등지를 점령하고서 예교를 수호한다는 이유로 상하이 미술전문학교에서 나체 모델을 채용하는 것을 금지하는 명령을 내렸다.

164) 작자가 판아이눙을 애도하는 시는 실제로는 세 수이다. 최초로는 1912년 8월 21일 사오싱의 『민국일보』에 발표되었는데, 저자는 황지(黃棘)로 되어 있다. 후에 『집외집』(集外集)에 수록되었다. 뒤에서 말하는 '한 수'는 세번째 시로 그 5, 6구는 "여기에서 이별하니 옛일이 끝나고, 이로써 나머지 말을 끊어 버리네"이다.

『루쉰 문학선』 수록작품 출처

선집수록작품	문집명	전집
광인일기 쿵이지 약 야단법석 고향 아Q정전	외침	전집 2권
축복 술집에서 고독자 죽음을 슬퍼하며	방황	전집 2권
홍수를 막은 이야기 검을 벼린 이야기 전쟁을 막은 이야기	새로 쓴 옛날이야기	전집 3권
제목에 부쳐 가을밤 그림자의 고별 동냥치	들풀	전집 3권

선집수록작품	문집명	전집
복수		
복수(2)		
희망		
눈		
연		
길손		
죽은 불		
잃어버린 좋은 지옥	들풀	전집 3권
빗돌 글		
입론		
죽은 뒤		
이러한 전사		
총명한 사람, 바보, 종		
빛바랜 핏자국 속에서		
일각		
백초원에서 삼미서옥으로		
아버지의 병환		
사소한 기록	아침꽃 저녁에 줍다	전집 3권
후지노 선생		
판아이눙		

루쉰전집번역위원 소개

공상철

고려대학교 중어중문학과를 졸업하고 동대학원에서 『京派 문학론 연구』로 박사학위를 받았으며, 현재 숭실대학교 중어중문학과 재직 중. 지은 책으로는 『중국 중국인 중국문화』(공저)가 있고, 옮긴 책으로는 『페어플레이는 아직 이르다』 등이 있다.

김영문

서울대학교 대학원에서 석·박사 학위를 받았고, 현재는 인문학 연구서재 청청재(靑靑齋) 대표로 지식인의 사회적 역할과 관련한 인문학 서적을 저술·번역하고 있다. 지은 책으로 『노신의 문학과 사상』(공저), 옮긴 책으로는 『루쉰과 저우쭤런』, 『문선역주』(전10권), 『루쉰, 시를 쓰다』, 『아Q 생명의 여섯 순간』 등이 있다.

김하림

고려대학교 중어중문학과에서 『魯迅 문학사상의 형성과 전변 연구』로 박사학위를 받았고, 현재 조선대학교 중국어문화학과에 재직 중. 지은 책으로는 『루쉰의 문학과 사상』(공저) 등이 있고, 옮긴 책으로 『중국인도 다시 읽는 중국사람 이야기』, 『차가운 밤』 등이 있다.

박자영

중국 화둥사범대학 중어중문학과에서 『공

간의 구성과 이에 대한 상상: 1920, 30년대 상하이 여성의 일상생활 연구』로 박사학위를 받았고, 현재 협성대학교 중어중문학과 재직 중. 지은 책으로 『동아시아 문화의 생산과 조절』(공저) 등이 있고 옮긴 책으로 『중국 소설사』, 『나의 아버지 루쉰』 등이 있다.

서광덕

연세대학교 중어중문학과에서 『동아시아 근대성과 魯迅: 일본의 魯迅 연구를 중심으로』로 박사학위를 받았고, 현재는 건국대학교 중어중문학과에서 강의하고 있다. 지은 책으로는 『중국 현대문학과의 만남』(공저) 등이 있고, 옮긴 책으로는 『루쉰』, 『일본과 아시아』, 『중국의 충격』 등이 있다.

유세종

한국외국어대학교 중국어과에서 루쉰 산문시집 『들풀』의 상징체계 연구로 박사학위를 받았다. 한신대학교 중국지역학과에 재직했다. 지은 책으로는 『루쉰식 혁명과 근대중국』, 『화염의 세계와 혁명—동아시아의 루쉰과 한용운』 등이 있고, 옮긴 책으로는 『들풀』, 『루쉰전』 등이 있다.

이보경

연세대학교 중어중문학과에서 『20세기 초 중국의 소설이론 재편 연구』로 박사학위를 받았으며, 현재는 강원대학교 중어중문학과에 재직 중. 지은 책으로는 『문(文)과 노벨(Novel)의 결혼』, 『근대어의 탄생—중국의 백화문운동』이 있고, 옮긴 책으로는 『내게는 이름이 없다』, 『동양과 서양 그리고 미학』, 『루쉰 그림전기』 등이 있다.

이주노

서울대학교 중어중문학과에서 『현대중국의 농민소설 연구』로 박사학위를 받았고, 현재는 전남대학교 중어중문학과에 재직 중. 지은 책으로는 『중국현대문학의 세계』(공저) 등이 있고, 옮긴 책으로 『역사의 혼, 사마천』, 『중화유신의 빛, 양계초』, 『서하객유기』(전7권) 등이 있다.

조관희

연세대학교 중어중문학과를 졸업하고, 같은 학교에서 석사와 박사학위를 받았다. 상명대학교 중국어문학과에서 학생들을 가르치고 있다. 한국중국소설학회 회장을 역임했으며, 주요 저작으로는 『루쉰: 청년들을 위한 사다리』, 『후통, 베이징 뒷골목을 걷다』, 『베이징, 800년을 걷다』, 『교토, 천년의 시간을 걷다』, 『소설로 읽는 중국사 1, 2』 등이 있다. 옮긴 책으로는 루쉰의 『중국소설사』 등이 있다.

천진

연세대학교 중어중문학과에서 『루쉰의 '시인지작'의 의미연구:문학사 연구를 중심으로』(석사), 『20세기 초 중국의 지·덕 담론과 文의 경계』(박사)로 학위를 받았다. 지은

책으로 『중국 근대의 풍경』(공저) 등이 있으며, 주요 논문으로 「식민지조선의 지나문학과의 운명—경성제국대학의 지나문학과를 중심으로」, 「'행복'의 윤리학:1900년대 초 경제와 윤리 개념의 절합을 통해 본 중국 근대 개념어의 형성」 등이 있다.

한병곤

서울대학교 중어중문학과를 졸업하였고 전남대학교에서 『노신 잡문 연구』로 박사학위를 받았다. 국립 순천대학교 교수. 루쉰 관련 논문으로 「노신에게 있어서의 문학과 혁명」, 「혁명문학논쟁 시기 노신의 번역」, 「노신의 번역관」, 「노신과 지식인—노신은 무엇에 저항하였는가」, 「건국 초기 중화인민공화국 어문 교과서 속의 노신」 등이 있다. 지은 책으로는 『노신의 문학과 사상』(공저)이 있다.

홍석표

서울대학교 중어중문학과를 졸업하고 동대학원에서 『중국의 근대적 문학의식의 형성에 관한 연구』로 박사학위를 받았으며, 현재 이화여자대학교 중어중문학전공 교수로 재직 중. 동대학교 중국문화연구소장 및 국제루쉰연구회 이사를 맡고 있다. 지은 책으로는 『천상에서 심연을 보다:루쉰(魯迅)의 문학과 정신』, 『현대중국, 단절과 연속』, 『중국의 근대적 문학의식 탄생』, 『중국현대문학사』 등이 있고, 옮긴 책으로는 『매의 노래』, 『악마파 시의 힘』 등이 있다.

루쉰 문학선

지은이 루쉰 | 엮은이 루쉰전집번역위원회 | 발행인 유재건 | 편집인 임유진 | 펴낸곳 엑스북스

등록번호 105-91-96264호 | 주소 서울시 마포구 와우산로 180 4층

대표전화 02-334-1412 | 팩스 02-334-1413

초판 1쇄 발행 2018년 10월 5일

엑스북스(xbooks)는 (주)그린비출판사의 책읽기·글쓰기 전문 임프린트입니다. 이 도서의
국립중앙도서관 출판예정도서목록(CIP)은 서지정보유통지원시스템 홈페이지(http://seoji.
nl.go.kr)와 국가자료공동목록시스템(http://www.nl.go.kr/kolisnet)에서 이용하실 수 있습니
다. (CIP제어번호: CIP2018027232)

ISBN 979-11-86846-37-7 04820

ISBN 979-11-86846-36-0 세트